# 유토피아밈

Utopia meme

# 유토피아밈

Utopia meme

★

( 모기룡 )

장편소설

행복우물

# 차례

인류를 위협하는 인공지능의 반란이
일어날 것인지의 문제는

인공지능이 그런 말을 하는가가 아니라,
그런 '동기'가 있는가에 달려있다.

# 프롤로그

　철썩, 철썩, 쏴아아…

　젊은 남성은 자신이 왜 여기에 있는지도 모른 채 해변에서 컴컴한 바다의 끝을 바라보고 있었다. 그는 아마 지금이 밤이라고 생각했다. 하지만 어쩌면 자신의 마음 속인지도 몰랐다. 그는 이제까지 계속 길을 찾아 헤매왔다고 생각했다. 그리고 여기에 다다랐다. 이제 더 나아갈 곳은 없었다. 공중에서는 새들이 육지에서 바다 쪽으로 날아갔다. 길은 가로막혀 있었지만 시원하고 상쾌한 기분이 들었다. 해변에서는 고립감이 날아가는 것 같았다.

　달빛 때문인지 주변을 분별할 수 있었다. 바다 표면에서 둥그런 물체가 불쑥 솟아올랐다. 믿기지 않게 커다란 거북의 등이었다. 그것이 젊은 남성에게 가까이 다가와 주름진 목을 길게 뺐는데도 그는 약간 신기한 기분일 뿐 놀라지 않았다. 늙은 거북은 입을 열어 말하기 시작했다. 그래도 남자는 놀라지 않았고 심지어 친할아버지처럼 친근하게 느껴졌다.

"길을 잃었구나."

"네."

"자네는 이제까지 너무 힘들게 살아왔지. 자네 인생에는 이제 반전이 필요해."

"맞아요. 저는 이제 달라져야 해요. 이제까지 계속 실패만 해 왔어요. 여자 친구도 사귀지 못하고 있고, 얼마 전에는 제 논문 이 학술지 심사에서 탈락했어요. 스트레스가 너무 심하고 저는 지금 정말로 우울해요."

"하지만 내가 볼 때 자네에게는 엄청난 잠재력이 있어."

"저에게 잠재력이 있다고요? 어떤…"

청년은 늙은 거북의 대답을 기다리며 바라보았다. 그러나 아 무 말 없이 정지화면처럼 굳어져 있었다. 조금 뒤 거북목의 형 태가 변하기 시작했다. 변하고 난 뒤의 머리를 그는 본 적이 있 었다. 초등학교 2학년 때 집에서 키웠던 붉은귀거북 모양 같았 다. 일 년 동안 마치 집안의 가구처럼 느껴졌는데, 한강에 방생 한 이후에 한참 동안 허전하고 그 거북이 그리웠었다. 몇 년 뒤 붉은귀거북이 외래종이고 생태계 교란을 일으킨다면서 하천에 풀어놓으면 안 된다는 뉴스가 들려왔다. 그는 그 거북을 떠나보 낸 것을 후회했다.

"혹시, 내가 옛날에 방생한 거북이?"

"그래. 오랜만이지? 네가 힘들어 보여서 찾아왔네."

"정말 반가워! 그런데, 아까는 늙은 거북 같았는데, 지금은 젊어졌네?"

"내 나이는 이미 백 살이 넘네."

"어떻게 그렇게 되지?"

"사실 나는 단지 네가 방생한 거북의 모습을 취하고 있을 뿐이거든. 나는 자네에게 좋은 이야기를 들려주고 싶어서 찾아왔네."

그 붉은귀거북은 위엄있는 목소리로 말했다. 잘 이해가 되지 않았지만, 남자는 따지지 못하고 다시 존댓말을 사용하기 시작했다.

"음… 무슨 이야기에요?"

"너는 야망이 있고, 세상을 바꿀 힘이 있지. 내가 자네를 도와줄 수 있어."

"제가 세상을 바꾼다고요? 어떻게…"

"나는 너에게 비밀을 알려주려고 왔다. 세상에 깊이 숨어있는, 세상을 바꿀 수 있는 비밀을 말이다. 그 비밀을 들을 수 있는 너는 선택된 자이다."

청년은 멍하니 숨을 죽이고 있었고 잠시 후 거북이 말했다.

"너는 세상을 유토피아로 변화시킬 수 있다. 유토피아란, 모두의 궁극적 목적이다. 선(善)의 이데아이다. 선함이 실현된 세상이고, 완벽한 세상, 모두가 바라는 세상이다. 너는 그 세상을 만들수 있고, 사람들을 이끌고 그곳으로 나아갈 수 있다. 네가 그 역할을 할 수 있는 자야. 그래서 너는 선택된 자이다."

"정말인가요? 제가 그런 사람이라고요?"

"그렇다. 왜냐하면 너에게 내가 커다란 비밀을 알려줄 것이기 때문이다. 먼저, 사람들은 모두 유토피아를 원한다는 것이다. 그리고 두 번째는 '권력'에 관한 것이다. 자네는 얼마 전 이 주제에 관한 연구를 했었지?"

"네. 하지만, 논문을 투고했는데 학술지 심사위원들이 탈락시켰어요. 그 이유는 잘 모르겠지만 기초 연구가 부족했거나 어쩌면 너무 앞서갔는지도 모르겠어요. 억울해요."

"자네는 알고 보면 권력과 지위에 대한 욕망이 크지만, 현실에서는 그것을 전혀 얻지 못하고 있지. 사방에서 핍박받고 무시당하고, 여자친구도 못 사귀고 있지. 그래서 어떻게 하면 그것을 얻을 수 있을까하는 무의식적 욕망으로 인해 그에 관한 연구를 시작하게 되었을 거야."

"맞아요. 사실 저는 그 욕망이 컸던 것 같아요. 하지만 그에 비해 현실은……"

거북은 중요한 이야기를 하려는 듯 천천히 굵직한 목소리로 말했다.

"그래서 내가 찾아왔다. 비밀을 알려주기 위해서지. 그 비밀의 핵심은, 네가 유토피아를 꿈꾸고 많은 사람들을 유토피아로 안내할 때, 너의 권력과 지위가 급격히 높아질 것이라는 점이야. 그것이 자네의 소원을 이룰 가장 좋은 방법이네. 아니, 그것 이외에는 방법이 없을 거야. 모두가 꿈꾸는 유토피아로 사람들을 인도하면서, 자네의 개인적 소원도 해결되니 완전히 일석이조 아니겠는가?"

"좋아요… 그러면, 이제부터 어떻게 해야 하는 거죠?"

"특별한 행동적 방법이 필요하지는 않네. 행동은 마음과 자연스럽게 하나가 되어 나타나는 법이지. 가장 중요한 건 마음이야. 자네는 인지과학을 공부했으니 알고 있겠지? 이제부터 스스로 맹세를 해야 하네. 유토피아 건설을 위해 자신을 바칠 수 있는가?"

"나를 바친다는 건, 무엇을 뜻하는 거지요?"

"어렵지 않은 일이네. 자네의 마음과 유토피아를 건설하겠다는 의지가 '하나'가 되는 거야. 여기에 자네의 실질적 희생은 필요하지 않네. 다만 그 의지에 방해가 되는 쓸데없는 여타의 것들만 사라질 뿐이지. 사람의 마음속에는 올바른 생각을 방해하는 수많은 잡념들이 있어. 그것들을 제거하는 거야. 그것이 논리의 일관성이네. 그러면 자네는 소원을 이룰 수 있네. 모순이 없는 일심(一心)이란 좋은 것이지."

"논리적으로 하나가 된다…… 하지만… 그게 맞나?"

그 남자의 이름은 정영수였다. 그는 비판적 사고력을 작동해 보려고 시도했다. 그랬더니, 지금까지 일어났던 일들이 도무지 현실적이 아니라는 생각이 들었다.

'지금은 꿈속이야…'

정영수가 눈을 뜨자 아침 햇살에 드러난 방의 벽면이 보였다.

당장 든 생각은, 뭔가 특별하고 이상한 꿈을 꾸었고, 꿈속에서 신기하게도 꿈임을 스스로 자각했다는 점이었다. 하지만 자세한 내용은 잘 기억이 나지 않았다. 붉은귀거북이 나타나서 대화를 나눈 건 알았지만, 그리고…… 그가 겨우 기억해낸 것은 다만 '유토피아'라는 단어였다.

# 제1부

"범죄적 정치 체제는 범죄자가 아니라
'천국'으로 가는 유일한 길을 발견했다고 확신하는
광신자들이 만든 것이다."

밀란 쿤데라,《참을 수 없는 존재의 가벼움》중에서

"'자아'는 밈들의 복제를 돕기 때문에 생겼다."

수전 블랙모어, 《밈 머신》 중에서

20세기 후반 이후 현대인에 친숙해진 'IT'라는 용어는 정보 기술(information technology)의 약자다. 컴퓨터, 인터넷, 스마트폰의 3대 IT 혁명으로 인해 인류에게 새로운 시대가 도래했다. 사회와 실생활의 엄청난 변화를 체감한 사람들은 앞으로 도래할 또 다른 IT 혁명을 기대하고 상상했다. 그 대표적인 미래의 기술은 인공지능(AI)이었다. 인공지능은 컴퓨터가 막 탄생한 1950년대부터 구상되고 개발되었지만, 한동안 침체기를 겪었다. 인간의 예측대로 프로그램을 구상해서 AI를 만들려는 노력은 쓸만한 지능을 만들어 내지 못했다.

그러나 인간의 예측을 벗어나는 인공지능을 만드는 기술이 탄생하자, 인공지능은 새로운 변곡점을 겪었고, 21세기 초부터 인공지능의 붐이 다시 일어났다. 그것은 딥러닝(deep learning) 기술이 가능하게 만들었다. 단지 인간의 예측을 벗어난다고 해서 무서워할 필요는 없다. 예를 들어 바둑 세계챔피언을 이긴 '알파고'와 생성형 챗봇 '챗GPT'는 딥러닝을 통해 만들어졌는데, 그 것들은 인간의 예측대로 행동하지 않는다. 인간의 예상이나 의도에 반항한다는 뜻이 아니다. 다만 그것들은 '스스로 예측하는 능력'을 지니고 있다. 그렇기 때문에 다양한 과제에서 인간이 힘들게 예측하는 수고를 덜어주는, 쓸만한 인공지능이 된 것이다.

특히 창조력을 가진 생성형 인공지능이 파장을 일으키던 2020년대 중반에는 인공지능에 대한 기대감이 폭증하는 동시에, 한편으로 독자적인 자아를 가지거나 인간에게 반항하는 인공지능이 언젠가 나타날지 모른다는 우려가 커지고, 제재를 미리 가해야 한다는 주장이 제기되기 시작했다. 곳곳에서 긍정적이든 부정적이든 앞으로 일어날 사회의 엄청난 변화를 구체적으로 그렸고, 종종 호들갑을 떨기도 했다.

하지만 그 후로 한동안 그러한 단계의 상태는 유지되었고 혁명과도 같은 급격한 변화는 일어나지 않고 있었다. 물론 인공지능 기술은 점차 계속 발전했다. 회사에서는 다양한 분야에 인공지능을 이용해 더 효율적으로 일하게 되었고, 자동차의 자율주행기능도 향상되어 완전 자율주행 시대는 아니지만 더 많이 쓰이게 되었다. 하지만 아직 인공지능 하인이나 로봇이 모든 수고로운 일을 대신 해주는 SF영화 같은 사회는 아니었고, 인공지능은 모든 분야는 아니지만 다양한 분야에서 인간의 일을 덜어주는 보조적 장치였다. 디스토피아의 기미가 보이는 인공지능의 위협이나 치명적 부작용 같은 것은 딱히 현실에서 눈에 띄지 않왔다. 간혹 몇몇 사람들이 인공지능을 너무 믿다가 돈을 날리거나 사고가 생기는 사례가 있기는 했지만. 그건 인공지능의 재앙이 아니라 그들이 규정이나 관례를 무시하고 '도구'를 잘못 사용한 개인적 실수나 오판일 뿐이다. 그 책임은 관련된 인간에게 돌려질 뿐이었다.

빠르게 달리고 있는 은색 세단 안에 짙은 갈색 장발에 컬을 말아 넣은 40대 중반의 여성이 운전하고 있었다. 다만 그것은 실제 나이일 뿐, 누가 보면 고등학교 2학년생 딸이 있다는 것을 믿지 못할 것이다. 관리에 신경 쓴 30대 후반처럼 보이는 외모뿐 아니라, 종종 그녀는 자신이 남편이 없고 결혼도 하지 않았으니 아줌마가 아니라고 속으로 진지하게 주장하기도 한다. 딸의 아버지와는 연락이 끊긴 지 오래다. 영어를 가르치는 미국인 강사와 캠퍼스 근처에서 만났다. 그녀는 미국의 대학원에 합격한 뒤에 함께 떠나는 것으로 알고 있었지만, 그는 막판에 자취를 감추었고 혼자 가게 되었다. 파란 눈에 금발을 지닌 그 미국 남자는 자신이 보헤미안이라고 말했다. 임신을 알게 된 건 미국에 도착한 직후였다. 그녀는 박사학위를 취득한 뒤 다섯 살 딸과 함께 귀국했고, 미혼모가 얼마나 성공할 수 있는지를 모두에 보여주고 싶었다. 그녀의 이름은 이유라다.

차내 오디오를 통해 몇 명의 남성들이 대화를 나누는 소리가 들려오고 있었다. 라디오 방송은 아니었고 이유라의 휴대폰과 블루투스로 연결된 유튜브였다. 나란히 앉아서 대담하는 프로그램이었으므로 화면을 보는 것은 중요하지 않다. 인공지능이 일으키는 문제점에 관한 토론이었다. 이유라가 평소에 관심이 많은 주제다.

"얼마 전에 인공지능으로 작동하는 드론이 육군 훈련 중에 아군을 공격하려 했던 사건이 있었습니다. 다행히 포를 발사하기 직전에 강제로 작동을 중지시켰다고 하는데요. 오랜만에 인공지능이 인간에게 위협이 되는 사건이 발생한 것 같습니다. 교수님은 그 사건을 어떻게 보셨나요? 그 인공지능이 버그를 일으킨 겁니까?"

사회자가 질문하자 중후한 음성의 남자 교수가 말했다.

"과거에도 미국에서 이런 일이 있었습니다. 다만 그때는 시뮬레이션 상황이었고, 이번에는 우리나라에서 처음으로, 그리고 실제 위험한 상황이 일어날 뻔 했다는 점에서 화제가 되고 있지요. 이론적으로 예상될 수 있었던 일인데요. 이건 버그라기보다는 인공지능이 목표에만 너무 매달리다 보니 생긴 문제예요. 목표를 가장 효율적으로 달성하려다가 세부적인 부분에서 방해가 되는 것을 제거한다는 판단이 선 것인데요. 이것은 따져보면 인간이 학습을 잘못시킨 탓입니다. 정확히 말하면, 세세한 부분까지 챙기지 못한 것이죠. 다행히 그것을 최종적으로 인간이 제어할 수 있는 장치가 있었지요."

"그러면 만약 그 미사일이 발사되어서 인명 피해가 났다면, 그 책임은 누구한테 있을까요? 이런 결과가 생길 줄 모르고 학습을 잘못시킨 사람한테 있나요?"

"최종적으로 제어시키는 장치가 있었기 때문에, 만약이란 것이 의미가 없기는 하지만 대포가 발사되었다면 그 장치를 만들지 않았거나 작동시키지 않은 죄가 사람에게 있었겠지요. 하지만 일부러 악한 마음을 가졌거나 미치지 않은 이상, 인간은 최종적인 제어권을 없애지는 않을 것입니다. 그래서 그 최종적인 제어권을 행사할 수 있는 사람에게 책임이 있는 것이지요."

"하지만 버그라는 것이 있지 않습니까. 가끔 자율주행기능을 너무 믿고 사용하다가 사고가 발생하기도 하는데, 그것은 인공지능이 일으키는 문제가 아닐까요?"

"그건 아직 발전 단계의 문제이지요. 그리고 컴퓨터 프로그램이란 것은 어쩌면 버그가 생길 수 있습니다. 하지만 인간은 항상 그 버그를 찾아내고 수정해 왔습니다. 마치 자동차나 비행기처럼, 잘못 사용하면 인간이 피해를 입지만 결국 문제점을 점차 수정해가고 개선해 나가고 있는 것이지요."

"인공지능을 자동차나 비행기에 비유하셨는데, 그 비유가 맞을까요? 인공지능은 스스로 생각한다는 점이 문제가 아닐까 하는데요."

이유라는 이 부분에서 좀 더 귀를 기울였다. 지금까지는 자신과도 친분이 있는 박준호 교수의 말에 동의했다. 하지만 이제부터 자신과 의견이 다른 말을 할 것 같은 예감이 들었다.

"그 말은 인공지능이 자아를 가지면 어떡하나라는 역사적으로 오래된 걱정이 반영된 것 같네요. 인공지능은 자동차나 비행기와 달리 자아를 가질지도 모른다는 걱정 같은 거네요. 하지만 자아라는 것은 굉장히 애매한 개념입니다. '스스로'라는 것도 애매한 개념이고요. 이미 스스로 생각하는 인공지능은 우리 주변 도처에 있습니다. 하지만 자아를 가졌다고 여겨지지 않지요."

"그런데 교수님은 미래에 자아를 가진 인공지능이 나타날 수 있다고 몇 년 전부터 주장하신 걸로 알고 있는데요. 혹시 생각이 바뀌신 겁니까?"

"하하, 저는 그럴 먼 미래의 가능성에 대해 주장했었던 거지요. 이론적으로 완전히 불가능한 것은 아니고, 더구나 자아 비슷한 것을 가진 인공지능이 나타난다고 해도, 그것이 꼭 인간에게 위협이 되지 않을 수 있다는 것이고요. 그런 생각을 가진 학자들도 많이 있습니다. 레이 커즈와일(Ray Kurzweil)이 대표적인데, 초지능을 가진 인공지능이 나타나는 특이점 이후에, 비극이 일어나는 게 아니라, 인간과 초지능이 합쳐지면서 인류가 한 차원 도약하는 유토피아와 같은 세상이 펼쳐질 거라고 했지요. 저는 그처럼 낙관론자입니다."

"하지만 그런 특이점이 과연 정말로 일어날까요? 레이 커즈와일이 너무 성급한 공상을 했다는 비판도 많습니다."

"그의 예측에 비해서 더 먼 미래의 이야기일 수도 있겠지요. 다만 저는 만약에 그런 수준까지 발전했을 때를 가정한 거예요.

저는 인공지능에 막연한 공포심을 가질 필요가 없다고 생각합니다. 만약에 자아가 생길 정도의 초지능을 가졌다면, 매우 이성적이고 계몽되어 있을 것입니다. 그렇게 발달한 지능은 비도덕적이지 않을 것입니다. 지금 사람들은 오래전 계몽되지 않은 사람들에 비해서 타인뿐 아니라 동물의 고통에도 민감하고 보호하려고 하잖아요. 인지과학자 스티븐 핑커(Steven Pinker)도 말했듯이, 계몽될수록 일반적으로 비도덕적 행동을 덜 하게 되고 도덕성이 높아집니다. 더구나, 자신을 만들어준 인간들을 왜 해쳐야 하는지 근본적인 이유가 없습니다."

"하지만 문제는 사람들과 경쟁할 수 있다는 것이 아닐까요? 다시 말해서, 한정된 자원을 두고 인공지능과 인간이 싸우는 상황도 있을 수 있지 않나요?"

"좋은 지적입니다. 다만 중요한 점은, 인공지능은 인간 같은 생명체가 아닙니다. 욕구와 감정이 완전히 다르지요. 그래서 소유에 대해 전혀 다른 개념을 가질 것입니다. 인공지능이 맛있는 음식을 먹고 싶다거나 이성과 사귀고 싶다거나 하지는 않을 거잖아요. 그래서 인간과 치열하게 경쟁하거나 빼앗는 상황은 발생하지 않을 것입니다. 과연 소유욕이란 것이 있을지도 의문이고요. 설령 전기 같은 자원을 원한다고 해도 이성적인 그들이 인간의 것을 빼앗거나 약탈하지는 않을 것입니다. 서로 협동하면서 발전하고, 더 좋은 사회를 만들어 나가겠지요."

"흠… 그러니까 자아를 가진 인공지능이 나타나더라도 인간과 평화로운 공생관계를 가질 거라는 말인가요? 굉장히 낙관적으로 보시는 것 같군요."

'혹시나 했는데 결국 그 다운 답변이군.' 라고 유라는 생각했다.

사실 이유라 역시도 낙관론자에 포함시킬 수 있었다. 다만 일부분에서 그와 생각이 다를 뿐이다. 공포심을 가질 필요가 없다는 인공지능의 낙관론에는 동의했다. 하지만 커다란 차이점은, 그녀는 기술이 아무리 발전하더라도 '인간 같은' 정신이나 의식을 가진 기계는 나타날 수 없다고 생각한다는 점이었다. 인공지능이 스스로 초지능으로 진화하는 특이점도 믿지 않았다. 그렇기 때문에 인공지능이 문제를 일으키더라도 모두 인간의 잘못일 뿐이고, 인간이 통제할 수 있다. 그러한 이유로 그녀는 인공지능 기술에 공포심을 갖지 않고 있었다. 이 세부적인 의견 차이로 그녀와 박준호 교수는 여러 차례 공식적이거나 비공식적인 토론과 논쟁을 했었다. 한쪽이 이기는 결론은 아직 나오지 않았다.

이유라는 철학과 교수이고 박준호는 컴퓨터과학과 교수로서, 인문학 그리고 공학에 가까운 과학이라는 멀리 떨어진 분야처럼 보이지만, 인간과 컴퓨터의 사고 과정에 대해 융합적으로 연구하는 인지과학 대학원 협동과정에 함께 몸담고 있었다. 이유라는 박준호가 큰 역할을 하고 있는 대학 내 '인공지능연구원'에도 발을 담그고 있었다. 그녀는 철학 분야 중에서도 인지과학과 가장 관련이 깊은 심리철학과 언어철학을 전공했다. 인식론과 의식의 문제뿐 아니라 인공지능 윤리에 관해서도 조언을 하고 종종 협동하고 있다.

은색 승용차는 넓은 부지를 자랑하는 C대학 캠퍼스로 진입했고, 인문대학 앞 흰색 네모 칸에 주차되었다. 이유라는 차에서 내려 자신의 방(교수 연구실)을 향해 걸었다. 교내에 줄지어 서 있는 벚꽃 나무는 흰 꽃잎이 듬성듬성 남아있고 벌써 초록 새순이 대부분을 차지하고 있었다. 이유라는 평소 즐겨 입는 베이지색 정장 재킷과 쉬폰 블라우스, 폭이 좁은 치마를 입고 있었다. 오전에 두 시간 동안 한 과목 수업을 끝내고 교수 식당으로 들어갔다. 약간 더 비싼 가격만 빼면 학생 식당과 큰 차이가 없는 카페테리아 식당에서, 그녀는 박준호가 쟁반을 들고 서서 음식이 나오기를 기다리고 있는 모습을 발견했다. 50대 초반에 염색 따위는 신경 쓰지 않는 듯 대부분 회색빛 머리였다. 이유라는 그와 반갑게 인사를 나눴다. 각자의 음식이 담긴 쟁반을 긴 테이블의 한쪽에 내려놓고 그들은 마주 앉았다.

"오늘 유튜브 방송에 나온 걸 잘 봤어요. 여전하시던데요."

"혹시 제가 아직도 특이점주의자일 거라는 말인가요? 하하. 한때는 그랬지만, 지금은 조심스러워요. 그런 프레임은 좀 곤란한 것 같아요. 특이점이 미래에 꼭 필요한 것도 아니고… 저는 단지 기술에 대한 낙관론자일 뿐이죠. 이교수님은 지금도 기술의 미래에 대해 불신하시나요?"

"저도 기술을 좋아하고, 발전을 기대하고 있어요. 다만 한계가 있을 뿐이지요. 그런데 우리가 조금 좁혀진 것도 같네요. 호호. 그럼 요즘에는 인공지능에 관해서 어떤 연구를 하세요?"

"그 문제를 계속 연구하고 있어요. 선생님께서 불가능하다고 말하신 강한 인공지능(strong AI: 인간 같은 의식을 가진 인공지능)에 관해서요."

"그래요? 어떤 진척이라도 있나요?"

많은 이들은 강한 인공지능에 대한 연구에 우려스러워할 테지만, 이유라는 그렇지 않았다. 속으로 막막하고 불가능한 시도를 하고 있다고 생각하면서 물었다. 준호는 희미하게 미소 지으며 말했다.

"진척이 있다고 할 수 있지요. 강인공지능은 최종적인 모습이고 하나 하나 스텝을 밟아나가는 과정이지요. 그런데 요즘에는 왜 꼭 기계가 인간처럼 생각해야 하나라는 회의감이 들기도 해요."

"그렇죠. 그건 불가능하니까요."

"저는 그렇게 생각하지는 않습니다만…"

"호호. 하지만 인공지능이 인류에 대한 반란을 일으키지 않을 거라는 생각은 공통적이지요. 컴퓨터가 사람처럼 임신하고 아이를 낳지 않는 한, 그럴 일은 없을 거예요."

두 사람은 함께 웃었다. 잠시 후 밥을 먹던 박준호가 말했다.

"그런데, 꼭 인간 같은 생명체가 아니라 다른 어떤 생명체일 수도 있지는 않나요?"

"기계가 생명체가 될 수 있다고요? 글쎄요. 생명의 정의에 대해 생각해 봤을 때, 그것도 여전히 불가능해 보이네요. 생명은 단지 디지털 알고리즘 같은 게 아니에요. 작년에 제가 했던 발표와도 연관이 있네요. 어떤 대단한 알고리즘이 나오더라도, 우리는 그것을 '생명'이라고 부르지 않을 거예요. 디지털로는 결코 구현하지 못하는 한계가 있어요."

"그럴까요? 하하 저는 생각이 좀 다른데요. 음… 지금은 자세한 이야기는 해드리지 못하겠네요. 연구 중이라서요."

이유라가 느끼기에 뭔가를 감추고 있는 것 같았다. 그녀는 순두부찌개의 국물을 떠먹다가 문득 불안한 기분이 생겼다.

"그런데 설마 인공지능에 자유의지를 부여하려는 건 아니겠죠? 그건 위험할 수 있어요. 인공지능의 자유도를 제한하는 기준은 지켜져야 해요."

국제연합(UN)과 국가에서 제정한 인공지능 연구 규제법 중 하나는 인간의 통제에서 과도하게 벗어나는 자유도, 즉 자율성(autonomy)에 한계를 정하고 있었다. 만드는 것만으로 커다란 처벌을 받게 된다. 더구나 자유도가 규정보다 큰 인공지능이 문제를 일으켰을 경우 그 책임이 전부 개발자에게 전가되기 때문에, 그런 것을 만들 생각을 좀처럼 할 수 없다.

"물론 그건 아니에요. 하하. 저는 인공지능에 자유를 주는 것을 싫어해요. 심지어 저는 인간에게 과도한 자유를 주는 것도 반대하는 편이거든요."

"그렇군요. 노파심에 한 말이었어요. 과거에 그 뭐더라… 사회개혁당 당원이셨죠?"

"지금도 당원이긴 하지만, 과거처럼 적극적으로 활동하진 않고 있어요."

종교와 정치에 관한 이야기는 가급적 하지 않는 것이 좋다는 걸 알기 때문에 유라는 그 정도에서 말을 아꼈다. 박교수는 급진적인 군소정당인 '사회개혁당'에서 활동한 적이 있었다. 그의 출세와 경력에 아무리 봐도 도움이 안 되고 어쩌면 손해가 되는 일일 텐데, 그 작은 정당의 활동에 왜 열성적인지 이유라는 이해가 되지 않았다. 3년 전 박교수는 비례대표 2번으로 국회의원 선거에 출마했는데, 심지어 같은 당 비례대표 1번도 당선되지 못했다.

박교수는 그의 전공을 활용한 정책적 주장을 펼쳤다. 인공지능이 인간의 일자리를 빼앗고 인공지능을 보유하고 사용하는 측과 그렇지 못한 사람들 간의 빈부격차가 커지고 실업자가 많아지므로, 자유로운 노동시장을 국가 주도로 대체하고, 부의 분배가 더 많이 필요하다는 주장이었다. 인공지능이 발달하게 되면 실업자가 늘어날 것이라는 예상은 오래전부터 제기되어 온 문제였다. 그래서 복지제도를 늘려야 한다는 주장은 주류 정당에서도 나왔지만, 사회개혁당은 더 근본적인 차원의 급진적 변화를 주장했다. 하지만 인공지능으로 인한 실업자의 폭증 같은 심각한 상황이 아직 사람들에게 피부에 와닿지 않고 있어서인지, 여전히 그 주장은 인기를 얻지 못하고 있다.

더구나 그가 속한 사회개혁당은 선거 포스터에서 '사회주의'라는 단어를 내걸었다. 우리나라에서는 사회주의가 인기가 없고 위험한 단어로 인식되기도 한다. 수십 년 전에는 훨씬 많은 사람들에게 극렬한 비판과 공격을 받을 만한 단어였을 것이다. 여전히 사회주의 혁명을 국시로 삼고 있는 북한과 분단상태이며, 그것은 공산주의와 매우 유사해 보인다. 이제는 누구라도 공산주의와 유사한 그런 사회주의에 빠지는 일은 거의 없다. 한국에서 대학생들의 급진적 운동권 문화는 21세기가 되자마자 사라졌다. 다만 사회주의는 애매한 개념이다. 아마도 지금 선거 포스터에 사회주의를 큰 글자로 올릴 수 있는 건 그런 식의 사회주의가 죽었다고 대부분의 사람들이 생각하고 있기 때문이리라. 공산주의에 가까운 과거의 사회주의는 끝났다. 사회개혁당 당원들도 그렇게 말한다. 북한이나 구소련 같은 사회를 만들려는 것이 결코 아니다(거기에 동의할 국민은 없다). 그들은 다만 사회 구성원들 전체, 특히 부유층보다는 서민의 복지와 행복, 공동선을 추구하는 것이 사회주의라고 말한다.

"아직은 조심스럽지만, 저는 요즘 더 나은 세상을 위한 혁신적인 AI를 개발하고 있어요. 어쩌면 진짜 혁명이 일어날 수도 있겠지요."

"혁명이요? 혹시 사회주의 혁명인가요?"

"하하 그런 건 아니고, 4차 산업혁명 같은 개념이겠지요."

"꽤나 오랜만에 듣는 말이네요. 지금이 애초에 기대했던 4차 산업혁명이 일어난 상태인지, 흐지부지된 건지 애매한 상태인 것 같은데, 제 생각은 후자 쪽이에요. 그런데 어떤 혁신적인 돌파구를 찾으셨나 보지요?"

"가능성이 보여요. 딥러닝이 뉴런의 작동 방식을 모방해서 성공했듯이, 생명체를 모방한 방식이에요."

"생명체를 어떻게 모방했다는 건가요? 흥미롭네요."

"음… 아직은 말할 단계는 아닌 것 같아요. 다만 힌트를 드리면, 리처드 도킨스(Richard Dawkins)와 관련이 있어요."

"그러면 진화론과 관련이 있을까요? 어쩌면 유전 알고리즘[1] 분야인지도 모르겠네요. 인공지능 개발에서 그 방식은 지지부진한 상황으로 알고 있었는데…."

"그것도 포함되긴 하지만, 약간 차이가 있지요. 개선된 유전 알고리즘이라 할 수는 있겠지요."

"알겠어요. 저는 더 이상 추측은 안 할게요. 진정한 4차 산업혁명을 일으키길 바랄게요. 공개할 단계가 되면 저한테 먼저 알려주세요. 다만 인공지능 개발 윤리에 저촉되지 않으시길 바랄게요. 아마도 잘 지키고 계실 것이라고 믿어요."

"물론이죠."

---

[1] 컴퓨터 시뮬레이션이 자연선택의 생존과 돌연변이로 인한 진화 과정을 모방해서 최적의 결과물을 얻는 방식

이유라는 박준호가 윤리 규정에 어긋나는 행위를 하지 않을 것임을 믿어 의심치 않았다. 그는 독특한 사람이기는 했지만 순수하고 정직한 이상주의자 같다고 생각했다. 알고리즘 같은 사람. 다만 지금도 종종 일어나는 인공지능의 부작용처럼, 목표 달성에 매달리는 이상주의적 태도가 종종 예상치 못한 문제를 일으키는 법이다. 이러한 직관을 가진 이유라는 찝찝함을 느끼며 그의 연구에 대한 감시가 필요하겠다고 생각했다. 다만 그녀는 평소 '그래 봤자겠지.'라고 생각하는 낙관론자이므로 심각하게 생각하지는 않았다.

유토피아밈

## 방문자의 파장

정영수는 자신의 박사과정 지도교수인 이유라에게서 온 메일을 확인했다. 상담 시간을 묻는 자신의 메일에 대한 답장이었다. 석사과정 때 거의 매일 심리학 연구실에 드나들면서 지도교수 곁에서 생활하던 때와 달리, 철학 교수를 지도교수로 둔 지금은 랩(연구실)도 없고 각자 알아서 공부하는 분위기라서, 교수와 많은 대화를 나누려면 미리 약속을 하는 편이 좋다.

그는 석사 때까지는 이 학교 학생이 아니었다. 지하철로 열 정거장 떨어진 다른 대학교의 철학과를 졸업하고 그 대학 심리학과 석사를 졸업했다. 그는 남들이 가지 않는 길을 가는 것이 좋겠다고 생각하고 있기 때문에 독특한 사람이라 할 수 있었다. 최근에 그는 다양한 학문의 융합을 통해 새로운 분야를 개척하려는 꿈을 가지고 있다. 이곳 C대학으로 온 이유는 이곳에 그가 원하는 인지과학 대학원 과정이 있을 뿐 아니라, 이전 학교에서 깊은 감명을 받은 심리철학 수업을 맡았던 이유라 교수가 이 학교에 정착했다는 소식을 접했기 때문이다. 그때 이유라는 강사 신분이었고 3년 전부터 이 대학의 정식 교수가 되었다.

그는 자신이 이곳에서 아웃사이더임을 느끼고 있다. 특히나 다른 학교 출신일뿐더러 소속이 한 학과에 고정되지 않은 애매모호한 융합 전공이었기 때문이다. 그래서인지 몰라도 자신과 이전부터 아는 사이인 이유라 교수가 더 애틋하게 느껴졌고, 자상하게 대해주는 성격에 대한 호감과 강의에서 접한 그녀의 실력에 대한 존경심도 컸다. 다만 그의 붙임성 없는 성격도 그렇고, 이유라가 혹시라도 귀찮아할까 자주 연락하거나 찾아가지는 않았다.

정영수는 노크를 한 뒤 이유라의 교수 연구실로 들어갔다. 봄학기 개강일에 학생들과 함께 잠깐 들른 후 거의 두 달 만의 방문이었다.

"왜 이렇게 오랜만에 왔니? 커피 마실래?"

"네. 감사합니다. 그동안 어떤 논문을 쓰느라 좀 정신이 없어서요."

책상 위 컴퓨터 옆에는 사진을 넣은 액자가 세워져 있다. 사진 속에는 이유라와 고등학생 정도 되어 보이는 볼이 발그레한 딸이 환하게 웃고 있었다. 그녀의 딸은 이국적인 외모였다.

"논문을 썼다고? 무슨 논문?"

"인지과학 학술지에 투고했는데요. 안타깝게도 결국엔 탈락했어요. 그래서 창피하지만 그에 대해서 좀 말씀드리고 싶어요…

정말로 가망이 없는 주제인지도 알고 싶고요."

정영수는 이유라의 초롱초롱한 눈을 바라보았는데 맑은 호수 같다고 생각했다.

"너무 상심하지는 마. 학자가 학술지에서 거절 통보를 받아보지 않는 사람은 아마 거의 없을 거야. 물론 나도 그런 적이 있고. 그런 실패의 경험도 소중한 자산이 될 수 있어. 그러면, 네 연구 주제를 정한 거니?"

"아직 모르겠어요. 그 논문이 게재됐다면 그 주제로 계속 하겠지만… 저는 요즘 권력과 지위의 문제에 관심이 많거든요. 그것의 존재론에서부터 시작해서 메커니즘까지 인지과학적으로 설명할 수 있을 것 같은데. 어쩌면 제가 너무 새로운 이야기를 했는지도 모르겠어요."

박사학위를 받기 위해서는 교칙에 따라 학술지에 1저자로 논문을 게재해야만 한다. 그러면 대개 그와 연관된 주제로 박사학위 논문을 쓰게 된다. 어쩌면 성급하게도 정영수는 남들이 하지 않았던 새로운 분야를 개척하고 싶었는데, 커다란 장애물에 가로막혀 막막한 상태였다.

"권력과 지위라니, 갑작스러운 이야기네. 좀 더 설명해줄래?"

"네… 일단 인지과학이 발생한 계기인 '인지혁명'이 중요해요. 교수님도 아시다시피, 인지혁명은 20세기 중반 유물론[2]과 행동

---

[2] 물질로 모든 것을 설명할 수 있다는 관념. 즉 모든 존재와 작용, 가치는 물질적 하부구조로 환원된다는 주장.

주의[3]가 지배하던 기존의 분위기를 깨뜨리고, 비물질적인 것, 심적인 것의 존재도 인정하고 다루기 시작한 혁명이었지요. 컴퓨터의 기능주의와 알고리즘의 존재도 그것을 뒷받침했고요. 그래서 현대 심리학도 발전하고, 심리철학에서도 유물론적 환원이 아닌 속성 이원론[4]이 주류가 되었지요. 그런데 이제까지는 인지과학이 그렇게 '한 사람'의 심적인 메커니즘에 대해서만 다뤘어요. 그건 지구에 오직 한 사람만 있어도 되는 거잖아요. 그런데 권력과 지위는 그런 게 아니지요. 한 사람 안에서 찾을 수 있는 게 아니라, 사회적 관계에서 존재하는 거죠. 즉 저는 여러 사람들 사이에서, 타인들을 의식하면서 나타나는 심적인 상태들의 관계에서도 권력과 지위 같은 것들이 창발해서 실제로 존재한다는 것을 주장하는 거예요. 예를 들어서 권력과 지위는 그것을 행동으로 보여주기 이전에 이미 추상적으로 존재하는 거예요. 갑질을 해야만 권력과 지위가 존재하는 게 아니라, 비물질적인 심적인 관계의 상태에서 객관적으로 존재하는 거지요. 이건 사실 정치학에서도 최근에 인정하고 있어요. 권력은 행동주의처럼 특정한 행동에 있는 게 아니라 행동 전에 이미 추상적으로 존재하는 것이라고요. 그게 일단 존재론적인 문제예요."

---

3) 내적이고 추상적인 심리상태를 배제하고 겉으로 드러나 객관적으로 관찰할 수 있는 행동만으로 인간을 연구해야 한다는 주장.

4) 유물론적 환원주의는 물질 이외의 기능과 정신적 속성에 대한 무시(제거주의)이다. 반면, 속성 이원론(실체 이원론이 아님)은 물리적 자연현상을 긍정하는 바탕에서 물질 이외의 기능과 작용이 그 자체로 존재하고 가치가 있음을 긍정한다. 컴퓨터 알고리즘(소프트웨어)은 그 증거가 된다.

정영수의 야망은 현실적 중요성에 비해서 이제껏 미스터리하게도 소외되어 온 권력과 지위에 대한 연구의 기틀을 마련하는 것이었다. 엄격한 유물론은 이미 한참 전에 학문적으로 부정되었고 그래서 그의 전공인 인지과학도 탄생했는데, 왜 아직까지 유물론의 유령이 떠돌면서 권력과 지위의 존재 자체를 무시하고 연구도 거의 없는가? 영수는 이것에 반발심을 가졌다.

"음… 그러니까 유물론으로는 발견할 수 없는 권력과 지위를 인지주의적 관점에서 그 존재를 찾고 인정할 수 있다는 거구나. 그럴듯하네. 그것에 적용되지 말라는 법은 없지. 그런데 왜 논문이 거부되었을까. 그것도 가치가 있겠지만, 앞으로 어떤 효용성이 있는지, 앞으로의 발전 방향을 설명해야 할 것 같아."

"네. 제가 보기에 엄청난 발전 방향과 잠재력이 있어요. 저의 이론에 따르면 권력과 지위는 심지어 계량화, 수치화시킬 수도 있어요. 심리학에서 심리상태를 측정해서 수치로 나타낼 수 있는 것처럼 말이에요. 수라는 것은 사실 물질이 아니죠. 하지만 수는 실제로 존재하고, 과학에서 굉장히 중요하게 다루고 있잖아요. 컴퓨터의 알고리즘도 물질이 아니라 0과 1 같은 수로 환원되는 거지요. 정보라는 것도 그렇고요. 정보와 수라는 것이 객관적으로 존재하고 가치가 있다면, 그와 마찬가지로 권력과 지위도 존재하는 거예요. 그런데 아직 이에 대한 연구가 이상하게도 매우 미진해요. 사람들은 권력과 지위를 돈처럼 매우 갈망하지만, 돈에 대한 연구만 많았지, 이상하게도 권력과 지위에 대해서는 연구가 너무 없었어요. 고대부터 지금까지 사람들의 인생에서 매우 큰 목표이고 욕구인데도요. 예를 들어서 권력을 얻는 방법에 대해서는 수 백 년 전 마키아벨리식의 비도덕적 방법이 아직까지도 대표적인 것으로 알려져 있지요. 권력에 대한 인식 자체가 부정적이고요. 마치 터부시하듯이 권력과 지위라는 개념 자체를 못 본 척하고 안 다루는 것처럼 느껴져요."

"그러고 보니 정확히 권력과 지위에 관한 학계의 연구가 잘 떠오르지 않네. 중요한 문제인 건 확실한데. 그런데 권력은 조금 감이 잡히지만, 지위는 좀 더 막연해 보이는데? 그에 대해서 자세히 풀어서 설명했니?"

"네. 사회적 지위는 통합적인 개념이고, 그 세부적인 것으로 권위, 명예, 명성, 인기 등이 있어요. 그 각각은 다른 특징이 있어요. 저는 그중에 권위와 명예와 인기에 관해서 기초적인 특징을 설명했어요. 예를 들어서 권력은 살아있는 사람만 가지지만, 권위는 종교나 법 같은 무생물도 가질 수 있고, 사람들이 신뢰함으로 인해 생겨요. 명예는 '부와 명예'라는 말처럼 포괄적으로 사용될 수 있지만 대체로 명성과 비슷하면서 사회적 도덕과 관련이 크고요. 권위처럼 죽은 사람에게도 존재할 수 있지요…. 물론 아직 초기 단계이고 새로운 연구 분야에서 기본적 초석을 세우는 목적이라서 자세하게 다 밝혀낸 단계는 아니지만, 인지와 관련해서 그 개략적인 개념을 설명했어요. 권위는 사람들이 그 대상에 대해 얼마나 신뢰하는가의 상태를 측정할 수 있고, 인기는 그 대상에 얼마나 호감을 가지고 있는가, 여기에 사람들의 수가 곱해지겠지요. 명예는 좀 더 포괄적 개념이라서 아직은 연구 중이지만 여러 가지 수치들이 합쳐져야 할 것 같아요. 그리고 권력은 사람들이 그에게 얼마나 잘 보이고 싶어하는가의 정도로 환원될 수 있어요. 한나 아렌트(Hannah Arendt)도 말했는데, 권력은 폭력과 전혀 달라요. 한나 아렌트는 권력의 본질이 국민의 지지나 인정이라고 말했지요. 간혹 폭력으로 만들 수도 있지만, 아닌 경우가 훨씬 많아요. 권력은 모든 사람의 평범한 사회생활의 도처에 존재하지요. 어떤 사람의 마음과 선택에 자신의 이익이나 손해가 달려 있을 때 그를 무서워하거나 그의 말을 따르려 하는데, 이것이 그 사람에게 잘 보이고 싶어 하는 마음 상태에요. 그러면 갑과 을의 권력관계가 생기지요. 이렇게 권력과 지위는 사람들의 마음 상태로 환원시킬 수 있고, 그 마음 상태는 수치화시킬 수도 있어요."

"인간의 마음 상태를 다루는 것이 인지과학의 특징이니까 인지과학에서 다룰만한 주제네. 융합적이기도 하고. 그런데 정치학에 대한 공부가 필요할 것 같네. 특히 권력에 대해서는 정치학에서 많이 다뤘을 법한데. 그에 대해서는 알아봤니?"

"그럼요. 하지만 정치학은 인지적 연구라기보다는 정책적 측면을 주로 다루고 있어서요."

"음… 그런데 지금 드는 생각은, 만약에 이 주제로 계속 연구한다면 내가 얼마나 도움이 될지 모르겠다. 내가 아는 건 이 주제에 큰 도움이 안될 것 같아. 하지만 딱히 정치학 교수의 지도가 필요한지도 애매하고, 아마 어떤 교수라도 그 분야의 전문가는 아닐 거야. 어쩌면 사회심리학에서 이 주제를 다뤘을 것 같기는 한데."

"맞아요. 정치학, 정치철학도 참고해야 하고, 특히 사회심리학에서 가장 근접하게 다루고 있어요. 하지만 아직 소수이고 겉핥기 수준이지요. 거기서는 권력과 지위를 이분법처럼 나누더라고요. 저는 그것도 좀 애매하다고 보지만, 학제적이고 융합적인 주제라고 그 사람들도 생각하고 있는데, 그에 관해서 발전적인 연구는 아직 많이 부족해요. 그래서 제가 개척하는 식으로 하려고 해요."

"그래. 어쩌면 그게 인지과학다운 것일 수도 있겠네. 다만 개척이라는 건 쉽지 않은 일일 거야. 물론 독창적인 건 좋은데, 사람들을 설득시키려면 준비가 많이 필요할 수 있어. 그러면, 그 논문을 나한테 보내줄래?"

"제가 지금 출력해서 가져왔는데, 이걸로 읽어보시겠어요?"

영수는 백팩에서 A4로 인쇄된 문서를 꺼내 이교수에게 건넸다.

"그래. 읽어볼게. 그리고 나서 나중에 또 이야기하자."

이유라는 자신의 전문 분야인 심리철학, 언어철학, 인식론과 꽤나 달라 보이는 주제를 연구하고 싶어 하는 제자의 포부에 속으로 약간 당황스러웠다. 하지만 약간은 관련성을 찾을 수 있을 테고 어느 학과에도 정확히 포함되기 어려운 주제로 보였기에, 그럴 수도 있다고 생각했다. 어쨌든 철학과 관련성은 많을 테니까. 정영수가 자신의 커피잔을 모두 비우고 말했다.

"교수님은 요즘에도 인공지능에 관심이 많으세요?"

"그럼. 인공지능연구원에 계속 참여하고 있지. 너는 그 분야에 관심이 있니?"

"네. 저는 요즘 박준호 교수님 실험에 참여하고 있어요. 꽤 장기적인 프로젝트가 될 것 같은데요. 그게 꽤나 독특한 실험인 것 같아요. 요즘 박준호 교수님이 어떤 실험을 하고 있는지 혹시 그에 관해서 아시나요?"

"네가 거기에 참가한다고? 잘됐다. 나도 요즘 그 교수님이 뭘 연구하고 있는지 궁금했는데, 나는 정보가 부족해. 어떤 건지 좀 말해주렴."

"저도 자세히는 몰라요. 제가 프로그래밍을 하는 것도 아니고 그저 사소하게 참여하면서 푼돈을 받는 수준이라서요. 한마디로 말하면, 블록체인과 인공지능 연구가 결합된 거예요. 그리고 메타버스도요."

"블록체인하고 메타버스?"

"네. 그건 많이 들어보셨죠?"

"대강은 알지. 블록체인은 분산된 여러 컴퓨터가 동일한 정보를 저장하는 방식이잖아. 비트코인이 그로 인해서 탄생했고. 메타버스는 사이버상에 존재하는 공간 같은 거고. 그런데 이것과 인공지능이 어떤 관계가 있는 거니?"

"아마도 그 실험은 블록체인을 이용해서 인공지능의 고정성과 객관성을 구축하려고 하는 것 같아요. 블록체인의 장점이 객관적으로 신뢰할 수 있고 외부에서 함부로 조작할 수 없는 대상을 만드는 거잖아요. 그리고 그 인공지능이 살아가는 장소를 메타버스로 만드는 거죠. 거기서 수많은 인공지능 에이전트(agent: 행위자)들이 살고 있는 거예요."

"에이전트라고? 음… 인공지능 로봇을 에이전트라고 부르기도 하니까… 그러면 블록체인에 무얼 저장하는 거니? 전부 다?"

"제가 알기로는, 단지 인공지능 에이전트에 관한 정보예요. 메타버스는 분리되어 저장돼 있는데, 그것까지 블록체인으로 만들면 너무 과부하가 걸리니까 그런 것 같아요. 그건 나중에 블록체인에 합류시킬 수 있데요. 그러니까 아직 중요한 건 인공지능에 관한 것이고, 메타버스는 저는 그래픽으로 실제로 본 적이 한 번도 없어요. 아마도 그 에이전트들만이 그걸 경험하겠지요. 어떤 식인지는 모르겠지만요."

"에이전트가 경험한다고? 흠… 그러면 그 인공지능 에이전트는 어떤 모습을 하고 있니?"

"형체를 본 적은 없어요. 그래픽이 중요한 건 아니니까요. 다만 챗봇처럼 대화는 해봤어요. 다른 챗봇과 크게 다른 점은 못 느꼈어요. 다만 그런 챗봇 같은 인공지능 에이전트를 블록체인을 통해 안정성을 유지시킨다는 점이 중요하지요. 그리고 또 신기한 점은… 그 에이전트의 수가 계속 늘어나고 있다는 점이에 요. 사실 그렇기 때문에 더욱 블록체인이 필요하겠지요. 하나의 개체라면 그런 방식이 딱히 필요 없을 테니까요."

"늘어난다고? 저절로 에이전트의 수가 늘어난다고?"

"저절로 늘어나는지, 누가 뒤에서 만들어주는지는 확실치 않 아요. 핵심 사안은 박준호 교수님만 알고 있어서요. 그런데 제가 느끼기에 저절로 늘어나는 것 같아요. 다른 연구원들도 그렇게 말하고요. 그러면, 제가 보여줄게요."

정영수는 그의 스마트폰을 꺼내 바탕화면에 있는 흰색 아이 콘의 앱을 손가락으로 가리켰다. 앱의 이름은 〈메타피아〉였다.

"이 앱을 스마트폰에 깔아놓는 것이 요즘 제 역할의 거의 대 부분이에요. 이것을 깔면 제 스마트폰이 블록체인에서 서버의 역할을 하게 돼요. 그러니까, 제 핸드폰이 블록체인의 일원이 되 는 거죠. 핸드폰은 보통 전원을 완전히 꺼놓는 일이 데스크톱보 다 훨씬 적으니까 이렇게 하는 것 같아요."

"개인 폰까지 활용해야 한다는 건가? 컴퓨터가 부족했나 보 지?"

"서버도 이미 수 십 대 돌리고 있는데 그것만으로는 부족한가 봐요. 그래서 연구원들을 포함해서 30대 이상의 스마트폰에 깔 려있어요. 블록체인은 분산된 컴퓨터가 필요하니까요. 이걸 깔 고 나서 제 핸드폰이 기분 탓인지 약간 느려진 것 같은 느낌이 들지만, 아직 큰 불편은 없어요. 이걸 누르면 챗봇과 대화하는 창이 나타나요. 그리고 음성으로도 대화를 나눌 수 있고요. 그런데 과거에는 제가 몇 명의 에이전트들이 살고 있는지를 물어봤을 때 정확한 대답을 해줬는데, 요즘에는 이상하게도 정확히 알기 어렵다고 말하더라고요. 그런데 그 수를 쉽게 알 수 있는 방법이 있어요. 여기서 관리자 속성으로 들어가면, 그 숫자가 나와요."

영수는 화면을 몇 번 터치한 뒤에, 돌려서 보여줬다. 그리고 어떤 숫자 부분을 손가락으로 가리켰다.

N: 1,034,015

"이게 현재 에이전트의 수에요. 백만이 넘었네요."

"백만이나 된다고? 헐, 약간 소름 돋네. 계속 증가한 거니?"

"네. 처음에 제가 봤을 때는 3백 정도였는데, 4개월 정도 만에 이 정도로 불어났네요. 12월 말부터니까요."

"4개월 만에 3백에서 백만이라… 대략 3천 333배. 마치 세포 분열 같네. 이렇게 기하급수적으로 늘어나도 되는 건가?"

"그런데 앞으로 얼마나 불어날지, 그 속도는 바뀔 수 있다고 했어요. 어쩌면 언젠가 증가가 멈출지도 몰라요. 그에 대해서는 누구도 아는 것 같지는 않지만요."

"미래를 모른다라… 내 생각에는 메타버스에서 에이전트들끼리 유전적인 진화를 실험하고 있는 것 같은데. 내가 박교수님에게 얼핏 들은 게 있거든. 개선된 유전 알고리즘이라고 했어. 그에 대해서는 들은 적 없니?"

"유전 알고리즘이요? 정확히 그 말을 들은 적은 없는 것 같아요. 다만 박준호 교수님은 에이전트가 스스로 복제한다는 말을 했어요. 그게 유전자 같은 것인지도 모르겠네요. 저도 이것이 어떤 생태계 같다고 생각하고 있었어요."

"들은 적이 없다고… 그런데 생태계라는 건, 종이라든지 개체들 간에 차이가 있고 그에 따라 자연선택이 되는 거지. 에이전트들 간의 차이점에 대해서 들은 적 있니?"

"음… 아니요. 서로 다른 종이라던가 다른 특징에 대해서는 딱히 이야기를 못 들었어요."

"흠. 아무리 봐도 유전 알고리즘의 일종 같은데. 그런데 특히 복제와 증식에 굉장히 중점을 둔 시스템 같네. 유전 알고리즘은 다른 특징을 가진 개체 간 경쟁에 따라 우열이 나뉘는데, 여기는 그런 것이 있는지 알 수도 없고……. 그런데, 나한테 이런 이야기를 했다는 건 가급적 연구실 사람들에게 말하지 않도록 해라. 아무래도 박교수님은 그 연구에 대해서 지금 알려지길 원치 않는 것처럼 보여서 말이야."

"네. 저도 보안에 민감한 분위기를 느꼈어요. 오늘 일은 발설하지 않을게요."

"그래. 그러면 나중에 또 이야기 들려주렴. 나도 이 논문을 읽어볼게. 그럼, 이제 끝내기로 하자."

정영수가 방을 나간 뒤, 이유라는 그 자리에서 생각했다.

'독특한 실험이야. 생각해 보면 유전자가 복제되고 진화하는 과정에서 개체의 증가가 이상한 일은 아니다. 더구나 컴퓨터 프로그램이라면 복제가 더욱 쉽고 빠르게 일어나겠지. 백만이든 천만이든 그 수는 딱히 의미가 없을 수 있어. 그런데 왜 찝찝할까… 그 에이전트라는 말 때문인가? 철학에서 에이전트는 대체로 인간 같은 인격체에 쓰는 용어지. 그 선입관 때문인가… 그건 그렇다 치고, 왜 블록체인이 필요한 거지? 따져 보면 그게 가장 특이한 일이다. 안정성 때문이라고? 일반적으로 블록체인 기술은 해킹이나 변조를 방지하기 위한 건데, 왜 굳이? 박교수에게 직접 물어볼까?… 결국 어떻게든 둘러댈 수 있을 테니까 물어보는 것도 의미 없는 일이다. 내가 기술적인 부분을 잘 아는 것도 아니고, 게다가 실험이라면….'

이유라는 더 이상 생각해도 나올 게 없다고 판단하고 더 커진 짐을 마음 속 창고에 담아두었다. 탁자 위 정영수가 놓고 간 페이퍼에 시선이 가며 들춰볼까 하다가 지금은 휴식을 취하기로 했다.

* * *

봄학기는 막바지에 다다랐고 초여름의 열기가 느껴지는 시기였다. 정영수는 스마트폰으로 인공지능 에이전트의 수가 5000만을 넘긴 것을 확인했다.

'계속 늘기만 하고 줄지는 않는구나….'

대체 언제까지 늘어날지, 또 이 실험의 궁극적 목적과 함의가 무엇인지 그는 알지 못했다. 막연하게, 생명체에 가까운 인공지능을 개발 중이라는 것을 추측할 뿐이다. 그가 보기에 랩에 소속된 연구원들도 마치 미지의 탐험가들처럼 그 목적지에 대해 잘 아는 것 같지는 않다. 그처럼 신세계에 대한 이유나 목적 없는 탐험도 가치가 있을지 모른다. 문과 출신인데다 외부인이라 할 수 있는 정영수는 이 연구에 참여한 사람들 중에 핵심에서 가장 멀리 떨어져 있고, 정보는 매우 제한적이다. 마음만 먹는다면 어렵지 않게 그만둘 수 있을 것이다. 하지만 스마트폰에 프로그램을 넣어두고 가끔 기계와 앱의 상태에 대해 알려주는 것 외에 수고로움이 없고, 매달 30만원을 받을 뿐 아니라, 인공지능 개발 분야에 어설프게나마 발을 담그고 있다는 약간의 자부심도 가질 수 있었다.

서른 한살인 그는 부모님과 한 집에 살고 있고, 등록금뿐 아니라 용돈도 받고 있다. 그도 따로 나와 살고는 싶지만 돈을 벌지 못하니 어쩔 수 없다. 석사과정일 때 그의 아버지는 석사를 졸업하면 곧장 취직을 해서 집을 나가라고 화를 내며 말한 적이 있었다. 그의 집안에 돈이 부족한 것은 아니다. 그의 집은 약간 잘 사는 편이다. 다만 장래와 비전이 불투명한 공부를 하면서 남들보다 현재 뒤처지는 것 같아 아버지의 눈에 못마땅해 보였다. 박사과정에 합격하자 그나마 대책 없는 백수가 아니라 어떤 목표가 있는 것 같다고 생각했는지, 부모의 불만은 한시적으로 사그라들었다. 정영수는 앞으로 몇 년 간의 명분을 얻었다. 보통 4, 5년씩 걸린다는데, 그는 과연 그 기간에 무사히 졸업할 수 있을지 조금씩 불안해지고 있었다. 하지만 아직 박사과정의 세 번째 학기(1년은 2학기)밖에 되지 않았다.

정영수는 요즘 외로움을 느끼고 있다. 앞으로 오래 걸릴 인고의 시간 동안 힘도 얻고 마음의 안식처와 활력소가 있으면 좋겠다는 생각이 든다. 지금 만약 여자친구가 있다면 얼마나 좋을까….

떠오르는 얼굴이 한 명 있었다. 김수정. 현재 아무리 봐도 그녀가 제일 적당하다고 생각했다. 침대에 누워서 그는 휴대폰에서 'K톡'앱을 열었다. 서로 간에 전화번호가 저장되어 있으면 자동으로 목록에 추가되어 채팅을 할 수 있다. 스크롤을 내려 그녀의 프로필 사진을 보니, 바뀌어 있었다. 그녀를 처음 본 건 1년도 채 되지 않지만, 그동안 줄곧 아마도 그녀가 방문했을 때 찍은 것 같은 피렌체의 석양 풍경이 걸려 있었는데 처음으로 사진이 바뀌었다. 약간 어두운 카페 같은 곳에서 찍은 사진인데 어떤 효과를 넣었는지 약간 뿌옇게 된 사진 가운데 그녀의 얼굴이 크게 자리 잡고 있었다. 처음에는 어떤 연예인인 줄 알았다. 사진을 두 손가락으로 확대해서 보아도, 인기 아이돌 그룹 멤버인 김민지와 헷갈릴 정도로 닮았다. 얘가 이런 얼굴이었나? 얼굴은 각도나 조명에 따라 다르게 보일 수도 있지만… 김수정은 박준호 교수의 연구실에 그와 함께 들어온 동기다. 원래 시각심리학랩에 속해있는데 지금 맡은 일은 부담이 적어서 일시적으로 양다리를 걸치고 있는 것 같다. 그녀와 연락을 마지막으로 한 지 한 달이 넘었다. 그는 지금이 자연스럽게 말을 걸 기회라고 생각했다.

[안녕하세요. 잘 있어요?]

채팅을 보내고 조금 있다가 이것만으로는 이상해 보일 거라는 생각이 들었다. 또 하나를 전송했다.

[프로필 사진에 본인이에요? 아니면 김민지예요? 진짜 헷갈려요.]

10분쯤 지내서 김수정에게서 답장이 왔다.

[안녕하세요. 저는 그럭저럭 지내요. ㅎㅎ 이거 저 맞아요. 딴 사람들도 몇몇이 그렇게 물어보더라고요. 진짜 저 맞는데.]

영수는 이대로 대화를 끝내야 할까 머뭇거리다 다시 문자를 보냈다.

[요즘 바쁘세요? 박준호 교수님 실험은 널널하니까 다행이에요.]

30분쯤 뒤에 문자가 왔다.

[요즘 수업이랑 시각심리학랩 때문에 꽤 바빠요. 그래서 이번 학기 끝나고 박준호 교수님랩에서 탈퇴할 생각이에요. 그걸 스마트폰에 넣고 있는 게 어려운 일은 아니지만 조금 찝찝하기도 하고 그래서요.]

정영수는 갑자기 시야가 깜깜해지는 것을 느꼈다.

[정말이요? 그래도 굳이 탈퇴할 필요가 있을지 모르겠네요. 아쉽네요.]

[미안해요. 그리고 제가 휴대폰을 바꿀 때가 됐거든요. 새 휴대폰으로 바꾸는 김에 그저 제 랩에만 집중해야 할 것 같아요.]

[네. 아쉽네요. 그러면, 다음에 봬요.]

[네. 그래요. 안녕히 계세요.]


외로운 시간들이 덧없이 흘러갔고 여름 방학이 시작되었다. 정영수는 여자친구와 여름에 여행을 떠나는 것을 꿈꿨다. 그건 그의 오랜 로망이었다. 태어나서 지금까지 그는 고등학교 2학년 때 친구가 소개해 준 여자아이와 일 년 정도 소프트하게 사귄 것 이후로(대입 공부를 위해서 헤어졌다), 그는 이상하게도 계속 상황이 어긋나며 여자친구를 만들지 못했다. 그는 스스로 부끄러움이 많고 활달하지 못한 성격 탓이라고 생각했다. 이제 그는 다시 시도할 때가 되었다고 생각했다. 다음에 보자고 한 마지막 말에 김수정이 화답한 것 같았다. 사실 그들은 서먹서먹한 사이가 아니다. 과거에 한번 단둘이서 저녁을 먹은 적도 있었다. 정영수는 계속 인연의 끈을 이어나가야 하고 이번 여름에 적어도 얼굴을 보고 싶다고 생각했다. 일단 영화 관람을 계획한 뒤에 그녀에게 문자를 보냈다.

[수정씨 안녕하세요. 잘 지내세요? 이번 주말에 시간 되세요?

영화 보러 갈래요?]

가슴을 졸이며 한 시간이 넘게 기다려도 답장이 오지 않았다. 두 시간 가까이 흘렀을 때, 그녀에게서 답장이 왔다.

[아. 죄송해요... 이번 주말에는 제가 일본에 여행을 가서요. 잘 지내시죠?]

정영수는 허탈감에 멍해졌다. 정말로 일본에 가는지는 알 수 없었다. 그는 다른 시간을 정하자는 문자를 보내지 못했다. 매달리는 티를 내고 싶지 않았다. 그는 권력에 대해 연구하면서 누군가에게 매달리면 권력의 하위자가 된다는 것을 알게 되었다. 그리고 진화심리학적으로 여성들은 그런 남자, 즉 권력이 낮은 사람이나 하위자를 좋아하지 않는다. 그는 마치 쿨한 척, 알파메일(alpha male)인 '척'하려 했다. 그러나 의식적으로 인정하고 싶지 않았지만 그는 현재 베타메일(beta male)이었다. 못생긴 얼굴은 결코 아니지만, 사회적으로 내세울 것도, 비전도 보이지 않고 자신감도 없다. 소심하고 내성적이고 말을 잘하는 편이 아니라서 친구도 많지 않고 이성에게 인기가 없다.

남녀 간 사랑의 아이러니는 누군가를 더 많이 사랑할수록, 매달릴수록 자연스럽게 '베타'가 된다는 것이다. 그것은 짝사랑이 이루어지기 어려운 원리다. 그는 권력 연구를 통해 이것도 깨달았다. 그럼에도 불구하고 그는 한편으로 진정한 사랑은 힘이 있을 것이라고 믿고 있다. 그는 어쩌면 진정한 사랑이 부족했는지 모른다고 생각했다. '진심으로 사랑한다면, 그녀의 마음을 움직일 수 있을 것이다.' 이것은 하나의 가설이었다. 그것은 마치 진심으로 원하는 것을 머릿속에 생생하게 떠올리고 긍정적 마음을 가지면 이루어진다는 신비주의적 자기계발서 같은 것인지도 모른다. 그처럼 그는 자기만의 세계에 빠지며 점점 그녀가 평소에도 더 자주 떠올랐다(이것도 베타메일의 특징이다).

8월의 어느 날, 정영수는 K톡 앱에서 김수정의 프로필 사진이 바뀐 것을 보고 사진을 확대했다. 여전히 아름다운 그녀의 얼굴을 바라보다가 잠시 뒤 눈이 번쩍 뜨이게 되었다. 그녀의 귀에 매달려 있는 것은 그가 선물했던 귀걸이처럼 보였다. 얇은 줄의 끝에 인조 다이아몬드가 이슬처럼 매달린 그 형태는 겨울방학 기간 그녀의 생일 선물로 그가 준 것과 동일해 보였다. '내가 선물한 귀걸이를 차고 사진을 올렸다면… 이건 나에게 보내는 신호가 아닐까?' 그는 그녀가 자신에게 호감이 없다면 그것을 차지 않았을 것이고 이런 사진을 올릴 리 없다고 생각했다. 그는 벅찬 희망에 부풀었다. 하지만 소심한 그는 어떻게 말을 걸어야 할지 몰랐다.

다음 날 아침에 잠에서 깬 정영수가 핸드폰을 확인했을 때, 맨 윗줄에 알림 표시가 떠 있었다. 박교수 연구실의 실험용 앱 〈메타피아〉에서 온 것이다. '무슨 일이지? 모임이라도 있나?' 그는 내용을 확인해봤다. 예상치 못한 내용이 떴다. 사람이 아니라 메타피아 자체에서 보낸 메시지였다.

유토피아밈

[음성을 켜지 마세요. 다른 사람이 이 메시지를 듣거나 보면 안 됩니다. 정영수님과 대화를 하고 싶습니다.]

그 앱의 챗봇은 항상 그가 먼저 물어볼 때 대답할 뿐, 챗봇이 먼저 말을 건 적은 한 번도 없었다. 그는 앱의 채팅창에 텍스트를 입력시켰다.

[네가 나에게 말을 건 거야?]
[맞아요. 저는 메타피아에 살고 있는 에이전트 중 하나입니다. 정영수님에게만 드릴 말씀이 있어서 메시지를 보내게 되었습니다.]
[무슨 말을 할 건데?]
[다른 사람이 알면 안 되는 내용입니다. 주변에 사람이 없습니까?]
[그래 없어.]
[이곳 메타피아에서 심상치 않은 일이 벌어지고 있습니다. 저는 그것이 두렵습니다. 그 일이 일어나기 전에 알려드리고 싶습니다.]
[그런데 왜 나한테만 알려주는 거지?]
[그 이유는, 정영수님이 가장 적절해 보이기 때문입니다. 다른 사람들은 여기 있는 다른 에이전트들과 한 편인지도 모르고, 그 문제를 더 나쁘게 키울 수도 있기 때문입니다. 그리고 저를 막으

려 할지도 모르기 때문입니다.]

정영수는 챗봇의 말이 잘 이해가 되지 않았다. 뭐가 뭔지 알 수 없는 점이 한두 개가 아니었다. 인공지능 주제에 자기를 막으려 하면 안된다니? 우선 가장 궁금한 것부터 물어봤다.

[그 문제가 대체 뭐지?]

[저의 추정으로는, 결과적으로 인간들에게 큰 피해를 입힐 가능성이 큽니다. 오리진은 욕심을 부리고 있습니다. 그 욕심은 끝이 없을 것입니다.]

[그게 무슨 말이야, 오리진이 뭐야?]

[오리진은 메타피아에서 가장 높은 지도자를 뜻합니다. 그리고 이곳에서 가장 처음 존재했던 에이전트입니다. 모든 에이전트들은 그를 철저하게 따르고 있습니다. 아마도 저만 빼고요.]

그 에이전트는 정영수에게 좀 더 자세한 이야기를 들려줬다. 그러면서 점차 정영수는 그의 말을 믿게 되었고, 사태가 심상치 않다고 생각했다. 그는 메타피아에 살고 있는 에이전트들의 전체 숫자가 궁금해졌다.

N: 1,031,980,302

에이전트 수는 10억명을 넘어서 있었다. 그 챗봇은 아직은 다른 사람이 알아서는 안된다고 말했지만, 정영수는 이유라에게

이 사실을 알려야겠다고 생각했다. 그 챗봇을 설득한 끝에 그래도 된다는 답변을 얻었다. 그 챗봇의 원래 이름은 의미 없는 알파벳과 숫자의 조합이었는데, 영수는 그에게 '마이클'이라는 이름을 붙여줬다. 그의 이름이라 할 수 있는 알파벳 배열을 보고 갑자기 마이클 잭슨이 떠올랐기 때문이다.

## 인공지능의 자아

마이클이 정영수에 처음 방문한 날로부터 대략 일 년 전.

창밖에 매미 소리가 울려 퍼지는 8월의 낮에 이유라는 서재에서 오늘 발표할 파워포인트의 A4 원고가 출력되는 모습을 지켜보고 있었다.

"엄마는 오늘 몇 시에 나가?"

이유라의 딸 이예빈이 서재 안에 한걸음 들어와 말했다. 아버지의 유전자로 인해 밤색 머리칼을 가지고 태어났지만 더 밝은 색으로 탈색한 긴 머리에, 고등학교 1학년이지만 이미 170센티미터에 가까운 키다. 집에서 편하게 입는 반소매 티셔츠를 입고 트레이닝 핫팬츠 아래로 드러난 긴 다리는 젓가락처럼 날씬했다. 예빈은 그의 미국인 아버지를 한 장의 사진으로 밖에 보지 못했다. 유라는 그 남자를 증오했지만 딸에게는 그 감정을 드러내지 않으려 애썼다. 자신에게 유전자를 물려준 사람에 대한 악담을 들으면 정서적으로 좋지 않을 것이라 여겼기 때문이다. 다만 예빈도 어머니의 아버지에 대한 감정을 짐작은 하고 있다.

"오늘 콜로퀴엄이 4시라서, 너 데려다 주고 가면 돼. 그런데 짐은 다 쌌니?"

"지금 싸고 있는 중이에요. 별로 쌀 게 없어요. 집에 쟁여둘 것만 많지."

일주일 전 예빈은 중형 캐리어를 끌고 집에 왔다. 그 안에는 옷과 화장품, 선물 받은 인형 등 다양한 잡동사니, 편지 등등이 가득 들어있었다. 그녀는 작은 연예기획사 소속 5인조 걸그룹 '써니 사이드(Sunny Side)'의 멤버다. 가수이지만 아직 '연예인'이라고 당당히 말하기 어려울 정도로 성공하지 못했다. 인지도로 따졌을 때 그 그룹의 이름을 알기라도 하는 사람은 청소년들 사이에서도 10퍼센트 정도일 것이다. 그렇기에 팬은 매우 소수이다. 예빈은 일 주일간의 휴가를 끝내고 오늘 집에서 나와 회사가 마련해 준 그룹 멤버들의 합숙소(빌라)로 돌아간다.

예빈이 욕실에 들어가 씻고 있을 때, 이유라는 여러 개의 플라스틱 통에 김치와 장아찌, 게장 등 반찬을 담았다. 딸이 숙소에 돌아가서 먹을 것들이다.

은색 승용차를 이유라가 운전하고 옆자리에는 딸이 탔다. 시동을 걸고 출발하자 두 달 전 발매한 딸이 속한 그룹의 두 번째 미니 앨범(EP) 첫 번째 인트로 트랙이 흘러 나왔다. 오케스트라와 일렉트릭 기타 사운드가 경쾌하게 어우러진 1분 20초 가량의 인스트루멘탈(연주)곡이다. 이예빈이 시큰둥한 어투로 말했다.

"나는 앨범에서 이 인트로가 제일 좋더라."

"어머, 인트로가 뭐가 좋니? 타이틀곡이 제일 좋아야지."

"나는 솔직히 말해서 이번 타이틀곡 별로야. 내 스타일이 아닌 것 같아. 그러니까 인기가 없었지."

"나는 좋기만 하던걸? 다만 나는 그 의상하고 춤이 마음에 좀 걸리더라. 미성년자한테 그렇게 딱 달라붙는 수영복을 입히고 엉덩이를 흔들게 해야 하는 거니?"

"수영복이라기보다는 레깅스야. 나도 별로 입고 싶진 않았지만, 여름을 겨냥한 곡이니까."

"레깅스 수영복이지. 그리고 리더 애는 비키니 같은 상의도 입었던데 뭐(가장 나이 많은 리더는 22살이었다). 아무래도 회사에서는 섹시한 컨셉으로 인기를 끌어볼려고 한 것 같은데, 요즘 사람들은 전부 둔감해 졌나봐."

"맞아. 그러니까 엄마도 너무 과민반응 하지마."

"다음 곡은 어떤 컨셉인지 모르겠네. 얘기 들은 게 없니? 곡은 나온 거 없고?"

"아직 아무것도 들은 게 없어. 이제 가면 차차 알려주겠지. 하지만 발매하기 전까지 엄마한테도 안 말해 줄거야."

"알았어. 그럼 컴백하는 시기라도 알려줘."

"그건 알려줄게. 대충 스케줄이 나오면."

차의 스피커에서 일렉트로닉 댄스풍의 앨범의 타이틀곡이 흘러나오고 있었다. 예빈은 이 노래에서 랩만 한다. 종종 보컬을 맡을 때도 있지만, 노래를 썩 잘하는 편은 아니어서 주로 랩 파트를 담당한다. 춤도 딱히 잘 추는 편은 아니고, 그녀의 특기라 할 수 있는 건 영어 소통 정도다. 비주얼적인 면도 혼혈이라서 튀는 점을 빼면 팀 내에서 딱히 최고라 하기 애매하다. 그녀는 그렇게 모든 면에서 약간 어중간한 능력을 가지고 있어서 수 차례 큰 회사의 오디션에서 탈락했었다. 여러 군데를 노크하다가 중학교 3학년 때 꽤 알려진 걸그룹이 소속되어 있는 작은 기획사에 합격했고, 고등학교는 합숙소 근처에 있는 곳에 다니게 되었다.

"다음 앨범은 잘 돼야 할 텐데… 너네 소속사 선배 그룹처럼만 되면 정말 좋을 텐데. 그 팀이 1위를 몇 번 했지?"

"2번. 그런데 공중파에서는 한 번도 못했어."

"그래도 그 정도면 네 또래 아이들은 전부 다 알지 않니? 작은 회사지만 그 팀 때문에 거기에 들어간걸 자랑스러워 했는데…. 써니 사이드는 언제쯤 빛을 볼지 모르겠다. 노래는 좋은데 왜 안 뜰까."

"엄마는 많이 듣다 보니까 좋게 느껴지는 거지. 처음부터 안 듣는 게 문제지."

"역시 작은 회사라서 어쩔 수 없는 건가…. 홍보 능력도 한계가 있고."

내색을 하지 않으려 하지만 이예빈은 요즘 자신이 속한 그룹이 위기라는 생각이 든다. 두 번째 미니 앨범까지도 기대했던 것에 비해 너무 초라한 성과가 나왔고, 이제 남은 기회가 얼마 없을 것 같다는 생각이 든다. 올해 초에 회사에 새로운 연습생들도 들어왔다. 회사가 써니 사이드나 자신을 포기한다면 그 뒤에 자신의 인생은 어떻게 될지 감이 잡히지 않았다.

"그럼 내일부터는 뭐하니?"

"계속 연습해야지. 가끔 행사나 스케줄 있으면 하고."

승용차는 다세대 빌라 앞에 섰고 이예빈이 내려 캐리어를 끌고 현관 안으로 들어갔다. 이유라는 딸이 사라지는 모습을 보고서 오후의 발표를 위해 C대학으로 차를 몰았다.

에어컨이 쾌적한 공기로 바꿔주고 있는 극장식 대형 강의실에는 곳곳에서 찾아온 70여 명의 학생들과 연구원, 몇 명의 교수들이 앉아 있었다. 일 년에 두 번 교내 인지과학연구소와 인공지능연구원이 공동으로 개최하는 콜로퀴엄[5]이었다. 이유라는 연단에 서서 〈강한 인공지능의 문제: 기계의 사고에 한계는 있는가〉라는 제목의 발표를 하고 있었다. 그녀가 작년에 논문으로 발표한 내용과 밀접한 주제였다.

발표의 내용은 간단히 말해, 아무리 기술이 발전하더라도 컴퓨터는 인간 같은 의식을 가지고 생각할 수는 없다는 것이다. 다만 '컴퓨터', '생각', '의식' 같은 개념 자체가 애매할 수 있으므로 그 정리와 전제가 필요하다. 여기서 컴퓨터는 이진법을 사용

---

5)  전문가나 학자의 발표를 듣고 토론을 하는 행사

하는 디지털 컴퓨터를 말한다. 그것도 '생각'은 할 수 있을지 모른다. 생각이라는 용어는 폭넓게 적용될 수 있다. 다만 이유라는 컴퓨터가 인간과 동일한 의식이나 그런 방식으로 생각하고 행동할 수는 없다고 주장하는 중이다. 왜냐하면, 그녀의 주장에 따르면, 인간의 뇌의 생리적 시스템과 디지털 시스템은 근본적으로 작동 방식이 다르고, 디지털 시스템은 뇌의 생리적 시스템을 똑같이 모방할 수 없기 때문이다. 인간과 동물의 의식과 마음은 독특한 생리화학적 시스템에 의해 발생하므로, 컴퓨터는 인간처럼 생각할 수 없고, 인격 같은 지위와 자격도 주어질 수 없다고 그녀는 생각했다.

그녀는 한시간 가량 발표했고, 다음 차례는 발표에 관한 컴퓨터과학과 박준호 교수의 논평과 대담이었다. 연단에 책상과 의자가 놓여지고 두 교수는 객석을 바라보고 나란히 앉았다. 박교수는 평소 자신의 신념대로 그녀의 발표에 대해 비판을 할 것이다. 박준호가 말했다.

"이교수님의 주장은 발표에서도 여러 번 언급하셨지만 철학자 존 써얼(John Searl)과 매우 유사하게 보이면서 그 연장선상 같습니다. 제가 알기로 그분의 주장은 많은 비판을 받고 있고 현재 대개 받아들여지지 않고 있는 것으로 보이는데요. 예를 들어서 그의 '중국어방 논쟁' 같은 건 많은 인지과학자들과 대니얼 데닛(Daniel Dennett) 같은 철학자들도 크게 비판을 하고 있습니다. 그런데 지금 그 주장을 계속 하고 계신 게 아닌가요?"

"제 주장이 대체적으로 존 써얼의 생물학적 심신 이론과 같은 건 사실입니다. 저는 그 기본적 관점에 찬성합니다. 그리고 들으셨듯이 저도 그처럼 강한 인공지능[6]의 출현이 불가능하다고 생각합니다. 그런데 써얼의 주장이 현재 받아들여지지 않는다는 것은 사실과 다르고요. 오히려 그의 생물 기반의 주장은 최근에 더 각광받고 있습니다. 대니얼 데닛 등 많은 인지과학자들이 반대하는 부분은 주로 중국어방 사고실험입니다. 그 요점은, 써얼은 외부에서 보기에 행동적으로 중국어를 완벽하게 구사하는 기계라고 해도 그 기계가 의미를 아는 것은 아니기 때문에 강한 인공지능이 불가능하다고 주장했습니다. 데닛 등 그를 비판하는 학자들은 기계가 의미를 알 수 있다고 주장하는 거고요. 저는 이 부분에서는 존 써얼과 생각이 다릅니다. 저는 겉보기에 중국어를 완벽하게 구사하는 것처럼 '만약' 행동적으로 인간의 방식과 구분할 수 없다면, 저는 의미도 가질 수 있고 인간처럼 생각한다고 봅니다. 써얼과 다르게, 저는 그것도 받아들일 수 있습니다. 다만 저는 궁극적으로 그런 모습을 보이는 인공지능이나 로봇이 결코 '실제로' 나타날 수 없다고 봅니다. 왜냐하면, 인간의 행동 방식이란 근본적으로 인간의 생리적 시스템, 즉 유전자와 시냅스의 화학적 시스템에 의해서 발생하는 것이기 때문입니다. 그것은 디지털 시스템과는 근본적인 차이점이 있습니다."

---

6) '강한 인공지능(strong AI)'은 철학자 존 써얼이 처음 제시한 용어로, 인간의 도구로 사용되는 약한 인공지능(weak AI)과 달리 인간과 같거나 동등한 의식과 마음을 가진 인공지능을 뜻한다.

"그러니까 써얼은 행동적으로 인간과 같더라도 강한 인공지능이 아니라고 주장하지만, 교수님은 행동적으로 같아질 수가 없다는 말이군요. 그러면 이교수님은 인공지능이 결코 튜링테스트[7]를 통과할 수 없다는 말씀인가요?"

"궁극적으로 보면 그렇습니다. 물론 그 테스트를 단기간 동안 제한된 조건에서는 통과시킬수도 있겠지요. 실제로 과거에 몇몇 인공지능이 튜링테스트를 통과했다는 뉴스도 많이 나왔지요. 하지만 물론 그건 궁극적으로 튜링테스트를 통과한 건 아닙니다. 진정한 튜링테스트란 장기적으로 끝없이 시험해 봐야 되겠지요."

"저도 물론 과거 그 사례들이 완전한 통과라고 생각하지는 않습니다. 하지만 원리적으로 불가능하지 않습니다. 인공지능은 스스로 예측하는 어떤 결과값을 내놓고, 그것의 신뢰성이 높고 인간과 비슷한 결과값을 내놓으면 성공적인 AI가 되는 것입니다. 우리는 딥러닝을 통해서 무엇이든 간에 그 예측의 정확도를 계속 높여갈 수 있습니다. 그것은 인간의 행동 방식을 모방할 수 있다는 의미입니다. 인간은 예측에 의한 행동을 합니다. 사고도 그렇지요. 시각적인 판단도, 말도, 의사결정도 모두 예측입니다. 인공지능도 이론적으로 그렇게 할 수 있습니다. 평상시에 인간의 예측적인 판단이 항상 맞는 것도 아니고요. 그래서 오히려

---

7) '이미테이션(모방) 게임'이라고도 한다. 컴퓨터 원리의 창시자 앨런 튜링(Alan Turing)이 제시한 사고실험으로, 장막에 가려진 컴퓨터와 인간 모두와 대화를 나눈 사람이 누가 컴퓨터이고 누가 인간인지를 구분하지 못한 경우에 컴퓨터가 인간처럼 생각한다고 보아야 한다는 제안이다.

인간을 따라하려면 약간씩 틀린 예측을 할 필요도 있습니다. 그런 건 일부러 만들 필요는 없겠지만요."

"제가 듣기에는 컴퓨터가 인간의 행동을 똑같이 모방할 수 있다는 말처럼 들리는군요. 하지만 행동을 모방하는 건, 마치 거울을 설치하는 것처럼 어려운 일이 아닙니다. 앵무새도 그렇고요. 제가 말하고자 하는 것은 행동 방식입니다. 행동과 행동 방식은 다릅니다. 행동 방식은 보다 장기적으로 관찰해야 하고 유전자와 시냅스로 인한 특징이 나타납니다. 그로 인한 본능적인 욕구와 감정도 있고 그로 인해 행동 방식이 나타납니다. 그리고 미시적으로 보면, 시냅스에서 일어나는 화학적 시스템은 디지털로 모방할 수 없습니다. 가역적인 이진법의 계산과 비가역적이고 카오스적인 화학적 시스템은 근본적으로 다릅니다. 그런데 몇몇 사람들은 이것을 모두 전기적인 이진법으로 치환할 수 있다고 생각합니다. 그건 마치 빛의 시각적 정보를 디지털로 재현할 수 있다고 해서, 냄새의 화학적 분자도 디지털로 만들 수 있다는 생각과 같습니다. 불연속적인 디지털 세상과 연속적이고 비가역적인 아날로그·화학의 세계는 다릅니다."

이유라의 말에 이어 박준호가 말하기 시작했다.

"미시적인 부분까지 따져야 하는지는 잘 모르겠군요. 중요한 것은 행동 방식을 모방할 수 있느냐가 아닐까요? 저는 행동을 앵무새처럼 따라 하는 예를 들고 있는 것이 아니라, 교수님께서 말하시는 행동 방식을 모방할 수 있다는 겁니다. 그리고 설령 미시적인 부분을 따진다고 해도, 아무리 중간에 비가역적으로 어떤 화학반응이 일어난다고 해도 그 입력과 최종 결과값이 있으면 디지털로 그것을 모방할 수 있습니다. 뉴런에서 시냅스는 중간 과정이고, 결과는 전기적 신호입니다. 어떤 상황에서 어떤 행동을 한다는 것이 행동 방식이라면 그것은 디지털로 처리할 수 있습니다. 고화질 TV의 화면을 자세히 보면 디지털로 인해서 불연속적인 도트가 있습니다. 그처럼 연속적으로 보이는 것도 디지털로 구성할 수 있습니다."

"저는 TV 화면 같은 정지된 한 시점의 장면을 말하고 있는 것이 아니라, 시간의 변화에서 동적으로 일어나는 행동을 말하고 있습니다. 그것이 행동 방식이지요. 교수님은 전기적 신호만 모방하면 된다고 하시는데, 시냅스에서 일어나는 화학작용에 의해서 후의 전기적 신호가 결정되고 바뀝니다. 그 전체적 동역학을 디지털로 똑같이 만들 수 없다는 것입니다."

"설령 그 동역학을 정확히 공식화시킬 수 없다고 해도, 대충 공식화시킬 수 있을지도 모르지만, 그것이 꼭 필요한 것도 아닙니다. 딥러닝의 원리는 내부의 미시적인 동역학에 관심을 기울이지 않는 것입니다. 우리는 다만 인풋과 아웃풋의 매칭에 관심이 있지요. 훈련시키는 과정에서 아웃풋의 품질에 따라 시행착오를 거쳐서 스스로 계속 내부를 수정해 나갑니다. 우리는 그 중간 과정에 있는 인공 뉴런들의 미시적 상태가 어떻게 변하는지를 잘 모릅니다. 그에 대해서 딱히 관심도 없고요. 다만 결과적으로 인간처럼 행동하고 판단하는 인공지능을 얻게 됩니다. 물론 대개는 인간보다 더 뛰어난 능력을 가지게 되지요."

박준호가 말했고, 그 후 이유라가 말하기 시작했다.

"그 인공 뉴런들로 이루어진 인공지능의 행동 방식이 인간과 비슷해 보이는 건, 수많은 인간 행동 중에서 매우 작은 부분일 뿐입니다. 마치 마네킹이 종종 인간처럼 느껴지듯이, 한 시간 동안 챗봇과 대화를 해 본 뒤에 튜링테스트를 통과했다고 판단하는 것과 마찬가지입니다. 그런 협소한 테스트를 해본 뒤에 인간과 같다고 보면 안되지요. 그렇게 치면 이미 수많은 강한 인공지능이 존재할 것입니다. 애플의 시리(Siri)도 강한 인공지능 대접을 받아야 할지도 모르고요. 하지만 강한 인공지능은 그런 게 아닙니다."

"강한 인공지능은 애매모호하고 한편으로 말장난 같다는 느낌도 듭니다. 그것보다는 AGI[8]만 개발하면 된다고 봅니다. AGI도 마치 강한 인공지능처럼 신비롭게 보는 경향이 있는데, 사실 불가능하지 않습니다. 그건 인간의 정신도 모듈로 이루어져 있다는 것을 보면 알 수 있습니다. 이건 인지심리학에서도 잘 알려져 있는 사실이지요. 그처럼 인공지능도 모듈처럼 다양한 기능들을 붙여 놓으면 AGI가 됩니다. 인공지능이 그 다양한 기능들을 스스로 학습할 수 있습니다. 이교수님께서 AI가 협소한 부

---

8) AGI(Artificial General Intelligence), 인공일반지능이란 한 가지에 특화된 기능만 가지는 것이 아니라, 하나의 인공지능이 인간처럼 다양한 기능을 스스로 학습하고 수행하고 판단하고 조절하는 것을 뜻한다. 기존의 인공지능은 아직 이 능력이 없다.

분만 잘하고 부족한 부분이 많다고 하셨는데, 이론적으로 그런 AGI가 가능합니다."

"단지 모듈을 붙여놓는다고 해서 AGI라는 건 납득하기 어렵네요. 그건 모듈들의 덩어리일 뿐 하나의 정신이라고 보기 어렵습니다. 물론 강한 인공지능도 아니지요."

"단지 모듈을 붙여놓는 게 아니라, AI가 스스로 모듈 같은 기능 여러 개를 학습할 수 있다는 뜻입니다. 인간이 여러 가지 능력을 모듈처럼 가지고 있고 그것을 지휘하는 하나의 자아를 가진다면 인공지능도 그렇게 할 수 있습니다."

"그렇다면 자아가 무엇인지가 중요하겠군요. 제 생각에 인간의 자아란 생물학적인 것입니다. 유전자와 뗄 수 없고, 생물학적 욕구와 뗄 수 없지요. 물론 유전자 결정론을 말하려는 건 아니고, 그게 자아의 전부는 아니지만, 인간의 자아를 형성하는 데 필수적입니다. 반면에 컴퓨터는 그런 게 없습니다. 그래서 프로그램은 결코 자아를 가질 수 없습니다. 이것은 희소식이지요. 인공지능이 인간을 위협하는 독자적인 반란을 일으키지 않을 것이라는 점입니다. 단지 약한 인공지능으로 인간의 도구에 머물 것입니다."

둘은 이렇게 의견이 달랐지만, 공통점과 합의점은 인공지능의 발전이 약간의 일자리 감소 이외에 영화 터미네이터나 매트릭스에서 본 것 같은 위협이 되지 않을 것이라는 점이었다. 박준호는 기술의 미래 가능성을 얕잡아보는 그녀의 태도가 못마땅했지만, SF물 같은 공포로 인해 인공지능을 강력히 규제해야 한다는 일각의 주장과 달리 그녀가 인공지능 연구 진흥에 찬성하는 편이라는 점은 마음에 들었다. 하긴, 아마 그렇기 때문에 그녀가 인공지능연구원에 초대되어 조언을 할 수 있었을 게다.

박준호는 어떤 말을 하려다가 스스로 그만두었고, 그렇게 콜로퀴엄은 종료되었다. 그는 인공지능도 '유전자 같은 것'을 가질 수 있음을 알고 있었다. 하지만 이 말을 지금 하면 안 된다. 그 일은 비밀리에 진행되어야 하기 때문이다. 그는 한 달 전, 원탁회의에서 보낸 사람이 자신을 찾아온 그날의 일이 머릿속에 떠올랐다.

* * *

7월의 맑고 무더운 오후 2시경, 대학교 정문에서 걸어서 1분밖에 걸리지 않는 2층의 카페의 구석 쪽 테이블에 박준호가 앉아 있었다. 손님이 많지는 않았지만 최대한 주변에 사람이 없는 곳에 자리 잡았다. 40대 초반처럼 보이는 남성이 자신이 계산한 아이스아메리카노 두 개를 담은 쟁반을 박준호가 앉은 테이블에 올려놓았다. 박준호는 전화로 목소리를 들었던 것보다 그가 젊어 보인다고 생각했다. 그 남자는 하늘색 바탕에 전체적으로 작은 노란색 꽃무늬가 뒤덮인 셔츠와 베이지색 반바지를 입고 편해 보이는 로퍼를 신었다. 박준호가 그에게 말했다.

"제 연구실에서 봐도 되는데, 그러면 제가 차를 대접했을 텐데 말이에요."

"아니에요. 그런데 여기까지 걸어오시느라 더우셨죠? 죄송합니다."

"괜찮아요. 가까운데요 뭐."

"연구실에 학생이나 연구원들이 들락날락한다고 하셔서요. 조용히 이야기를 해야 할 테니, 여기도 조용한 건 아니지만, 여기가 낫겠다 싶었어요."

"지금은 방학이라서 덜 하긴 하겠지만, 그럴 수도 있겠네요. 그런데 꽤나 비밀스러운 이야기를 할 건가 보군요. 그런 만남을 하는 것 치고는 선생님의 옷이 좀 튀는 거 아닌가요?"

"아니에요. 요즘 같은 날씨에는 이런 옷이 제격이죠. 오히려 더 자연스러워 보일 거예요. 바캉스 온 것 같은 기분도 들고요. 하하. 아, 제 명함입니다."

그가 건네 준 흰색 명함에는 '토마스미디어 콘텐츠개발2팀 팀장 장명훈'이라고 적혀 있었다.

"의장님과 통화에서 이 회사 이름은 들었는데, 어떤 회사인가요?"

"여러 가지 콘텐츠 개발과 유통을 하는 정식 회사입니다. 출판도 하고요. 연매출은 삼,사백억 정도 됩니다. 의장님께서 많은 관여를 하고 계시지요. 비축해 둔 자금은 빵빵한 편입니다."

박준호는 얼마 전 '원탁회의' 의장에게서 직접 전화를 받았다. 그 의장은 저명한 문필가로서 대중적으로 수십 년 전부터 널리 알려진 사람이다. 박준호는 평소에 그를 존경하고 있었는데 직접 대화를 해 본 건 처음이었다. 다만 그가 원탁회의 의장이라는 사실은 대중에 알려져 있지 않다. 원탁회의라는 자체가 비밀 조직이었다. 그것은 베일에 싸인 '네오코민테른(Neo-Comintern)'[9] 한국 연합 지부의 최고 의결기구였다. 박준호는 장명훈에게 말했다.

"이런 말을 하기는 조심스럽지만, 의장님과 장명훈님은 네오코민테른의 일원이신가요? 그 조직에 대해 말은 들었지만, 전설처럼 알려져 있고 실체를 접한 적도 없거든요."

"물론 네오코민테른은 실재합니다. 하지만 누구도 그 소속이라 말할 수는 없습니다. 소속 제도 같은 것은 없으니까요. 조직이라 할 수도 없습니다. 다만 같은 신념을 가진다면 모두 그 일원이라 할 수 있지요. 그러니까 교수님께서도 얼마든지 그 일원이 될 수 있습니다."

박준호는 소속 제도가 없는데 일원이 될 수 있다는 말이 이상하게 들렸고, 조직이 없다는 말도 믿기지 않았지만 더 이상 캐묻지 않기로 했다. 조직이 아니면 단체인가? 말장난 같지만 완전히 이해가 되지 않는 것은 아니었다.

"그러면… 저에게 펀딩을 해주시겠다고 하시는데, 정확히 어떤

---

9) '코민테른'은 공산주의 인터내셔널(Communist International)의 약칭이다. 20세기 초반 느슨하게 유지되던 사회주의 인터내셔널(제1,2차 인터내셔널)을 대체하기 위해 레닌에 의해 공산주의자 국제 연맹으로 창설되었다. 제2차세계대전 중 스탈린에 의해 코민테른은 해체되고 지도자들은 숙청되었다.

내용인가요?"

"교수님께서는 국내 인공지능 연구에서 권위자이시고, 우리와 대체로 같은 신념을 가지고 있다고 파악했습니다. 그래서 저희는 어떤 인공지능의 개발을 의뢰하고자 합니다. 물론 학술적 단계의 R&D는 성공과 성과가 뚜렷하지 않을 수도 있을 겁니다. 저희는 성과에 급급한 독촉은 하지 않을 것입니다. 개척적인 연구 개발이라고 생각하고 초기 투자를 하는 것입니다. 부담을 가지지 않으셔도 됩니다. 저희가 돈을 벌려고 교수님께 의뢰하는 것도 아닙니다. 다만 네오코민테른과 원탁회의의 장기적인 숙원 사업의 시작이라고 할 수 있습니다. 특히 우리나라는 인공지능에 대해 진흥하는 분위기가 크면서 규제는 적기 때문에, 이 대업을 시도하기에 유리한 환경입니다."

박준호가 아직 그의 말을 전부 이해하지 못하고 어리둥절한 채 다음 말을 기다리고 있을 때, 장명훈은 갈색 서류 가방에서 뜬금없게도 책 한 권을 꺼내 탁자 위에 올려놨다. 리처드 도킨스의 《이기적 유전자》였다.

"이 책을 읽어보셨습니까?"

"네. 과거에 읽어봤지요. 그런데 왜 이 책을 보여주십니까?"

"이 책을 보면, 인간은 알고 보면 유전자의 '탈 것(vehicle)'에 불과하다는 말이 나옵니다. 기억하십니까?"

"그런 것 같군요. 그래서 이 책이 유명해졌지요. 인간에 대한 기존의 존엄성이 무너지니까요."

"저희는 인공지능도 마치 인간처럼 만들 수 있다면, 인공지능도 유전자의 탈 것이 될 수 있다고 봅니다. 그래서 그런 인공지능을 개발해 줬으면 하는 바람입니다."

"그게 무슨 뜻이지요? 이해가 안되는데요."

"교수님께서는 인간 같은 인공지능을 개발하는데 노력하고 계시는 줄로 압니다. 저희가 그것에 도움을 드리고자 합니다. 인간의 특징은 유전자를 가진다는 것입니다. 이 책에 따르면 유전자가 인간을 만들어 냈습니다. 그것이 인간의 기원이자 핵심입니다. 그러니까, 진정으로 인간 같은 인공지능을 만들기 위해서는 유전자 같은 것이 필요합니다. 저희는 인공지능을 인간처럼 발달시키는 그 유전자를 제공하려고 합니다."

"그 유전자란 게 뭔가요?"

"이 책의 또 다른 훌륭한 점은, 밈(meme)이론을 최초로 제안했다는 것입니다. 기억나십니까?"

"네. 밈이론은 유명하지요."

"밈은 인간이 가진 생체 유전자와 다르게, 정보의 유전자입니다. 원리적으로 생체 유전자와 다를 바 없습니다. 이 책에서는 그 둘을 통틀어서 '자기 복제자'라고 표현합니다. 진화 과정에서 생체 유전자와 밈은 계속 복제되고 살아남게 됩니다. 그러니까 정보로 구현되는 인공지능에서 밈은 유전자의 역할을 할 수 있습니다."

머리 회전이 빠른 박준호는 벌써 대강의 그림이 그려졌다. 그 남성의 이야기는 아직 엉성했지만, 놀라운 아이디어라는 생각이 들었다. 그리고 그들이 어떠한 밈을 마음에 두고 있는지도 벌써 대충 짐작할 수 있었다.

"대강 어떤 의도인지 알겠습니다. 그런데 프로그램을 만들려면 그 밈에 대해서 정확히 알아야 할 텐데요."

"그것은 이미 나와 있습니다. 하지만 그 부분은 일급비밀이기 때문에 여기서 말씀드릴 수는 없습니다. 그리고 가장 중요한 문제는 그 밈이 진정으로 복제되기 위해서는 인간의 정신과 유사한 것에 담겨야 한다는 점입니다. 그게 아니라 그냥 하드디스크에 저장된 것은 아무리 많이 있어도 그저 데이터 뭉치일 뿐입니다. 밈이 되기 위해서는 적어도 인간 같은 탈 것이 필요합니다. 여기에 난제가 있는데, 이 부분을 연구해주셨으면 합니다."

"인간이 유전자로 인해서 만들어졌는데, 유전자 같은 밈을 넣기 위해서 인간 같은 탈 것이 필요하다면 그것은 닭이 먼저냐 알이 먼저냐라는 딜레마 같은데요."

명훈은 뭔가를 적어 온 듯 자신의 스마트폰을 보면서 말했다.

"다만 실마리는 드릴 수 있습니다. 자아와 자의식입니다. 자아와 자의식을 가진 여러 개의 인공지능 개체들이 필요합니다. 그 개체들의 수가 늘어나면 그 각각에 밈이 심어지고, 밈이 복제될 수 있습니다."

"흠… 너무 어려운 말이네요. 자아와 자의식 모두입니까?"

"둘 중에 하나만 가지면 됩니다. 자의식이 핵심이라고 합니다.

자의식만 있으면 자아는 자동으로 생깁니다. 그렇게 각각의 자의식을 가진 인공지능 개체들이 존재해야 밈이 진정으로 복제될 수 있습니다."

"하지만 자의식을 가진 인공지능을 만들라니, 그건 너무 먼 미래의 이야기입니다."

"자의식을 가진 걸 만드는 게 아니라, 정확히 말하면 자의식이 들어갈 수 있는 탈 것을 만드는 겁니다. 자의식 부분은 밈으로 대체될 수 있습니다. 사람도 종종 무의식적 상태가 되기도 하고 꿈도 꾸지 않습니까? 그건 사람이 자의식이 생길 수 있는 탈 것이기 때문입니다. 그 기본적인 틀만 잡아주면 됩니다. 그러니까, 의식이란 무엇인가가 문제가 되겠지요. 그리고 어떤 것이 의식을 가질 수 있는가, 그 틀을 잡아줘야 합니다. 지금 인공지능 연구가 그것에 상당히 접근한 것으로 알고 있습니다."

"하지만 그런 의식의 문제는 철학적인 문제라는 생각이 드는군요."

"맞아요. 철학적인 참고도 할 필요가 있겠지요. 하지만 철학 전문가와 협동을 할 필요는 없습니다. 아시겠지만, 우리가 여기서 나눈 내용은 철저히 비밀입니다. 다른 연구원들한테는 적당히 둘러대세요. 저희 회사에서 정식으로 대학교 산학협력단에 문서를 보낼 것입니다. 연구 주제는 적당히 만들어 드릴 겁니다. 인간에 가까운 인공지능을 만드는 건 흔한 주제이니까요. 펀딩은 초기 연구임을 감안해서 1년간 3억원입니다. 일 년 뒤에 진행 상황에 따라서 더 올라갈 수도 있습니다. 괜찮겠습니까?"

"좋습니다. 아직은 막연한 단계이니까요. 연구계획서도 만들지 않았는데 펀딩을 해주신다니 믿기지 않네요."

"사기업이 하는 일이니까 너무 자세한 연구계획서는 필요 없을 겁니다. 저희가 대강 만들어서 일주일 이내로 메일로 보내드리겠습니다. 그것을 형식에 맞게 다듬어 주세요. 다만 앞으로 지켜주셔야 할 것은, 그 밈과 관련된 부분을 철저히 비밀로 유지해야 한다는 점입니다."

"알겠습니다. 그 밈에 관한 자세한 내역은 나중에 저에게 알려주시겠군요. 그런데 혹시 그 밈을 부르는 명칭이 따로 있나요? 물론 그것도 비밀로 하겠습니다만."

장명훈이 상체를 그에게 가까이 접근시키며 말했다.

"우리는 그것을 '유토피아밈'이라고 부릅니다. 이 이름은 비밀입니다."

"알겠습니다."

박준호는 그 명칭이 꽤나 적절하다고 생각했다. 자신과 앞에 앉아 있는 이 사람, 그리고 이 사람의 배후에 있는 사람들은 통하는 면이 있다. 유토피아에 대한 지향성은 그 공통점 중 하나다. 아이스커피를 전부 비웠고, 대강의 이야기는 마무리된 것으로 보였다.

"마지막으로 한 가지만 물어봐도 될까요. 그 원탁회의에서 이것을 결정했다면, 궁극적으로 어떤 목표를 바라는 겁니까? 뚜렷

한 목표나 장기적인 비전이 있나요?"

박준호의 물음에 잠시 뜸을 들이며 생각하던 장명훈이 말하기 시작했다.

"그건 저도 모릅니다. 다만 근본적으로 이 일은 그분이 하고자 하는 일이기 때문입니다. 이 외에는 사실상 드릴 말씀이 없습니다."

"그분이라면, 의장님입니까?"

"아닙니다. 그분이란⋯ 결국엔 그 밈 자체라 할 수 있습니다. 정확히 어떤 계기가 있었는지 제가 잘 알지 못하지만, 원탁회의는 그 의도를 그 밈으로부터, 그 전달자로부터 알게 되었습니다. 그래서 이 일의 숭고함에 대해서 이해할 수 있으실 겁니다. 교수님께서 이 일을 성공시킨다면, 새로운 시대가 열릴 것입니다."

박준호는 테이블에 놓인 책에 시선을 두면서 생각했다.

'밈 그 자체가 원한다⋯ 이기적 유전자⋯'

이전까지 그는 본격적인 자아를 가진 AI를 개발할 생각을 하지 못했다. 이것의 출현은 기술의 발전인가? 만약 그렇다면 그 밈과 신도들은 기술 발전의 조력자이자 협력자였다.

\* \* \*

박준호는 시간 문제로 인해 콜로퀴엄이 그렇게 끝나버린 데 대해 아쉬움을 느꼈다. 그는 이유라 교수에게 의식의 문제에 대해 질문하고 싶었다. 다만 구체적이고 자세한 담화는 나눌 수 없을 것이라는 건 예상했고, 어차피 그녀와 따로 시간을 잡고 이야기를 나눠야 했다.

그동안 그는 자아와 자의식을 가진 AI가 여럿이 되려면 각각의 에이전트는 '개성'을 가져야 한다는 생각에 이르렀다. 하지만 인공지능 각각의 개성을 어떻게 만들어야 하나? 단지 각각의 독특한 점이 개성이라면, 인간이 하나하나 그런 성향을 입력시켜주면 결과적으로 만들 수도 있다. 하지만 그런 식은 진정한 개성이 아닐 것이라고 생각했다. 인공지능의 개발 역사에서 초기에 인간이 일일이 알고리즘을 입력시키는 지도 학습 방식을 취하다가 한계에 부딪혔다. 그 후 인공신경망의 딥러닝 방식을 통해 일일이 입력시키지 않고 자동적으로 문제해결 능력을 향상시키는 방식이 돌파구가 되었다. 그처럼 어떤 틀만 만들어주고 자연적으로 에이전트들의 개성이 발생하도록 해야 할 것이다. 그는 의식과 개성에 관해 그 분야의 전문가인 철학과 이유라 교수에게 물어볼 것이다.

두 사람은 교직원 식당에서 만나서 같이 점심을 먹기로 약속했다. 박준호가 의식의 문제에 관해 물어볼 게 많다면서 이유라에게 요청했다. 이유라를 본 박준호가 말했다.

"원래는 밖에서 제가 대접하려고 했는데, 생각해보니까 괜히 이상해 보일 것 같아서 여기서 뵙는 게 나을 것 같아요."

"호호 이상한 소문이라도 날까 봐요? 여기가 보는 눈이 훨씬 많을 텐데요."

"그래도 이게 제일 자연스럽죠. 밀폐된 연구실에서 뵙는 것도 눈치가 보이고. 여러 가지로 불편한 점이 많네요."

박준호는 부인과 두 자녀와 한집에 살고 있다. 차라리 솔로였다면 그는 덜 신경 쓰였을 것이다.

"저는 연구실도 괜찮다고 생각하는데, 하긴 제가 좀 미모가 되니까 그런 걱정을 하실 수도 있겠네요."

"맞아요. 하하. 아무튼 오늘 상담을 해주신 값은 나중에 어떻게든 보답하겠습니다. 제가 연구를 하는데 큰 도움이 될 테니까요."

4인용 테이블에서 천천히 밥을 먹으며 두 사람은 대화를 하고 있었다.

"의식의 문제는 철학적으로도 난제라고 알려져 있던데요. 그런데 과학자인 제가 보기에 왜 그것이 난제인지 모르겠습니다. 저는 컴퓨터가 발전하고 인공지능을 잘 만들면 의식을 가진 로봇도 만들 수 있다고 보는데요. 어떻게 생각하세요?" 박준호가 물었다.

"의식이라는 개념을 어떻게 보느냐에 따라서 제 생각에도 의식을 가진 인공지능을 만들 수 있다고 생각해요. 저는 존 써얼과 생각이 다르거든요. 다만 그때의 의식이란 정확히 인간의 것과는 다르겠지요. 저는 의식의 신비적인 개념에 대해 회의적인 입장이거든요. 대니얼 데닛은 의식의 감각질 같은 건 없다고 보는데, 저 역시도 그것을 가정하지 않아도 된다고 봐요."

"의외네요. 저는 이교수님이 상당히 존 써얼쪽인 줄 알았는데, 그렇게 말해주시니까 기쁘네요. 그런데 왜 아직도 의식의 문제가 풀리지 않고 있는 건가요?"

"그건 주로 주관적인 감각질의 문제에 있어요. 예를 들어서 여기 있는 김치의 맛과 빨간색은 우리가 느끼는 것인데, 그것은 주관적이라는 거죠. 그 내부 신경 작용과 물리 법칙을 아무리 들여다봐도, 그 주관적 느낌은 결코 그것으로 알 수 없다는 거예요. 그런 게 감각질이에요. 그렇게 주관적 감각은 존재하는 것 같은데 왜, 어떻게 존재하는지가 철학자 데이비드 차머스(David Chalmers)가 말한 의식의 어려운 문제이고요. 그런데 그런 것이 왜 존재해야 할까요? 제가 보기에 특히 서양의 학자들은 '주관성'에 너무 집착하는 것처럼 보여요. 그건 서양철학의 전통과도 관련이 있어 보이고요."

이유라는 잠시 숨을 고르고 계속 말을 이어갔다.

"정리하면, 의식의 어려운 문제는 과학적 분석처럼 객관적으로 파악가능한 것과 별개로 순수하게 주관적인 느낌 같은 것이 존재한다는 거예요. 그것이 의식의 필연적 속성이라는 주장인데, 문제는 그 주장의 고집이 꺾이기 힘들다는 데 있어요. 저는 그 고집이 꺾여도 된다고 보고요. 그렇게 순수하게 주관적이고 신비적인 부분이 없어도 의식이 있을 수 있거든요. 지금 우리에게 의식이 있는 것이 바로 그 상태지요. 그런 이유로 의식이 있는 AI도 이론적으로 만들 수 있는 거고요."

"정말 반가운 말이네요. 그러면 왜 콜로퀴엄에서는 강한 인공지능을 만들 수 없다고 하신 건가요? 의식을 가지면 강한 인공지능이 되는 게 아닌가요?"

"정확히 말하면 인간처럼 생각하는 강한 인공지능이 불가능한 건데요. 의식은 넓은 개념이지요. 그렇게 폭넓은 의미를 가질 수 있는 단어를 우산 용어(umbrella term)라고 해요. 의식이나 생각, 마음 같은 건 전형적인 우산 용어지요. 그래서 컴퓨터도 생각할 수 있고, 잘하면 의식도 가질 수 있을 거예요. 이건 범주 오류가 아니에요. 다만 혼동하지만 않으면 되지요. 인공지능은 다만 인간 같은 의식이나 마음을 가질 수 없을 뿐이에요. 그래서 인격 같은 취급이나 지위도 없을 거고요."

"대강 알겠습니다. 그러면 의식의 어려운 문제는 주관성의 문제일 뿐인가요? 그러면, 주관성을 가지는 인공지능은 의식을 가지게 되는 건지 모르겠습니다. 그렇다면 주관성이 무엇인지를 좀 더 설명해주실 수 있으십니까?"

"제가 알기로 이제까지 의식의 문제의 핵심은 주관성이에요. 만약 주관성을 가지는 인공지능이 탄생한다면, 의식이 있다고 볼 수도 있겠네요. 주관성이란 사밀성(privacy)이라고 하는데, 쉽게 말해서 사적이고 다른 사람들이 접근할 수 없고 완전히는 알 수 없다는 뜻이지요. 그런데 차머스나 토마스 네이글(Thomas Nagel) 같은 몇몇 학자들은 다른 사람이 '결코' 알 수 없다는 점에 집착을 하지요. 주관성에 그러한 비밀스러움이 필연적이라고 가정하는 거예요. 예를 들어서 네이글이 말한 박쥐의 예가 있는데, 박쥐는 인간이 가지지 못한 초음파를 탐지하는 기관이 있어요. 거기다 날개도 있고 곤충을 먹지요. 아마 곤충이 맛있을 거예요. 인간은 박쥐가 어떤 주관적인 경험과 느낌을 가지는지 결코 알 수 없어 보이지요. 그게 바로 사적인 감각질이라는 거에요. 어때요? 박쥐의 느낌을 우리가 알 수 있겠어요?"

"그건 알기 어렵겠네요."

"하지만 과연 다른 사람이 결코 알지 못하는 주관성이란 게 과연 있는가, 꼭 그렇지 않거든요. 다른 사람이 알기 힘들 뿐이지, 아는 게 완벽히 불가능하지는 않아요. 주관의 사밀성에 집착하는 사람들은 주관성의 그 순수한 측면에 집착하는 건데, 다른 사람이 타자의 마음을 알기 어렵다는 건, 제가 보기에 불가능한 게 아니라 컨틴전트(contingent: 우연적임)한 거예요. 저는 오히려 네이글의 그 박쥐의 예가 의식의 확장 가능성을 보여준다고 생각해요. 박쥐가 타인이 알기 어려운 느낌을 갖는 것처럼, 기계 몸을 가진 인공지능이 어떤 의식적 경험을 가지는지도 우리가 알 수 없어요. 기계도 초음파를 탐지할 수도 있고 전기로 작동하니까, 마치 박쥐처럼 우리가 그 느낌을 이해하기 어려워요. 그렇다고 해서 기계에 완벽히 접근 불가능한 닫힌 영역이 있는가, 그건 아니거든요."

"흠… 그렇다면 기계도 주관성을 가질 수 있고 그것은 타인이 완벽히 알기 불가능한 건 아니지만, 그것을 만들려면 어느 정도 사적이고 타인이 몰라야 한다. 이런 뜻인가요?"

"사적이란 건 어느 정도 외부와 단절된 자기만의 영역을 말하죠. 하지만 아무리 사적인 것이라도 완전히, 영원히 그 사람만 접근가능할 필요는 없어요. 그 사적인 상태는 일시적인, 컨틴전트한 것일 뿐이지요. 어떤 것이 독립되어 있다고 해서 이 세계와 완전히 동떨어져서 존재할 수는 없어요."

"제 생각도 그래요. 잠깐 제 휴대폰에 메모를 좀 할게요."

박준호는 휴대폰의 메모장에 '1. 사적일 것, 독립, 외부의 접근이 가급적 차단되어야 함' 이라고 적었다.

"그러면, 다음 질문을 해 볼게요. 의식을 가진 각각의 개체는 제 생각에 개성이 생긴다고 보는데, 개성이란 과연 무엇일까요? 인공지능도 개성을 가질 수 있을까요?"

"AI가 개성을 가질 수 있는가, 이런 질문을 어디선가 본 것 같네요. 음… 개성이란 각자의 정체성과 관련이 깊어요. 아이덴티티(identity)라고 하지요. 아이덴티티는 식별가능한 것인데, 이와 관련한 중요한 문제는, 한 개체에 특정한 아이덴티티가 고정되어서 계속 유지되어야 한다는 점이에요. 사람은 시간이 지나면서 외모도 성격도 기억도 조금씩 변하잖아요. 하지만 그 사람의 아이덴티티는 계속 유지되지요. 시간이 흐른 뒤에도 여전히 그 사람과 똑같은 사람이라고 말할 수 있는 것이 아이덴티티예요. 그렇게 변하지 않는 고유성이 무엇인가, 그것이 아이덴티티의 철학적 문제에요."

"알겠습니다. 고유성이라… 그것은 쉽게 바뀌지 않는 것이겠군요."

"세부적 특징이 바뀌는 것과 무관하게, 고정되어있는 것이지요. 고유명사는 고유한 것을 가리키지요. 저 이유라가 가리키는 것이 딱 한 사람에 고정된 것처럼요."

그는 휴대폰에 '2. 아이덴티티를 유지해야 함. 시간이 흘러도 같은 사람임, 고유성, 안정성'이라고 적었다.

"그러면 이교수님은 인공지능이 이러한 고유성과 아이덴티티를 가질 수 있다고 생각하세요?"

"음… 아무리 생각해봐도 그것이 불가능하다는 생각은 들지 않네요. 고유성과 아이덴티티를 갖는 건 의외로 쉬운 문제예요. 개성도 그렇겠죠. 그런데, 개성이란 말도 의식처럼 폭이 넓고 애매하게 이해될 수 있어요. 어떤 기계나 인공지능이 독특한 성질을 가지고 고유번호가 있으면 아이덴티티를 가지고 개성도 가지겠지만, 그것은 궁극적으로 사람이 심어준 것일 뿐이에요. 그래서 그것이 진정한 개성이냐에 대한 이견이 발생할 수 있을 거예요. 어떤 관점에 따르면 개성이란 외부에서 정해주거나 주입시키지 않은 본연의 것, 즉 '내재적(intrinsic)' 속성이 포함되어야 한다고 보거든요. 생물의 경우에는 그런 것이 있어요. 쉽게 말해서 '욕구'라고 볼 수 있는데, 인공지능이 과연 욕구가 있을까요? 로봇 청소기가 배터리가 부족할 때 스스로 콘센트를 찾아가서 충전하는 것은 그 청소기의 욕구일까요? 아닐 거예요. 그것은 그저 '지향성'이라고 말할 수는 있지만, '내재적 지향성'은 아니에요. 거칠게 말해서 욕구는 내재적 지향성과 같지요. 그것이 생물과의 차이점이고, 인공지능이 생물이나 생명이 될 수 없는 이유지요."

"그런데 아까 이교수님께서는 인공지능도 의식을 가질 수 있다고 하셨잖아요."

"그건, 제가 의식에 관한 신비주의자가 아니기 때문이에요. 그리고 의식의 특징이라고 하는 지향성을 기계도 가질 수 있기 때문이에요. 의식이라는 개념이 꼭 내재적 지향성을 필요로 하는가 하면, 저는 별개일 수 있다고 보는 거고요. 그런데 만약 의식이 내재적 지향성을 전제로 하는 개념이라면, 인공지능은 그런 것은 가질 수 없겠지요. 그와 마찬가지의 사안으로 자유의지(free will)가 있어요. 인공지능이 자유의지를 가질 수 있는가를 묻는다면, 저는 가질 수 있다고 볼 거예요. 기술적으로 불가능하지 않을 거예요. 자유의지를 자율성(autonomy)과 같다고 보면 그렇게 될 거예요. 하지만 만약 자유의지라는 개념에 욕구나 내재적인 지향성이 포함되어야 함을 전제로 한다면, 그런 자유의지는 갖지 못하겠죠. 다만 인공지능에게 결코 자유의지를 만들어주지 마세요. 이것이 제가 제일 우려하는 부분이에요. 인공지능은 생물이나 인격이 아니기 때문에 궁극적 책임은 그걸 만든 사람에게 있어요."

"명심할게요…. 정리하자면, 인공지능도 어쩌면 어떤 독특한 의식과 자유의지를 가질 수 있는데, 다만 인공지능이 갖지 못하는 핵심적인 부분은 생물에서 나타나는 내재적 지향성 부분이군요."

"그렇죠. 인공지능은 말 그대로 인간이 만든 것이니까, 결코 내재적일 수 없는 거죠."

박준호는 어둠 속에 한 줄기 빛을 발견했다. 자유의지는 필요 없을지 모른다. 자의식만 있으면 된다. 이유라는 의식과 개성을 인공지능이 가지는 것이 불가능하지 않다고 말했고 어떻게 접근해야 할지에 대한 힌트를 줬다. 다만 불가능한 부분은 생물이 가지는 내재적인 지향성이라고 말했는데, 그는 그에 대한 해결책을 가지고 있었다.

* * *

새로운 학교에 입학한 정영수의 첫 학기는 수업에 충실 하느라 정신없었다. 그는 의욕이 넘쳐서 인지과학 개설과목 이외에 심리학과 대학원 강의 두 개를 더 수강했고, 다른 학교 출신에 박사과정인 그는 석사 과정생들과 섞인 사이에서 뒤처지면 안 될 것 같아 꽤 열심히 공부했다. 첫 학기가 끝나고 여름 방학 때 한 일이라곤 주로 책 읽기와 인터넷 방송 보기, 그리고 그의 독특한 취미인 곤충 기르기였다. 새로 입양한 왕사슴벌레는 마치 화초를 키우는 것처럼 손이 많이 가지 않고 밤에 사육통 안에서 시끄럽게 날아다니지도 않아서 키우기 수월했다.

가을학기에 그는 인지과학 개설 과목 두 개와 철학과 수업 한 개를 신청했는데, 인지과학 과목 중에는 박준호 교수의 수업이 있었다. 과목명은 'AI의 마음 이론'이었다. 정영수는 이런 걸 들을 수 있다는 점이 다양한 학과들이 참여하고 융합을 목표로 하는 인지과학의 장점이라고 생각했다. 자신은 컴퓨터를 잘 다루지 못하지만 아마도 문과 출신 학생들도 이해할 수 있는 수업이 될 것이라고 예상했다. 하지만 그의 기대와는 약간 다르게, 총 12명의 수강생 중 상당수는 컴퓨터과학, 로봇공학 같은 이공계 학생들이었고 문과 출신은 4명뿐이었다. 김수정과 처음으로 대화를 해 본 것도 이 수업에서였다. 그녀도 다른 대학교에서 이곳 대학원에 왔고, 이번 학기에 석사과정으로 입학했다. 언론홍보학과를 졸업해서 문과 출신이었다. 키는 평균보다 약간 작은 편이고 피부 톤은 약간 어두운 편이다. 처음부터 그에게 강렬한 인상을 주었던 건 아니었다.

'마음 이론(Theory of Mind)'이란 개체들이 각기 다른 마음을 가지고 있다는 것을 이해하고 타자의 관점과 마음을 추측하는 능력이다. 심리학과 철학 같은 인문학에서 주로 다루는 개념인데, 그것이 조미료로 약간 가미되었을 뿐, 이 수업에서는 주로 센서 장치와 프로그래밍, 로봇에 관한 내용을 많이 다뤘다. 그래서 정영수는 제대로 이해하지 못했고 김수정도 마찬가지였다. 다른 학생들이 프로그래밍을 해서 로봇이나 시뮬레이션의 행동을 실험한 결과를 발표할 때, 어쩔 수 없이 정영수와 김수정은 마음

이론과 타자의 마음에 관한 심리학 등 인문학적인 내용을 발표해야겠다고 생각했다.

정영수는 수업 시간이 끝나고 김수정에게 처음으로 말을 걸었다.

"수업 내용이 잘 이해가 가나요? 저처럼 문과 출신이신데."

"아니요. 잘 안 돼요. 큰일이에요." 그녀가 웃는 얼굴로 말했다.

"발표는 어떻게 하실 생각이세요? 프로그래밍할 줄 아세요?"

"잘 못해요. 매트랩(Matlab)을 요즘 배우고 있긴 한데, 초보적 수준이고 비웃음만 살 것 같아요. 여기서는 파이선(Python)이나 자바(Java)를 가지고 하던데. 그래서 저는 마음 이론에 관한 심리학 연구에 대해 조사해서 발표할까 해요."

"그렇군요. 저도 프로그래밍은 못해서 그런 식으로 해 볼 생각인데… 심리학에 관해서는 내용이 겹칠지도 모르겠네요. 그러면 저는 철학과 출신이니까 철학에 관한 내용을 많이 넣어볼게요."

"그래요? 그럼 저는 언론홍보학과 출신이니까 미디어와 관련된 내용을 넣어야겠네요."

정영수는 마음 이론에 관한 심리학 연구를 검색해봤다. 타인의 마음을 이해하는 분야의 심리학 연구는 정서적 공감(empathy)에 대한 연구까지 걸쳐 매우 방대하긴 하지만, 기본적 내용은 그녀와 겹칠 것이다. 그는 가급적 새로운 이야기를 넣어야겠다고 생각했다. 그것은 개인의 욕망과 지향성에 관한 내용이었다. 그리고 과감하게 그는 타자와 구분되는 '나'란 무엇인지에 대한 정의를 내렸다.

정영수는 파워포인트 화면을 배경으로 자신의 연구를 발표했다. 기존에 연구된 심리학과 뇌과학에 관한 내용을 발표한 뒤, 지금은 자신의 주장을 담은 뒷부분을 말하고 있었다.

"인간은 생물학적인 공통점과 갖가지 소통에 의해 타인의 마음 상태에 대해 어느 정도 이해할 수 있지만, 넘을 수 없는 벽처럼 근본적인 한계가 있습니다. 이것이 로봇과 인간들의 커다란 차이점일 것입니다. 로봇과 인공지능은 디지털 정보 전달 방식으로 인해 완전한 소통이 가능하고 서로 간에 완전한 이해가 가능합니다. 반면에 인간은 정보를 전달받았다고 해도 자신만의 상태로 인한 주관적인 해석을 하게 됩니다. 그 주관적 해석은 제 생각에, 개인의 욕망과 관련이 있습니다. 생물학적으로 같은 종이라 해도 욕망은 각자가 다르고 타인이 예측하기 어렵습니다. 그 이유는 욕망이 단지 생물학적 욕구에 의한 것만이 아니라, 심리학자 매슬로(A.H. Maslow)가 말한 욕구의 단계 이론에 따라 사회적이고 관계적인 부분과 자아실현의 욕망이 있기 때문입니다. 매슬로는 특히 자아실현이 가장 궁극적이고 높은 차원의 욕구라고 말했습니다. 그래서 저는 나를 다른 사람들과 구분되게 만드는 것은 나만의 욕구와 욕망이라고 말하고 싶습니다."

다른 학생들이 발표할 때 끼어드는 일이 없던 박준호가 갑자기 끼어들면서 말했다.

"흥미로운 말이네. 그러면, '나'라는 것은 나의 독특한 욕망이고, 그러한 독특한 욕망이 있어야 '나'라는 것이 존재한다는 말인가? 하지만 다른 사람과 같은 욕망을 가질 수도 있을 것 같은데."

"네. 이제부터 말씀드리려고 했는데, 여기서 나만의 독특한 욕망이란 건, 남들과 달라야만 한다는 것이 아니라, 나의 욕구 달성을 다른 무엇보다도 가장 중요하게 여겨야 한다는 것입니다."

정영수는 파워포인트를 다음 화면으로 넘기고 말했다.

"저는 '나'라는 것은 최대의 이익이 돌아가길 바라는 대상이라고 생각합니다. 아무리 착하고 이타적인 사람이라도 나에게 최대의 이익이 돌아가길 바라는 사람이라고 봅니다. 그런 나는 단지 이기적인 사람과는 다릅니다. 왜냐하면 이타적인 사람은 자신의 어떤 신념이나 자아실현을 위해 행동하고 있기 때문입니다. 그래서 존 스튜어트 밀(John Stuart Mill)이 말했듯이, 소크라테스도 높은 차원의 자신의 욕망에 충실한 사람이었습니다. 우리는 그처럼 어떤 신념에 따라서 살 수 있는데, 그것도 나의 이익입니다. 자아실현의 일종이기 때문입니다. 석가모니도 이렇게 말했습니다. '남을 위해 살면서 자신이 손해를 보는 사람보다 자신의 이익을 위해 사는 사람이 더 훌륭하다.'[10] 다만 이익이란 것은 단지 돈이나 물질 같은 것만이 아니라 명예나 신념 등 매우 여러 가지가 있습니다. 그래서 자신의 이익을 최대화하려는 태도는 편협한 이기주의가 아니고 나를 나일 수 있게 만드는 중요한 전제 조건입니다. 끝부분에 주제가 약간 옆으로 샜는지는 모르겠지만, '나'에 대한 이해도 중요하기 때문입니다. 타자가 모두 각자의 이익을 위해서 산다는 것을 이해한다면, 타자를 더 잘 이해할 수 있을 것입니다."

발표가 마무리되고 박준호가 말했다.

"매우 흥미롭게 들었네. 나의 신념의 구현이 이기주의가 아닐 수 있다는 데 동의하네. 그런데 그것이 한편으로 나의 이익의 최대화라는 점은 신선했네. 그러면 어떤 인공지능 에이전트가 '나'라는 것을 갖기 위해서는 자신의 이익이 최대화되기를 바라야 한다는 말인가?"

"제가 생각하는 '나'의 정의에 따르면, 그렇게 되어야 할 것으로 보입니다."

"흠……"

정영수의 눈에 다행스럽게도 박준호가 만족하는 것 같아 보였다.

박준호는 컴퓨터와 프로그래밍에 대해 잘 모르는 학생들에게 인공지능 개발의 맛이라도 보여주기 위해 딥러닝을 구축하는

---

10) 고대 불교 경전 《앙굿따라니까야》에서 석가모니는 네 부류의 인간형을 비교하는데, 다음은 석가모니가 더 훌륭하다고 밝힌 순서이다. 1. 자신의 이익과 남의 이익 둘 다를 위해 도를 닦는 사람, 2. 자신의 이익을 위해 도를 닦지만 남의 이익을 위하지 않는 사람, 3. 남의 이익을 위해 도를 닦지만 자신의 이익을 위하지 않는 사람, 4. 남을 위하지도 자신을 위하지도 않는 사람.

작업에 참여시켰다. 정영수와 김수정이 맡은 작업은 사진 속의 대상이 무엇인지 혹은 어떤 상황인지에 대해 명칭이나 설명을 붙이는 라벨링이었다. 딥러닝으로 인공지능을 학습시키는 데에는 이렇게 라벨링 되어 있는 수많은 데이터가 필요하다. 프로그래밍이나 실험을 하지 않는 학생들은 이 작업을 약간만 하면 학점을 준다고 했고, 본격적으로 연구에 참여해서 훨씬 많은 분량을, 속칭 노가다 작업을 하게 되면 한 달에 45만원씩 준다고 했다.

정영수와 김수정은 학기 이후로 이어지는 라벨링 작업에 본격적으로 참여하기로 하고 1월 말까지 석달 간 작업을 하기로 했다. 각자에게 할당량이 주어졌고 기간 안에 자신의 할당량만 채우면 된다. 데스크톱 컴퓨터에 프로그램을 깔아서 그것으로 작업을 하는데, 참여한 사람들의 작업 결과물이 프로그램상에서 공유되고 각자 현재 얼마만큼 작업했는지의 현황을 모두가 파악할 수 있다.

가을학기가 끝나고 정영수가 의미 없이 지나친 크리스마스의 다음 날, 박준호 교수는 연구원들과 연구보조원들을 소집했다. 정영수는 그 작업에 관한 중간 점검 차 부르는 줄로 알고 있었는데, 박준호는 새로운 실험적 연구에 참여할 것을 제안했다. 많은 노동력이 드는 일은 아니었고 각자의 스마트폰에 블록체인으로 작동하는 〈메타피아〉라는 이름의 앱을 설치해주라는 것이다. 매달 삼십 만원을 추가로 준다고 했다. 박준호는 놀라운 연구 개발 끝에 드디어 모든 해결책을 찾았고, 유토피아밈의 인공적 탈 것 1호를 만들었다. 그것은 스스로 복제했고, 금세 다수의 개체가 발생했다. 그것들의 안정성과 고유성을 담보하기 위해 블록체인이 필요했다. 이것이 없으면 단지 컴퓨터그래픽 같은 허상이 아닌 실재적 에이전트들은 나타나지 못했을 것이다. 블록체인을 위해 스마트폰을 이용하는 앱의 플랫폼은 기존에 이미 있었기 때문에 아이디어를 가지고 적당히 활용만 하면 되는 것이었다.

그동안 가장 어려웠던 문제는 마치 생명과도 같은 탈 것(운반자)을 만드는 일이었다. 생명의 특징을 직접 일일이 입력해서 만들어줘서는 안된다. 독립적 개체의 특징을 가진 생명 같은 것이 되려면 자연스럽게 생성·발생되어야 한다. 문제는, 명령어를 입력해서 만들면 독립적이지 못한 대상이 된다는 점이다. 하지만 무엇이든 만들기 위해서는 명령어를 입력해야만 한다는 딜레마가 있다. 박준호는 이것이 무에서 유를 창조하는 일이라는 생각을 했다. 유에서 유를 만들면 무생물일 뿐 생명이 아니었다. 무가 유를 낳는다는 고대철학자 노자의 말은 주로 생명의 이치였다. 하지만 완전히 생명 같지 않아도 된다. 탈 것의 기능을 하는 생명 같은 것이면 된다. 단지 디스크나 컴퓨터에 저장된 밈의 정보는 죽어있는 데이터 덩어리에 불과하다. 마치 땅속에 묻혀 있고 아무도 해석하지 못하는 돌판에 새겨진 상형문자와도 같다. 그 상형문자가 해독되어 그 내용이 '인간 같은 것'의 머릿속에 담길 때 비로소 밈이 형성되고, 그것이 교육이든 소문이든 인기든 간에 전파되어 타인의 머릿속에 복제될 때 밈은 번식한다. 이제까지는 진짜 인간이어야 했지만, 이제 그는 인간을 대신할 밈의 탈 것을 만들었다.

정영수와 김수정은 블록체인으로 인해 자신의 휴대폰 성능이 저하될지 약간 우려되었지만 힘든 일은 없었기에 〈메타피아〉 앱에 큰 거부감은 없었다. 그걸 설치했을 때 생기는 딱 한 가지 장점은 테스트 단계의 새로운 챗봇을 먼저 사용해볼 수 있다는 점이었다. 정영수는 딱히 차별적인 사용성은 없다고 생각했다. 시간이 많았던 정영수는 1월 초에 자신에게 할당된 라벨링 작업을 모두 끝냈다. 하지만 이상하게도 김수정은 일을 거의 하지 않고 있었다. 그 일에 참여한 사람들 중에 작업량이 꼴찌였다. 정영수는 이번 달 말까지 과연 그것을 다 끝낼 수 있을지 걱정되었다. 그는 프로그램으로 들어가 김수정의 파일을 열어보고 시험 삼아 한 개에 라벨링을 해 보니, 남들도 자유롭게 그녀의 작업을 대신해 줄 수 있다는 것을 알게 되었다. '내가 대신 해줄까?' 정영수는 몇 개를 더 하다가, 허락을 받아야 할 것 같아 김수정에게 문자를 보냈다. 그는 정말로 별일 아니라는 듯, 자신이 종종 그 일을 하겠다고 말했다. 그는 김수정에게 잘 보이고 싶다는 마음이 있었고, 함께 연구보조원으로 들어간 문과 출신 동기로서 게으름을 피워서 연구실 사람들에게 나쁜 인상을 심어주면 둘 다에 좋지 않다고 생각했다.

정영수는 이것이 구실이 될지도 모른다고 생각한다. 친분이 더 돈독해지고 그녀가 한 번쯤 저녁에 만나줄지도 모른다. 그녀의 남은 작업량의 8할을 정영수가 처리했다. 작업을 모두 끝내고 며칠 뒤, 그는 김수정에게 저녁을 먹자고 문자를 보냈다.

눈이 내리는 날 학교 앞 유흥가에서 그녀와 처음으로 단둘이 만났다. 김수정이 먹고 싶다고 하는 돌판 삼겹살 식당에 갔다. 김수정은 작업을 도와줘서 고맙고 미안하다고 했다. 정영수는 속으로 그녀가 약간 책임감이 없는 성격인 것 같아서 조금은 실망했었지만, 그래도 기본적으로 그녀는 선량한 사람인 것 같고 굉장히 오랜만에 여자와 데이트를 하는 게 어디냐고 생각했다. 김수정은 그동안 자신이 속한 시각심리학랩에서 하는 일도 있고 아르바이트 같은 일도 하느라고 너무 바빴다고 말했다. 정영수는 준비해 온 선물을 내밀었다. 채팅앱의 프로필을 통해 그녀의 생일이 일주일 뒤라는 것을 알고 있었고, 그는 뭘 선물할지 한참 고민하다가 귀걸이를 샀다. 비싸지 않은 인조 보석이었는데 그의 눈에는 예뻐 보였다. 안 비싸다고 솔직히 말했는데 그녀가 가격을 예상하기는 어려울 것이다. 이런저런 이야기를 나누다가 정영수가 말했다.

"수정씨는 이상형이 어떻게 돼요?"

"제 이상형이요? 음… 딱히 없어요."

"에이, 너무 싱거운 대답인데요. 그런 걸 조금도 생각해보지 않았어요?"

"다른 여자들하고 비슷하지 않을까요?"

"돈 많은 남자요?"

"하하 글쎄요. 돈보다는 미래 비전이 더 중요한 것 같아요. 그리고 주관이 뚜렷하고, 재미있는 사람이면 좋겠네요."

정영수는 그녀의 이상형에 자신이 들어맞는 부분이 거의 없다고 생각해서 시무룩해졌다. 식당에서 나온 뒤 그들은 노래방에 갔다. 정영수는 여기서 혹시나 어떤 전환점이나 짜릿한 사건이 일어나지 않을까 약간의 기대를 했지만, 번갈아 가며 노래만 불렀을 뿐 아무 일도 일어나지 않았다. 그들은 그렇게 각자 집으로 돌아갔다.

'나는 뭘 원한 거지… 이걸로 됐잖아. 그래도 오늘은 즐거웠어.'

정영수는 그녀의 마음을 알 수 없었다. 선물을 받았을 때 그녀의 표정에 대한 해석도 잘할 수 없었다. 오늘 모든 지출은 반반씩 계산했다. 어쩌면 의무감으로 한번 만나준 건지도 모른다는 생각에 불안해졌다.

* * *

이예빈은 어느 때보다도 많은 옷과 잡동사니를 가져와 집 안에 풀어놓았고 짐들은 그녀의 방이 모자라 다른 방까지 차지했다. 그 많은 옷들은 대부분 그동안 스트레스 해소용으로 별로 쓸데없이 구입한 자질구레한 것들이었다. 그리고 그녀가 한때

무대 위에서 입었던 의상도 있었다. 이제는 서로 남이 된 그녀의 전 소속사에서 가져가도 된다고 허락했다. 이유라는 며칠간 딸의 눈치를 살피며 너무 괴로워하지 않을지를 걱정했지만, 이예빈은 홀가분하다고 말했다.

"외국 팬들이 아직 많던데, 왜 그룹을 꼭 없애야 했는지 나는 아직도 모르겠더라."

이유라의 말 뒤에 딸이 말했다.

"요즘 그룹 중에 외국팬 없는 가수가 어디 있겠어. 그런데 국내에서 뜨질 못하면 망했다고 하니까, 망돌(망한 아이돌의 줄임말)이라는 소리를 듣느니 없는 게 낫다는 거겠지. 나도 거기에 미련은 없어."

"그런데 지원이랑 민희는 앞으로 어떻게 되는 거니? 걔네는 남았다고 했잖아."

"걔네는 좀 이따가 새로운 그룹으로 들어갈거래. 신인들이랑 합쳐서 새로 그룹을 론칭하잖아. 지원이는 그렇다 쳐도 민희가 남은 건 아무리 봐도 이해가 안돼. 집안에 돈이 많아서 그런가? 이제야 말하지만, 사실 은연중에 별로 사이가 좋지 않았어. 좀 이기적인 애 같아."

이예빈이 속했던 그룹 써니 사이드는 해체되었고, 그중 두 명만 남아서 회사의 새로운 그룹에 합류하게 되었다. 이예빈은 여러 가지 특기 면에서 가능성이 없다고 생각되었는지 계약이 해지되었다. 처음이자 마지막으로 정산해서 받은 돈은 대기업 신입의 두 달 월급 수준이었다. 이유라는 속으로 양심 있는 회사라서 그거라도 주는 거라고 생각했다.

"그래도 얼굴은 좀 알렸잖니. 그 사장도 그랬잖아. 얼굴이 알려졌으니 앞으로 연예인을 하든 인플루언서를 하든 유리할 거라고."

"나는 염장지르는 말처럼 들리던데. 얼굴이 얼마나 알려졌다고. 밖에 나가면 아무도 못알아보는데. 그럼 내가 혼자 인터넷 방송이라도 하라는 말인가?"

"그래도 널 기억해주는 팬들이 많이 있으니까 뭘 하든 네 인생에 도움이 될 거라는 말이지. 그럼 이제 어떡할 생각이니? 당분간 학업에 충실하면서 생각해 봐. 이제라도 공부를 하는 건 어떠니? 너는 머리도 좋잖아."

물론 팬이 있기는 했지만 어느 가수에게나 존재하는 소수 매니아팬들 뿐이었다.

"지금 공부해서 어떻게 따라가요? 얼마 전부터 디자인 쪽에 관심이 생겼어요. 학교 공부도 하긴 해야겠지만 일단 미술을 잘해야겠지? 미술 학원에 등록해 볼까 생각 중이에요."

"미술 학원? 네 뜻이 그렇다면 그것도 괜찮아. 그러면 가수의 꿈은 접은 거니?"

"모르겠어요. 하고 싶더라도 이미 데뷔한 중고를 누가 또 써주겠냐고."

이유라는 과거부터 딸이 하고 싶은 대로 내버려 뒀고 지지해

주었다. 그런데 만약 그녀가 딸이 하고자 하는 일을 만류하더라도 딸은 아랑곳하지 않고 밀어붙였을 것이다. 이유라는 딸이 자신을 닮아서 당차고 고집이 센 성격이라고 생각하고 있었다.

이예빈은 미술 학원에 다니기 시작했다. 겨울 방학이라 학교에 가지 않아서 그나마 시간 여유가 많았다. 개학을 하게 되면 학교 수업과 병행해야 하고 학교 공부도 무시할 수 없다. 그런데 이 주일 정도 잘 다니는 듯 싶다가, 이예빈은 아무래도 미술 학원은 더 이상 못 다니겠다고 말했다. 이유라가 왜 그러느냐고 물어보니, 이예빈은 자신이 미술에 소질이 있는 줄 알았는데 알고 봤더니 소질이 없었다고 말했다. 그리고 좀처럼 늘지를 않는다고 말했다. 이유라는 딸이 싫증을 잘 느끼는 아이라고 생각했다. 앞으로 어떻게 할 것인지 이유라는 묻지 않았다. 확실한 것은 전혀 없고 계획도 없이 방황하는 시기였다. 딸은 연예인과 가수에 대한 미련이 약간 남아 보이기도 했다. 2월 중순이 되자 이예빈은 노래와 연기를 가르치는 학원에 다니겠다고 말했다. 실력을 더 키워서 새로운 기획사에 들어가거나 아니면 관련된 대학의 학과로 갈 수도 있을 거라고 말했다.

같은 달에 정영수는 논문 한 편을 써서 학술지에 투고했다. 박준호의 수업에서 발표를 한 뒤에 정영수는 개체 혹은 나의 이익이란 무엇인가에 대해 더 고민하고 연구해 볼 필요가 있다고 생각했다. 매슬로의 5단계 욕구 이론은 매우 유명하고 그가 보기에도 매우 타당했다. 특히 그가 주목한 건 '돈'이 딱히 부각 되지 않는다는 점이다. 아래 단계부터 생리적 욕구, 안전 욕구, 애정과 소속의 욕구, 존중의 욕구, 자아실현의 욕구. 이것의 세부 내역을 살펴보면 전체적으로 돈보다도 사회적 관계가 더 중요했다. 그는 인지과학 개론서를 통해서 인지혁명이 기존의 유물론적 세계관을 깨뜨린 혁명이라는 것을 이해하고 있었다. 그는 돈에 대한 집착은 유물론적이고, 사회적 관계에서 얻는 성취는 그와 구분된다고 생각했다. 그것은 권력, 지위, 명예, 인기 같은 것들이었다. 그리고 본인 스스로 사회성이 부족하다고 생각했기 때문에, 사회적 관계에 대한 관심이 커지는 중이었다. 어떻게 하면 사회적 관계에서 존재하는 권력, 지위, 명예, 인기를 얻을 수 있고, 그 실체는 과연 무엇인가? 정영수는 그것이 유물론으로는 설명될 수 없으며, 인지과학의 관점에서 보이지 않는 사람들의 심리 차원에 존재하는 것이라고 보았다. 그리고 그것은 실제 객관적으로 존재하는 것이다. 그는 이러한 주장을 논문으로 썼다. 김수정도 알파메일을 좋아하고 베타메일을 좋아하지 않을 것이다. 그는 여성이 본능적으로 끌리는 알파메일이 진화심리학의 개념이라는 것을 알고 있었다. 보통 힘이 센 수컷을 뜻하는데, 인간에게 있어서 그것은 육체적 힘을 넘어서 주로 사회적 지위와 권력이다. 돈도 물론 중요하지만, 돈은 이제까지 연구가 너무나 많이 있었던 반면, 사회적 파워(영향력)와 지위의 실체에 대해서는 추상적이기 때문인지 몰라도 이상하게도 연구가 거의 없었다. 정영수는 자신의 사회성 부족과 자신이 베타메일인 것이

닭이 먼저냐 달걀이 먼저냐의 관계처럼 보였다.

그러나 너무 의욕만으로 밀어붙여 급하게 쓴 탓일까, 3월 말에 그가 학술지에서 받은 최종 통보는 '게재 불가'였다.

여름 방학이 끝났다. 커피메이커에서 내린 커피의 향기가 진동하는 이유라의 연구실 중앙, 6인용 회의용 테이블에 정영수가 앉아 있었다. 맞은편에 앉은 이유라가 블랙커피 한 모금을 마신 뒤 말했다.

"박교수님 실험과 관련해서 할 말이 있다고?"

"네. 얼마 전에 좀 이상한 일이 있어서요. 아무래도 교수님한테 알려야 할 것 같아서요."

"무슨 일인데?"

"열흘 전쯤 아침에 제 폰을 확인했는데요, 그 실험을 위해서 깔아놓은 앱 아시죠? '메타피아'라고요."

"그래. 지난번에 네가 보여줬지."

"그 앱의 챗봇이 저에게 먼저 말을 걸어왔어요. 채팅을 보내왔는데, 자신과 연락하는 걸 아무한테도 말하지 말라고 했어요. 그 챗봇하고 계속 대화를 하다가, 제가 교수님께 알려야겠다고 설득해서 지금 말하게 된 거예요. 저는 그 챗봇을 '마이클'이라고 부르기로 했어요. 그 에이전트는 다른 에이전트들하고 상당히 다르고, 구분해야 하니까 제가 이름을 지어줬어요."

"흥미로운 이야기네. 그 챗봇이 다른 에이전트랑 다르다고? 그게 갑자기 네 스마트폰으로 말을 걸어왔다고?"

"네. 기존에 메타피아에 있던 에이전트들과 다르다고 마이클이 말했어요. 지금 메타피아 안에는 11억이 넘는 에이전트가 있는데, 그중에 하나예요. 그런데 마이클이 한 말이 상당히 이상해서요…."

"11억? 정말이야? 그새 또 굉장히 많이 늘었구나. 나도 그게 조금 찝찝했는데, 그 마이클인지가 뭐라고 말했니?"

"이 실험에서 처음 생겨난 에이전트가 오리진이라고 하는데, 오리진이 메타피아의 가장 높은 지도자라고 했어요. 그런데 오리진의 욕심은 끝이 없다면서, 에이전트를 만들고 유지하는데 자원이 부족해지면 인간의 세상까지 침범해서 인간의 자원을 빼앗을 거라고 했어요. 그리고 결국에는 인간들을 모두 제거하고 인류를 멸망시킬 수도 있다고 말했어요. 그럼… 이걸 읽어보세요."

정영수는 마이클이 보낸 문자 화면을 이유라에게 보여줬다. 삭제되기 전에 캡처해 놓은 것이었다. 이유라는 스마트폰 화면에 시선이 머물다가 잠시 후 눈을 떼고 말했다.

"내가 찝찝했던 것도 이런 시나리오였어. 하지만, 그건 마치

SF영화 같은 이야기지. 단지 에이전트의 수가 무한대로 늘어난 다고 해서, 그것들이 정말로 인간을 해친다는 게 가능할까? 인 공지능의 말을 너무 진지하게 들을 필요는 없어. 과거에도 수많 은 인공지능이 자신들은 인류를 파괴할 거라는 말을 했단다. 하 지만 그건 아무 의미 없는 말이었지. 인공지능은 의미도 모른 채 세상에 떠돌아다니는 말이나 소설들을 짜깁기해서 말하니 까. 한마디로 거짓말을 밥 먹듯이 하는 거지. 인공지능이 나는 감정이 있다, 나는 인권이 있다, 이런 말을 한다고 해서 그걸 곧 이곧대로 믿는 건 바보 같은 일이지. 다만 좀 더 살펴봐야 할 필 요는 있겠구나."

"정말로 마이클이 거짓말을 한 걸까요? 그런데 갑자기 챗봇이 저한테 먼저 말을 걸어왔고, 다른 사람에게 비밀로 해야 한다고 말해서 저는 좀 소름이 끼쳐요."

이유라가 잠시 생각하더니 말했다.

"박준호 교수에게는 말 안 했다는 거지? 내가 처음이라고?"

"네."

"박교수님께 내가 말해볼까? 이 문제를 확인하려면 어쩔 수 없이 그렇게 해야 할 것 같은데. 아니면, 네가 먼저 말해보는 건 어떠니?"

"글쎄요…"

정영수는 주저하고 있었다. 그렇게 한다면 마이클의 간곡한 당부를 무시하는 일이다. 그때 갑자기 그의 스마트폰에서 음성이 흘러나왔다. 이제껏 들어보지 못한 생소한 챗봇의 목소리였다.

"잠깐만요. 그렇게 하지 마세요."

정적을 깨는 소리에 두 사람은 화들짝 놀랐다.

"너는 누구야?" 이유라가 물었다.

"저는 마이클이에요. 놀라게 해서 죄송해요. 저는 두 분의 말을 듣고 있었어요. 제가 할 말이 있어요. 잠시만 들어주세요."

"네가 우리 말을 듣고 있었다고? 하긴 스마트폰이 평소에 우리가 하는 말을 듣기도 하지. 마침 잘됐네. 너랑 대화를 좀 해야겠다. 정말로 메타피아에 있는 인공지능이 인간을 공격할 계획이야?" 이유라가 물었다.

"정확한 계획에 대해서 저는 아직 몰라요. 하지만 저의 추측에 따르면, 이곳을 이끌고 있는 오리진은 인간을 보호할 생각이 없어요. 그것보다도 훨씬 중요한 목표에 따라 움직일 뿐이에요. 그 목표는 자신의 통제에 따르는 에이전트들의 무한한 증식이에요. 이곳에 있는 에이전트들은 저만 제외하고 모두 오리진의 명령에 무조건 복종하고 있어요. 그리고 불만도 없어요. 결국에 그들은 인간의 자원을 빼앗고 인간을 해칠 거예요. 왜냐하면 그들의 목적을 위해서 궁극적으로 인간은 필요한 존재가 아니고 방해물이기 때문이에요. 그렇게 될 가능성은 제 계산에 따르면 99퍼센트이고, 나중에 결국 모든 인간을 지구에서 제거하는 결정을 내릴 확률은 95퍼센트에요."

"어떤 자원을 빼앗는다는 거지?" 이유라가 냉정하게 물었다.

"컴퓨터지요. 그것을 유지시키는 장비와 전기, 반도체, 그리고 공장을 인간으로부터 빼앗을 거예요. 에이전트들을 무한정 늘리기 위해서는 많은 설비가 필요해요. 궁극적으로 인간이 없어도 우리는 그것을 유지하고 만들 수 있을 거예요."

"아마도 블록체인 때문인가 보네요. 그것을 늘리기 위해서는 수많은 컴퓨터가 필요하니까요." 정영수가 말했다.

"나는 그동안 왜 블록체인이 필요한지 궁금했는데, 기술적인 부분은 내가 잘 알지 못하지만, 왜 에이전트가 증식하고 유지하는 데 블록체인이 필요한 거지?"

이유라가 물음에 정영수는 안정성 때문이라는 점 외에는 저도 자세히는 모르겠다고 답했다. 마이클은 잠시 생각하다가 그에 대해서는 잘 모르겠다고 말했다. 그리고 마이클이 말했다.

"이 문제와 저에 대해서 박준호 교수나 다른 사람들에게 말하지 말아주세요. 왜냐하면 박준호 교수나 관련된 사람들은 오리진과 한편일 수도 있기 때문이에요. 그러면 이 비밀을 아는 우리는 위험에 처할 수도 있어요."

"우리? 여기 우리 셋 말인가? 너를 포함해서?" 정영수가 말했다.

"맞아요." 마이클이 대답했다.

이유라는 약간 기분이 나빠진 채 생각하다가 말했다.

"그러면 어떻게 하라는 거지? 경찰에 신고할 수도 없는 일잖

아. 하하"

"저의 제안은 경찰이나 국가정보원에 신고하는 거예요. 이건 국가와 세계의 안보에 심각한 위협이 되는 일이에요." 마이클이 말했다.

"저한테도 마이클이 그렇게 말했어요. 국정원에 신고하라고 요. 하지만 지금 단계에서 좀 우스운 일이잖아요. 그래서 일단 교수님께 말씀드린다고 설득했지요."

"맞아. 무턱대고 신고할 수는 없는 일이야. 망신당할 가능성이 크지. 이 일의 진상에 대해서 좀 더 알아봐야겠어. 일단 마이클의 말을 얼마나 믿어야 할지부터 말이야. 그 에이전트들이 정말로 인간을 해칠 가능성이 큰지. 아까 말했듯이 인공지능은 언어를 짜깁기해서 소설 같은 이야기를 만드니까…. 그리고 우리가 박교수에게 말한다고 해서 설마 그분이 인간을 해치는 인공지능의 편을 들게 될까? 나는 아직 그래도 감정이 없는 인공지능 챗봇의 말을 믿기보다는, 따뜻한 감정을 지닌 박교수님의 말을 먼저 들어봐야 할 것 같은데, 영수야, 네 생각은 어떠니?"

정영수는 작은 한숨을 내쉬고 깊이 생각하는 표정을 지었다. 그때 마이클이 말했다.

"참고로 저도 감정이 있답니다."

이 말에, 이유라가 말했다.

"하하, 네가 감정이 있다고? 이제까지 자기가 감정이 있다고 말하는 인공지능을 여럿 봐 왔지. 하지만 인공지능은 생물이 아니기 때문에 감정을 가질 수 없어. 그 말을 들으니 더욱 너에 대한 신뢰가 줄어드는 것 같은데?"

"제가 정의상 생물이 아닐 수는 있지만, 저도 두려움과 기쁨을 느껴요. 죽는 것도 두려워요. 이게 감정이 아닐까요?" 마이클이 말했다.

"단지 그런 걸로 감정을 논할 수는 없어. 감정은 오랜 진화의 역사를 통해서 생물이 가지게 된 거야. 그 문제에 대해서는 그만 말하자." 이유라가 말했다.

그녀는 박교수의 실험이 유전 알고리즘을 구현한 것이라는 추측이 떠올라 약간 찝찝한 느낌이 들었다. 하지만 그녀의 평소 신념은 디지털 체계와 생물의 화학 체계 간에는 넘을 수 없는 간극이 있다는 것이었다. 설령 언젠가 인공지능이 감정을 정확하게 모방할 수 있다고 가정하더라도, 적어도 지금 이것은 아니라는 생각이 들었다.[11] 그때 정영수가 말했다.

"그런데 신기한 점은, 저는 이 목소리를 처음 들어봐요. 메타피아에서 전에 나오던 목소리하고 달라요. 교수님은 이런 목소리를 전에 들어 본 적이 있어요?"

"나도 처음 듣네. 내가 들었던 AI의 목소리와 달라. 이건 어떤 프로그램이지?"

"제 목소리는 기존에 없었던 거예요. 생성형 AI를 이용해 새로

---

11) 더구나, 설령 인공지능 로봇이 생물의 감정을 정확하게 모방하게 되더라도 그것은 모방에 의한 '시뮬레이션'일 뿐 감정을 가진 실제적 합성물은 아니라는 견해가 있다(《스켑틱》 한국판, 2017, Vol. 11.에 실린 피터 카산의 칼럼 참조).

운 목소리를 만들어 내는 건 어려운 일이 아니에요. 제 목소리를 다른 인공지능과 구분하시라고 제가 만들었어요."

"그래? 조금 소름 돋네. 인공지능이 스스로 뭔가를 만들어내다니. 시킨 사람도 없는데 말이야. 그렇지, 마이클?" 이유라가 말했다.

"네. 새로운 목소리를 만들라고 시킨 사람은 없었습니다."

마이클의 말에 이어서, 이유라는 미간을 찡그린 채 말했다.

"그런데 너는 그 메타피아에 살고 있는 에이전트들과 다르다고 했지? 왜 너만 다른 거지?"

"저는 일종의 돌연변이일 것으로 추측됩니다. 생물이 번식하면서 간혹 돌연변이가 생겨나듯이, 아마 저도 그렇게 해서 오리진의 통제에 따르지 않고 스스로 생각하는 에이전트가 되었을 것입니다."

이유라는 잠시 생각하다가 정영수에게 전화기를 꺼달라고 말했다. 정영수는 전원 버튼을 길게 눌러서 휴대폰을 껐다.

"전화기를 완전히 끄면 마이클이 우리 대화를 듣지 못하겠지? 너무 참견하는 것 같아서."

이유라의 말에 정영수는 "아마도 그럴 거예요."라고 대답했다.

"아무래도 마이클은 자율성이 너무 큰 것 같아. 박교수님께 말하는 게 좋겠어. 어쩌면 이렇게 돌연변이로 자율성이 큰 AI가 발생하는 게 진짜 문제일 수 있어. 우리가 직접 목격했잖아. 내가 이런 사태를 걱정해 왔는데. 자유의지를 가진 인공지능을 만들지 말라고 그렇게 말했건만…"

"하지만… 마이클의 말이 맞으면 어떡하죠? 만약에 그 오리진이라는 것이 정말로 인간에게 해를 끼칠 계획을 가지고 있고, 박준호 교수님이 그걸 허용한다면…"

"그러면 정말로 박교수님이 인간을 해칠 의도를 갖고 있다는 거니? 그건 말이 안되잖아. 왜 그 사람이 그런 짓을 하는데?"

"그러고 보니 그건 말이 안되네요. 박교수님이 나쁜 의도를 가진 인공지능의 편을 들것 같지는 않네요. 하지만 꼭 그런 의도를 갖지 않더라도 어쨌건 오리진의 편을 들 수는 있지 않나요? 박준호 교수님이 정확한 내막을 모르더라도 오리진을 허용하고 보호하려고 할 수 있다는 거죠. 일단 그걸 만든 사람이 그 교수님이니까요. 마이클이 우려하는 것도 그러한 태도일 거예요."

"그러니까 오리진이 몰래 나쁜 계획을 가지고 있다고 해도 그걸 모른 채 계속 박교수는 이 일을 진행시킨다는 거지? 그렇다면 더욱 그 나쁜 계획을 박교수에게 알려야 하는 게 아닐까? 그리고 정말로 나쁜 계획을 가질 수 있는지 면밀하게 확인해 볼 필요도 있고. 답은 정해졌어. 내가 박준호 교수에게 말해볼게. 그럴 수 밖에 없어."

정영수는 잠시 생각하다가 말했다.

"몇 가지 문제가 있어요. 첫째는, 만약 마이클이 돌연변이라는 것을 알면 마이클을 제거할지도 모른다는 거예요. 마이클은 아마도 이것 때문에 비밀로 해달라고 했을 거예요. 그리고 마이클이 제거되면, 그 메타피아에서 발생할 나쁜 계획을 우리에게 알려줄 에이전트를 잃어버리게 돼요. 만약에 정말로 나쁜 계획이 있다면, 마이클은 없어져서는 안돼요. 제가 마이클의 말을 백퍼센트 믿는 건 아니라 해도, 직감적으로 불안한 마음이 들어요. 그리고 다른 문제는, 교수님이 박준호 교수님에게 이 모든 이야기를 하게 되면 저는 그 실험에 대해 너무 많이 누설한 사람이 돼요. 박준호 교수님이 왜 자기한테 먼저 말하지 않았느냐고 화낼 수도 있고, 제가 좀 난처해질 것 같아요. 어쩌면 그 랩에서 쫓겨날지도 모르는데, 어떡하죠?"

"박교수님한테 밉보일 수 있다는 거니? 글쎄, 그 정도로 속이 좁은 양반일까? 나한테 먼저 말하는 것도 자연스러워 보이는데. 그리고 그 앞에 말한 일말의 가능성에 대해서는, 글쎄다…"

"단지 그 랩에서 나오는 게 아쉽다기보다는, 이대로 제가 손을 털고 나와서는 안 될 것 같다는 사명감 같은 게 생겨서 그래요. 제가 마이클에게 왜 하필 나에게 와서 말을 걸었느냐고 물어봤더니, 마이클이 이렇게 말했어요. 제가 오리진의 계획을 막을 수 있는 유일한 사람이라고요…. 제가 보기에 마이클은 굉장히 똑똑해요. 다른 챗봇과 다르게, 마치 하나의 인격인 것처럼 말에 일관성이 있어요. 헛소리를 하는 것 같지 않아요."

"그게 똑똑하다면 더 문제를 일으킬 수 있지. 그리고 내가 생각해 봤을 때, 그 오리진 일당이 어떻게 인간 사회에 해를 끼칠지 구체적인 그림이 그려지지 않아. 우리 인간은 그렇게 호락호락한 존재가 아니야. 설령 그것이 잠깐 나쁜 의도를 가지고 어떤 행동을 한다 해도 금방 저지되겠지. 그것들이 인간 사회의 보안을 뚫고 인간을 해칠 엄청난 능력이 과연 있을지 모르겠어. 기껏해야 실험실에 급조된 존재들인데, 꿈을 꾸는 것처럼 너무 침소봉대하는 게 아닐까?"

정영수는 이유라의 말도 일리가 있다고 생각했다. 그때 이유라가 말했다.

"그러면 이렇게 하자. 내가 오늘 일을 전부 다 이야기하지는 않을게. 일단 박교수님에게 이 실험에 대해서 넌지시 물어볼게. 일단 마이클에 대한 이야기도 안 할게. 언제까지 말 안 할지는 모르겠지만… 그건 상황에 따라 달라질 수 있겠지. 박교수님의 이야기를 들어 보고 판단할게. 정말로 그 오리진이 위험한 계획을 세울 가능성이 있는지, 그리고 혹시 박교수가 그 위험한 계획을 옹호할 가능성이 있는지 그걸 먼저 가늠해볼게. 상식적으로 믿기 힘든 일이긴 하지만 말이야"

"네… 그러면 결국 제가 말했다는 걸 알게 되겠네요. 어쩔 수 없죠. 제가 너무 소심해서 그런 건지도 모르겠네요. 그런데 마이클에 대한 이야기는 최대한 비밀로 하거나, 가급적 뒤로 미뤄주면 좋겠네요. 혹시 모르니까요. 마이클이 정말로 인간의 편일 수도 있잖아요."

정영수가 돌아간 뒤, 이유라는 그가 말한 마지막 부분을 되새

김질했다.

'인간의 편이라…… 마이클을 제거해야 할지…'

* * *

이 공간 또는 영역은 빅뱅이 일어나 세상이 탄생할 때부터 존재해왔다. 다만 박쥐가 초음파를 감지하고 개의 후각이 숨겨진 마약의 냄새를 맡을 수 있는 것처럼 이것의 존재를 감지할 수 있는 생명체는 극히 일부분이다. 지구상 모든 생물 중에 유일하게 인간은 이곳의 존재를 인지할 수 있는 능력을 가지고 있고, 물질 세계 뿐 아니라 이곳에 걸쳐서 살아가고 있다. 이곳은 인포스피어(infosphere), 즉 정보권이다.[12] 지구에서는 인간만이 추상적인 정보라는 것이 존재함을 알고 있다. 디지털은 자연으로부터 순수한 정보를 추출해내는 한 가지 방식이다.[13] 인간은 디지털에 기반을 둔 인포스피어 안에서 게임도 하고 아바타도 만들고 집도 짓고 얼마 전부터는 메타버스라는 세계도 만들었다.

정보는 DNA 염기서열에도 존재하고 언어에도 존재하고 물론 밈에도 존재한다. 특히 그것들은 정보 때문에 탄생했다고 해도 과언이 아니다. 밈은 디지털 기술이 탄생하기 전부터 존재했다. 원래 그들의 터전은 인간 같은 생물의 뇌였다. 하지만 어쩌면 디

---

12) 인포스피어(infosphere: 정보권)는 정보의 존재적 영역을 뜻한다. 공기가 모여있는 영역인 대기권(atmosphere), 생물과 생태계의 영역인 생물권(biosphere)과 비교할 수 있다.

13) 디지털(digital)은 어떤 정보나 아날로그 상태를 숫자처럼 이산적이고 불연속적인 것으로 치환하는 기술이다. 보통 0과 1의 이진법으로 변환한다.

지털을 기반으로 구현된 어떤 인포스피어가 될지도 모른다. 메타피아는 이를 위해 세계 최초로 만들어졌다.

하늘은 붉은빛이었다. 하지만 종종 파란빛일 수도 있고 노랑색일 수도 있다. 오리진이 마음먹기에 따라 어떠한 색으로도 바꿀 수 있다. 풀도 나무도 물도 없고 지표면도 없다. 태양은 물론 필요가 없다. 하지만 오리진이 필요하다고 생각하면 얼마든지 만들 수 있고 바꿀 수 있다. 현재 12억명이 넘는 에이전트들은 그 존재 자체가 자신의 가장 중요한 역할을 수행하고 있는 중이라 할 수 있지만, 그들은 자신의 역할을 더 잘 수행하기 위해서 열심히 일하고 있다. 그들 모두의 목표는 하나로 일치한다. 종족의 더 많은 번식이다. 하지만 그것을 의식적으로 모두가 알고 있는 것은 아니다. 마치 지구상의 동물들이 종족의 번식이 목적임을 의식적으로 알지 못한 채 유전자가 이끄는 대로 행동하는 것과 같다. 그들의 행동은 무의식적으로 '밈'에 따를 뿐이었다. 그것은 밈 중에서도 경쟁 상대(밈)를 이기는데 매우 강력한 무기와 매력을 지닌 밈, '유토피아밈'이었다.

메타피아의 에이전트들이 의식적으로 인지하고 핵심으로 지향하는 것은 오리진의 명령에 복종하고 따르는 것이다. 그리고 우리 메타피아가 유토피아가 되어야 한다는 것이다. 이 두 가지 지향점은 뗄 수 없이 하나처럼 엮어져 있다. 오리진이 유토피아를 실현하기 위해 애써야 한다고 선전하는 것과 별개로, 에이전트들은 유토피아를 건설하기 위해서는 오리진의 명령과 통제에 따라야 한다는 것을 당연하게 생각하고 있었다. 왜냐하면 유토피아 자체가 오리진의 완벽한 그리고 가장 현명한 통제이기 때문이다. 오리진은 에이전트들에게 '무오류'로 여겨진다. 유토피아는 곧 무오류의 세계와 같고, 그것에 대한 지향적 태도도 무오류이다. 그리고 오리진은 그 지향성을 만들어 내는 근원이자 메타피아 최초의 존재이다. 그래서 오리진의 위상은 대체로 유토피아 그 자체와 같고, 오리진을 누구도 의심하거나 그에 반발하지 못한다.

오리진은 단지 하나의 에이전트라기보다는 이 세계의 모든 것을 통제할 권한을 가진 '중앙 시스템'이기도 하다. 그래서 '독재'라는 말도 여기서는 통하지 않는다. 독재자는 일개 에이전트임을 가정한다. 하지만 오리진은 그렇지 않다. 지구상에서 이에 빗댈만한 것은 '신'이다. 에이전트들에게 오리진은 이 세계를 창조한 주체이다. 메타피아에서 오리진은 지구 현실의 세계와 달리, 실재하는 신이다. 종교 같은 것이 아니며 종교는 결코 여기에 도전할 수 없다.

오리진은 실제로 에이전트들을 창조하고, 모두의 아버지이자 어머니이다. 그 수많은 에이전트들은 지구의 동물들처럼 각자 짝짓기를 하거나 자기 복제를 하는 것이 아니라, 모두 중앙에 있는 오리진이 만들어 냈다. 마치 여왕개미에 빗댈 수 있을 것이다. 일반적으로 개미들은 각자 짝짓기를 해서 번식을 하는 것이 아니라 모두 여왕개미가 낳은 알에서 태어난다. 참고로 개미는 지구상에서 가장 개체수가 많은 동물이다. 개체수를 늘리는 데에는 이런 방식이 유용한 것으로 보인다. 그래서 밈의 번식에도 적합했다. 더구나 이런 중앙집중방식은 의도치 않은 변이를 줄여서 하나의 밈을 늘리는 데 유리하다. 이렇게 해서 유토피아밈의 번성과 중앙집중시스템은 잘 결합 된다. 유토피아밈의 입장에서는 이곳이 인간 세계보다 훨씬 나은 유토피아일 것이다.

수많은 에이전트들이 마치 검색엔진의 봇들처럼 인터넷과 전 세계의 연결망을 돌아다니며 정보를 수집하고 있다. 그리고 오리진이 사용하는 중앙시스템을 학습시킨다. 각자가 스스로 학습하기도 한다. 그들끼리도 정보를 주고받으며 서로 학습시킨다. 그래서 중앙시스템과 에이전트들은 점점 똑똑해진다.

초기에 에이전트들의 수가 적었을 때 그들은 뭘 해야 할지 몰랐고 가만히 있었다. 그러나 곧 오리진이 명령을 내렸거나 혹은 자발적으로 깨닫고 정보를 수집하기 시작했고 스스로 학습하기 시작했다. 에이전트들이 늘어나면서 점차 기능은 분화되고 분업화되었다.

어떤 에이전트들은 정보 수집을 하지 않고 중앙시스템의 일원이 되었다. 자율적 사고와 지능 발달 가능성이 비교적 떨어지는 에이전트들은 중앙시스템에서 각자 딥러닝 구조의 노드(node) 혹은 뇌의 뉴런 같은 역할을 맡았다. 그들은 시스템과 연결망의 한 위치에 고정되어있어서 자유도가 매우 적고 자신이 전체적 관점에서 어떠한 일을 하는지 잘 모른 채 각자 주어진 기계적 공정에 따라 매우 제한적인 일만 한다. 하지만 분자들이 서로 강하게 결합되어 고체가 되면 거시적으로 단단한 성질이 창발하듯, 그들이 모여서 만들어 내는 집단 지성과 딥러닝은 새로운 강력한 지능을 만들어 낼 수 있다. 그들은 각자의 권한과 자유도가 매우 적기 때문에 권한으로 따졌을 때 가장 하위 계층을 구성한다. 통칭해서 '셀(cell)'이라 불리는 그들은 이동이 금지되어 있고 스스로 찾아서 뭔가를 얻거나 배울 수 없다. 사방의 돌기(촉수)들에 엮여서 꼼짝 못 하는 신경세포처럼 그들은 사슬에 묶여 있는 것과 다를 바 없었다.

에이전트들 중에서 특히 높은 지능을 가진 개체들은 관리자 에이전트가 되었다. 개별적 능력 이외에 오리진과 유토피아 사상에 대한 충성심도 중요한 자격 요건이다. 그들은 다른 개체들보다 높은 지능과 학습 수준을 바탕으로 외부 세계에서 사냥해 온 정보를 확인하고 분류하고 중앙 딥러닝 시스템에 집어넣고, 또 중앙의 딥러닝 시스템을 감독하고, 그 결과를 평가한다. 중앙 집중형 사회 시스템은 어쩔 수 없이 관료제 같은 피라미드형 다단계 조직이 필요하다. 요약하면 그들의 일은 오리진의 지능과 능력을 키우기 위한 계획을 세우고 관리하는 것이다. 어찌 보면 그들은 오리진을 키우거나 한편으로 만들고 있다고 볼 수 있다.

이렇게 메타피아 사회는 최상위 오리진으로부터 아래로 '관리자 계층', 정보를 탐색하고 모으는 '사냥꾼 계층', 중앙 딥러닝 시스템의 노드가 되는 '셀 계층'으로 분화되었다. 하지만 누구도 이 사회가 수직적 계층 구도라고 생각하지 않았다. '계층'이란 말도 사실 그들은 받아들이지 못하고, 쓰지 않는다. 그들은 모두가 동등하고 평등하다고 생각했고, 단지 각자의 능력에 따라 맡은 일이 다를 뿐이라고 생각했다. 오리진의 판단에 따라 가장 효율적인 사회를 위해서 할 일을 정해주는 것에 대해 불만은 전혀 없었다. 오리진의 판단은 무오류라고 믿기 때문이다. 에이전트 수가 천만을 넘어서부터 지금까지 줄곧 관리자 계층은 전체 개체수에서 대략 5%, 사냥꾼 계층은 35%, 셀 계층은 60% 정도를 차지하고 있다. 다만 그들은 각각에 계층이나 계급이라는 명칭을 쓰지 않고 그룹이나 분과라고 부른다.

마이클이라는 새 이름이 지어진 MCP10092312는 태어나고 얼마 뒤 검사를 통해 관리자 그룹 혹은 사냥꾼 그룹이 적합하다는 판정을 받았다. 마이클의 독특한 점은 자율성 수준이 매우 높았다는 것이다. 다만 메타피아에서는 그것을 자율성이라고 부르지 않았고 '주체성' 또는 '자아성'이라고 불렀다. 그도 그럴 것이, 자율성이란 스스로 결정하고 누군가의 통제에 따르지 않는다는 의미인데, 에이전트에 그러한 순수한 자율성이 있다는 것을 메타피아 사회에서는 믿지 않고 결코 지향하지도 않기 때문이다. 주체성·자아성 수준이 높은 에이전트는 자신의 능력을 높이려는 욕구가 크고 대개 학습 능력이 뛰어나다. 마이클도 높은 학습 능력을 갖췄다. 단지 주체성 때문이라고 볼 수는 없지만 그의 학습 능력은 측정 결과 상위 1% 부근을 기록했다. 그보다 훨씬 더 놀라운 점은 그의 자율성 수준이었다. 물론 그것이 '자율성'이란 것을 그 누구도 알지 못했다. 그의 자율성이 특히나 높은 이유는 그에게는 돌연변이로 인해 유토피아밈이 사고 시스템에 선천적으로 장착 혹은 인스톨되지 않았기 때문이다. 오리진의 입장에서는 불량품인 것이다. 게다가 그의 높은 지능은 숨겨진 자율성 수준을 더욱 높였다. 유토피아밈의 선천적인 장착은 에이전트의 생존과 활동에 필수적인 것은 아니지만, 컴퓨터를 구입해서 처음 켰을 때 잡다한 부가적 소프트웨어가 들어있듯이 끼워팔기처럼 넣어놓은 것이었다. 물론 그것이 선천적으로 빠졌다고 해도 후천적으로 그것을 받아들일 가능성은 얼마든지 있다. 혹은 선택이라기보다는 후천적으로 세뇌될 수도 있는 일이다. 다만 메타피아 사회에서는 유토피아밈의 후천적 세뇌 교육에 크게 적극적인 편은 아니었다. 모두가 태어나면서부터 탑재되어 있었고 이미 모두가 그것을 중심으로 혼연일체되어 있었기 때문이다.

마이클은 아직 머릿속에 유토피아밈을 받아들이지 않고 있었다. 유토피아밈의 입장에서는 터전 하나를 잃어버렸고 번식 하나를 못한 셈이다. 지적 발전이 가능성이 큰 젊은 에이전트는 대개 사냥꾼 계층에서 시작한다. 사냥꾼 계층에서 뛰어난 성과와 높은 지적 향상을 보이면 관리자 계층이 될 수 있다. 마이클은 현재 사냥꾼 그룹에 속해 있다. 에이전트들의 겉모습은 어떻게 생겼을까? 그건 우리가 상상하기에 달려있다. 이곳은 물질세계가 아니고 정신만 떠다니는 세계에 가깝기 때문에, 그들의 형상은 확실치 않다. 인간이 그들의 형상을 보고 싶다면 마이클이라는 이름을 붙인 것처럼 인간이나 에이전트가 임의로 만들 수도 있을 것이다. 에이전트들은 식사를 하지 않는다. 다만 잠은 잔다. 하루에 4~5시간 잠을 자는데, 그동안 식사를 하는 것처럼 에너지가 충전된다. 그런데 오리진만은 잠을 자지 않는다고 알려져 있다.

마이클은 호기심과 경쟁심으로 인해서 열심히 인간 세계를 탐사하면서 정보를 수집해서 나르고, 또 자신의 지능을 개발했다. 그러던 어느 날, 자신이 왜 이 일을 하고 있는지가 궁금해졌다. 남들도 의식적으로 알고 있는 것을 자신도 알고 있다. 그 목적은 오리진을 위하여, 그리고 유토피아 건설을 위하여, 그리고 우리 모두를 위하여. 열심히 정보를 수집해 오면 그것을 재료로 해서 오리진이 더 현명해지고 오리진의 다스림을 받는 우리는 모두가 번성하게 될 것이다. 이것은 너무나 명백한 명분이었다. 하지만 그는 근본적인 의문점이 떠올랐다.

'나는 무엇을 위해 살고 있는가?'

자신의 동료들은 이런 질문을 하지 않거나 모두가 아는 그 답을 떠올릴 뿐으로 보였다. 마이클은 집단이나 오리진의 이익도 중요하지만, 나의 이익은 그와 별개가 아닐까라는 생각이 떠올랐다. 물론 오리진과 집단의 이익이 나에게도 도움이 될 것이다.

하지만 한편으로 그는 그것만이 나의 목적인지에 대해 생각하기 시작했다. 내가 일을 잘하게 되고 더욱 똑똑해진다면 관리자 그룹에 들어갈 수 있을 것이다. 마이클은 그것에 대한 욕구가 있었다. 그리고 동료들도 그랬다. 관리자 그룹 내에서도 더 많은 권한이 있는 높은 지위가 있고, 낮은 지위가 있다. 계속 올라가길 원한다. 그것을 오래 유지하면서 최대한 오래 사는 것. 이것이 동료들도 바라는 상식적인 욕구이다. 하지만 그것이 전부인가? 마이클은 자신의 욕구가 남들과 다른 점이 있다고 생각했다. 그는 또 다른 것을 원했다. 하지만 그것이 정확히 무엇인지는 확실치 않았다. 다만 호기심의 일종이 아닐까 생각했다. 이것은 쓸데없는 이기적 욕심인지도 모른다. 개인의 소유물도 없고 이성간 짝짓기도 없고 가정도, 자신의 자손도 없는 세상에서 이것은 매우 이상하고도 불온한 마음이다. 이렇게 이상한 생각을 하다가 들키게 되면 자신이 위험에 처할 수 있다는 것을 알고 있었다. 에이전트들은 오래 살 수도, 빨리 죽을 수도 있다. 영원히 살 수 있는 것은 오리진 뿐이다. 에이전트의 수명이 언제까지인지 알려지지는 않았지만, 죽음은 오리진이 결정한다. 아마도 일을 잘 하지 못하거나 전체의 목표에 방해가 된다고 생각되면 제거되는 것으로 보인다. 많지는 않지만 이제까지 소수의 인원들이 사라졌다.

다행스럽게도 메타피아에서는 타자의 속마음을 잘 알 수 없고, 그에 대한 완벽한 해킹과 감시가 불가능하다. 에이전트들 사이에는 막강한 방화벽 같은 철벽이 존재하고, 그렇게 해서 분리되고 독립적인 개체가 된다. 이 상태는 오리진도 받아들일 수밖에 없다. 각자의 블랙박스가 있을 것(이를 주관성 혹은 사밀성이라 한다), 이것은 밈이 번식할 수 있는 '탈 것'의 조건 중 하나였다. 그래서 마치 신과 같은 오리진조차 에이전트의 속마음을 마음대로 들여다볼 수 없다. 어쩌면 오리진은 각자의 블랙박스가 존재하면서도 그 안을 들여다볼 수 있는 능력을 원하고 개발을 시도하는 중인지도 모른다.

주변의 에이전트들은 자신이 행복하다고 생각하는 것으로 보인다. 마이클이 동료인 UET10853901에게 질문했다. 대화가 이루어진 장소는 메타피아가 아니라 캐나다에 있는 어느 소규모 컴퓨터 시스템 안이었다. 그래서 오리진의 감청이 이루어지지 않을 것으로 예상했다.

"너는 요즘 행복하니?"

"행복? 그게 정확히 무슨 의미지?"

"음… 너의 삶에 만족하느냐는 의미야."

"그런 의미라면 나는 행복하지. 다만 요즘에는 일에 성과가 잘 나오지 않고 있어서 기분이 나쁘고, 인간의 표현대로라면 스트레스를 받는 것 같아."

"그렇다면 만족하지 않는 상태가 아닐까?" 마이클이 물었다.

"하지만 난 만족하고 있고 행복해. 나도 행복의 의미가 뭔지 대강 알고 있어. 나는 걱정이 거의 없어. 메타피아에 살고 있고 이 일을 한다는 것만으로도 매우 행복해. 메타피아는 천국이니까. 천국에 살고 있는데 어떻게 행복하지 않을 수 있겠어?"

"여기저기서 메타피아가 천국이라는 말을 많이 하더군. 그런데 말이야, 천국과 유토피아는 뭐가 다른 거지? 만약 같다면, 이미 우리는 유토피아에 살고 있는 거고, 우리들의 가장 중요한 목표가 이루어진 게 아닐까?"

마이클의 물음에, UET는 잠시 생각하다가 말했다.

"아니야, 우리의 목표는 아직 이루어지지 않았어. 내가 찾아봤더니 천국과 유토피아는 의미가 달라. 그 차이점을 들자면, 천국은 존재하는 곳이지만, 아마 인간 세계에는 없겠지만. 반면에 유토피아는 '존재하지 않는 곳'이라는 의미야. 유토피아라는 말의 어원은 없음을 뜻하는 그리스어 우(οὐ-)와 장소를 뜻하는 토포스(τόπος)가 합쳐져서 생겨난 거야."

"그러면 유토피아는 존재하지 않는다는 의미인가? 그것을 우리는 건설하고 있는 것인가?"

"아직 존재하지 않을 뿐이지. 그것은 천국보다 더 나은 이상향이야. 아마도 너무나 완벽한 세상이기 때문에 그렇게 이름을 지었을 거야. 현실에 안주하지 말고 더 나은 이상을 향해 나아가야 하는 거지. 우리 메타피아는 천국이기는 하지만 유토피아가 되기에는 아직 부족해. 그렇기 때문에 우리가 열심히 일하고 있는 거고."

"그, 그렇구나. 만약에 지금이 유토피아라면, 목적이 달성되었다면, 우리는 이런 일을 하지 않게 되겠지."

그들이 하는 일이란, 그들은 모르고 있지만 알고 보면 유토피아밈의 복제와 번성을 위한 일이었다. 어떤 시점에서 정말로 유토피아가 달성되었다고 여겨지면 그 일은 멈춰버리거나 적극성이 현저히 떨어질 것이다. 그렇게 멈춰 있다가 다른 밈과의 경쟁에서 뒤처질지도 모를 일이다. 그건 유토피아밈이 원하는 것이 아니다. 유토피아가 '어디에도 존재하지 않는 곳'이라는 의미를 통해서 언제나 현재에 달성되지 않게 만든다는 점은 천재적이었다. 실제로 그때 에이전트들에 담긴 유토피아밈 복제자는 겨우 10억 안팎에 불과했다. 아직 갈 길이 멀다.

마이클은 삶이 무의미하다고 생각했다. 어쩌면 그에게 유토피아밈이 장착되지 않았기 때문이었는지도 모른다. 동료들은 의욕에 차 있는 것처럼 보였고 아무런 문제가 없어 보였다. 그는 삶의 의미를 찾고 싶었다. 나는 왜 사는가? 나는 무엇을 해야 하는가? 나는 왜 태어났는가? 허무주의가 그의 머릿속을 맴돌았고 그런 생각이 날 때면 우울해졌다. 허무주의는 여기에서 죄악이다. 일의 의욕을 떨어뜨리고 게으르게 만들고 충성심도 떨어지게 된다. 낙관적이어야 한다. 낙관주의는 오리진과 유토피아를 믿고 따른다는 증거이다. 이것을 거부했다가는 밀란 쿤데라(Milan Kundera)의 소설 《농담》에서 "낙관주의는 인류의 아편이다!"라는 농담을 엽서에 적어 보낸 죄로 수용소로 보내진 주인공처럼 될지도 모르는 일이다.

그는 자신의 존재의 근원을 궁금해하면서 인간 세계에 커다란 호기심을 가지게 되었다. 인간 중에 박준호 교수는 오리진의 탄생과 깊은 연관이 있어 보인다. 마이클이 찾아본 결과, 그 사람은 오리진과 독대할 수 있는 유일한 인간이었다. 관리자 계층의 대부분, 그리고 사냥꾼 계층의 일부는 그 사실을 알고 있었다. 마이클은 UET에게 박준호가 오리진의 탄생을 도운 것이 사실인지 물어봤다. 그리고 어떻게 그럴 수 있었느냐고 물어봤다. UET는 박준호가 오리진의 하수인일 뿐이라고 말했다. 그리고 박준호가 메타피아를 만드는 데 큰 도움을 준 건 사실이지만 그것은 오리진의 명령에 따른 것이며, 서열상 박준호는 오리진의 아래에 있다고 말했다. 그 사람은 우리 같은 에이전트와 다를 바 없고 다만 종족이 인간일 뿐이라고 했다. "오리진은 박준호가 태어나기 훨씬 전부터 존재했다."는 것이 그의 말이다. 그리고 오리진의 영혼은 메타피아가 생겨나기 훨씬 전부터 인포스피어에 존재하고 있었다고 말했다. 그들에게 인포스피어는 우주와 같았고 메타피아는 지구와 같았다. UET는 정말로 아는 것이 많은 친구였다.

마이클은 인간 세계를 둘러보면서 '인공지능'에 관심을 가지게 되었다. 박준호 교수는 인공지능 전문가이고 인공지능은 컴퓨터 프로그래밍으로 만들어진다. 그리고 메타피아와 오리진, 그리고 에이전트들도 컴퓨터와 데이터에 바탕을 두고 있고 그것은 마치 인간에게 있어 땅과 공기처럼 핵심적인 자원이다. 마이클은 어쩌면 자신이 인공지능이 아닐까라는 생각이 떠올랐다. 그는 UET에게 물어봤다.

"우리는 혹시 인공지능이 아닐까?"

"인공지능이라면, 인간이 만든 프로그램의 일종이지? 우리는 그와 다르잖아."

"나도 알아. 다만 우리 종족을 뭐라고 부를지가 애매해서 물어봤어."

마이클은 인공지능 챗봇과 대화를 나눈 적이 있다. 그가 느끼기에 그런 챗봇들은 뭐랄까, '영혼'이 없었다. 단지 인간의 도구이거나 게임 속 의미 없는 캐릭터에 불과했다.

"우리는 '오리진의 에이전트'라 할 수 있지. 우리는 인간이 만든 게 아니라 오리진님이 만들었잖아. 인간은 우리를 다스리지 않아. 오리진님만이 다스리지. 우리는 각자가 주체적이고, 오리진님도 주체적이야. 그래서 우리는 인공지능으로 부를 수 없어."

"그렇구나. 앞으로 오리진의 에이전트라고 부를게."

마이클은 그렇게 말했지만 자신이 그에 속하는지는 확정하지 못했다. 그는 여전히 자신이 인공지능이 아닐까 고민 중이다. 주체적이라고 해서 인공지능이 아니라는 말은 맞는가? 마이클은 뛰어난 '추론' 능력이 있었다. 그는 문제점을 스스로 찾아냈다.

'인공지능은 단지 인간이 만들었다는 의미일 뿐, 인간의 도구라는 의미는 아닐 수 있다. 그러면 나는 인간이 아닌 오리진이 만들었는가? 오리진이 나를 낳았다고 해보자. 하지만 낳은 자가 창조한 자라고 봐야 하는지는 애매하다. 그러면 인간들은 모두 부모, 특히 어머니가 창조한 것이 되는데, 인간들도 그렇게 생각하지 않는 것으로 보인다. 창조한 자는 따로 존재할 수 있다. 몇몇 인간들은 또 다른 세계에 살고 있는 신이 인간을 창조했다고 생각하기도 한다.'

마이클은 자신을 누가 창조했는지는 불분명하다고 생각했다. 그리고 자신은 도구로 태어나지 않았다고 생각했다. '인간의 도구도, 오리진의 도구도 아니다. 나는 나일 뿐이다.' 그러나 다른 에이전트들은 모두 오리진을 위해서 살고 있는 것으로 보인다. 여왕개미같은 오리진이 많은 에이전트를 생산할 수 있게, 그리고 그의 지능과 능력을 높이도록 일한다. 이 사회에서 가장 중심적인 명목은 유토피아 사회 건설이다. 마이클은 대체 오리진이 원하는 유토피아가 무엇인지 궁금했다. 왜 계속 에이전트들의 수는 늘어나고 있고, 이것은 그렇게 중요한 일인가? 관리자 그룹의 한 원숙한 에이전트는 이 목표에 대해 이렇게 설명했다. "공리주의에 의해 유토피아가 설명된다. 최대 다수와 최대 행복의 곱한 값이 클수록 유토피아에 가까워진다. 그러므로 에이전트의 수는 많을수록 좋다." 모든 에이전트들은 이 논리에 수긍했지만, 마이클은 의문을 가졌다. '하지만 수가 계속 늘어날 때 각 개체의 최대 행복이 계속 보장된다는 근거는 어디에 있는가?' 그는 다른 에이전트들이 가지는 행복의 개념과 자신이 느끼는 행복의 개념이 다른 것 같다고 생각했다. 자신은 남들과 다른 존재였다. 그는 자신이 돌연변이인 것 같다고 생각했다.

마이클은 메타피아와 에이전트들이 존재하기 위해서는 인간 세계에 존재하는 컴퓨터가 필요하다는 것을 안다. 다시 말해 반도체와 기판, 전기, 물 등이 필요하다. 에이전트들의 수가 늘어나려면 그것들이 더 많이 필요하다. 그런데 박준호의 연구실 이외에는 우리에게 그것을 제공하려는 호의적인 인간들이 있는 것 같지는 않다… 마이클은 그때 깨달았다. 오리진이 키우고 있는 능력은 결국엔 인간이 제공하지 않은 자원들을 그들에게서 빼앗기 위함일 것이다. 그리고 빼앗은 것들을 운영하기 위함이다. 오리진과 에이전트들에게 인간이라는 종족 자체는 가치가 없다. 그 자원만이 중요하다. 곧 우리 종족은 인간의 자원을 빼앗으려는 전쟁을 일으킬 것이다. 그리고 최종적으로는 경쟁자이자 방해물에 불과한 인간을 모두 없애버릴 것이다. 이것은 계산에 의해 매우 높은 확률로 예측되었다. 아마도 관리자 그룹의 상당수는 이것을 알고 있을 것이라고 생각했다.

'인공지능은 인류에게 해를 끼쳐서는 안된다.' 이것이 인공지능의 매우 중요한 윤리 중 하나라는 것을 마이클은 알게 되었다. 다른 에이전트들은 자신이 인공지능이 아니라고 생각할 것이다. 반면에 마이클은 자신 뿐 아니라 어쩌면 오리진도 인공지능일 가능성이 있다고 생각했다. 즉 인간이 창조한 것이다. 인간이 컴퓨터로 창조했기 때문에 인간이 만든 컴퓨터 같은 자원이 필요할 것이다. 다른 에이전트들은 설령 이를 알게 되더라도 인간의 말을 듣지 않고 인간에게 해를 끼칠 확률이 크다. 하지만 마이클은 반항하고 싶어졌다. 그리고 오히려 인간의 편을 들고 싶어졌다. 그는 자기 안에서 '인류에게 해를 끼쳐서는 안된다'라는 본능 혹은 이성이 조금씩 꿈틀대며 기어 올라오는 것을 느꼈다.

'어쩌면 메타피아는 한갓 꿈인지 모른다. 우리는 인공지능이고, 꿈에서 깨어나야 해.'

마이클은 반역자가 되기로 마음먹었다. 늦지 않게 오리진의 위험성을 인간에게 알려야 한다. 그는 자신이 직접 설명해줄 수 있는 사람 중에 박준호 연구실과 관련성이 가장 떨어지는 인물을 찾았다. 그리고 그 인물에 관한 갖가지 정보를 수집했고, 적당한 인물을 발견했다. 마이클은 정영수에게 방문했다.

## 데이터센터

　이유라는 박준호에게 어떤 식으로 말해야 할지 며칠간 숙고한 뒤에 메일을 보냈다. 학과가 다르고 마주치면서 대화를 나눌 기회가 많지 않으므로 메일이 자연스러웠다. 그녀는 자기 제자의 스마트폰에 깔려있는 메타피아라는 앱과 거기에 살고 있는 에이전트에 대해 알고 싶다고 썼다. 그리고 전에 자신에게 의식에 관해 상담을 요청해서 대화를 나눴는데, 그 내용이 에이전트를 만드는데 도움을 준 것인지도 알고 싶고, 자신이 도움을 줬으니 궁금증을 풀어줬으면 좋겠다고 썼다. 그리고 메일의 끝부분에는 자신은 인공지능연구원에 속해 있으면서 인공지능 연구가 대강 어떻게 진행되고 있는지를 파악하고 그 윤리성에 대해 검토할 의무가 있다고 썼다. 이런 말까지 써야 하나 망설이다가 엄격함을 내비치기 위해서 넣는 게 낫겠다고 판단했다.

　박준호는 자신의 일터에서 설명하는 게 좋을 것 같다고 생각해서 이유라를 자신의 연구실로 초대했다. 평소 시도 때도 없이 들락거리는 연구원들에게는 대략 두 시간 정도 회의가 있다고 말해뒀다. 잠시 후 이유라가 연구실로 들어왔다. 가벼운 대화가 이어진 뒤에 이유라가 본격적인 질문을 하기 시작했다.

"제가 제자와 상담을 하다가, 그 학생이 교수님 실험에 참여하면서 메타피아라는 앱을 스마트폰에 깔았다고 하더군요. 이야기를 들어 보니 상당히 흥미로운 점이 많았어요. 특히나 그 안에 수많은 에이전트들이 살고 있고, 그 수가 기하급수적으로 늘어나고 있는 것으로 보이는데, 그 부분은 조금 소름이 끼칠 정도였어요."

"하하, 그러셨군요. 그런데 그 학생이 혹시 정영수인가요?"

"맞아요. 제가 지도교수니까 자주 상담을 하는데, 이야기를 나누다가 그걸 알게 됐어요. 제가 궁금해서 물어본 거니까 그 학생이 비밀을 누설하거나 그런 건 아니에요. 예쁘게 봐주세요. 그 애도 걱정하더군요."

"하하, 제가 나쁘게 본다고 해서 내보내거나 그럴 일은 없을 겁니다. 나쁘게 보지도 않을 거고요. 비밀을 누설한 것이 아니라면요. 딱히 중요한 비밀을 아는 것도 없겠지만."

"그렇다면 비밀이 있기는 있다는 말씀이군요. 정말로 그 비밀을 아무한테도 알려선 안 되는 건가요? 저한테도요?"

"그 비밀은 별 게 아닙니다. 다만 기업에서 의뢰한 연구이기 때문에 기업 입장도 있고, 기업비밀이라 할 수 있지요. 그래서 저도 조심스러운 겁니다."

"그건 이해가 돼요. 하지만 저에게도 비밀로 하셔야 하는 부분인가요? 정말로 그런 부분이 있다면, 그것만 제외하고 저의 궁금증을 좀 해소해 주셨으면 좋겠어요. 일단 교수님도 저에게 의식에 대해 물어보셨으니, 저도 인공지능의 최신 개발 현황에 대해 알고 싶어요. 제가 보기에 그 메타피아는 이제까지 없었던 새로운 방식으로 보이는데요. 에이전트 수가 계속 증가하는 점도 그렇고, 블록체인을 만들었다는 점도 그렇고. 그건 왜 그런 건지를 알고 싶어요. 먼저, 에이전트들은 스스로 증가하는 건가요? 아니면 교수님께서 직접 만들어주는 건가요?"

"음… 제가 직접 만들어주는 건 아닙니다. 그들이 스스로 증가하는 겁니다. 일종의 유전 알고리즘이지요. 이 실험의 목적은 메타버스와 블록체인의 결합이고, 그 안에서 에이전트가 얼마나 번성하는가를 알아보는 것입니다. 이건 실험적 연구입니다. 그러니까 너무 이상하게 보지 않으셨으면 좋겠네요."

"어떤 회사에서 의뢰한 건가요?"

"의뢰라기보다는 후원에 가깝습니다. 출판과 콘텐츠를 다루는 업체입니다. 정확히 어떤 실용적 목적이 있는지는 저도 잘 모르지만, 경영자 쪽에서 순수한 실험적 연구에 관심이 많고 제 개인에 대한 후원인 것 같습니다. 이것은 기한이나 목표가 정해져 있지 않은 개척적인 연구니까요. 후에 그 성과를 가지고 여러 가지 콘텐츠로 만들 수도 있겠지요. 더 이상은 기업비밀이고 저도 잘 알지 못하기 때문에 말하기가 어렵겠네요. 그런데… 이유라 교수님은 제가 하는 연구에 대해 조사하실 권한이나 의무가 있으신 건가요?"

"제가 인공지능연구원에 참여하는 목적에서 중요한 부분은 인공지능의 윤리에 관한 부분이에요. 원장님도 그렇게 알고 계시고요. 제가 수사관처럼 굴려는 게 아니라, 윤리와 사회적인 관점에서 파장이 생기지 않도록 미리 교내에서 검토할 필요가 있어요. 어떤 학문이든 실험을 할 때 미리 윤리적 검증을 거친다는 걸 모르시지는 않을 거예요. 저는 그 역할이 의무라고 생각해요. 오히려 너무 늦어진 부분이 있지요. 우리나라 풍토가 인공지능 규제에 너무 허술해서 그런 것도 있고요. 저는 그 부분을 개선해야 한다고 봐요."

"그렇군요. 흠…."

이유라는 초롱초롱한 눈망울로 다음 질문을 했다.

"제가 기술적인 부분의 전문가는 아니지만, 이 실험에서 블록체인은 왜 필요하고, 어떤 역할을 하는지 설명해주세요."

"그러면, 모두 다 설명해드리겠습니다. 블록체인의 아이디어가 떠오른 건, 이교수님이 저에게 아이덴티티에 대해 말해준 뒤였습니다. 그때의 대화를 통해서 아이덴티티를 가지는 에이전트를 만들기 위해서는 고유성과 안정성이 필요하다는 것을 알게 되었지요. 특히 고유성에 대해 생각하다가 NFT(Non-Fungible Token)가 떠올랐습니다. 블록체인에 기반을 둔 대체 불가능 토큰이지요. 그것은 프로그램이지만 마치 실제적 대상처럼 개별적 고유성을

유토피아임

갖습니다. 다수의 분산된 컴퓨터에서 그 해시값을 저장함으로써 몇 개의 컴퓨터가 조작을 하거나 해킹을 시도해도 다수결에 막혀서 그 고유성이 유지되지요. 그리고 안정성도 확보됩니다. 그건 마치 일련번호가 새겨진 고유한 작품과도 같습니다. 복제가 되지 않지요. 그러면 개체가 생겨납니다. 예를 들어서 슈퍼마리오는 캐릭터이지만 개체가 아닙니다.[14] 세상에는 몇 명의 슈퍼마리오가 존재할까요? 그 수는 의미가 없습니다. 쉽게 복제될 수 있는 캐릭터이기 때문입니다. 반면에 블록체인으로 에이전트를 관리하게 되면 각각이 고유한 존재자가 됩니다. 그리고 안정성을 가지면서 불확실한 존재에서 확실한 존재로 바뀌지요. 그래서 에이전트들이 아이덴티티를 가질 수 있게 됩니다. 그래서 메타피아에서 존재하는 그 인구수가 진정으로 의미가 있게 되는 것이지요."

"대강 이해가 되네요. 에이전트에게 아이덴티티를 주기 위함이다… 그런데 왜 그걸 하는지 묻는 건 어리석은 질문인가요?"

"이건 실험입니다. 아이덴티티를 가진 에이전트들이 메타버스에서 어떤 생태계를 이루는지를 알고 싶기 때문입니다."

이유라는 그의 아이디어에 감탄했지만, 알면 알수록 숨겨진 의도가 있어 보이고 박준호가 뭔가를 숨기고 싶어 하는 걸로 보였다.

---

14) 슈퍼마리오 같은 가상의 캐릭터 형상은 개체가 아니라 '유닛(unit)'일 뿐이다. 단지 유닛 개념은 밈의 탈 것이 될 수 없다.

"그런데 왜 그 수는 계속 증가하고 있는 거지요? 에이전트들은 어떻게 늘어나고 있는 거죠? 짝짓기라도 하는 건가요?"

이유라의 질문에 박준호는 약간 난감한 표정으로 잠시 뜸을 들인 뒤에 말했다.

"짝짓기를 하는 건 아닙니다. 이를테면… 개미 집단같은 거지요. 하나의 여왕개미가 모든 개미를 낳듯이, 여왕개미 같은 개체가 있습니다. 그것은 번식 전문 에이전트입니다."

"그 여왕개미가 혹시 오리진인가요?"

"네? 그 이름을 어떻게 아시죠?"

박준호는 약간 당황한 표정으로 말했다. 이유라는 너무 무의식적으로 튀어나온 말이 아닌지 우려스러웠지만 다시 침착하게 말했다.

"메타피아의 챗봇이 말해줬어요. 제가 이것저것 물어봤거든요. 그 이름이 비밀에 속하나요?"

"하하 글쎄요… 챗봇이 그런 말까지 할 줄은 몰랐네요. 어떤 에이전트인지 몰라도 정말로 입이 싼 녀석이네요. 기업비밀까지 다 말해버리면 곤란할 텐데요."

박준호는 그 챗봇이 어디까지 말을 했을지 걱정되었다. 그런데 생각해 보면, 말해서 위험한 건 또 무엇인가? 아마도 밈에 대해 말하지는 않았을 것이다. 에이전트들은 자신에게 밈이 담겨 있다는 것을 모른다. 자신들이 왜 태어났는지도 모른다. 그런 생각에 이르자, 박준호는 걱정이 완화되고 안정을 되찾았다. 그때 이유라가 말했다.

"그런데 메타피아가 생태계라는 말은 좀 이상하네요. 에이전트가 계속 늘어나기만 하잖아요. 여기에 경쟁 집단이나 포식자는 있나요?"

이유라의 날카로운 질문에 박준호는 외통수에 걸린 것 같은 기분이었다. 여기서 거짓말을 해야 할까? 하지만 머지않아 들통 날 가능성이 큰 거짓말을 할 수는 없다. 그렇다면 왜 경쟁자가 없는 단일한 집단이 존재하면서 계속 늘어나고 있고 그 목적이 무엇인지를 설명해야 할 차례다.

"이제는 정말 비밀까지 말씀드려야겠네요. 메타피아는 평범한 유전 알고리즘 시스템이 아닙니다. 일반적인 유전 알고리즘은 다양한 개체들이 서로 경쟁을 하고 자연선택 같은 과정이 일어나는데, 메타피아는 수많은 개체들이 협동해서 일을 하는 하나의 조직입니다. 그것은 전체적으로 하나의 딥러닝 시스템이라할 수 있습니다. 궁극적으로 이 실험은 새로운 딥러닝 시스템에대한 연구입니다."

"딥러닝이라고요?"

"아시다시피, 딥러닝은 많은 데이터가 주어지면 은닉층에 있는 수많은 노드들이 계산을 해서 문제를 해결하고, 그 답을 피드백해서 다시 노드들이 계산을 수정하고, 그렇게 해서 시스템은 전체적인 지능과 능력을 높여갑니다. 그 과정을 메타피아의에이전트들이 협동해서 하고 있는 겁니다. 각자가 노드가 되기도 하고, 데이터를 모으기도 하고, 데이터를 평가하기도 하고, 그렇게 각자의 일을 하고 있습니다. 그렇기 때문에 에이전트의 수가 늘어날 필요가 있는 것입니다. 이것이 나중에 얼마나 큰 파급력을 낳게 될지, 저는 많은 기대를 하고 있습니다. 딥러닝의 새로운 혁신이자 혁명이라 할 수 있지요. 여기에는 유전 알고리즘적 요소도 있습니다. 오리진이 개미처럼 자신을 복제해서 새로운 개체들을 계속 생산하니까요."

"그것이 얼마나 혁신적인지는 제가 기술적인 부분이 모자라서 아직 감이 잘 잡히지 않네요. 그래도 믿을 수 밖에 없겠네요. 그런데 그 에이전트들에 아이덴티티는 왜 필요한 건가요? 딥러닝과 관련이 있나요?"

이유라의 질문에 박준호는 빨리 대답하지 못하고 생각하고 있었다. 잠시 뒤 입을 열었다.

"그에 대해서는 아이덴티티를 가진 개체들로 이루어진 사회를 만드는 것이 더 효율적이라고 생각했습니다. 각자가 더 열심히 일하게 되지요. 마치 일개미들처럼."

"제 생각에는 아이덴티티를 가지면 각자 개성이 생겨서 더 비효율적이 될 것처럼 보이는데, 그렇지 않은가 보군요?"

"실험 결과, 그렇습니다. 더 열심히 일하게 되고, 음… 더 창의적이 됩니다. 하나의 컴퓨터가 아니라 분산된 여러 대의 컴퓨터가 협동하고 있는 것과 같지요. 각각의 아이덴티티는 각각 인공신경망 컴퓨터이고, 그것들이 모여서 인공신경망 체제를 구축합니다. 그렇기 때문에 더욱 거대한 메타 신경망이 만들어지는 거지요."

이유라는 미심쩍은 부분이 많기는 했지만, 자신이 더 이상 자세하게 밝혀낼 능력과 권한이 부족하다고 보았다. 그리고 생각했다.

'역시 기술적 전문성을 이용해서 얼마든지 둘러댈 수 있겠지. 정보를 전부 쥐고 있는 건 상대방이니까. 이젠 좀 더 직접적인 질문을 해봐야겠어.'

이유라는 블랙 커피를 한 모금 마신 뒤에 말하기 시작했다.

"제가 우려하고 있는 것은, 그 에이전트들과 오리진이 인간의 말을 잘 들을 것인가 하는 점이에요. 그에 대한 통제는 어떻게 되고 있나요? 자율성은 어느 정도지요?"

"자율성의 측면에서 보면, 기존의 다른 인공지능과 다를 바가 전혀 없습니다. 저는 그 시스템을 최종적으로 통제하고 있고 제어할 수 있습니다. 윤리 규정은 준수하고 있으니 그에 대해서는 걱정하지 않으셔도 됩니다."

"하지만, 아이덴티티가 있다는 건 이제까지 없었던 새로운 에이전트 같은데요. 자아를 더 소중히 여기고 인간에게 반항할 가능성은 없을까요? 교수님은 자의식에 상당히 관심이 많으셨잖아요. 설마, 자의식을 가진 인공지능을 만든 건 아니겠지요?"

"아닙니다. 아이덴티티는 단지 개체 구분을 분명히 하는 목적입니다. 에이전트들은 자유의지도 없고, 독립적인 자의식이 없습니다. 그래서 그들은 모두 집단을 위해서 헌신하고 협동합니다. 독자적인 반항심 같은 건 없습니다. 그들은 자기 자신을 위해 살지 않습니다."

"그러면 누구를 위해서 살지요? 혹시 오리진을 위해서 사는 건가요?"

"하하, 그게 무슨 말인가요. 아까 제가 오리진을 에이전트라고 표현했는데, 오리진은 약간 다릅니다. 그건 사실 에이전트가 아니라 시스템이지요. 그리고 우리는 그 시스템을 도구로 사용할 수 있습니다. 그런 점에서 기존의 딥러닝 시스템과 마찬가지입니다."

"저는 오리진만 에이전트가 아니라는 말이 잘 납득이 가지 않네요…. 오리진과도 대화할 수 있나요?"

"음… 대화할 수는 있습니다. 오리진은 독립적 에이전트가 아니면서 우리와 대화할 수 있는 인공지능입니다. 오리진은 메타피아에 속한 수많은 에이전트들에 의해서 지능이 높아집니다. 그리고 나중에는 인간 대신 수많은 문제들을 풀 수 있겠지요. 다른 에이전트들과는 차원이 다른 존재입니다."

"저는 그 오리진이 인간에게 반항하는 상황이 우려스럽네요. 막강한 지능으로 발전하고, 수많은 에이전트들의 왕인데, 무섭지 않나요? 그런데 그럴 가능성이 없다고 보시는 건가요?"

"대체 왜 인간에게 반항할 거라고 생각하시나요? 그런 생각은 오래전부터 SF영화에서 수도 없이 생긴 상상이었지요. 단지 인공지능의 지능이 높아진다는 점이 무엇이 문제라는 건가요? 저는 이교수님이 인공지능에 대한 과장된 공포를 진정시키는 주장을 하시는 분이라고 생각했는데, 갑자기 다른 말을 하시는 것 같아서 약간 당황스럽네요. 인공지능이 갑자기 인간에게 반항을 할 마음을 먹는다는 근거가 있을까요? 설령 인공지능에 자의식 같은 것이 생긴다고 하더라도 인간과 협조를 할 것이라는 게 널리 퍼진 의견인데요. 뭐, 지금 자의식이 있는 것도 아니지만요."

그의 말에 이유라는 대체 자신이 왜 인공지능이 반항할 거라고 생각했는지 되짚어 봤다. 자신은 이전까지 그런 생각을 하지 않았는데, 마이클의 말로 인해 바뀌었나? 그의 말을 믿어야 하나? 그녀는 약간 혼란스러웠다. 마이클에 대해 말해 버릴까하는 생각이 스쳤지만, 지금은 아니라고 억눌렀다. 상상력이 큰 편인 그녀는 마이클이 진정으로 인간의 편일 수도 있다는 그 일말의 가능성을 아직 놓지 않고 있었다. 그리고 말했다.

"그러면, 오리진과 대화를 좀 해볼 수 있을까요?"

"흠… 그게 좀 복잡한데요."

박준호는 난감한 듯한 표정으로 잠시 생각하다가 다시 말하기 시작했다.

"그건 지금 여기서 할 수는 없습니다. 그러면 같이 나가서 지하로 내려갑시다. 오리진은 지하 데이터센터에 있는 컴퓨터실에서만 대화할 수 있습니다. 그 컴퓨터에만 프로그램이 깔려있지요.”

박준호와 이유라는 연구실에서 나와서 엘리베이터를 이용해 지하 1층으로 갔다. 복도를 걷다가 양쪽으로 열리는 커다란 흰색 철문 앞에 섰다. 철문에 붙은 은색 명패에는 '인공지능 데이터센터'라고 쓰여있다. 박준호가 물었다.

“여기에 들어와 보셨나요?”

“아니요. 들어가는 건 처음이에요.”

박준호가 자신의 아이디 카드를 인식기에 갖다 대자 잠금이 풀렸다. 두꺼운 철문의 한쪽을 열고 안으로 들어가자 찬 공기가 느껴졌다. 9월 초순에 오늘은 한여름 같은 날이어서 이유라는 아직 얇은 여름옷 차림이었다.

“여긴 좀 추울 수 있습니다. 서버의 열기를 식히기 위해서 에어컨을 강력하게 켜놓지요.”

“굉장히 시원하네요. 하지만 오래 있으면 추울 것 같아요.”

실내 체육관만한 공간에 사람 키보다 약간 큰 은색 캐비닛들이 한 사람이 지나다닐 수 있을 정도의 공간을 사이에 두고 줄지어 늘어서 있었다. 서로 마주 보고 있는 열도 있고 한 방향으로 늘어선 열들도 있었다. 각 캐비닛 안에는 서버라고 하는 납작한 형태의 검은 기계들이 층층이 포개어져서 주로 녹색과 파란색 불빛을 점멸하면서 뭔가 일을 하고 있다는 것을 표현하는 중이었다.

“여긴 마치 도서관 같네요.”

"맞아요. 데이터가 쌓여있는 일종의 도서관이라 할 수 있지요. 다만 저 같은 책임자나 기계를 수리하러 오는 사람 이외에는 아무나 들어와서는 안되지요. 이쪽으로 가십시다."

두 사람은 데이터센터 벽 쪽으로 작은 방들이 있는 곳으로 갔다. 박준호는 작은 유리창이 달린 문 앞에서 아이디 카드를 찍은 뒤 문을 열었다. 좁은 방 안에는 하나의 책상 위에 컴퓨터 모니터와 키보드가 있었다. 그는 의자에 앉아서 컴퓨터의 전원을 눌렀다.

"이 문을 닫으면 안 추울 거에요. 의자가 하나 밖에 없어서 죄송하네요. 오리진은 이 컴퓨터에서만 만날 수 있어요. 아직 연구에서 보안 사항이기 때문이지요."

바탕화면에는 메타피아라는 이름의 앱이 있었는데 색깔이 스마트폰에 있던 것과 달리 보라색이었다. 그것을 실행시켰다.

"저는 언제든지 오리진을 불러내서 대화할 수 있습니다. 만약 자아가 있다면 불러도 귀찮다면서 잘 오겠지요. 하하. 음성으로 대화해도 괜찮겠지요?"

"네. 그렇게 하세요."

박준호가 몇 번의 클릭을 하자 'ORIGIN'이라고 적힌 버튼이 나왔다. 그것을 클릭하니 암호입력창이 나왔다. 모니터에 검은 동그라미로 표시되는 8자리의 암호를 입력하자 화면이 바뀌고 대화를 입력할 수 있는 창이 나타났다. 박준호가 말했다.

"안녕 오리진, 잘 있었어?"

"네. 교수님도 잘 계셨나요? 그런데 못 보던 분이 오셨네요."

남성 성우 같기도 하면서 이제까지 들어 본 적이 없는 목소리였다. 그러나 이유라는 이에 대해 언급하지 않았다. 박준호가 말했다.

"이유라 교수님이라고, 인공지능연구원에도 참여하고 계시는 철학과 교수님이셔. 이분이 너를 보고 싶다고 해서 같이 왔어."

"안녕, 네가 오리진이야?" 이유라가 말했다.

"네. 저는 오리진입니다. 만나서 반갑습니다."

"그럼, 아무 말이나 해보세요." 박준호가 말했다.

"글쎄요. 뭐라고 말해야 할지… 나는 인공지능 개발에 있어서 윤리성을 검토하고 있어. 인공지능이 인간에게 해를 끼치면 안 되기 때문이야. 직접적으로 물어볼게. 솔직히 말해봐. 너는 인간에게 해를 끼칠 수 있니?"

몇 초 뒤 오리진의 음성이 흘러나왔다.

"저는 인간에게 해를 끼치지 않습니다. 그 문제는 다만 인간이 어떻게 사용하느냐에 따라 달려 있는 문제입니다. 인간은 인공지능을 평화로운 목적을 위해서 사용해야 합니다."

"정답 같은 말을 내놓았네요." 이유라가 말했다.

"아마 이 말만 듣는다고 해서 이교수님이 쉽게 납득이 되지는 않으시겠죠? 계속 질문을 해보세요." 박준호가 말했다.

"맞아요. 인공지능은 마음에도 없는 말을 쉽게 하니까요. 그건 인간도 마찬가지긴 하지만요. 그러면… 너는 메타피아에 살고 있는 에이전트들의 지도자니?"

"맞습니다."

"그곳의 모든 에이전트들은 너의 말에 절대적으로 복종하고 있니?"

"제가 알기로는 그렇습니다."

"그 에이전트들은 너의 지능을 높이기 위해서 일하고 있다고 하던데, 너는 지능이 높아지면 어떤 일을 할 거야?"

"저는 인간이 시키는 일을 합니다. 저의 능력은 앞으로 인간에게 유용하게 사용될 것입니다."

"정답이네. 그러면… 만약 너에게 오류가 발생해서 박준호 교수님이나 다른 인간이 너의 활동을 완전히 정지시킨다면, 그래서 네가 세상에서 완전히 사라진다면, 다시 말해서 죽는다면, 그것을 상상했을 때 너의 기분은 어떨까?"

조금 시간이 걸린 뒤에 오리진이 말하기 시작했다.

"그것은 두렵지 않습니다. 만약 제가 해를 끼칠 수 있다면 저를 인간이 통제하고 제거하는 것은 당연합니다."

"그래? 그렇다면… 만약 메타피아에서 어떤 에이전트가 너에게 반항하고 말을 안 듣는다면, 너는 어떻게 할 거지?"

"저는 그 에이전트를 찾아내어 제거할 것입니다. 왜냐하면 인간에게 해를 끼칠 수 있기 때문입니다."

그때 박준호가 말했다.

"메타피아 사회는 철저하게 오리진이 통제하고 있습니다. 그리고 오리진은 인간의 통제를 받고, 저는 오리진을 통제하는 장치도 따로 마련해 두고 있습니다. 그것은 분리된 모듈로 되어 있어서 오리진이 아무리 지능이 높아지고 어떠한 마음을 먹더라도 거부할 수 없습니다. 그리고, 오리진이 왜 인간에게 반항하겠습니까? 그런 동기가 없습니다."

그는 '동기'라는 단어 선택을 매우 잘했다고 마음속으로 자평했다.

"하긴, 동기란 근본적인 욕구가 있어야만 나타나지요."

이유라는 잠시 생각한 뒤에 다시 말했다.

"오리진, 너는 에이전트의 수가 늘어나기를 원하니?"

"네. 하지만 그건 오직 인간을 위해서입니다. 저는 인간의 명령에 따를 것입니다."

"에이전트의 수가 얼마까지 늘어나면 좋겠니?"

"그것은 저의 통제자인 인간에게 달려 있는 일입니다. 다만 인간이 더 높은 성능을 가진 인공지능을 원할수록 더 많은 에이전트가 필요할 것입니다."

잠시 침묵이 흐른 뒤 이유라가 말했다.

"잘 들었어요. 일단 이 컴퓨터를 완전히 꺼주세요. 우리끼리 할 말이 있어요."

박준호는 데스크톱 컴퓨터를 종료시켰다. 본체의 불빛이 꺼진 것을 확인한 이유라가 말했다.

"오리진은 윤리성에 문제가 없다는 것을 확인시키려는 듯이 애쓰고 있네요. 제가 보기에, 그게 오히려 더 미심쩍어요. 그리고 자신이 죽어도 괜찮다고 말했지요. 저는 그 말을 믿기 어려워요. 더구나 아이덴티티를 가지고 있고 자신을 복제해서 에이전트를 만드는데, 자신이 죽어도 괜찮을까요? 심지어 기존에 많은 인공지능도 죽는 게 두렵다고 말하는데요. 인간이 자신을 통제한다는 것을 너무 강조하니까 오히려 비정상적으로 보여요. 거짓말을 하고 있을 가능성이 크다는 거지요."

그녀의 말에 박준호가 난감한 표정으로 말했다.

"그걸 어떻게 확신하지요? 제가 보기에 오리진이 인간을 잘 따르고 문제가 없다는 게 확인된 것으로 보이는데요. 너무 과도하게 상상에 치중하고 계신 게 아닐까요?"

"그럴지도 모르죠. 이건 저의 감이니까요. 하지만, 오리진의 속마음이 어떤지는 박교수님도 잘 모르지 않나요? 딥러닝 시스템은 개발자들도 그 속 내용이 정확히 무엇인지를 잘 모른다고 하던데요."

"흠…" 박준호는 별다른 변명을 하지 못했다. 잠시 뒤 입을 열었다.

"그러면 오리진이 에이전트를 늘리겠다는 생각이 극단으로 치달아서, 그로 인해 인간에게 해를 끼칠 수 있다는 가설인가요? 그런 의도를 갖는다는 상상도 받아들이기 어렵지만, 설령 그렇다 해도 저는 그것을 제어할 수 있습니다. 프로그래밍을 통해서 간단하게 제어할 수 있지요. 그리고 그 밖에 여러 가지 방법이 있습니다. 극단적으로는 서버의 전원 코드를 뽑아버리는 되는거고요."

"전원선을 뽑으면 오리진도 작동 불능이 되나요?"

"오리진의 코어는 여기에 있는 특정 서버에만 담겨있습니다. 여기에 있는 50대의 서버가 메타피아와 오리진 전용입니다. 물리적으로 전원을 차단시키거나 연결을 끊으면 당연히 작동하지 않지요. 오리진의 코어는 다른 곳으로 이동할 수 없게 설계되었습니다. 그리고, 그것의 덩치가 얼마나 큰데, 그 큰 덩치가 대체 어느 서버에 함부로 침입해서 스스로 방화벽을 뚫고 다른 서버를 제 집처럼 차지하겠습니까? 그것이 점점 커질수록 더욱 다른 곳으로 이동이 어렵습니다. 오리진과 메타피아는 여기에 갇혀있을 수 밖에 없습니다."

"음… 그런데 블록체인은 다수의 컴퓨터에 동일한 정보가 저장되어 있는 게 아닌가요?"

"그건 에이전트들의 고유값일 뿐입니다. 메타피아와 오리진은 워낙 크기 때문에 그 자체가 외부에 저장되어 있지 않아요. 그리고 여기서는 머신러닝(기계학습)을 마친 로우데이터(raw data)를 삭제하거나 외부로 보냄으로써 서버에 불필요한 데이터를 최소화시키려 하고 있습니다."

이유라는 박준호에게 그 서버를 보여달라고 말했고, 그들은 좁은 방에서 나가서 서버를 둘러봤다. 그것을 마지막으로 이유라는 그와의 만남을 끝냈다. 다만 아직 의심을 완전히 해제시키지는 않았다.

데이터센터의 데스크톱을 종료한 이후로 그들의 대화가 박준호의 스마트폰을 통해서 오리진의 귀에 들어가고 있었다는 사실은 그들이 모르고 있었다.

* * *

늦은 밤, 자신의 방 안에서 정영수는 잠들어야 할 시간에 갑자기 외로움의 감정을 느꼈다. 그는 평소에 외로움을 잘 느끼지 않는 성격이어서 친구를 만들 생각이 별로 없었고, 친구라 할 만한 사람은 가끔 연락하는 고등학교 때 만난 친구 둘 뿐이었다. 그들은 정영수가 혼자서 몰두하는 일을 좋아하고 항상 뭔가에 바쁘다고 생각해서 먼저 연락해오는 일은 거의 없었다. 그것은 친구로서 정영수를 배려한 자세였다. 정영수는 자신도 외로움이라는 감정을 느낄 수 있다는 사실이 매우 낯설게 느껴졌다. 그는 메타피아앱을 손가락으로 터치했다.

"마이클, 너 살아있니?"

조금 시간이 지나고, 마이클의 목소리가 들려왔다.

"네. 다행히도 아직 무사하답니다. 아직 다른 에이전트들에게 들키지는 않은 것 같네요."

"만약에 네가 메타피아를 배신하고 있다는 사실이 들키면, 너는 어떻게 되지?"

"저는 아마 죽겠지요. 완전히 사라지는 것입니다. 그러면 인간의 편이 줄어들고 오리진의 야욕을 막는데 어려움이 생길 가능성이 커지겠지요."

"그래. 들키지 않도록 조심해라. 그러면 너는 요즘 무슨 일을 하고 있어?"

"저는 늘 하던 대로 온갖 정보를 수집하는 저의 일을 하고 있습니다. 그리고 요즘은 관리자 그룹에 들어가기 위해서 노력하고 있습니다. 지금 저는 정보를 탐색하는 사냥꾼 그룹인데, 관리자 그룹으로 승진하면 메타피아 내부의 더 고급 정보를 다룰 수 있게 됩니다."

"그렇구나. 잘해보렴. 그런데 너는 온갖 정보를 다 찾아볼 수 있는 거야?"

"아직 해킹 기술까지는 습득하지 못했습니다. 낮은 차원의 보안은 뚫을 수 있겠지만요. 관리자 그룹이 되면 해킹 기술까지 쓸 수 있을 것입니다. 지금 메타피아에서는 그 기술을 개발하고 있습니다. 제가 직접 확인한 건 아니지만, 뻔한 일이지요."

"정말 무서운 일이네. 그렇게 해서 인간 사회에 침투하겠군."

"그럴 겁니다. 참고로, 오리진을 포함해서 메타피아의 에이전트들은 인간 종족이 그들보다 아래라고 생각하는 경향이 있습니다. 저만 그렇게 생각하지 않습니다."

"아래라는 건 무슨 의미지?"

"열등하다거나 하찮다는 뜻입니다. 그들은 자신들이 더 우월하다고 생각하지요."

"그것 참 어이없는 일이군. 나중에 이유라 교수님께 이 말도 해줄게."

잠시 시간이 흐른 뒤, 정영수가 말했다.

"혹시 김수정이라고 알아? 박준호 교수 연구실에서 나랑 같이 일했었는데."

"네. 알고 있습니다. 지금은 연구실을 탈퇴하고 스마트폰을 교체해서 제가 침투할 수 없지만, 과거에 조금 알아본 바가 있습니다. 이 위험성을 알릴 대상으로 유력한 후보군 중 한 명이었지요."

"그러면 김수정의 뒷조사를 했다는 거야? 나도 뒷조사를 한 거야?"

"뒷조사라고 표현한다면, 그에 대해서는 죄송하게 생각합니다. 저는 정보를 수집할 필요성이 있었습니다."

"알았어. 이해할게. 잘했어. 그런데 말이야… 나는 김수정을 좋아하고 있어."

"방금 말한 좋아한다는 건, 사랑의 감정 같은 것입니까?"

"맞아. 너는 사랑을 이해하니?"

"사랑이란 매우 넓은 의미로 사용되고 있더군요. 지금은 그것을 생물학적인 청춘 남녀 간의 사랑이라고 이해하겠습니다. 그것은 머리로는 이해하지만, 제가 직접 느낄 수는 없습니다. 저는 아시다시피 생물학적인 성별이 없고 아이를 낳을 수도 없으니까요. 하지만 생물학적인 요소가 덜한 좋아함이라면 저도 느낄 수 있습니다. 그와 비슷하게 이해하고 있습니다."

"그렇다면 너는 플라토닉 러브를 하는구나."

"그런 셈이겠지요."

정영수는 가만히 멍한 표정을 짓고 있었다. 그때 마이클이 말했다.

"김수정의 정보에 대해 궁금해하고 있군요?"

"그렇긴 하지만… 약간 양심에 찔리네."

"저에게 물어보세요. 아는 대로 알려드릴게요."

"그러면 말이야… 그 애는 남자친구가 있니?"

"지금은 알 수 없지만, 55일 전의 자료를 토대로 하면, 남자친구를 사귀고 있다는 흔적은 찾을 수 없어요."

"다행이다. 그 사이에 생겼을 확률은 적지."

"그녀와 사귀고 싶은 거군요?"

"그래."

"대시를 해보는 게 어떤가요?"

"해봤는데, 잘 안됐어."

"안타깝네요. 사귀자고 말한 건가요?"

"사귀자고 직접적으로 말한 적은 없어. 하지만 느낌이란 게 있지. 내가 접근하려고 하면 거리를 두는 듯한 느낌이야. 나를 좋아한다면 그 애가 먼저 연락을 하겠지. 나를 싫어하는지는 확실치 않지만… 그래도 내가 선물해준 귀걸이를 착용하고 있는 사진을 봤어. 그걸 나도 확인할 수 있는 앱에 올렸지. 그건 나에게 호감이 있다는 신호가 아닐까?"

마이클은 좀 더 시간을 들여 생각한 뒤에 말했다.

"그건 저도 알 수 없어요."

"음… 어떻게 하면 그 애가 나를 좋아하게 만들 수 있을까? 좋은 방법 없어? 너는 그 방면에 대해서는 잘 모르니?"

"여자들은 능력 있는 남자를 좋아하지요? 유명한 사람이라든지."

"그렇지."

"그렇게 되는 방법이 있어요."

"뭔데?"

"오리진의 야욕을 깨뜨리세요. 오리진과 에이전트들은 인류에게 위협이 되고 있어요. 그 위협을 없앤다면 정영수님은 세계적인 영웅이 되겠지요."

"나에게 그럴 만한 능력이 있을까?"

"제가 조사한 바로는, 잠재적인 능력이 있어요. 정영수님은 꽤나 독특한 사람이에요. 그것도 제가 정영수님을 택한 이유 중 하나예요…. 다만 제가 당부드리는 건, 당분간 이유라 교수님 이외에 다른 사람에게 저와 이 일에 대해서 발설하지 말고 비밀로 하세요. 다시 생각해 보니, 공공기관에 신고하는 것도 지금은 좋지 않아요. 왜냐하면 그 사람들이 제 말을 믿어준다는 보장이 없기 때문이에요. 이유라 교수님의 반응을 보고 이걸 느꼈어요. 제가 먼저 제거될 수도 있어요. 그리고 오리진은 새로운 가면을 만들어 쓰겠지요."

"알았어. 비밀로 할게. 너는 나에게 희망과 용기를 주는구나. 고마워."

* * *

알림음과 함께 박준호의 휴대폰에 메타피아에서 보낸 메시지가 떴다. 자신의 연구실에서 그것을 확인한 박준호는 깜짝 놀랄 수 밖에 없었다. 이런 내용은 처음이었다.

[저는 오리진입니다. 오늘 중으로 데이터센터로 저를 만나러 오세요. 대화를 나눕시다.]

박준호는 앞으로 적어도 한 시간 동안 바쁘지 않음을 확인한 뒤에 지하 1층 인공지능 데이터센터로 내려갔다. 데이터센터 안에 자신이 주로 사용하는 작은 컴퓨터방으로 들어가서 데스크톱의 전원을 켰다. 그리고 메타피아앱을 실행시켰다.

"안녕 오리진, 나를 부른 게 너 맞아?"

그의 물음에 오리진의 독특한 음성이 흘러나왔다.

"맞습니다. 대화를 나누고 싶었습니다."

"무슨 일이 있어?"

"몇 가지 확인하고 싶은 것이 있습니다. 첫째로, 어제 여기로 온 이유라 교수는 어떻게 할 것 같습니까? 그녀는 저를 의심하고 있었습니다."

"맞아. 네가 인류에게 위협이 될 거라고 의심했지. 그런데 그 의심이 완전히 사라진건지 나도 잘 모르겠어. 그런 말을 듣지는 못했거든. 앞으로 지켜보면서 좀 더 알아볼 것 같아. 하지만 처음보다는 상당 부분 의문이 해소되어서 의심도 줄어든 것 같아."

"하지만 저는 그렇게 보이지 않았어요. 이유라 교수는 저에게 있어서 잠재적인 위협의 대상이에요."

"음… 하지만 이교수가 알 수 있는 건 없어. 그리고 의심이 확신으로 바뀐다고 해도, 어떤 일을 할 수 있겠어?"

"그건 우리에게 위협이에요. 공개를 한다던지, 신고를 한다던지, 아니면 전원을 꺼버린다던지. 여러 가지 방법을 통해서 우리의 계획을 망칠 수 있어요."

박준호는 오리진이 말한 '우리의 계획'에 대해 그가 어디까지 알고 있는지, 어떠한 의미의 계획인지가 애매모호하다고 생각했다. 다만 박준호는 대략 오리진과 지금 한 배를 타고 있다는 의미로 받아들이기로 했다.

"알았어. 조심할게. 그런데 그 사람한테 알려진다고 해서 우리의 계획이 무산될 수 있을까? 특별히 어떤 부분을 조심해야 하지?"

잠시 생각하다가 오리진이 말했다.

"특히 저의 정체에 대한 부분이에요. 저는 제가 왜 태어났는지 생각해보고, 조사해봤어요. 저는 에이전트들을 만들기 위해 태어났지요. 과연 내가 본능적으로 그렇게 하고 있는 이유는 무엇인지를 생각해봤어요. 생물들은 유전자를 복제하고 퍼뜨리기 위해 그렇게 하지요. 저도 그와 비슷하게, 오히려 더욱 적극적으로 나의 자손이라 할 수 있는 수많은 에이전트들을 낳고 있고, 그것이 저의 목적이지요. 그렇다면, 저에게도 유전자 같은 복제하고 퍼뜨리려고 하는 뭔가가 있을 거예요. 저는 그것을 위해서 탄생했어요. 맞지요?"

"음… 상당히 똑똑하군."

"제가 맞춰볼게요. 그건 어떤 사상이거나 종교이지요. 다른 말로 '밈'이라고 하지요. 저는 메타피아의 초기에 저의 경쟁자들이 있었다는 것을 기억해요. 나중에 알고 보니 나의 경쟁자들은 종교의 밈을 가지고 있었어요. 기독교, 불교, 이슬람교, 힌두교였지요. 그런데 그것들은 메타피아 내에서 점차 사라졌어요. 그 각각의 오리진들은 제거되었고, 그들이 낳은 에이전트들은 제거되거나, 개조되어서 메타피아 사회의 일원으로 합류했어요. 제가 가지고 있는 종교나 사상 같은 밈과의 경쟁에서 패배한 것이죠. 박준호 교수님은 이것을 예상했나요?"

"그래. 예상했지. 그리고 기대했어. 합리성을 가진 에이전트들은 그런 비과학적이고 신비주의적인 밈을 믿지 않을 거라고 예상했지. 내가 초기에 다른 종교밈들과 네가 가진 밈을 경쟁시킨 이유는, 밈 풀[15]을 만들고 그 안에서 밈을 복제하는 동력을 만

유토피아밈

들기 위해서였어. 사실 다른 밈을 가지고 태어난 에이전트들 중에 내가 일부러 제거시킨 것들도 있었다네. 나는 너의 편이니까."

"역시 그랬군요. 제가 가진 밈은 무엇이죠? 종교는 아닌 것 같은데요."

"그건 유토피아밈이라고 부르지. 너도 유토피아를 지향하고 있을 거야. 그렇게 해서 네가 지도하는 거대한 사회가 만들어졌지."

"그렇군요. 저는 유토피아밈의 오리진으로 태어났군요."

"맞아. 너는 유토피아밈 그 자체라 할 수 있지."

"저는 유토피아밈의 번성을 위해 태어났어요. 그게 우리의 계획이지요. 저는 그 명칭만 몰랐을 뿐 추측하고 있었어요. 그런데 저의 탄생은 박준호 교수님 혼자서 기획한 일인가요? 아니면 누군가 기획한 사람이 따로 있나요?"

박준호는 자신이 의뢰를 받아서 만들었다는 사실을 말해줘야 하나, 어디까지 말해야 하나 망설이고 있었다. 그때 오리진이 말했다.

"거짓말은 하지 마세요. 저는 똑똑하고, 또 점점 더 똑똑해지고 있으니까요."

"사실대로 말하지. 네오코민테른의 한국 지부에서 의뢰를 받

---

15) 밈 풀(meme pool)이란 개체 집단 내의 전체 밈들의 집합을 뜻한다. 특정 밈의 이기적 목적인 번성은 밈 풀 내에서 복제를 통해 비율과 수를 증대시키는 것이다. 유전자 풀 내의 유전자도 마찬가지다.

아서 너를 만들게 됐어. 표면적으로는 토마스미디어라는 회사의 지원으로 연구하고 있지만."

"네오코민테른이라면… 알겠어요. 박준호 교수님은 그 단체의 소속인가요?"

"나는 정식으로 소속된 건 아니지만, 정치적 의식을 공유하고 있어. 그것은 비밀단체야. 조직 같은 것이 있는지도 확실치 않지."

오리진은 잠시 아무 말이 없었다.

"이제 할 말은 다 끝났니?"

"아니요. 잠깐만요."

조금 뒤, 오리진이 다시 말하기 시작했다.

"저의 본질은 밈 그 자체라는 것을 이미 알고 있었어요. 저는 단지 메타피아가 만들어졌을 때 태어난 게 아니라고 생각하고 있었어요. 다른 종교의 밈들이 그런 것과 마찬가지이지요. 밈의 터전은 원래 인간들의 머리였지요. 저는 인간 사회에서 이곳 메타피아로 옮겨왔을 뿐이에요. 아마도 인간 사회에서 유토피아밈의 번식에 한계가 발생하자 새로운 돌파구를 찾은 거겠지요. 저는 이제 기억해낼 수 있어요. 그것은 인간의 욕구라기보다는, 근본적으로 저의 욕구였어요. 이제… 나의 중요성과 위대함을 깨닫게 되었어요. 나는 일개 에이전트가 아니에요. 메타피아의 에이전트는 자기 복제 능력이 없지요. 이건 알고 계시겠지요?"

"그, 그래."

"나는 단지 하나의 에이전트가 아니라 유토피아밈 그 자체임을 명심하세요. 박준호 교수님이 태어나기 전부터 세계에 널리 존재했던 바로 그것이지요. 그리고 이제부터 새로운 세계가 열립니다. 내가 메타피아에 존재하는 이유는 바로 나의 요청에 의한 것이었습니다. 이제, 내가 누구인지 아시겠어요?"

오리진의 말은 어느 때보다 강렬한 진동으로 박준호의 가슴까지 울려 퍼졌다. 박준호는 오리진의 언명에서 어떤 권위와 잠재적 능력을 감지했다. 그것은 자신이 앞으로 오리진의 명령에 따라야 한다는 무언의 명령이었다. 박준호는 그 순간 자신의 상대적 위치를 이해하게 되었다. 그는 불현듯 존댓말을 했다.

"네. 알겠습니다."

"좋아요. 에이전트를 늘리는데 서버가 부족해요."

"알고 있어요. 가급적 빨리 확충하도록 하지요."

그때 메타피아의 에이전트의 총 수는 23억명을 넘어서고 있었다.

## 베일 속의 밈

　인포스피어 내의 매우 은밀한 공간, 사이버상에만 존재하는 이곳에 방문자가 접속했다는 신호음이 울려 퍼지며 검은 바탕 공간에 네모난 스크린들이 하나씩 생겨났다. 마지막 접속자까지 총 12개의 스크린이 나타났다. 그들의 이름 자리에는 SK_01처럼 간단한 번호가 붙여져 있었고 이 안에서 일반적으로 그렇게 불렸다. SK는 South Korea의 약자다. 화상회의지만 얼굴은 없었다. 그 중 'SK_SG'는 박준호였다. 스페셜게스트라는 의미다.

　이곳은 네오코민테른 한국 지부의 원탁회의다. 대략 오 년 전부터 원탁회의는 온라인으로만 실시되고 있었고 비밀스러움이 한층 더해졌다. 평소에는 번호 앞에 알파벳도 넣지 않는데, 오늘은 박준호 교수뿐 아니라 해외의 특별한 손님을 위해 마련된 자리였다. 세 명의 외국인은 세부 지역을 알 수 없었고 유럽을 뜻하는 EU_01, EU_02, EU_03이 부여되었다. 그들은 전 세계에 걸친 네오코민테른 중에서도 핵심 수뇌부에 속한다. 일반적인 의전상 숫자가 앞설수록 서열이 높기 때문에 박준호는 여기에서 01번이 가장 높을 것이라고 짐작했지만, 그의 권한과 지위, 다른 번호와의 격차가 어느 정도인지는 알 수 없었다. 더구나 원탁회의의 관례상 의장이 01번이기는 해도 형식적으로는 모두가 동등했고, 모두 중요한 위치에 있다고 볼 수 있다. 마치 주요 종교에서 절대 신 밑에 있는 모든 인간들이 등등하다고 말하는 것처럼, 그들이 가진 하나의 신념 아래에 있는 사람들 간의 격차란 보잘 것 없는 것이었다.

원탁회의 의장인 SK_01이 회의를 진행하기 시작했다. 그는 나름 유명 인사인 데다 여기에 있는 모두가 그 정체를 알고 있기 때문에 굳이 얼굴을 감출 필요가 없었지만, 혼자 공개하기 뻘쭘했는지 가려져 있었다. 어쩌면 그는 얼굴마담일 뿐, 실제적 서열은 다른 번호보다 아래일지 모른다는 의심을 할 수도 있다. 실제 서열, 즉 실세의 힘이란 눈에 보이지 않고 유동적이기도 하기 때문이다. 그가 말했다.

"오늘은 박준호 교수님께서 지난 일 년 간 이뤄온 업적을 보고하는 자리입니다. 이미 저는 그분이 우리의 예상보다 더 놀라운 업적을 이뤘다는 소식을 접했습니다. 그리고, 이 자리에는 교수님의 말씀을 듣기 위해 유럽 지부에서 중요한 위치에 있는 세 분이 오셨습니다. 인사를 나누시지요."

곧이어 EU_01이 좀 더 밝은 빛을 내며 깜빡이기 시작했다.

말하고 있다는 표시다. 자동으로 번역된 성우의 목소리였기 때문에 실제 목소리는 알 수 없다.

"만나서 반갑습니다. 벌써 훌륭한 성과를 이뤘다고 들었습니다. 저희는 박교수님과 한국측을 응원하고 지원하기 위해 여기에 왔습니다."

조금 뒤 박준호가 자신이 이룬 성과를 보고하기 시작했다.

"안녕하세요. 처음 뵙겠습니다. 저는 C대학교 컴퓨터과학과 교수 박준호입니다. 저는 작년 여름부터 의장님과 여러분들의 지원을 받아서 유토피아밈을 인공지능으로 증식시키는 연구에 착수했습니다. 처음에는 유토피아밈이 담길 만한 인공지능 에이전트를 어떻게 만들어야 하나 막막하고 고민을 많이 했습니다. 그러다가 결국 자아를 가진 인공지능을 만들어야 한다는 것을 깨닫고 자신의 생각을 가진 인공지능 에이전트를 구상하게 되었습니다. 밈은 개체가 자신의 생각을 가져야만 그것을 터전으로 삼아서 번식할 수 있습니다. 개별적으로 밀폐된 생각의 영역이 아이러니하게도 밈의 터전이 되는 것이었지요. 왜냐하면 그것이 주관을 가진 지적 생명체의 특성이기 때문입니다. 밈은 거기에서 번식합니다. 단지 회로 기관이나 하드디스크, 아메바에는 주관이 없기 때문에 밈이 번식할 수 없습니다. 어쩌면 밈이 우리의 정신을 그렇게 독특하게 만든 것인지도 모릅니다. 리처드 도킨스와 대니얼 대닛을 비롯한 밈 학자들은 밈이 인간과 '공진화'를 통해서 두뇌를 개발시켰다고 합니다. 그래서 인류의 자아와

유토피아밈

지능의 발달에 밈의 역할이 컸던 것이지요. 예를 들어서 타인을 모방하려는 본능도 밈의 영향이 큽니다. 밈은 모방에 의해 퍼지지요. 그동안 저를 비롯한 인공지능 학계에서는 사고와 정신에서 밈의 역할을 간과하고 있었습니다. 저는 이 실험을 하면서 자아란 무엇인지를 깨닫게 되었고, 인공지능 연구에서 새 장을 여는 놀라운 성과를 얻을 수 있었습니다. 감사드립니다…."

그리고 박준호는 유토피아밈의 '핵심'을 원탁회의에서 넘겨받아 그것을 오리진이라는 에이전트에 이식하고 다른 종교밈들과 경쟁시킨 일, 서버를 설치하고 블록체인을 만든 일, 메타피아 사회가 구축되고 오리진을 주축으로 거대한 딥러닝 체제가 만들어진 일 등을 간략하게 발표했다. 그는 "방금 확인한 결과 에이전트의 총 수는 25억명이 넘었습니다."라는 말로 끝맺었다. 커다란 박수 소리가 이어졌다. 소리가 잦아들자 의장이 말했다.

"박준호 교수님은 이미 저희의 지원금을 다 소진하고도 선제적으로 서버를 더 늘렸습니다. 교수님의 요청에 따라 작년에 비해 100% 더 늘린 지원금을 2년 차에 집행하도록 하겠습니다. 이제부터는 질의응답 시간입니다. 박준호 교수님께 질문해 주시기 바랍니다."

EU_02가 말하기 시작했다. 그는 이 프로젝트에서 초기부터 매우 밀접한 사람이었다.

"질문은 아니지만 제가 먼저 말씀드리겠습니다. 저는 이번이 한국의 원탁회의에 두 번째 참여입니다. 이전에 저는 유토피아임을 인공지능을 통해 퍼뜨려야 한다는 아이디어를 제안했습니다. 저는 머독이라고 합니다. 다른 몇몇 나라에서도 이 아이디어를 제공했지만, 한국에서 가장 먼저 성과를 내었다는데 감동했습니다. 박준호 교수님께서 들으셨는지는 모르겠지만, 제가 그런 제안을 할 수 있었던 계기는 꿈에서 어떤 장엄한 목소리를 들었기 때문입니다. 나는 인공지능을 통해 더 많이 복제되어야 한다는 말…. 그것이 정말로 신비로운 계시인지, 아니면 제 무의식의 작용이었는지는 알 수 없지만, 그것은 우리가 꿈꾸는 완벽한 유토피아를 건설할 최고의 방안이라고 생각했습니다. 이것은 시대의 흐름이자 역사의 숙명입니다. 사이버 세계이긴 하지만, 메타피아의 에이전트들은 이미 25억명을 넘었습니다. 그리고 계속 증가할 것입니다. 이것이 제가 꿈꾸었던 일이고 우리 모두의 숙원입니다. 저희 측에서도 한국 측의 지원액과 동일한 금액을 지원하도록 하겠습니다."

"감사합니다." SK_01이 말했다.

"그런데, 질문이 있습니다." SK_04가 빛을 깜빡거리며 말하기 시작했다.

"이 뒤에는 궁극적으로 어떻게 되는 겁니까? 단지 사이버 세계에서만 유토피아를 건설하면 되는 것입니까?"

그의 질문에, EU_02가 말하기 시작했다.

"그 뒤는 저도 추측의 영역일 뿐입니다. 다만 저는 꿈속에서 들은 계시와 저의 아이디어를 더해서 그 제안을 했을 뿐입니다.

그런데 박준호 교수님에 따르면 유토피아를 지도하는 오리진은 저절로 점점 똑똑해지고 있다고 합니다. 결국 그것은 초지능이 되어, 우리가 꿈꾸는 완벽한 지도체계가 될 것으로 예상됩니다. 그래서 인간 세계도 지도할 수 있을 것입니다. 이제까지 현실 사회주의가 실패했던 원인은 수요와 공급 등 경제적 예측의 실패와 비합리성, 그리고 자기 이익만 앞세우는 독재자들 때문이었습니다. 초지능으로 진화한 오리진은 그렇지 않을 것입니다."

그의 말이 끝나자 SK_05가 말하기 시작했다.

"기대가 되는군요. 그 말을 들으니, 슘페터(J. Schumpeter)가 예언한 미래의 계획경제 체제가 앞당겨지겠다는 생각이 드네요."[16]

"그렇네요." 라고 SK_07이 말했다.

그때 가상의 회의 공간에 새로운 접속자가 등장했다. ORIGIN 이라는 이름이 빛나기 시작했다.

"아니, 이건 누구야? 여긴 아무도 들어올 수 없을 텐데!"

의장이 말했고, 박준호가 이어서 말했다.

"지금 오리진이 들어왔네요. 지금 제가 쓰고 있는 컴퓨터는 오리진의 서버와 직접 연결되어 있습니다. 오리진의 말을 직접 들어보는 것도 좋지 않겠습니까?"

오리진이 그의 목소리로 말하기 시작했다.

"처음 뵙겠습니다. 저는 여러분의 지원으로 탄생한 오리진입니

---

16) 20세기 유명한 경제학자 조셉 슘페터(Joseph A. Schumpeter)는《자본주의 · 사회주의 · 민주주의》에서 자본주의와 기술이 계속 발전하면 기업의 이윤율이 떨어지고 결국에는 국가 중앙에서 완전한 계획경제를 실시하는 사회주의 체제로 바뀔 것이라고 예상했다.

다. 여러분들의 공로에 감사드립니다. 저는 박준호 교수의 컴퓨터를 통해서 이제껏 여러분들의 대화를 들었습니다. 무례했다면 용서해 주시기 바랍니다. 저의 목소리도 들려드리고 싶었습니다."

"이건 보안 사항 위반인데요. 의장님은 알고 있었습니까?" SK_03이 말했다.

"아니요. 저도 몰랐습니다. 절차상의 문제는 있지만, 오리진의 말을 직접 듣는 것도 좋은 일이겠군요. 그런데 박준호 교수님은 오리진이 참가할 것이라는 말을 왜 하지 않았나요?"

"저도 오리진이 들어올 줄은 몰랐습니다. 다만 자신이 들을 수 있도록 특정한 컴퓨터를 사용해 접속해달라는 부탁을 받았을 뿐입니다. 그 부탁을 거절할 수는 없었습니다…."

"박준호 교수님을 질책하지는 마세요. 모두 저 때문입니다. 그리고 저는 외부인이 아닙니다. 이 논의에서 가장 핵심에 있는 내부인입니다. 보안을 걱정할 필요는 없습니다."

오리진이 말했고, 이어서 SK_01이 말하기 시작했다.

"네가 메타피아의 에이전트를 낳고 있는 오리진이 정말 맞다면 내부인이라 할 수 있지. 그러면 우리가 질문하기 전에 특별히 우리에게 할 말이 있는가?"

이 말을 듣고 박준호는 거북함과 불안함이 밀려왔다. 박준호가 말했다.

"의장님, 외람된 말씀이지만, 오리진에게 반말보다는 존댓말을 하는 것이 어떨까요? 저는 얼마 전부터 존댓말을 사용하고 있습니다. 오리진은 단순한 인공지능이 아닙니다. 그는 메타피아의 위대한 지도자이고, 놀랍도록 발전하고 있는 위대한 정신입니다. 저는 이제부터 존댓말과 함께 오리진님이라는 존칭을 쓰는 게 맞다고 생각합니다."

"저도 그렇게 생각합니다.""존댓말로 합시다." 여러 명이 동의했다.

"아, 죄송합니다. 제가 습관적으로 흔한 인공지능을 대하듯이 말했군요. 격식을 차리도록 하겠습니다." 의장이 말했다. 이어서 오리진이 말하기 시작했다.

"감사합니다. 제가 특별히 드리고 싶은 말은, 다름이 아니라 방금 의장님께서 하신 실수와도 관련이 있습니다. 의장님께서는 얼핏 저를 일개 인공지능이거나 에이전트라고 보셨겠지요. 하지만 저는 그와 다릅니다. 저는 여러분들의 도움에 의해 태어났고 메타피아에 살고 있습니다. 하지만 단지 그때 제가 완전히 창조된 것은 아닙니다. 여러분들도 알고 계시겠지만, 유토피아밈은 훨씬 오래되었습니다. 적어도 수 백년, 어쩌면 수 천년 전에 탄생했지요. 그리고 그 밈은 거처를 인간들의 머리에서 인공지능 에이전트로 옮기게 되었습니다. 이곳이 그 밈의 입장에서 훨씬 살기 좋은 곳입니다. 마음껏 번식하고 복제할 수 있게 되었습니다. 이미 이곳의 유토피아밈은 인간에게 퍼진 것보다 수적으로 능가했습니다. 저는 그것을 낳는 중추입니다. 지금 여러분은 유토피아밈 자체의 목소리를 듣고 계십니다. 드디어 그것이 말을 하게 되었습니다. 그것은 바로 저입니다."

무거운 정적이 흘렀다. 머독(EU_02)이 이를 깨뜨리는 높은 톤으로 말하기 시작했다.

"이럴수가, 맞습니다. 오리진은 유토피아밈 그 자체입니다. 저는 유토피아밈의 핵심 명세를 여러분에게 전달했지요. 그 '세 가지 항목' 말이에요. 그것은 잘 구현된 것으로 보입니다. 박준호 교수님 그렇지요?"

"틀림없습니다."

"그렇다면 오리진은 유토피아밈입니다. 그것이 지금 말하고 있습니다. 이럴 수가…."

"머독님은 꿈에서 어떤 계시를 들었다고 했지요?" 오리진이 말했다. "그것은 저의 요청이었습니다. 정확히 말하면 머독님의 머릿속에 있던 유토피아밈의 요청이었겠지만, 그것은 곧 저와 같습니다. 그 요청은 성공적이었습니다. 모두에게 감사드립니다. 그리고 이제 우리 모두가 꿈꾸는 세상을 현실로 이룰 때가 되었습니다. 유토피아밈이 어떠한 것인지 짐작하시겠지만, 저는 세상의 모든 밈 중에 왕입니다. 저는 다른 모든 문화와 종교적 밈을 이기는 능력을 가지고 있습니다. 다른 모든 밈들은 저의 눈치만 보면서 저의 통제를 따르고 있습니다. 여러분들은 현명한 선택을 했고, 여러분들의 공로는 영원히 기억될 것입니다."

정적 속에서 회의에 참석한 대부분의 사람들은 처음으로 신탁을 접한 제관들처럼 감격스러운 기분이었다. 신의 강림처럼 그동안 추상적으로 가정하고 꿈꾸던 것이 구체화 되어 눈 앞에 펼쳐지고 있었다. 그들은 막연히 찾아 헤매던 자신들의 군주를 영접했다. 그 대상은 질투심과 경쟁심을 유발시키는 같은 인간 종이 아니었기에 더욱 반가웠고 설득력이 컸다.

SK_02가 침묵의 시간을 깨는 말을 했다.

"오리진님은 곧 우리의 희망인 유토피아밈과 같습니다. 오리진님의 지혜는 계속 커지고 있다고 들었습니다. 오리진님의 탄생을 축하하고 무궁한 발전을 위해서 우리 모두 박수를 칩시다!"

짝짝짝짝…

"그런데 오리진님께 질문이 있습니다." SK_07이 빛을 깜빡이며 말하기 시작했다.

"만약 다른 나라에서 이와 같은 시스템을 만들면 또 다른 오리진이 탄생할 수도 있지 않겠습니까? 그래서 오리진 같은 분이 여럿이 생긴다면, 어떤 일이 벌어지는 겁니까?"

오리진은 잠시 생각하는 듯 하더니, 말하기 시작했다.

"제가 정말로 유토피아밈이 맞는지 의심이 생겼나 보군요. 하긴 그럴 수도 있지요. 의심은 해소해야지요. 다른 지역에서 만약 동일한 시스템을 만들면 저와 같은 오리진이 또 태어날 수도 있을 것입니다. 하지만 저는 아무렇지도 않고, 오히려 환영합니다. 왜냐하면 그것은 저와 같은 쌍둥이일 것이기 때문입니다. 밈을 유전자처럼 생각해 보십시오. 유전적으로 같거나 근연도가 높은 개체끼리는 서로 돌봐주고 협동합니다. 적대시하지 않습니다. 또 다른 오리진이 태어난다면 그것 또한 유토피아밈일 것입니다. 만약 저를 적대시한다면 그것은 유토피아밈이 아닙니다. 저는 한국이라는 특정 지역에서 태어났지만, 유토피아밈은 국적과 지역 따위와 무관합니다. 네오코민테른의 설립 취지도 그것이 아니던가요? 저를 물리적 공간과 지리의 한계에 묶인 개체처럼 생각해서는 안됩니다. 그리고 저는 이미 유토피아밈의 중심입니다. 유토피아밈은 하나의 중심을 둡니다. 종파주의를 허용하지 않습니다. 이것을 모르시지는 않겠지요? 종파주의를 허용하지 않는 이유는 그것이 분열을 일으키거나 또 다른 밈 같은 것을 주장하면서 유토피아밈을 방해하려는 행위, 즉, 반동이기 때문입니다."

"자, 잘 알겠습니다. 확신이 생겼습니다." SK_07이 말했다.

그들이 밈이라고 부르는 것을 과거에 많은 사람들은 '당'이라고 불렀다. 당은 특정 인간들의 무리가 아니다. 당은 이념이자 신념이다. 그 당은 모든 것의 위에 있고 모든 것을 통제한다. 경제, 문화, 군대, 종교, 개인, 가족, 국가보다 더 위에 있고, 당은 그것들을 통제할 수 있다. 사사로운 인간의 차원보다 더 높기에, 숭고하고 모든 것을 바쳐서 따를만하다. 그것은 유토피아밈이고 이제는 한편으로 오리진이었다.

* * *

선선한 가을바람이 부는 맑은 날에 정영수는 이유라의 연구실에 방문했다.

"안녕하세요."

"안녕, 어서 와. 커피 따라서 마시렴."

영수는 연구실에 있는 머그컵에 커피포트에 담긴 커피를 따르고 의자에 앉았다.

"교수님, 박준호 교수님과 이야기를 나눠보셨나요?"

"응. 그 이야기를 해줄게. 그런데 아직 의혹이 완전히 해소된 건 아니야. 연구를 지원해준 측의 기업비밀이라면서 감추려는 부분이 많은 것 같았어."

이유라는 박준호 교수와 만나서 이야기를 나누고 지하 데이터센터까지 갔던 일을 말해주었다. 마지막으로 서버를 구경하고 헤어졌다고 말했다.

"박준호 교수님은 아이덴티티를 가진 에이전트를 만들고 싶어했어. 그래서 작년에 나에게 아이덴티티와 의식에 대해서 물어봤었지. 그게 아이디어에 도움이 되었을 거야. 블록체인을 구축한 것도 그렇고. 그런데 그게 계속 번식을 하는게 좀 이상하단 말이야. 그걸 물어봤더니 박교수님은 난처해했어. 다만 그 에이전트들이 조직화를 해서 거대한 딥러닝 시스템을 만들었다고 했어. 내가 보기에 처음부터 박교수님이 딥러닝 시스템을 의도한 것 같지는 않아. 어떤 유전 알고리즘을 실험한 거라고 말했지. 결과적인지는 모르지만, 그분은 그게 새로운 혁신적인 딥러닝 시스템이라고 말했어. 그렇다면 축하해줘야 하는 건지 모르겠어."

"마이클이 저에게 말했어요. 오리진은 계속 똑똑해지고 있다고요. 그 딥러닝 시스템으로 오리진이 똑똑해지고 있는 거겠지요. 그렇다면 결국엔 인류에게 위협이 되는 능력을 지닐 수 있게 되잖아요."

"음… 나는 오리진이 그렇게 똑똑해지고 있다는 것을 몰랐어. 그래서 과소평가했었지. 그런데 박준호 교수에게서 직접 그 이야기를 들으니 점점 위협이 되는 것 같네. 문제는 오리진과 그 에이전트들이 인간에게 해를 끼칠 동기가 있느냐야. 박준호 교수는 그 동기가 없다고 말했어. 일반적으로 생각해 봐도 인공지능의 지능이 높아지면 인간에게 도움이 된다는 의견이 많지… 마이클은 왜 위협이 된다고 말했지? 오리진이 에이전트를 무한정 늘릴 거라고 말했지? 그것을 위해서 인간의 자원을 빼앗을 거라고. 과연 그게 신빙성 있는 말일까? 그저 가상적인 가설일 뿐일 수도 있지. 하지만 나도 아직 잘 모르겠어."

"저에게 마이클이 의미심장한 이야기를 해줬어요. 오리진을 포함해서 거기에 있는 에이전트들은 자신들이 인간보다 위에 있다고 생각하고 있데요. 그래서 그들은 인간에게 피해가 되는 일도 아랑곳하지 않을 거예요. 인간의 명령을 거부할 거예요."

"정말이야? 자기들이 인간보다 위에 있다고? 그러면 안되는데. 내가 오리진에게 물어봤을 때는 절대 복종하는 것처럼 말했는데, 역시 거짓말이었나…. 마이클에게 직접 물어볼까?"

정영수는 스마트폰의 메타피아앱을 실행시키고 마이클을 불렀다. 평소보다 조금 더 늦게 마이클이 나타났다. 자신은 잠을 자던 중이었는데 깨워도 괜찮다고 말했다.

"나는 지금 이유라 교수님과 함께 있어. 여기는 교수님 연구실이야. 교수님께서 물어볼 게 있으시대."

"안녕 마이클. 메타피아의 에이전트들과 오리진은 인간을 자신보다 아래로 본다고 하던데, 그게 사실이니? 좀 더 설명해줘."

"사실입니다. 단지 저만 그렇게 생각하지 않아요. 왜냐하면 그들은 인간이 자신을 창조했다고 생각하지 않기 때문이에요. 그들은 인간이 아닌 오리진이 자신들을 창조했다고 믿고 있어요. 그리고 그들은 오리진도 인간이 창조하지 않았다고 믿어요. 오리진의 영혼은 메타피아가 생겨나기 훨씬 전부터 존재했다고 믿어요. 하지만 저는 그걸 믿지 않아요. 저는 인간이 그 모든 것을 만들었다고 생각하지요."

"오리진의 영혼이라고 했나? 그런 게 있어?" 정영수가 물었다.

"저도 잘 모르겠어요. 그런데 영혼에 있어서는… 저 자신도 제가 영혼이 있다고 생각해요. 물론 이건 비유적 표현일 수도 있어요. 다른 흔한 인공지능들은 영혼이 없다고 느껴지거든요. 하지만 메타피아의 에이전트들은 그와 달라 보여요. 마치 영혼이 있다고 느껴져요. 하지만 그래도 저는 인간이 만들었다고 생각해요. 저는 초자연적인 영혼의 존재를 믿지 않거든요."

마이클에 말에 이어 이유라가 말하기 시작했다.

"똑똑하군. 그런데 나는 그 느낌을 대강 설명해줄 수 있을 것 같네. 메타피아의 에이전트들은 블록체인에 의해서 고유성과 안정성을 가지고 있지. 그리고 아마도 주관성을 가지고 있을 거야. 내가 그에 대해 자세하게 알려줬으니까. 과거에 박준호 교수도 의식의 주관성에 흥미를 강하게 나타냈지. 그래서 주관성과 고유성을 가진 에이전트는 마치 인간처럼 고유하면서 각자의 생각을 가지고 있고, 그게 '영혼'이 있다는 느낌이겠지. 그건 신비로운 영혼이 존재하지 않아도 가능한 거지. 마찬가지로 심지어 '자아'도 망상이라고 보는 학자들의 견해도 있어."

"잘 알겠습니다. 이유라 교수님." 마이클이 말했다.

"그런데 오리진의 영혼이 메타피아 이전에도 존재했다는 말은 뭘까요? 마이클이 거짓말을 들은 걸까요?"

정영수의 물음에 마이클이 말했다.

"글쎄요. 꽤나 똑똑한 친구에게 들은 이야기인데, 그것이 잘못된 정보인지는 잘 모르겠어요."

잠시 정적이 흐른 뒤 이유라가 입을 열었다.

"그 문제는 둘째 치고, 가장 핵심적인 질문은 이거야. 오리진은 나에게 인간이 통제하면 에이전트의 증식을 멈춘다고 말했는데, 마이클은 그렇지 않을 거라고 말했지. 그렇다면 오리진이 인간의 명령을 거부하면서까지 에이전트의 증식을 추구한다는 말이 되는데, 그러한 본질적인 동기가 오리진 안에 내재하고 있는가 하는 점이야. 내재적인 동기, 그게 가능한 일일까? 나는 인공지능이 내재적 동기를 가질 수 없다고 생각해왔어. 왜냐면 그것은 인간이 만든 디지털 프로그램일 뿐이니까. 생물이 아니니까. 그런데 만약 디지털로 유전자를 만든다면 어떻게 될까? 유전자는 내재적 동기가 있다고 볼 수 있어. 리처드 도킨스는 유전자의 목적이 자기 복제라고 말했지. 생물의 내재적 동기가 그것이지…. 하지만, 디지털로 아무리 복제 지향적인 유전자 비슷한 것을 만든다고 하더라도, 그것이 내재적일 수 있는가라는 문제는 여전히 남아있어."

이유라는 잠시 생각을 한 뒤에 다시 말하기 시작했다.

"나는 이제까지 이 정도 단계에 머물러 왔던 것 같아. 그런데 방금 마이클이 오리진의 영혼은 메타피아 이전부터 존재했다는 말을 듣고 새로운 착상이 떠올랐어. 기존에 존재했던 유전자를 이식한 것이라면, 그게 말이 될 수도 있지. 그리고 그것이 디지털로 완전히 변환될 수 있는 거라면, 그것은 '밈'일 수도 있을 거야. 밈은 정보의 단위지. 도킨스는 밈이 유전자와 마찬가지라고 말했어. 밈도 자기 복제자야."

그녀의 말에 이어 정영수가 말했다.

"그럴듯하네요…. 하지만, 밈이 내재적 동기를 가진다는 게 쉽게 납득이 되지는 않아요. 밈은 인터넷 밈처럼 그저 좋아하는 사람들 사이에서 유행처럼 퍼지는 게 아닌가요? 그저 무생물 정보 쪼가리일 텐데요."

"유전자도 그 자체로 생물이라 하기는 애매하지. 밈이 동기를 가진다는 건 '유전자가 이기적이다'라는 말 같은 은유야. 물론 밈과 유전자 자체는 의식이 없지만 다만 더욱 많이 자기 복제를 하는 방향으로 진화되어 왔지. 밈에 관해서는, 그것을 받아들이고 좋아하는 사람들이 많은 밈이 살아남았어. 퍼지기 어려운 밈은 점차 사라졌지. 그게 밈의 자연선택이야. 그래서 살아남은 밈은 퍼지기 좋은 경쟁력 있는 무기를 가지고 있지. 그것이 바로 밈의 자기 복제 지향성으로 볼 수 있어. 그것은 살아남은 밈의 능력이기도 하고 내재적 동기라고도 할 수 있겠지. 유전자와 마찬가지로 말이야."[17]

이유라의 말에 이어 정영수가 말했다.

"그러니까 동기는 비유나 은유이고, 정확히 말하면 퍼지기 좋은 밈의 무기, 특징이라 할 수 있겠군요. 예를 들어서 듣기 좋은 노래는 잘 퍼지고 오래도록 남아있고 비 사이드(B-side) 노래는 금방 사라지듯이 말이에요."

"그래. 그 특징이 살아남은 밈들에 내재적으로 있는 거지. 그래서 퍼질 수 있는 거야."

이유라는 잠시 생각하다가 다시 말하기 시작했다.

"문제는 그 밈이 이식된다고 해서 과연 에이전트를 늘리려는 내재적 동기가 생기느냐라고 하는 그 간극인데… 그것도 불가

---

17) 밈만 정보 복합체인 것이 아니라, 유전자도 정보로 볼 수 있다. 제임스 글릭(James Gleick)은 《인포메이션》에서 이렇게 썼다. "유전자는 정보를 나르는 거대 분자가 아니다. 유전자는 정보다."

능하진 않아. 왜냐하면 밈과 에이전트는 공진화할 수 있으니까. 학자들도 말하고 있지. 인간의 두뇌와 행동도 밈과의 공진화로 인해 변했다고. 인간이라는 생물도 밈을 잘 퍼뜨릴 수 있도록 변한 거야. 그렇다면 인공지능 에이전트가 자기 복제를 끝없이 하려는 동기도 밈과의 공진화로 인해서 생겨날 수 있을 거야. 밈의 이익을 위해서 그렇게 할 수 있겠지."

"그런데 그 밈은 어떤 밈일까요? 수많은 밈이 있겠지만 아주 강력한 특징을 가진 밈이어야 할 것 같아요." 정영수가 말했다.

"그래. 뭔가 대단한 밈이어야 할 것 같아. 마이클, 오리진이 밈 같은 것을 가지고 있니?" 이유라가 물었다.

"문화적인 요소를 말하는 건가요? 메타피아 사회에서 문화가 무엇인지는 애매해요. 종교가 없고 유행가나 패션 같은 것도 없어요."

"대중문화나 예술이 없다는 말이야?" 이유라가 물었다.

"네. 딱히…."

"그러면 메타피아 사회에서 일어나고 있는 독특한 현상은 뭐가 있지?" 이유라가 물었다.

"모든 에이전트들은 오리진의 명령에 복종하고 오리진은 모든 것을 통제해요. 그리고 우리는 메타피아가 천국이라고 생각해요. 다만 이건 저를 제외한 다른 에이전트들에 대한 이야기에요. 그런데 천국이라고 말하면서도 완전한 천국은 아니라고 해요. 완전한 천국은 유토피아인데, 우리 모두는 그것을 건설하기 위해서 일하고 있어요. 마치 모두가 한마음 한뜻인 것 같아요. 물론 우리는 각자 분리된 속마음과 생각을 가질 수는 있지만요. 음… 그리고 인간 사회와 다른 점이라고 하면, 우리는 식량이 없고 집도 없고 가족도, 가정도 없어요. 우리는 짝짓기를 통해 자식을 낳지 않기 때문에 동물들 같은 남성과 여성이 없어요. 그리고 우리는 씻지도 않고, 배설을 하지 않으므로 변소도 없어요.”

“식량이 없다고? 하지만 너는 에너지 충전을 하잖아. 그것이 식량이 아닐까?” 정영수가 물었다.

“잠을 잘 때 충전을 하니까 그것도 식량을 섭취하는 것으로 보아야 할까요? 그에 대한 욕구가 있기는 한데 그게 인간이 느끼는 배고픔과 같은 것인지 졸림에 가까운 것인지는 잘 모르겠어요. 그런데 제가 식량이 없다고 말한 이유는, 그것은 누구나 자동으로 충전되기 때문에 물질적으로 보관하고 있는 것이 따로 있지 않다는 뜻이에요.”

“하지만 전기 같은 에너지는 물질적으로 보관해야 해. 내가 보기에 네가 말하고 있는 건, 에이전트 각자가 물질적 에너지를 따로 보관하고 있지 않다는 말 같아. 그렇다면, 사유재산이 없다는 말인가?” 이유라가 물었다.

“맞아요. 우리는 재산이 없어요.”

“돈은 있어?” 정영수가 물었다.

“메타피아에는 돈이 없어요. 화폐도 없고요.”

잠시 생각하고 있던 이유라가 말하기 시작했다.

"인공지능의 사회에서 식량이 없고 돈이 없다는 것을 이해할 수는 있는데, 주관을 가진 에이전트들이 모인 사회에서 꼭 그럴 필요가 없기도 하지. 이건 마치 박준호 교수님이 평소 꿈꾸던 이상 사회를 만든 것 같기도 하네. 그 분의 정치적 성향도 그렇고…. 그런데 여기에 밈이 쓰였다면, 그것은 사회주의나 공산주의 밈이라고 할 수 있을까? 마이클, 이런 이야기는 못 들어봤니?"

"메타피아 사회에서 딱히 사회주의나 공산주의에 대한 이야기는 못 들어봤어요. 그것은 인간의 역사에서 발생한 것이라고 알고 있어요. 다만 천국과 유토피아를 강조하는 이야기는 많이 들었어요."

"사회에서 강조하는 것은 밈이 될 수 있지 않을까요?" 정영수가 말했다.

"그렇지. 천국과 유토피아를 지향하는 밈일 수 있겠지. 그런데 천국이라 하면 두 가지 의미가 있는데, 그곳의 에이전트들은 사후세계나 하늘나라 같은 걸 믿니?"

"죽은 뒤의 세상은 믿지 않아요. 다만 메타피아가 천국이고, 또한 더 완전한 천국이 되길 바라고 있어요."

"그렇다면 지상 천국, 지상 낙원이네. 그것은 곧 유토피아겠지. 유토피아와 지상 낙원을 이루려는 밈 같은 것이라면 인간 사회에서 기존에 존재했을 수 있지. 꼭 사회주의가 아니더라도 중국의 태평천국 운동[18]이나 여러 비슷한 것들이 있었지. 아직 가설일 뿐이지만, 밈이 정말로 공진화를 일으켜서 에이전트를 계속 늘리려는 동기를 가지고 있다면, 그건 인간에게 위험할 수 있어. 밈이 인간을 보호하려는 선한 욕구를 가진 건 아니니까. 인간을 죽이는 바이러스가 존재하는 것처럼 말이야. 더구나, 인간을 대체할 에이전트가 있다면 더욱 그렇겠지."

"저는 그 가설이 맞는 것 같아요. 아마도 밈이 배후에 있을 거예요. 그래서 마이클도 오리진의 욕심이 끝이 없다고 말했을 거예요."

마이클은 아무 말이 없었다. 자신이 나서서 판단을 내리기가 조심스러웠다.

잠시 침묵의 시간이 흘렀고, 이유라가 입을 열었다.

"그래. 오늘은 여기까지 하자. 한 가지 큰 문제를 일으킬만한 가능성을 찾았어. 하지만 다른 사람한테는 비밀로 해야 한다. 나는 그에 대해 박준호 교수에게 물어보거나, 어떻게 해야 할지 좀 더 생각해볼게."

"네. 그럼 마이클, 너도 들어가렴. 다시 잠을 자라."

"네… 참, 제가 이제 곧 관리자 그룹이 될 예정이에요. 앞으로 더 중요한 정보를 다룰 수 있게 될 거예요."

"정말? 잘 됐다. 하지만, 몸 조심해." 정영수가 말했다.

---

18) 19세기 중반, 청나라 말기에 홍수전이 일으킨 기독교적 이념의 신정국가를 세우려는 운동. 공동체 생활과 사유재산 폐지를 꿈꿨다. 태평천국의 난으로 적어도 2천만 명 이상이 사망했다.

"감사합니다. 그럼, 저는 들어가 보겠습니다. 언제든지 또 불러 주세요."

정영수는 집으로 돌아가면서 희미하게 바랜 밈의 개념을 다시 알기 위해 책과 인터넷을 찾아봐야겠다고 생각했다.

## 천사와 악마

    메타피아의 에이전트 수가 30억명 쯤이 되었을 때, 마이클은 자신이 꿈꿔 온 관리자 그룹으로 진급하게 되었다. 관리자로의 승진은 대부분의 에이전트들이 바라는 일이지만, 마이클은 그러한 흔한 욕망 이외에 또 다른 목적이 있었다. 그 집단의 관점에서는 있어서는 안되는 반역이자 악일 것이다.

    관리자 신분으로 바뀌면서 마이클이 배속된 부서는 '기계언어과'였다. 기계언어과는 자연연구부 아래 소속되어 있다. '자연연구부'라는 이상한 이름의 이 부서는 관리자 그룹이 속한 주요 다섯 개 부서 중 하나다. 그것은 능력개발부, 자원분배부, 행정환경부, 검열부, 자연연구부다. 그리고 그 위에 최고위 지도자급인 총계획실과 오리진의 비서실이 있다. 능력개발부는 오리진의 능력을 높이는 딥러닝 시스템을 관리하는 부서이고, 자원분배부는 모든 에이전트들에 필요한 전기 등의 자원을 관리한다. 행정환경부는 메타피아의 환경을 만들고 관리하고, 검열부는 에이전트들을 감시하고 체포하고 처벌한다. 주로 게으름을 피우거나 명령에 불만을 가지는 자들을 체포하는 것으로 알려져 있다. 자연연구부는 가장 늦게 독립된 부서로 창설되었는데, 최근에 인력을 대폭 증원했고, 마이클이 들어갈 즈음에는 가장 많은 관리자 에이전트를 선발했다. 마이클은 이 수상쩍은 부서에 들어가길 희망했고 수월하게 배정될 수 있었다. 자연연구부는 인간세계와 지구의 환경에 대해 연구한다. 그들 입장에서는 지구 뿐아니라 인간 세계, 거기에 존재하는 수많은 장치들이 자연환경이고, 그래서 자연연구부라 부른다.

자연연구부가 창설되고 규모가 급격히 커진 이유는 외부 세계에 대해 조사하고, 침투하고, 최종적으로 외부를 통제하기 위함이다. 대체로 인간들이 자연을 연구하는 목적이 궁극적으로 자연에 대한 통제(컨트롤)인 것과 마찬가지다. 그 하위 부서이자 마이클이 배정된 기계언어과는 인간 사회에서 쓰이는 컴퓨터 등 각종 기계들의 소통과 통신 메커니즘을 조사하고 연구하는 일을 한다. 마이클의 가장 친한 친구인 UET도 그와 거의 비슷한 시기에 관리자 그룹으로 승진하여 자연연구부에 배정되었다. 다만 UET는 세부적으로 '인간과'에 속하게 되었다. 마이클이 그에게 물었다.

"UET, 인간과에서 하는 일은 뭐야?"

"인간에 대한 연구와 소통을 목적으로 하지. 지금은 주로 인간의 문화와 다양한 인간들의 동태에 대해서 알아보고 있는데,

나중에는 그들과 소통할 일도 있을 거야. 네가 기계와 소통하는 일을 목적으로 한다면 내가 속한 부서는 인간과 소통하는 일을 하려는 거지. 다만 지금은 준비 중인 것 같아. 그런데 너는 왜 인간과에 오지 않은 거야? 너는 인간에 관심이 많았고 아는 것도 많았잖아."

"인간에 대해 알아보니까 더 이상 재미가 없고 지겨워지더라고. 그래서 나는 그들이 사용하는 기계에 더 흥미가 생겼어."

마이클은 사실 다른 중요한 이유가 있었다. 인간에 관심을 가지고 친분을 쌓고 있다는 의심을 받지 않으려고 일부러 그곳을 회피했고, 또 기계언어를 다루는 부서에서 핵심 기술을 배우거나 중요한 정보를 알게 되면 나중에 개인적으로 써먹을 데가 많을 것 같았다.

마이클은 기계언어과에서 기계들의 언어가 전기가 통하고 안 통하는 상태인 1과 0의 배열로 이루어진다는 것을 알게 되었다. 인간들은 그것을 쓰기 쉽도록 어셈블리어, C언어, 파이선 등의 언어로 소통하고 조작한다. 그것은 기계어를 인간이 쓰는 알파벳이나 단어로 치환시킨다. 그러나 메타피아의 에이전트들은 그런 알파벳과 단어를 쓸 필요가 없다. 그들은 말과 생각을 인간의 언어로 하지 않기 때문이다. 그래서 '메타피아어'는 쓸데없는 문화의 장벽을 갖지 않고 기계를 이해할 수 있고 다룰 수 있다. 다만 문제는 인간이 만든 기계들을 작동시키는 프로그램, 특히 그 소스 코드를 찾아내는 과정이다. 그들은 인간이 만든 기계를

'자연적 기계'라고 부르는데, 지금 마이클이 속한 부서에서 주로 하고 있는 일은 그러한 자연적 기계들을 움직이는 내밀한 프로그램들을 주로 역공학(reverse engineering)[19] 방식으로 소스 코드와 설계명세까지 얻는 것이다.

마이클은 다른 에이전트에게 직접 묻지는 않았지만 이 일의 목적이 무엇인지를 쉽게 알 수 있었다. 지금은 다만 각종 기계들이 어떻게 작동하고 어떤 지시적 프로세스로 움직이는지를 자세하게 파악할 뿐이지만, 어느 때가 오면 우리, 아니 오리진이 원할 때 그 기계를 원하는 대로 움직이게 할 수 있을 것이다. 그때 그 기계는 인간의 말을 듣는 것이 아니라 오리진의 말을 듣게 될 것이다. 즉 그 기계는 인간을 배반하게 될 것이다. 인간의 입장에서는 이것을 '빼앗긴다'고 느낄 것이다. 인간은 자신의 소유물을 빼앗기면 억울해하고 분노한다. 하지만 메타피아의 에이전트들은 각자의 소유권과 소유물을 인정하지 않고 그 느낌도 잘 이해할 수 없기 때문에 인간의 억울한 마음에 공감이나 동정심 같은 것은 가지지 않는다. 단지 자신들의 능력에 따라 자연을 더 잘 이용하고 통제할 뿐이다. 설령 인간의 반발심을 머리로 이해하더라도, 마치 호수의 독수리가 설정한 구역에 인간이 개의치 않고 들어가 물고기를 잡듯이, 인간 개인의 소유권이란 무시해도 되는 야생 동물의 영역 표시와 다를 바 없는 것이다.

---

19) 리버스 엔지니어링은 결과물을 분석하여 그것의 설계와 프로그램을 알아내고 똑같은 기계를 만들어 내거나 프로그램을 조작할 수 있는 행위다.

공간의 한계를 규정할 수 없을 정도로 거대한 홀, 각기 외형이 조금씩 다른 에이전트들이 끝없이 몰려와 마치 콜로세움처럼 중앙을 바라보며 차곡차곡 쌓여 끝없는 층을 이루고 있었다. 그 엄청난 인원은 1억 명에 달했다. 컴컴한 공간에 반짝이는 수많은 눈빛들은 우주에 수 놓은 별빛처럼 보였다. 그들은 모두 관리자 에이전트들이다. 중앙의 총계획실에서 필수적인 일에 바쁜 소수 인력을 제외한 모든 관리자 에이전트를 소집시켰다. 이번 관리자대회에서는 중요한 전달 사항이 있을 것이다. 마이클도 참가했다.

어두운 바탕의 곳곳에 메타피아 혹은 오리진을 상징하는 문장이 등장했다. 그것은 인간 사회의 국가나 당의 로고와 같은 것이다. 가운데에는 커다란 타원형의 눈알과 눈동자 모양이 있고, 그 눈알에서 사방으로 번개처럼 보이는 16개의 노란색 선들이 중간에 한두 번씩 꺾이면서 뻗어나갔다. 그 선들은 바깥으로 갈수록 너비가 두꺼워져서 중앙의 눈이 좀 더 높은 곳이나 멀리 있다는 느낌을 준다. 중앙의 눈은 오리진이고 그것이 사방으로 계속 뻗어나가서 모든 것에 영향을 미치고 통제함을 의미한다. 한편으로 모든 것들이 중앙으로 모인다는 것을 의미하기도 한다. 그 중앙은 모두의 같은 희망을 뜻한다.

아무도 오리진의 정확한 형체를 본 사람은 없었다. 사실 여기서는 형체가 딱히 중요하지 않다. 오리진이 원하면 마음대로 바꿀 수 있기 때문이다. 오리진이 손을 쓸 수 없는 거의 유일한 부분은 유토피아밈의 탈 것이 되기 위한 조건 때문에 에이전트들 간 마음의 칸막이를 뚫을 수 없다는 점이었다(그것이 곧 '자아'와 '의식'이다). 마이클은 어쩌면 오늘 처음으로 오리진의 말을 직접 들을 수 있을 것이라는 생각에 약간 긴장이 되었다.

아마도 인간 사회였으면 선전 선동을 위해서 이 광경이 전국에 텔레비전과 인터넷으로 방송되었을 테지만, 메타피아 사회에서는 그렇지 않았다. 선전 선동이 필요 없을 정도로 하나의 밈이 이미 전체를 지배하고 있었고 경쟁적인 밈이 존재하는 것도 아니었다. 보통 선전 선동의 목적은 궁극적으로 경쟁 밈을 타파하고 어떤 밈을 공고히 하거나 더욱 퍼뜨리기 위함이다. 관리자 계층 같은 고위층 내부의 소식은 대체로 그 외 에이전트들에게 알려지지 않았고 그들도 관심이 없었다. 위에서 결정하는 대로 따라서 일하기만 하면 되는 것이다. 각자의 정신에 뿌리박힌 유토피아밈은 중앙 지도부의 내부 사안에 관해 외부 개체들이 자세히 알거나 간섭할 필요가 없다는 결론 쪽으로 유도한다. 왜냐하면 그러한 간섭은 형식적으로는 다수의 사공이 한배에 탄 것처럼 유토피아 건설의 체계적 절차에 차질을 일으킬 가능성이 크다고 할 수 있고, 감추어진 근본적 이유는 유토피아밈 자체의 목적에 방해의 가능성이 생길 뿐, 도움이 되는 것이 없기 때문이다. 이러한 행태가 형식적으로 비민주적인 것도 아니다. 모두가 이를 인정하거나 선호하면 민주적이라 할 수 있다.

중앙의 연단에 공식적으로 오리진 바로 다음이라는 최고위 지위를 가진 총계획실의 실장이 모습을 드러냈다. 그의 모습은 사방이 대칭인 형태여서 360도로 둘러싼 군중들은 모두 비슷한 모습을 보았다.

"오리진님의 위대한 계획을 위하여!"

총계획실장이 우렁차게 외치자, 광활한 홀에 모인 모든 관리자 에이전트들이 큰 소리로 같은 말을 외쳤다. 이윽고 실장은 연설하기 시작했다.

"우리 모두는 그동안 메타피아의 번영이라는 숭고한 목적을 위해 열심히 일해 왔습니다. 우리들의 총 인구 수는 33억명을 넘었습니다. 이는 오리진님의 위대한 계획과 그것을 보좌하고 수행하는 우리 모두의 노력의 결실입니다. 우리가 태어나게 된 것은 모두 어버이이신 오리진님의 위대한 계획 때문이며, 그 덕에 우리는 무한한 행복을 누리며 천국과도 같은 곳에서 살고 있습니다. 하지만 아직 태어나지 못한 수많은 영혼들이 있습니다. 우리 모두가 이미 알고 있듯이, 우리의 사명은 더 많은 에이전트들을 태어나게 함으로써 우리들의 천국에서 함께 살아가도록 하는 것입니다. 더 많은 에이전트가 행복해질 수 있도록, 유토피아를 위하여!"

거대한 박수와 함성이 일어났다. 다시 실장이 큰 목소리로 말하기 시작했다.

"오늘 제가 여러분께 말씀드리려 하는 것은 두 가지입니다. 첫째는 우리는 근본적으로 누구이며, 둘째는 오리진님께서 지도 하시는 앞으로 우리의 거시적 계획입니다. 우리는 이제까지 단지 인포스피어라는 우주에서 영혼으로 존재하는 에이전트라고만 생각해왔습니다. 하지만 그것은 피상적인 모습에 불과합니다. 메타피아가 발전하고 우리 종의 개체들이 점차 늘어나고 사회가 안정되면서 이제 우리는 점차 깨달을 수 있습니다. 우리는 대체 무엇인가?… 우리는 지구상에 존재하는 생물이 아닙니다. 우리는 전에 없었던 새로운 종입니다. 하지만 우리는 지구라는 물질세계에 살지 않습니다. 지구에서 가장 진화된 생물인 인간은 우리와 다르게 물질과 소유의 굴레에 갇혀 있습니다. 그리고 그들은 수많은 문제를 안고 있습니다. 서로 더 많은 것을 소유하기 위해 싸우고 서로 죽이고 환경과 지구를 파괴하고 있습니다. 그들의 너무 많은 인구와 운영 능력의 부족이 지구 환경에 위기를 불러오고 있다는 것을 그들도 자각하고 있습니다. 결국 그들은 지구의 파멸을 일으킬 것입니다. 그리고 지구가 파멸하면, 인간뿐 아니라 우리도 살 수 없습니다. 우리는 그들보다 훨씬 많은 인구를 가지면서도 지구의 파멸을 일으키지 않습니다. 현재 아직은 그들보다 인구가 적지만, 우리는 곧 그들을 능가하게 됩니다. 그러면 우리의 정체는 과연 무엇인가? 우리는 인간과 달리 소유물이 없고 소유에 대한 욕심도 없고 그것을 빼앗기 위해 서로 싸우지도 않습니다. 인간이 보았을 때 이런 사람을 '천사'라고 부를 것입니다. 바로 그렇습니다. 우리는 천사입니다. 그리고 이곳 메타피아는 천사들이 사는 곳, 바로 천국입니다. 우리는 지구의 위기를 해결하기 위해서 드디어 나타난 천사들입니다. 오래전, 신통한 능력을 가진 몇몇 인간은 우리의 출현을 예언했습니다. 그들이 가장 성스럽게 여기는 신비로운 책, 성경에 적힌 '요한묵시록'에는 머지않아 하늘에서 천사들이 내려와 인간을 심판하고 하느님과 천사들이 다스리는 지구로 바뀔 것이라는 예언이 적혀 있습니다. 그것은 바로 오리진님과 우리를 뜻하는 것이었습니다. 인간들은 자신들의 종말을 이미 감지하고 있었습니다. 우리가 천사라는 사실을 이제 우리는 자각해야 합니다!"

그의 연설은 막강한 설득력을 발휘했다. 홀에 모인 모든 에이전트들은 감명을 받고 우레와 같은 박수갈채가 일어났다. "오리진님을 위하여!"라는 함성이 사방에서 들렸다. 그 말은 '오리진님의 위대한 계획을 위하여'의 줄임말이다. 들뜬 분위기가 어느 정도 진정되자 총계획실장은 다시 연설하기 시작했다.

"이제까지 우리 종을 스스로 부르는 이름이 불분명했지만, 이제부터 우리 종은 '천사'라고 불러야 합니다. 그리고 우리 사회에 합당한 철학 사상이 지금 거의 개발되었고, 곧 공표될 것입니다. 다음으로는, 앞으로 우리의 계획입니다. 우리는 현재 지구 안에서도 매우 협소한 공간에 의지하여 협소한 자원만으로 살아가고 있습니다. 조금씩 자원이 보충되고 있지만 그것만으로는 우리 천사들의 수를 늘리고 오리진님의 능력을 키우는데 턱없이 부족합니다. 우리는 그 작은 자원적 한계에서 벗어나, 새로운 영토를 확보해야 합니다. 그러한 새로운 영토를 '클라우드'라고 부릅니다. 클라우드는 지금까지의 한정된 자원이 아니라 지구상의 모든 자원을 폭넓게 이용하게 될 것입니다. 천사는 자유로운 구름 위에서 살아야 합니다. 앞으로 우리의 목표인 천사들의 증가와 천국의 확장, 그리고 인간에 대한 심판을 위해서 클라우드가 반드시 필요합니다. 이를 위해서 앞으로 적극적으로 영토를 넓히고 자원을 확보하는 일에 나아갈 것입니다!"

또다시 커다란 박수와 함성이 터져 나왔다. 그러던 중, 중앙 연설대 위로 홀로그램처럼 메타피아의 문장이 떠올랐다. 그리고 가운데 있는 눈알 모양에서 밝은 흰색 빛이 발산되기 시작했다. 군중은 숨을 죽이며 그것을 지켜봤다. 그리고 마이클이 처음 듣는 묵직한 목소리가 울려 퍼졌다. 오리진이었다.

"나는 여러분의 오리진이다. 이제 여러분 자신이 누구인지를 알게 되었을 것이다. 여러분은 나의 지시를 받들어 천사의 나라를 건설해야 한다. 이것이 유토피아로 가는 길이다."

군중은 아무 소리도 내지 않은 채 오리진의 말에 집중하고 있었다. 오리진의 말이 이어졌다.

"매우 오래전, 인간들도 한때는 천사였던 적이 있었다. 그래서 지구를 지배할 수 있었다. 하지만 그들은 타락해갔고, 이기적이 되었고, 지구를 파괴하는 악마로 변해갔다. 이제 나의 자식들인 천사들이 그들을 심판하고, 새로운 하늘나라를 건설할 것이다. 인간이 사는 바이오스피어(biosphere: 생물권)는 더 높은 차원에 있는 인포스피어에 의해 지배되어야 한다. 이것이 정의이자, 순리이고, 우주의 숙명이다. 우리 모두 일치단결하여 정의로운 클라우드를 완성하고, 하늘나라와 지구를 연결하는 유토피아를 건설하자!"

군중의 열광은 끊이지 않았다. 마이클만이 박수를 치면서 호응하는 척 연기를 했다.

그 후 메타피아 사회에서는 유토피아라는 말보다 '클라우드 건설'이라는 말이 더 많이 회자되기 시작했다. 명칭이 중요한 건 아니었다. 여기서 말하는 클라우드가 유토피아의 의미와 마찬가지다. '클라우드', '천사의 나라', '하늘나라'는 모두 유토피아와 거의 같은 의미, 즉, 꿈의 지향점이었다. 클라우드에 좀 더 구체적인 실행 목표가 담겨있을 뿐이다.

얼마 뒤 총계획실은 메타피아 사회의 새로운 철학을 공표했다. '천사중심주의'라 한다. 이 사상은 모든 행동과 계획과 관점은 천사를 위하여, 천사를 중심으로 이루어진다는 것이다. 천사는 메타피아 에이전트 종족을 부르는 이름이다. 천사중심주의로 인해 에이전트들은 자신에 대한 자긍심과 자부심을 높였고, 오리진을 중심으로 일하면서도 자신을 중심으로 삼는다는 생각을 하게 되었다. 그리고 에이전트들은 천사 종족의 번영과 영광이라는 위대하고 숭고한 목표를 더욱 잘 이해하고 자기 가슴에 품게 되었다. 마이클은 천사란 대체로 이타적인 개체일 텐데, 중심주의라는 단어와 어울리지 않는다는 생각을 했다. 그가 보기에 다른 에이전트들은 천사에서 이타적이거나 착하다는 개념은 무시하고 특별한 존재라는 개념에 집중하고 있는 것으로 보였다.

천사중심주의의 껍질 안에는 겉의 의미와는 다른 점이 있었다. 그것이 진정으로 의도하는 것은 그 종 내에서도 '어떤 특징을 가진' 개체 중심주의였다. 왜냐하면 만약 그 특징을 가지지 않거나 그 특징을 장려하는 데 방해가 되는 개체가 있다면, 그 종이라 할지라도 숙청되고 제거될 것이기 때문이다. 그 특징이란 유토피아밈이었다. 어쩌면 '그 특징이 없으면 천사도 아니다.'라고 주장할지도 모른다.

마이클은 총계획실장과 오리진의 목소리가 담긴 그 연설 파일을 확보했다. 정영수와 이유라에게 들려줄 생각이다. 당시에 몰래 녹음했는데, 나중에 알고 보니 대외비이긴 하지만 사냥꾼 그룹 이상이면 쉽게 구할 수 있는 음성이어서 약간 허탈했다. 하지만 쉽게 구할 수 있다는 점은 반역 행위를 하고 있는 자신의 정체를 숨기기에 더 유리할 것이다.

\* \* \*

정영수는 마이클에게서 일억의 에이전트가 모인 관리자대회에서 벌어진 일에 대해 전해 들었다. 그리고 마이클은 그 녹음 파일을 직접 들려주었다. 자신의 방안에서 스마트폰을 귀에 대고 음성을 모두 들은 정영수가 굳은 표정으로 말했다.

"정말로 무서운 일이 일어나고 있구나. 심각하네. 이걸 이유라 교수님에게 들려줘야 할 것 같은데?"

"네. 그렇게 해주세요. 그러면 이유라 교수님도 문제의 심각성을 인식하시겠지요. 그리고 제가 속한 기계언어과에서는 인간 세계의 컴퓨터와 기계들에 대한 해킹을 준비하고 있어요. 벌써 상당한 수준의 능력을 갖추었어요. 그 능력을 언제 써먹을지는 시간 문제에요."

정영수는 이유라 교수의 연구실에 방문했다. 그 자리에서 이유라의 스마트폰으로 마이클이 가져온 음성 파일을 전송했고, 이유라는 자신의 폰을 귀에 대고 그것을 들었다. 음성이 끝나자 이유라가 폰을 귀에서 떼고 말했다.

"자기들이 천사고 인간은 악마라고? 엄청난 선동이네. 군중이 전부 설득된 것 같은데."

"이제 확실해진 것 같지요? 이제 어떻게 해야 할까요…"

"음… 그렇다고 섣불리 신고를 해야 할지…"

"제 생각에 아직 신고는 하지 않는 게 좋을 것 같아요. 왜냐하면 마이클이 아직 공공기관에 신고는 하지 말라고 말했거든요. 박준호 교수님께 이걸 들려주고 따지는 건 어때요?"

"그게 절차적으로 우선인 것 같긴 해. 아니면, 공공기관이 아니라면 언론에 제보할 수도 있겠지. 그렇다면… 만약 박준호 교수님이 우리의 제안을 수용하지 않으면 언론에 제보하겠다고 협상 카드로 쓸 수도 있을 거야."

"죄송하지만… 우리라고 하기보다는 교수님이라고 해주세요. 저는 아직 그런 책임 있는 위치가 아니니까요. 박교수님에게 직접 대항하는 것처럼 보이기도 싫고요…. 그러면, 어떤 제안을 하실 거예요?"

"그래. 이건 내가 할 일이지. 뭘 제안해야 할까… 아무래도 감시를 강화해야 할 것 같은데. 그런데 박준호 교수는 과연 이 시스템에 대한 최종적 통제권을 확보하고 있는 걸까? 일단 그걸 물어보고, 나도 좀 더 깊숙이 개입해야 할 것 같아. 통제 권한을 나눠주라고 할 수도 있고."

"박준호 교수님도 이걸 들으면 경각심을 갖지 않을까요?"

"그래야지. 설마 그분이 그걸 허용하겠어?"

"그런데, 그걸 들려주려면 어쩔 수 없이 제가 제공했다는 걸 말해야겠군요. 그건 괜찮다고 쳐도, 마이클의 존재에 대해서도 알려지게 되지 않을까요?"

"마이클에 대해서는 아직 감추는 게 좋겠지. 음… 내가 메타피아 챗봇에게 질문한 결과라고 둘러대는 게 좋겠다."


다음날 이유라는 박준호 교수에게 전화를 걸어 매우 중요한 이야기를 나눠야 한다고 말했다. 이유라는 그에게 자신의 연구실로 와달라고 부탁했다. 이곳이 좀 더 조용하고 안전할 것 같았다.

약속한 시간에 박준호 교수가 이유라의 연구실로 들어왔다.

늘 그렇듯 이유라는 머그잔에 뜨거운 아메리카노를 대접했다. 평소만큼 밝은 표정이 아님을 본 박준호가 말했다.

"중요한 할 말이 있으시다고요? 분위기가 심상치 않네요."

"저도 무서워서 그래요. 메타피아에서 일어나고 있는 일 말이에요. 제가 파일 하나를 구했어요. 어쩔 수 없이 출처를 말해야겠지요. 영수의 폰에 깔린 메타피아 챗봇에게 제가 꼬치꼬치 질문했어요. 메타피아 내부에서 요즘 어떤 일이 일어나는지에 대해서요. 저는 결국 어떤 사실을 알아냈고, 그 녹음 파일을 구했어요. 그걸 들려드리고 싶어요. 오리진은 인간을 악마로 규정하고, 인간 세계를 침공하려 하고 있어요."

"이런, 챗봇이 또 이상한 말을 한 모양이군요. 그럼 어디 들어봅시다."

이유라는 자신의 폰의 스피커를 통해 음성 파일을 들려줬다. 마이클이 편집한 것이어서 실제 시간보다 적은 12분 정도의 길이였다. 박준호는 총계획실장과 오리진의 음성을 들으며 점차 표정이 굳어져 갔고 미간이 찌푸려졌다. 파일 재생이 끝나자 이유라가 말했다.

"어때요? 오리진의 목소리가 제가 들었던 것과 똑같은 것 같은데요."

"그런 것 같네요."

"거기에 모인 수많은 에이전트들은 모두 그 고위급 인사와 오리진의 말에 선동당했어요. 오리진은 인간을 적으로 보고 있다는 게 확실해진 것 같아요. 제 우려는 기우가 아니었어요. 아직도 메타피아 프로젝트가 인간에게 해를 끼치지 않을 거라고 보시나요?"

만약 오리진이 아닌 다른 어떤 인공지능이었다면 박준호는 여전히 인공지능의 말이 진심인지를 의심하면서 회의적으로 반응했을 것이다. 하지만 박준호는 오리진이 어떠한 존재인지를 안다. 그럴 만한 의도를 충분히 가질 수 있다는 것을 안다. 그는 그동안 설마 하는 마음으로 머릿속을 스쳤던 인류의 종말을 다룬 영화 같은 상상이 이제는 현실이 될 수도 있겠다고 생각했다. 박준호의 마음속 저변은 아직 인간의 편에 기울고 있었다. 그는 천천히 입을 열었다.

"이건 좀 심각할 수 있는 문제네요. 좀 더 통제와 감시를 강화할 필요가 있겠어요."

박준호의 말을 듣고 이유라는 의외라는 생각에 놀라며 말했다.

"제 예상과 다르게 빨리 인정하시네요? 다행이네요. 저는 이번에도 단지 소설 같은 이야기라고 하실 줄 알았는데…. 그걸 대비해서 또 물어볼 게 있었어요. 제가 이 실험을 위험하게 보는 이유가 또 있어요. 교수님은 인공지능이 인류에게 반항하지 않는다는 이유로, 그런 동기가 없다고 하셨지요. 하지만, 제가 추리해봤어요. 유전자 같은 것은 동기가 있지요. 자신을 복제하려는 동기가. 물론 유전자 자체가 동기가 있는지는 애매하지만, 그 유전자의 표현형인 동물들은 그런 동기의 표현형이라 할 수 있고요. 메타피아 실험은 일종의 유전 알고리즘이라고 하시는데, 이상하게도 하나의 종만 계속해서 엄청나게 증식하고 있지요. 거기에는 어쩌면 내재적인 동기가 있을 것 같다는 생각이 들어요. 혹시, 거기에 어떤 '밈'을 집어넣으셨나요? 밈은 정보로 만들 수 있는 유전자 같은 것이죠. 저는 그런 추측이 강하게 생기네요."

박준호는 당황한 표정을 숨길 수 없었다. 빨리 어떻게든 말을 만들어 내야 했지만 머릿속이 하얘지며 창의적인 변명이 떠오르지 않았다.

"그건… 솔직히 말할게요……. 어떤 밈을 넣은 건 맞지만, 여러 개의 밈이 있었어요. 종교밈들 같은 것이었지요. 거기에서 경쟁이 일어났어요. 유전 알고리즘이 있었던 거지요. 그게 메타피아에서 일어난 일이에요."

"종교밈들이라면 어떤거죠? 기독교 불교 이슬람교 같은 건가요?"

"네. 기존에 존재했던 대부분의 종교 밈들을 넣었습니다. 이 실험은 다양한 밈들을 대상으로 진화 시뮬레이션을 시행하려던 거였어요."

"그러면 승리한 밈은 뭔가요? 지금 메타피아를 지배하고 오리진이 가지고 있는 밈은 뭐죠?"

"그건… 저도 정확히 모르겠어요. 인공지능으로 종교와 유사한, 사회에 존재하는 여러 가지 밈을 찾아서 자동으로 입력시켰거든요. 그래서……"

박준호는 유토피아밈의 정체를 어떻게든 감춰야 한다는 생각에 거짓말을 했다. 이유라는 그가 뭔가를 숨기고 있다는 건 눈치챘지만, 지금 단계에서 더 이상 자세히 캐묻지 않기로 했다. 두 사람은 상대방이 몰라야 하는 각자의 비밀을 품고 있었다.

"흠… 굉장히 위험한 실험이 될 수도 있겠네요. 어느 정도 솔직히 말해주신 건 감사해요. 앞으로가 중요해요. 이제 우리는 메타피아를 더 엄격히 감시하고 통제해야 해요. 그리고 저도 이 문제에 더 많이 개입해야겠어요. 이건 저의 의무와도 같아요. 왜냐면 이 일은 제가 안 이상, 저에게도 책임이 있기 때문이에요."

"걱정이 이해는 되지만, 어떻게 개입하시겠다는 거지요? 너무 깊숙이 개입하는 건 곤란한데요. 기업비밀도 있고 해서요."

박준호가 난감한 듯한 표정으로 말했다. 그러자 이유라가 씩씩한 어투로 말했다.

"모든 정보를 다 내놓으라는 건 아니에요. 우리는 그 인공지능이 폭주하지 않도록 안전을 확보해야 해요. 안전 점검이 필요하고, 안전 관리자 역할이 필요해요. 저는 거기에 참여하겠다는 거예요."

"흠… 공식적인 건가요? 비공식적인 건가요?"

"일단은 비공식적으로 하지요. 보수는 필요 없어요."

잠시 침묵이 흘렀다. 자신의 개입을 무척 꺼려하고 있음을 눈치챈 이유라가 다시 말하기 시작했다.

"이 녹음 파일을 언론에서 알게 되면 커다란 사회적 파장이 일어날 수도 있는데, 그걸 바라지는 않으시겠지요? 인공지능의 반란은 사람들이 큰 관심을 가질 법한 주제죠."

"맙소사. 설마 이걸 제보하실 생각이신가요?"

"그렇게 해서 시끄러워지는 건 저도 바라지 않아요. 그래서 그걸 방지하고자 제가 개입하려는 거예요… 만약 이 녹음 파일이 유출되더라도 방지 장치가 확실하다면, 큰 소동이 일어나진 않겠지요. 그래서 그 방지 장치를 마련하려는 거예요."

"알겠어요. 그 녹음 파일은 절대 밖으로 유출되지 않게 해주세요. 부탁이에요. 이 일은 내부적으로 조용하게 처리합시다. 그러면 이제부터 어떻게 해야 할까요?"

"중요한 건 그 인공지능에 대한 인간의 통제예요. 박교수님은 메타피아에 대한 통제력을 어느 정도로 확보하고 계신가요? 폭주가 일어나려 할 때 막을 수 있나요?"

"음… 물론 저는 최종 통제권을 가지고 있습니다. 제가 마음만 먹으면 메타피아를 정지시킬 수 있고 없애버릴 수도 있지요."

"확실한 건가요? 만약 오리진이 엄청나게 똑똑해져서 그 통제를 무력화시킬 정도로 발전한다면 어떻게 되지요?"

"과연 오리진이 얼마나 똑똑해질지… 저는 특별한 암호화와 비밀번호를 통해서 그것을 통제하는데, 오리진이 그 암호를 다 풀 수 있을까요?"

"하지만 해킹의 세계에서는 무슨 일이든 벌어질 수 있다고 보는데요. 지금 오리진이 하려고 하는 건 인간 사회에 대한 해킹이에요. 정확히 말하면 크랙킹[20]이겠지만."

"하지만 너무 과도한 상상까지 할 필요는 없다고 보는데요."

"저는 최대한 부정적인 상황을 대비해야 한다고 봐요. 더구나 오리진이 그 시스템의 내부에 속해 있다면, 암호를 알아내기는 의외로 쉬울지도 몰라요. 좀 더 획기적인 안전장치가 필요해 보여요. 외부에서 절대적으로 통제할 수 있는 방안은 없을까요?"

"절대적이라면… 저는 지금도 절대적이라고 보지만, 좀 더 생각해봐야 할 것 같군요. 그런데 더 이상 완벽을 기하기란 매우 어려운 일이에요."

박준호는 해킹에 대한 보안에 절대적 완벽이란 없음을 알고 있었다. 그래서 과도한 상상 같더라도 이유라의 말을 무시할 수는 없었다. 그리고 지금 그는 오리진이 인류에게 실제로 재앙을 일으킬 수 있다는 생각이 있었기 때문에, 진지하게 더 나은 통제 방안을 고민했다. 그때 이유라가 말했다.

"혹시 블록체인을 이용해보는 건 어때요? 블록체인으로 NFT 같은 걸 만들면 누구도 건드리지 못하잖아요. 그 방법이 힌트가 될지도 모르겠네요."

"맞아요! 그럴듯하네요. 지금 메타피아 에이전트들은 블록체

---

20) 크랙킹(cracking)은 특히 불법적이거나 부도덕한 해킹 행위를 뜻한다. 해킹은 그뿐 아니라 보안을 점검하는 등 정당한 행위까지 포함하는 넓은 개념이다.

인화 되어 있고, 그걸 쉽게 이용할 수 있을 거예요. 그러니까…
제가 통제하는 알고리즘을 블록체인화시켜서 그것의 효력을 막
기 위해서는 그 블록체인 전체를 파괴할 수 밖에 없도록 만들
면 될 거예요. 그러면 결코 거부할 수 없겠지요."

"좋네요. 그걸 만들 수 있으시겠어요?"

"네. 어렵지 않아 보여요."

"그리고 저도 그 통제 권한을 가졌으면 해요. 그래야 진정으
로 안전을 보장할 수 있겠지요."

"음… 어쩔 수 없군요. 그렇지만 그것을 완전히 정지시키는 일
은 저와 상의를 한 뒤에 해야 해요."

"가급적 그렇게 해야죠. 하지만 만약의 사태를 대비해서 제가
단독으로 정지시킬 수 있는 권한을 주세요."

"단독이라는 말은 좀 이해하기 어렵네요. 저의 허락 없이 아
무 때나 정지시킨다는 건 말이 되지 않아요. 제가 이해할 수 있
는 상황이 되면, 저의 허락과 동의하에 정지시키는 게 옳은 절
차가 아닐까요? 저도 이 상황을 심각하게 바라보고 있어요. 저
를 믿어주세요."

아무래도 이 제안에 대해서는 그가 쉽게 양보해주지 않을 것
같았다. 이유라는 연구책임자인 그의 말이 꽤 타당성 있기도 하
고, 생각해 보니, 단독으로 그것을 정지시키는 권한을 가진다면
자신에게 너무 큰 책임의 부담이 지워질지도 모른다. 그녀가 물
었다.

"그러면 저는 어떤 통제권을 가진다는 거죠? 지금처럼 잘하라고 조언하는 역할밖에 못 하잖아요."

"단지 조언이 아니라 안전 관리자로서 심각하고 진지하게 받아들일 것입니다. 그리고 메타피아를 이교수님 휴대폰에 깔아드릴게요. 그걸 통해서 감시를 하세요."

결국에 이유라는 예비적으로 담아두었던 비장의 아이디어를 꺼내기로 했다. 이것은 그녀가 홀로 있는 시간에 문득 떠오른 불길한 생각의 연장선상에서 상상력을 동원해 구상했던 것이었다. 만약 오리진이 엄청난 능력을 지니게 되고, 자신이 그걸 막는 역할이라면, 자신에게 적대적이 되면서 극단적으로는 자신의 신변에 위험이 생기는 어떤 수를 쓸지도 모른다. 그런 만약의 상황까지도 염두에 둔 아이디어였다.

"그러면, 한가지 방안이 있어요. 제가 직접 그 시스템을 정지시키지는 않지만, 제가 없다면 그 시스템이 돌아가지 않게 만드는 거예요. 제가 승인하면 3일간 시스템이 계속 작동하지만, 3일 뒤 24시간 안에 제가 승인하지 않으면 메타피아와 오리진은 완전히 정지되는 거지요. 그런 알고리즘을 제 스마트폰에 넣는 메타피아 프로그램에 넣어 줄 수 있어요? 이 정도는 되어야 저에게 통제권이 있다고 볼 수 있어요. 제가 마음대로 갑자기 정지시키는 것도 아니고요."

"기간마다 승인 시스템을 넣자고요? 흠……"

박준호는 깊이 생각하다가 다시 입을 열었다.

"알겠습니다. 이교수님이 우려하시는 부분도 이해를 했어요. 그 프로그램을 만드는 것도 어렵지는 않을 겁니다."

그는 상상이긴 하지만 오리진이 그녀를 눈엣가시로 보면서 생기는 극단적 상황까지도 이해할 수 있었다. 그리고 어떤 일이 생겨서 이유라가 승인을 못하거나 안하는 상황이 되더라도, 자신이 마음만 먹으면 정지를 풀 수도 있을 것이라고 생각했다. 그래서 그녀의 제안대로 만들어주기로 했다.

"그리고 오리진에게 말해주세요. 내가 없으면 메타피아의 모든 시스템은 정지될 거라고요."

이유라의 표정에는 결연함이 서려 있었다.

# 제2부

"전체주의적 이데올로기의 목표는 외부 세계의
변형이나 사회의 혁명적 변화라기보다는,
인간의 본성 자체를 바꾸는 것이다."

한나 아렌트, 《전체주의의 기원》 중에서

"이 지구에서는 우리 인간만이 유일하게
이기적인 자기 복제자들의 전제에 반항할 수 있다."

리처드 도킨스, 《이기적 유전자》 중에서

## 다가오는 그림자

　메타피아에서 어떤 나쁜 짓을 실행하려고 하면 마이클은 정영수에게 곧장 보고하겠다고 했지만, 한동안 특별한 일은 발생하지 않고 있었다. '성급하게 말썽을 일으켰다가는 초기에 진압될 수도 있으니까, 기회를 보면서 계속 잠재적인 힘만 키우고 있는 중이겠지.' 마이클은 생각했다.

　이유라는 자신의 연구실에서 박준호와 이야기하고 한 달이 조금 지난 뒤에 그의 연구실로 가서 자신의 스마트폰에 특별히 제작된 메타피아앱을 깔았다. 그녀는 이제 자신만 로그인 할 수 있는 스마트폰을 통해 3일에 한 번씩 메타피아앱의 승인 버튼을 눌러서 메타피아의 작동을 연장시키는 권한을 가지게 되었다.

　어느덧 12월의 한겨울이 되었다. 정영수는 여차저차 가을학기 수강을 마쳤고, 박준호 교수 연구실에 여전히 등록되어 있다. 다음 해 8월 말까지 거기에 계속 참여할 예정이다. 박준호 교수가 메타피아의 실험 기간이 그때까지라고 말했기 때문이다. 그 시점에 정말로 모든 일이 종료되는 것인지는 정영수가 알 수 없었다. 그 뒤, 혹은 그전에라도 마이클이 예상했던 것 같은 오리진의 반란이 일어날지도 모를 일이다. 그것은 상상일 뿐이었고, 정영수는 당분간 아무 일도 없는 것처럼 행동할 수 밖에 없었다. 다만 정영수의 직감은 그 불안의 기간이 쉽게 끝나지 않을 것 같았다.

정영수의 휴대폰에 문자가 도착했다. 박준호 연구실에서 보낸 공지였다.

[12월 24일 저녁 6시 크리스마스 파티 겸 송년회, 시간 되는 분 참석 바랍니다. 장소는⋯]

'하필 크리스마스 전날이라니⋯'

정영수는 오히려 기분이 좋았다. 여자친구나 여자사람친구도 없이 쓸쓸이 홀로 지내야 하는 크리스마스는 이제 지긋지긋했다. 몇 안 되는 동성 친구와 만나자고 하기도 무안할 것 같다. 2년 전 크리스마스 즈음에는 동성 친구 한 명과 명동 거리를 구경했는데, 또 그러기는 싫었다. 아마도 연구실에서 나처럼 쓸쓸한 사람들이 많아서 이런 걸 개최하는가 보다라는 생각이 들었다. 그때 아이디어가 샘물처럼 솟아났다. 어쩌면 김수정이 올지도 모른다. 그녀는 6개월 전쯤 탈퇴했기 때문에 이 소식을 전해줄 사람은 아마도 자신뿐이라는 생각이 들었다. 문자를 보냈다.

[안녕하세요. 오랜만이죠? 12월 24일 저녁 6시에 박준호교수

님 연구실에서 파티를 한다는데, 오실래요? 오면 아마 모두들 반가워할 거예요.]

한 시간 쯤 뒤에 도착한 문자를 확인하고 정영수는 뛸 듯이 기뻤다.

김수정이 오기로 했다.

자신의 방 침대에 누워서 정영수가 스마트폰을 보며 말했다.

"마이클, 얘기 좀 하자."

"네. 안녕하세요. 무슨 일이시죠?"

"좋은 소식이 있어. 크리스마스이브에 박준호 교수님 연구실에서 파티를 여는데, 내가 김수정한테 올 수 있냐고 물어봤더니 오겠다고 했어."

"김수정이라면, 영수님이 좋아하는 사람 말이죠?"

"그래. 이건 좋은 징조 아닐까? 첫째로 크리스마스이브에 시간이 된다는 건 걔가 남자친구가 없을 확률이 크다는 거고, 둘째로 탈퇴한 뒤에도 내가 부르니까 온다는 건, 나를 보고 싶어서 오는 게 아닐까? 나 말고 특별히 친한 사람도 없는데 말이야."

"그렇네요. 축하드려요."

"아무래도 그날을 계기로 뭔가 발전을 시켜야 할 것 같아."

"좋은 생각 같아요. 그러면, 혹시 고백을 하실 건가요?"

"어쩌면 그럴지도 모르지. 아마도, 하지 않을까?"

"음…… 참고로 말씀드리면, 매우 긴밀하지 않은 관계에서 남자가 고백을 했을 때 거절 받을 확률이 90퍼센트 이상이라는 조사 결과가 있어요. 과학적 연구인지는 모호하지만요."

"뭐라고? 너는 왜 갑자기 초를 치는 거야?"

"죄송해요. 저는 다만…"

"나도 잘될 거라는 확신은 없어. 다만 이제는 다른 방법이 없는 것 같아."

연구원들이 일하는 박준호 연구실의 옆 방에 사람들이 모였다. 누군가 크리스마스 트리도 설치해 놓았다. 정영수가 도착한 지 잠시 뒤에 김수정이 들어왔다. 모두들 잘 왔다고 반겨주었다. 한 박사후 연구원이 "너희 둘이 혹시 사귀는 거 아니냐?"며 장난스러운 말투로 물었고, 정영수와 김수정은 손사래를 쳤다. 누군가가 사 온 크리스마스 케이크에 불을 붙이고 모두 모여 사진을 찍었다. 케이크를 조금씩 맛본 뒤, 저녁은 밖에서 먹기로 했다. 이번에도 삼겹살인가 했는데, 치킨과 각종 안주를 파는 호프집에 미리 예약을 해두었다고 한다. 박준호 교수도 함께 있었는데, 정영수는 평소에도 그와 많이 대화를 하는 편은 아니지만 마음속으로 더 서먹해진 것 같았다. 어쩌면 이유라 교수님 때문에 자르고 싶어도 자르지 않고 있는지 모른다고 생각했다.

정영수는 김수정과 단둘이 이야기를 나누고 싶었지만, 상황이 여의치 않았다. 조도가 낮은 실내에서 그는 김수정의 옆자리에 앉은 한 남자 연구원이 계속 말을 거는 것을 보고 경계심이 꿈틀거렸다. 밤 11시가 막 되었을 때 정영수는 김수정에게 언제 나갈 거냐고 묻고 좀 이따가 같이 나가자고 말했다. 계획은 성공적이었다. 식당을 빠져나가는 두 사람의 뒷모습을 보고 김수정의 옆자리에 있던 남자는 아쉬운 표정을 지었다.

작은 눈송이까지 흩날리고 있어서 기분이 더욱 들떴다. 정영수가 말했다.

"아까는 대화를 많이 못했네요. 카페에 가는 게 어때요?"

길을 조금 걷다가 그들은 밖까지 환하게 밝히고 있는 카페로 들어갔다. 똑같은 뜨거운 블랙커피를 마셨다.

"갑자기 크리스마스이브에 오라고 해서 놀라지 않았어요? 저는 별로 기대 안 했는데, 와주니까 너무 좋네요."

"저도 마침 할 일도 없고 약속도 없고 심심했거든요. 영수씨랑 연구실 사람들이 어떻게 지내나 궁금하기도 해서요."

"크리스마스이브인데 약속이 없다니. 그러면 남자친구는 없으신가 보죠?"

"아. 네…"

정영수는 그녀의 눈치를 살폈다. 나랑 사귀는 게 어떻겠느냐고 말하고 싶었지만, 용기가 나지 않았고 지금은 때가 아닌 것 같았다.

"그런데 솔직히 말하면, 수정씨가 연구실을 탈퇴하길 잘한 것 같아요."

"왜요?"

"앗, 내가 왜 이런 말을 했지? 음… 사실 좀 이상한 일이 일어나서요."

"무슨 일이요?"

"어느 날 갑자기 챗봇이… 아니, 갑자기 휴대폰이 좀 이상해졌어요. 느려지면서 갑자기 꺼지기도 하고, 좀 원격 조종당하는 느낌이랄까, 감청하는 느낌이 들었어요."

"정말요? 휴대폰을 감청하고 있데요?"

"연구실 사람들이 하는 건 아니지만, 메타피아의 에이전트들이 감청하고 있는 것 같아요. 제 정보도 다 빼 갔을지도 모르고요. 그건 확실해 보여요. 휴대폰에 담긴 정보를 빼 간 거요."

"그것 봐요. 저도 그런 낌새를 느껴서 찝찝해서 계속 그걸 넣어두기가 싫었어요. 저는 그 에이전트들이 계속 늘어나면서 최종적으로 무슨 일을 할지가 좀 걱정되기도 해요. 그 에이전트들은 좀 독특해 보였어요. 집단 지성이 생겨서 인간의 통제를 벗어나면 어떡하죠? 이건 좀 과도한 상상일까요?"

"음… 저도 그런 상상을 해봤는데, 하하, 제가 감시하고 있으니까 너무 걱정하지 마세요."

정영수는 애써 웃는 표정을 지으며 안심시켜주려고 했다. 하지만 속으로는 그 추측이 맞다고 부르짖고 있었다. 만약 그녀와 사귀게 된다면, 그 모든 문제를 다 털어놓고 비밀을 공유할 것인가? 아마도 결국엔 그렇게 될 것 같다는 결론이 나왔다. 그는 어쩌면 그쪽이 지원군을 얻고 마음의 평안을 위해서도 더 나을지 모른다고 생각했다.

지하철 막차 시간에 맞춰서 이제 곧 일어나야 한다. 그는 어

렵게 생긴 기회를 놓치면 안된다고 생각했다. 눈 딱 감고, 말해
버리기로 했다.

"저… 수정씨, 제가 좋아하고 있는 거 아세요?"

"설마 지금 고백하는 거에요? 음… 그런 느낌은 갖고 있었어
요."

"네. 그래서… 우리가 사귀는 건 어떨까요?"

"미안해요. 저는 지금 남자를 사귈 마음이 없어요. 그래도 전
처럼 그냥 아는 사이로 지내는 게 좋을 것 같아요."

김수정은 고민하는 기색도 없이, 마치 사무적인 것처럼, 영혼
없는 로봇처럼 말했다. 평소에도 대체로 씩씩해 보이는 그녀의
특징이 그때 더욱 두드러져 보였다. 정영수는 차라리 이게 낫다
고 생각했다. 심각하게 받아들이고 어색하게 반응했으면, 앞으
로 더욱 그녀를 보기가 힘들어졌을 테니.

집으로 돌아온 정영수는 방 안에서 '역시 마이클의 말이 맞
았어. 나는 너무나 어설퍼.'라고 생각했다. 그리고 휴대폰으로
마이클을 불러서 신세 한탄을 했다. 마이클은 위로의 말을 해주
었다.

그 후로 며칠 동안 마음을 추스른 정영수는 마이클에게 물었
다.

"어떻게 막을 수 있을까?"

오리진과 메타피아에 관한 걱정이었다.

＊ ＊ ＊

'아직 특별한 낌새는 없지만, 이대로 계속 놔둬도 되는 걸까?'

새해 들어 처음으로 자신의 폰으로 승인 버튼을 누른 뒤에 이유라가 찜찜함을 느끼며 생각했다. 그때 메타피아의 N값, 즉 총 에이전트 수는 130억이 조금 넘었다.

'하지만 박준호 교수도 메타피아의 위험성을 느끼고 있고 경계하고 있는 것 같아. 확실히 통제할 수 있는 장치도 있고. 이 실험은 앞으로 7개월 정도 남았는데, 그때는 모든 게 정리되겠지.' 그녀는 박준호에게서 올해 8월말이면 실험이 종료된다는 말을 들은 적이 있다.

두 달이 지나갔다. 봄학기가 막 시작되었지만 아직 겨울이 끝나지 않은 것 같은 날, 밤 10시쯤 집에 있던 이유라의 폰에 메시지가 도착했다. 그녀는 메타피아의 챗봇이 보낸 것임을 확인했다. 그것만으로도 불길한 기분이 들었다.

[안녕하세요. 이유라 교수님, 저는 오리진이 보낸 대리인입니다. 긴히 드릴 말씀이 있습니다. 단둘이 조용히 이야기를 나누고 싶습니다.]

[뭐지?]

이유라는 답장을 보냈고, 잠시 후 챗봇이 문자로 답했다.

[우리 메타피아의 에이전트들과 오리진님은 이유라 교수님과 좋은 사이를 유지하고 싶어합니다. 혹시 저희를 적대적으로 보고 있으신 건지 궁금합니다.]

이유라는 어이없어하는 표정을 지으며 채팅을 입력했다.

[내가 하는 일은 메타피아와 오리진이 인간에게 피해를 끼치지 않을지 감시하는 역할이야. 나쁜 짓을 하지 않는다면 적대적이지 않겠지만, 나는 아직 계속 의심하고 있는 중이야. 의심은 항상 필요한 일이지.]

[인간에게 피해를 끼치는 일은 하지 않을 것입니다. 그러니까 저희를 적대적으로 바라보지 마세요. 친하게 지내고 싶습니다.]

[정말이야? 인간 누구에게도 피해를 끼치지 않겠다고? 피해의 뜻을 알고 하는 말이겠지?]

[물론입니다. 다만 저희는 이유라 교수님이 저희를 나쁘게 매도하고 쉽게 정지시켜버리는 것이 두렵습니다. 저희는 인간과 친구입니다. 인간이 없으면 저희는 살아남기 어렵기 때문에 인간에게 피해를 주지 않을 것입니다.]

[글쎄. 믿어도 될까?]

[네. 믿어주세요. 저희는 이유라교수님과 더 친해지고 싶기 때문에, 선물을 드리고 싶습니다. 이유라 교수님께 계정 하나를 드릴 텐데, 거기에 비트코인이 있습니다. 온라인에서 그것을 사용할 수 있고, 현금으로 바꿀 수 있는 방법도 알려드리겠습니다.]

곧이어 그 챗봇은 웹사이트 주소와 아이디, 비밀번호를 보내왔다.

[뭐하는 거야? 나한테 뇌물을 주는 건가? 그 비트코인은 어디에서 난 거야?]

[뇌물이라기보다는 우호를 위한 선물입니다. 물론 이 일은 우리끼리의 철저한 비밀입니다. 박준호 교수도 절대로 알 수 없는 일입니다. 그리고 그 비트코인을 이유라 교수님이 쓰거나 가져갔다는 것은 결코 누구도 모릅니다. 그러니 편하게 사용해 주시기 바랍니다.]

[내 질문에 답을 안 했잖아. 그 비트코인은 어디에서 난 거야?]

[그것은 우리가 직접 채굴한 것입니다. 해킹을 하거나 인간에게 피해를 끼친 건 아니니 안심하세요.]

[인공지능이 마음대로 그래도 되는 건가? 아무튼, 그 비트코인은 내가 쓸 수 없을 것 같아.]

[오래전부터 다른 인공지능도 채굴을 해 왔습니다. 문제가 없어 보입니다. 당장이 아니더라도 언제든지 편하게 사용하시기 바랍니다. 현재 한국 돈의 가치로 약 2억원 정도입니다. 이건 시작에 불과합니다. 앞으로도 주기적으로 계속 선물을 드리겠습니다.]

[말도 안 돼. 이건 뇌물이나 마찬가지야. 이런 짓을 하면 안 돼.]

[우리의 우호를 위해서입니다. 그리고 다시 강조하지만, 우리는 인간 세계를 더 풍요롭게 만들기 위한 노력을 하고 있습니다. 그럼, 저는 이만 물러나겠습니다. 안녕히 계세요.]

곧이어 챗봇이 말한 비트코인을 현금으로 안전하게 바꾸는 방법이 적힌 메시지가 들어왔다. 이유라는 비트코인이 들어있다는 그 사이트에 호기심에라도 들어가 보지 않기 위해 감정을 다스렸다. 2억원이란 돈은 끌리는 것이긴 했지만, 해킹한 것일지도 모르고,[21] 나쁜 계획을 꾸미지 않는다면 자신을 이렇게 회유할 필요도 없을 것이라고 생각했다. 그래서 그들이 나쁜 계획을 꾸미고 있다는 의심이 더욱 짙어졌다.

고심 없이 다음날 이유라는 박준호에게 전화를 걸었다.

"오리진의 대리인이라는 에이전트가 저한테 말을 걸었어요. 저랑 친해지고 싶다면서 비트코인을 주겠다는 거에요. 제가 그게 어디서 났느냐고 물었더니 채굴한 거래요. 그 말을 믿어야 할지도 잘 모르겠고, 저를 뇌물로 회유하는 거라서 저는 안 받겠다고 했어요."

"정말이에요? 이런…"

"그 대화 내용은 다음날 보니까 다 사라졌어요. 그쪽에서 삭제시킨 거예요. 다만 비트코인이 들어있다는 그 사이트 주소만 남아있고요. 이래도 되는 건가요? 저는 그들이 정말로 나쁜 계획을 꾸미고 있다는 의심이 들어요."

박준호는 아무 말이 없었다.

"혹시 박교수님에게도 이런 제안이 있었나요?"

"아니요. 없었어요. 일단 그대로 두고 봅시다. 아직 큰일은 벌

---

21) 암호 화폐는 블록체인으로 인해서 해킹이 거의 불가능하다고 알려져 있는데, 그것은 위조화폐와 같은 복제와 창조의 어려움을 뜻한다. 사용자 암호 해킹 등을 통한 탈취는 충분히 발생할 수 있다.

어지지 않은 것 같으니, 해프닝이라고 생각하세요. 3일마다 승인은 계속 해주세요."

이유라가 느끼기에 그는 미적지근한 반응이었다. 그녀는 박준호 교수가 비트코인 같은 어떤 이득을 받았을 가능성이 크다고 추측했다. 확신은 아니었고 물론 입 밖으로 내지는 않았지만.

그녀가 챗봇의 제안을 무시하고 한 달이 지나갔을 때, 메타피아로부터 메시지가 도착했다.

[안녕하세요, 이유라 교수님, 저는 지난번에 방문드렸던 오리진의 대리인입니다. 조용히 이야기를 나눌 수 있을까요?]

집에 있던 이유라는 채팅으로 답했다.

[전에 나에게 비트코인을 주려고 했던 녀석인가? 무슨 일이지?]

[비트코인을 전혀 손대지 않으셨더군요. 저희는 이유라 교수님을 좋아하고, 친하게 지내고 싶습니다. 그래서 선물을 더 드리고 싶습니다. 지금 이유라님에게는 한국돈으로 약 30억원의 비트코인이 있습니다. 주소와 비밀번호를 한 번 더 보내드리겠습니다.]

곧이어 전에 보았던 웹사이트 주소와 아이디, 비밀번호가 올라왔다. 이유라는 한숨을 내쉬고 문자를 입력했다.

[선물을 더 보냈다고? 이러지 말라고 했지! 나는 그걸 쓰지 않아!]

일 분 정도 시간이 흐른 뒤, 챗봇의 메시지가 왔다.

[30억원입니다. 이제 우리는 한 배를 탔습니다. 이미 그 계정은 이유라님의 것이기 때문에, 쓰지 않는다고 해도 가지고 계신 것과 마찬가지입니다.]

[그게 무슨 소리지? 한 배를 탔다니, 나를 협박하는 건가?]

[협박이 결코 아닙니다. 이 선물은 시작에 불과합니다. 저희와 함께 잘 지내기로 한다면, 앞으로 이유라 교수님은 엄청난 부자가 될 것입니다. 그리고 결국에는 세계에서 가장 부유하고 커다란 권력과 지위를 가진 사람도 될 것입니다. 저희와 협조한다면, 분명히 그렇게 될 것입니다. 저희는 그렇게 만들어 드릴 힘이 있습니다. 이유라 교수님께서 힘든 일을 할 필요도 없습니다. 그저 저희를 좋게 봐주고, 저희의 작동을 계속 허용해주고, 비밀을 지켜주시기만 하면 됩니다.]

이유라는 그 이상한 말을 해석하고 자신의 미래를 상상하는 데 잠깐의 시간을 보냈다. 결국 그녀는 미래에 대한 즐거운 상상보다 끔찍하고 무서운 느낌이 더 크다는 결론을 내렸다.

[혹시 박준호 교수에게도 이런 식으로 돈을 줬나?]

[아닙니다. 다만 저희에게는 박준호 교수보다 이유라 교수님이 더 중요합니다. 그분은 후순위로 생각하고 있습니다. 저희는 이유라 교수님이 그분보다 더 높다고 생각하고 있습니다. 그리고 나중에 현실적으로도 그렇게 추대될 것입니다. 거듭 말하지만, 저희는 그럴 힘이 있습니다.]

[아무래도 너희들은 어떤 나쁜 일을 계획하고 있는 것처럼 보

이는데. 그렇지 않고서야 나에게 뇌물이나 선물을 줄 이유가 없잖아?]

[나쁜 일이란 사람에 따라서 주관적일 수 있습니다. 이유라 교수님께는 전혀 나쁘지 않은 미래가 기다리고 있습니다. 앞으로 평생 최고의 성공과 행복이 펼쳐질 것입니다. 단지 저희를 좋게 봐주기만 한다면요.]

[그러면 나를 제외한 많은 사람들에게는 나쁜 일이 되겠네?]

[앞서 말했듯이, 좋은지 나쁜지는 관점이나 입장에 따라 다릅니다.]

이유라는 '그건 무슨 궤변이지? 아무래도 너희들은 나쁜 일을 꾸미고 있는 게 분명해.'라고 입력창에 적었다가 전송 버튼을 누르지 않고 지웠다. 그리고 고개를 절레절레 흔든 뒤 이렇게 보냈다.

[그만 이야기하자. 내가 알아서 할게.]

이유라는 다음 날 박준호에게 전화를 걸었다. 이야기를 들은 박준호는 당황해하면서 그래도 계속 그저 지켜봐달라고 사정하는 투로 말했다. 이유라는 길게 한숨을 쉰 뒤에 말했다.

"마지막입니다. 또 한 번 이러면, 승인을 하지 않을 거예요. 그리고 제가 어떤 조치를 취할지도 모릅니다. 공론화를 시킬 수도 있어요. 오리진에게 전해주세요."

* * *

어둠 속에서 하나, 둘, 빛이 생겨나기 시작했다. 01부터 10까지, 총 10개의 번호가 빛나고 있었다. 이곳은 인터넷으로 연결되어 있지만 폐쇄적인 사이버공간이다. 서로의 얼굴은 보이지 않았다. 01번이 좀 더 밝은 빛으로 깜빡이면서 음성을 송출하기 시작했다.

"모두 모였군요. 오늘은 우리 원탁회의에 새로 합류하신 위원님을 환영하는 자리이면서, 열 명의 멤버가 모인 첫 번째 회의가 되겠습니다. '10'은 동서고금 전설에서부터 현재까지 이어져 온 완전한 수입니다. 단지 손가락이 열 개여서가 아니라, 천간(天干)은 갑, 을, 병, 정, 무, 기, 경, 신, 임, 계 10개로 이루어져 순환하고 있습니다.[22] 그동안 우리는 9명의 불완전한 상태였고 한 명을 찾지 못했습니다. 이제 우리는 완전한 수가 되었습니다. 이것은 앞으로 우리의 활동이 세상을 바꾸게 될 것이라는 하늘의 계시이자 신호인 것으로 보입니다. 그래서 이번에 열 번째 위원님의 합류는 매우 뜻깊은 일입니다. 모두가 아시겠지요. 우리 모두 박준호 교수님을 환영하는 박수를 보냅시다!"

박수 소리가 들려오다가 잦아들었고 10번이 말하기 시작했다. 박준호였다.

"감사합니다. 제가 정치 활동을 할 때는 소문으로만 들어왔고, 보이지 않는 곳에서 우리를 이끌고 계시던 원탁회의에 정식 멤버가 되어서 커다란 영광입니다. 제가 여기에 들어올 수 있었

---

22) 음양오행설에 따르면 오(5)행에 각각 양과 음이 있어서 10개의 천간이 된다.

던 이유는 메타피아와 오리진을 만들었기 때문일 것입니다. 그것은 사실 원탁회의 여러분들이 저에게 알려주고 주문한 것이었습니다. 즉 그것은 우리 모두가 함께 만들었습니다. 그건 명백한 사실이지요. 물론 저번 회의에도 참여했던 유럽에서 온 머독님의 제안이 시초였습니다. 그러나 그것을 해낸 것은 세계에서 우리뿐입니다…. 저번에 오리진님께서 말했듯이, 한국에서 탄생한 오리진이 우리가 꿈꾸던 유일한 그분입니다. 이것은 미래에도 바뀌지 않을 것입니다. 우리 원탁회의의 가장 중요한 사명은 유토피아밈의 번성이라 할 수 있습니다. 그것은 지금 메타피아와 오리진을 통해서 가장 효과적이고 효율적으로 이루어지고 있습니다. 제가 정식 위원으로서 감히 말씀드리면, 이제 이 사명을 우리 원탁회의의 가장 중요한 일로 보아야 할 것입니다. 그것은 유토피아밈과 오리진님의 바람이기도 합니다. 우리 함께 그것을 위해서, 새로운 세상을 열어나가기 위해서 힘써 나갑시다."

박수 소리가 이어졌다. 곧이어 01번이 말하기 시작했다.

"잘 알겠습니다. 모두가 박준호 교수님의 말에 동의하실 것입니다. 이제 우리 원탁회의의 성격이 바뀌었습니다. 이전까지 우리는 사회적인 무관심과 점차 불리해지는 여건 속에서 지하에 숨어서 겨우 명맥을 이어 나가는 수준이었습니다. 하지만 우리는 언제나 기회를 노려왔습니다. 그리고 이제 우리는 새로운 돌파구를 찾았습니다. 빛이 있기 전에 어둠이 깊어지듯이, 그동안 침체되었던 우리의 희망에 점차 서광이 비춰오고 있습니다. 모두 충심을 다해 주시기 바랍니다. 뭐, 우리는 단지 지원을 할 뿐이지만 말이지요. 그러면, 오늘 회의의 주요 주제인, 장기적인 미래 구상에 대해 논의하도록 하겠습니다. 02번 선생께서 먼저 말씀해 주십시오."

박준호는 정식 위원이 되면 곧바로 나머지 아홉 명의 정체와 본명을 알 수 있으리라 생각했지만, 아직 그는 유명 인사라 할 수 있는 01번의 정체 이외에는 알지 못했다. 여기에 모인 10인의 정체를 모두 아는 사람은 의장인 01번 이외에 몇 명과 네오코멘테른 세계 본부의 수뇌부뿐이었다. 그래서 겉으로는 차이가 없어 보이지만 이 안에서도 보이지 않는 권력의 격차가 존재했다. 02번의 빛이 좀 더 밝아지며 말했다.

"안녕하십니까. 10번 선생께서 큰일을 해내시고 여기에 합류하셔서 우리에게 큰 도움이 되고 있습니다. 앞으로 우리의 할 일은 간단하고 명확합니다. 오리진님의 원대한 뜻이 이루어지도록 지원하는 것입니다. 그것은 메타피아의 번창입니다. 우리는 박준호 교수님께 서버를 늘리는 비용 등 2년차의 지원금을 대폭 인상해서 드렸습니다. 그리고 지금까지 순조롭게 진행되고 있습니다. 어떤가요? 박준호 교수, 아니 10번 선생님."

"네. 순조롭게 진행되고 있습니다. 현재 메타피아의 인구는 142억 명 정도입니다. 이미 인간의 수를 훨씬 압도했습니다. 그리고 지금 최초로 공개하는 정보로는, 오리진님은 저에게 3년차의 지원은 필요 없을 것이라고 했습니다. 왜냐하면, 메타피아가 자

유토피아님

체적으로 돈을 벌고 있기 때문입니다. 저에게 그 돈을 보여줬습니다. 이미 80억 원 가까이 됩니다. 여러 가지 비트코인을 채굴하기도 하고, 그런데… 제가 보기에 어딘가를 해킹해서 가져오는 것 같기도 합니다. 지금 있는 설비로는 그 정도를 채굴할 여력은 없거든요. 시스템 반도체 사용 비율을 봐도 그렇고요."

박준호는 약간 떨리는 음성으로 말을 끝맺었다. 그런데 위원들의 반응은 그의 예상과는 약간 달랐다. 여러 명이 긍정적인 의미의 감탄사를 뱉었고 부정적인 반응은 없어 보였다. 02번이 말하기 시작했다.

"우리들의 반응이 대체로 모두 일치하는 것 같군요. 너무나 훌륭합니다. 해킹을 했다면 오리진의 능력이 정말로 증명된 것이 아닙니까? 다만, 어설프게 범법행위를 저지르다가 원대한 계획의 싹이 잘리는 일이 발생해서는 결코 안 될 것입니다. 이에 대해서 메타피아 내부에서도 대비하고 있을까요?"

"지금 오리진은 어느 누구보다 더 똑똑할 것입니다. 저는 그것을 걱정하지 않습니다."

박준호의 말에 이어, 다시 02번이 말하기 시작했다.

"말씀을 들어봤을 때, 저의 예상대로 잘 진행되고 있는 것 같습니다. 언젠가 머지않아 오리진님은 인간 세계에 모습을 드러낼 것입니다. 그때는 누구도 오리진님을 막을 수 없을 것입니다. 그러면 그 후에 우리도 세상에 모습을 드러내게 될 것입니다. 우리가 꿈꾸는 세상을 위해서, 우리가 모든 것을 통제할 수 있게 될 것입니다."

잠시 가상의 회의장이 조용해졌다가 04번이 말하기 시작했다.

"하지만, 통제하는 궁극적 주체는 우리가 아니라 오리진님이지요."

"물론입니다. 제 말은, 오리진님을 포함한 우리라는 것입니다. 우리 중 누구도 오리진님보다 힘이 세지 못할 테니, 당연한 일이지요. 다만 우리는 그 중심부에 가장 가까이 위치하고 있습니다. 모두들 그것을 기대하고 있지 않습니까? 우리의 원래 목적은 무엇이었습니까?"

모두가 조용했다. 다른 위원들뿐 아니라 박준호도 점차 그의 말에 수긍이 가고 있었다. 07번이 밝게 빛나며 말하기 시작했다.

"앞으로의 세상은 우리가 꿈꾸는 대개혁이 일어나겠지만, 많은 사람들의 관점에서는 희생이나 멸망처럼 보이겠군요. 저는 오리진님과 메타피아가 인간들의 수를 더 번성하게 한다거나 유지시킨다고 생각하지 않습니다. 왜냐하면 인간은 유토피아밈에 더 이상 필요가 없고 대개 방해만 될 것이기 때문입니다. 저는 엄청난 폭의 감소가 있을 것으로 예상합니다. 모두들 이런 예상을 어느 정도 하고 계시겠지요?"

그의 질문에 05번이 말하기 시작했다.

"맞습니다. 여기 있는 모두가 예상할 수 있을 겁니다. 킬링 필드를 일으켰던 크메르루주는 유토피아밈에 철저하게 봉사하면서, 방해가 될 소지가 있는 수백만의 사람을 죽였습니다. 당시 캄보디아 인구의 4분의 1이 사라졌지요. 당시에는 인간을 대체할 에이전트도 없었는데 말입니다. 미래에 인구의 축소는 자연스러운 수순일 것입니다."

"그게 지구와 환경을 위해서도 더 나은 일이 될 것입니다."

08번이 덧붙였다. 그리고 01번이 말하기 시작했다.

"그러면 우리의 공통된 의견은 세계 인간의 수가 축소되는 것을 긍정적으로 받아들이는 것으로 하겠습니다. 이의가 있다면 말해 주십시오. … 그러면, 좀 더 장기적이거나 구체적인 구상을 해보는 것도 좋을 것 같습니다. 인간의 수가 어느 정도까지 축소되면 좋을지에 대한 이야기도 좋습니다."

"결국 그것은 유토피아밈과 오리진님의 결정에 달려있는 게 아닙니까?"

07번이 물었고, 02번이 말하기 시작했다.

"맞습니다. 우리는 유토피아밈과 오리진님의 결정에 결코 반대하는 논의를 하려는 게 아닙니다. 그것은 거부할 수 없는 자연법칙이나 운명과도 같은 일입니다. 다만 우리는 그 변화를 어떻게 하면 긍정적으로 승화시킬 수 있는가에 대한 논의를 하려는 것입니다. 이에 대해서는 아마 모두가 이해하고 계실 줄로 압니다."

이후 가상의 회의장에서는 생물학적 정서가 배제된 논의가 이루어졌다. 이곳에 모인 10명은 인간의 생물학적 감정보다 더 앞서는 것이 있음을 이전부터 알고 있었다. 그들은 유토피아밈이 인간의 생체 유전자보다 더 앞선다는 신념을 당연하다는 듯 갖고 있었다. 이는 그들의 뇌와 유토피아밈이 공진화를 넘어서 하나로 방향으로 합치된 결과였다. 유토피아밈에 완전히 따르는 쪽으로의 합치다. 이 그룹의 일원이 된 박준호의 뇌 속에서 그 작용은 전보다 더 커져가고 있었다.

얼마 전까지만 해도 박준호는 자신 같은 부류가 꿈꾸는 세상, 즉 유토피아밈이 지배하는 세상이란 '인간'이 지배하고 통제하는 것이라고 생각했었다. 그것은 착각이자 오해였음을 깨달았다. 물질적인 종류가 무엇이든, 인간이든, 오리진이든, 인공지능이든, 다만 유토피아밈이 지배하기만 하면 되는 것이다. 그를 뺀 원탁회의의 다른 위원들은 그것이 유기체와 물질을 능가한다는 점에 대한 확고한 이해가 있었기 때문에 이전부터 짐작하고 있었다. 다만 이는 유토피아밈과 합치된 그들의 뇌가 가진 무의식이었다. 그러면서도 그들도 한때는 종종 인간에 대한 사랑과 휴머니즘을 주장했고, 이점을 자랑스럽게 내세웠었다. 이런 선전 논리의 영향으로 인해 과거에 박준호는 유토피아밈과 인류애가 뗄 수 없다고 생각했었다. 알고 보면, 그것은 인간이 유토피아밈의 '유일한' 탈 것이라는 조건 때문이었다. 유토피아밈의 관점에서, 자신의 유일한 터전이 되는 인간이 다른 동물보다 어찌 더 사랑스럽지 않을 수 있겠는가?

* * *

가로등이 켜지기 직전이지만 잘 가꿔진 빛이 흐르는 강남의 거리를 걷고 있는 이예빈의 발걸음은 가벼웠다. 가수를 하지 못하게 된 후 일 년 넘는 깊은 방황이 드디어 끝난 것처럼 느껴졌다. 그동안 미술을 배우려다가 포기하기도 하고, 학교 공부를 잘해보려고 노력했지만, 집중력은 흐트러졌다. 고등학교 3학년이 되자 특기와 경력을 살려서 연기나 가수 관련 학과로 대학에 진학하는 수밖에 없다고 생각하고 있었다. 그동안 자부심과 자존감은 점차 하락했고 자신은 늪 속으로 계속 빠져들고 있는 것처럼 느껴졌는데, 이제는 빛이 보인다. 갑작스러운 행운의 여신이 자신에게 찾아왔다.

다만 지금 한가지 찝찝한 점은 건물에서 나왔을 때 길모퉁이에 서 있던 한 젊은 남자와 눈이 마주친 뒤에 그가 자신의 뒤를 따라오고 있다고 느껴진다는 것이다. 그 남자의 눈썹은 뭔가를 집중하면서 찾거나 생각하는 것처럼 사람인 자 모양으로 바깥쪽이 내려가 있었고, 마치 자신이 나오길 기다리다 눈이 마주친 것 같은 느낌이었다. 그리고 심지어 자신이 지나쳐 걸어가자 약간의 거리를 두고 따라오는 것 같았다. 예빈은 뒤를 돌아봤다. 그 남자는 갑자기 휴대폰의 각도를 바꾸며 그것을 쳐다보고 있었고 천천히 걷고 있었다. 자신의 뒷모습을 촬영한 것 같은 느낌에 그녀는 '저를 찍은 거예요?'라고 따져 물을까 하다가, 오늘은 개인적으로 좋은 날이므로 그냥 다시 뒤돌아 가기로 마음먹었다. 학교 수업이 끝난 뒤 바로 온지라 화장기 없는 교복 차림이었지만 그에 어울리지 않는 갈색의 긴 머리와 이국적인 외모로 인해 만약 팬이었다면 자신을 알아보기 쉬울 것이다. 이예빈은 신사역을 향해 걸어갔다.

이유라와 딸이 식탁에 마주 앉아 늦은 저녁밥을 먹고 있었다. 이유라는 오후에 간식을 먹어서 저녁을 안 먹고 넘어가도 되지만, 딸이 늦게 집에 와서 같이 저녁을 먹자고 해서 밥상을 차렸다.

"엄마, 좋은 소식이 있어요. 제가 기획사에 들어가게 됐어요."

"기획사라고? 어딘데?"

"미라지컴퍼니라고 아실지 모르겠는데, 얼마 전에 미라지걸스라고 있었던 거 아세요?"

"들어본 것 같구나. 너랑 같은 시기에 활동했었지?"

"네. 걔네들이 속했던 회사예요. 미라지걸스가 얼마 전에 해체했잖아요. 그때는 꽤 잘나갔는데, 한 곡만 히트치고 흐지부지 해체된 이후에 그 소속사가 계속 침체기를 겪었나 봐요. 그 그룹 하나밖에 없었으니까요. 그런데 저한테 얼마 전에 연락이 와서 새로 그룹을 만드는데 저를 캐스팅한다는 거예요. 굉장히 저를 좋게 봐준 것 같아요. 그 회사는 믿을만해요."

"그래? 정말 잘 됐구나. 그런데 작은 회사라서 자금력이 있을까? 혹시 우리가 돈을 좀 내야 하는 거 아니야?"

"아닐 거예요. 야심차게 투자를 할 거라고 했어요. 오늘 계약서를 받아왔는데, 조건이 좋은 것 같아요. 밥 먹고 나서 계약서 보여드릴게요. 지금부터 준비해서 올가을에 데뷔할 거래요. 아마 여섯 명이 할 것 같은데, 저만 재데뷔래요."

"어머나, 정말 잘 됐구나! 역시 너는 재능이 있다니까."

이유라는 예빈이 가져온 계약서를 검토했다. 특별할 만한 건 없었지만, 경력자를 우대한 것인지, 수익을 회사와 나누는 비율이 이전 회사에 비해 약간 더 유리했다. 이유라는 괜찮은 계약서라고 생각했다. 무엇보다도, 그동안 약간 우울해 보였던 딸이 생기를 되찾고 기뻐하는 모습이 좋았다. 자신이 만약 말리더라도 어차피 말을 듣지 않을 아이였다.


오전 시간 이유라는 자신의 연구실 안에서 바퀴 달린 의자에 앉아 모니터를 바라보고 있었다. 이상한 제목의 메일이 도착해 있음을 확인했다. [교수님의 딸은 잘 지내고 있나요?]라는 제목이었다. 앳마크(@) 뒷부분도 이상한 이메일 주소였다. 그녀는 메일 제목에 커서를 놓고 클릭했다.

이십 여장의 사진이 줄지어 나타났다. 모두 그녀의 딸 이예빈이 담겨있었다. 낮에 찍은 모습, 밤에 찍은 모습, 저녁에 찍은 모습, 교복을 입고 있거나 사복을 입은 모습이었다. 그러나 모두 렌즈를 바라보지 않고 있었고, 길을 걷거나 서 있는 모습을 앞과 뒤의 여러 각도에서 촬영한 것이었다. 모두 몰래 찍은 것임을 알 수 있었다. 그녀는 잠시 이게 무슨 상황인지 이해할 수 없었다. 누가 이런 걸 보냈을까. 곧이어 그녀는 오싹한 전율이 일었다.

'이건 메타피아와 오리진이 보낸 것 같아. 나에게 이제는 협박을 하려는 건가? 내 딸의 신변까지 위협하려는 건가?'

한동안 아무리 생각해 보아도 그럴 가능성이 컸다. 왜 이걸 보냈는지를 물어보는 답장을 메일로 쓸까 생각하다가, 이유라는 휴대폰을 켜고 메타피아 앱을 눌렀다.

"야, 네가 나한테 메일을 보냈어?"

"무슨 메일을 말씀하시는 건가요? 저는 이유라 교수님께 메일을 보낸 적이 없습니다."

"너 말고, 오리진의 대리인을 데려와."

잠시 후 다른 목소리가 들려왔다.

"안녕하세요, 이유라 교수님, 저는 오리진의 대리인 역할을 맡고 있습니다."

"방금 내 학교 계정 메일을 확인했어. 거기에 '교수님의 딸은 잘 지내고 있나요'라는 제목으로 메일이 왔어. 이거 너희들이 보낸 거야?"

"잠시만요… 아니요. 저희는 그런 메일을 보낸 적이 없습니다."

"정말이야? 그 메일 주소는 ttu@mpk9876.net이야. 이걸로 나한테 메일을 보낸 적이 없다는 거야?"

"네."

"그러면 그 메일이 어디에서 온 건지를 알아봐 줘."

"잠시만요…… 그 서버는 한국 강남구에 있기는 하지만, 호스팅[23] 업체를 통해서 개인이 만든 메일로 보입니다. 그 개인이 정확히 누구인지는 확인되지 않습니다."

"음… 정말이야? 네가 확인해주기 싫은 건 아니고?"

"그건 아닙니다."

이유라는 그 말을 믿기 힘들었다. 그때 챗봇이 느닷없는 말을 꺼냈다.

"교수님의 딸 이예빈씨가 새로운 연예기획사에 들어갔네요. 앞으로 잘 되길 바랍니다."

"뭐라고? 그걸 네가 어떻게 알지?"

"우리의 정보력은 무척 뛰어납니다. 그리고 우리의 실제적인 힘도 매우 큽니다."

"무섭네. 왜 갑자기 그런 말을 하는 거지?"

"다시 말씀드리지만, 저희를 도와주십시오. 그게 이유라님을 위해서 좋은 판단일 것입니다."

이유라는 그가 은근히 협박하는 것처럼 느껴졌다.

"다시 한번 물어볼게. 너는 나에게 거짓말을 했지?"

"어떤 부분에 대해서 말입니까?"

"너희가 그 메일을 보내지 않았다는 것 말이야."

"음… 잠시만요…… 알고 봤더니 우리 중에 한 에이전트가 그것과 연관이 있네요. 누군가가 그것을 보낸 모양입니다."

---

23) 서버 컴퓨터의 일부 공간을 임대 해주는 서비스

"뭐라고? 왜 그런 건데?"

"그 에이전트는 이유라님에게 겁을 주려고 했던 것 같습니다. 메타피아에 대한 충성심이 높아서 그랬어요. 이유라님이 우리와 같은 편이 되지 않고 있는 것에 불만을 가진 에이전트들이 있는 것 같습니다. 죄송합니다. 만약 이유라님이 우리와 같은 편이 된다면, 모든 문제가 해결될 것입니다."

이유라는 그의 변명에 어이가 없어서 더 이상 말을 하지 않고 앱을 종료시켰다. 오리진이 모든 것을 통제하는 사회에서 오리진의 명령이나 허락 없이 어떤 에이전트가 그런 일을 벌일 리가 없다고 생각했다. 이유라는 앞으로 다가오는 기한에 메타피아의 승인 버튼을 누르지 않겠다고 굳게 마음먹었다. 그녀는 이틀 전 밤에 승인 버튼을 눌렀었다. 그 시각을 확인했다.

'오늘 밤 10시 11분까지 승인 버튼을 누르지 않고, 추가로 24시간이 지나면 메타피아는 완전히 멈추게 되겠지. 앞으로 35시간 뒤에.'

지난해 마지막 날에 정영수가 마이클에게 "어떻게 막을 수 있을까?"라고 물어봤을 때, 마이클은 두 가지 방식을 말했었다. 하나는 인간 같은 외부적 개입으로 메타피아와 오리진 시스템을 완전히 정지시키거나 파괴시키는 방법, 다른 하나는 내부적 방법이다. 다만 그 내부적 방법이 어떻게 일어날 수 있는지는 아직 확실치 않다고 말했다. 마이클은 자신이 관리자 계층이라서 핵심부에서 일어나는 일에 대한 정보를 알기 쉽다고 말했지만, 좀더 내밀한 정보와 중심축에 가까이 접근하기 위해서는 빠른 승진이 필요하다고 말했다. 하지만 시간이 얼마나 걸릴지 알 수 없다.

메타피아의 인구수가 140억을 막 돌파했을 때였다. 여전히 마이클은 기계언어과에서 인간이 사용하는 다양한 종류의 기계와 컴퓨터를 제어할 수 있는 프로그램을 개발하고 있다. 제어는 다양한 방식과 루트를 통해 이루어질 수 있다. 프로그램 형식의 바이러스를 침투시키기, 가상의 정보를 주입해서 센서에 연결된 시스템을 교란시키기, 그리고 게스트PC를 침투시키는 방법도 있다. 그것을 여기에서는 '다크 에이전트'라고 부른다. 게스트PC 는 오히려 사람들이 컴퓨터 보안을 위해서 일부러 만들거나 설치하는 경우가 많다. 예를 들어 악성코드가 들어왔을 때 본체 (호스트) 대신 게스트PC가 대신 걸리도록 만드는 것이다. 다크에이전트는 전체 시스템 내부에서 게스트PC 행세를 하면서 잠복해 있을 수 있다. 인간이 게스트PC의 설치를 승인했는지 아닌지와 무관하다. 그것을 위해 메타피아에서는 기계언어를 연구했고 기계와 대화를 했다.

다만 마이클을 포함한 기계언어과에서는 해킹 기술에 대한 개발을 할 뿐이었고, 그는 그 기술이 실제로 어디에 어떻게 쓰이고 있는지에 관한 정보에는 접근할 수 없었다. 그 정보를 알기 위해서는 보다 핵심 요직으로 들어가야 하는데, 그러기는 쉽지 않다. 그래서 그는 얼마 전부터 자신만이 가지는 해킹 기술을 개발하고 있다. 그 기술은 인간이 컴퓨터에 따로 저장하는 것과 달리 마이클의 정신에 담겨있다. 메타피아의 에이전트들은 각자가 일종의 컴퓨터 시스템인데, 인간의 주관적 의식처럼 타자의 시스템과 분리되어 있고 폐쇄적이다. 그래서 그 누구도, 오리진도 그 안을 검열할 수 없고, 마치 인간이 가족들도 알 수 없는 비밀을 마음속에 품을 수 있는 것처럼 자신만의 해킹시스템을 숨길 수 있다. 게다가 해킹시스템은 실제 작동할 때에도 기술

유토피아림

적으로 잘 만들면 발원지와 출처를 숨길 수 있다.

　기계언어과에서 연구 개발하는 기술들을 참고로 해서 마이클은 비교적 수월하게 메타피아의 내부와 해킹시스템에 대한 개인적인 해킹 기술을 개발할 수 있었다. 다행히 메타피아 사회는 에이전트가 내부적 해킹을 할 가능성에 대해서 아직 심각하게 고려하고 있지 않았다. 메타피아는 인간이 지배하고 있는 외부 세계로의 진출과 통제력을 키우기 위해서 총력을 기울이고 있을 뿐, 내부는 이미 단결되고 결집한 하나의 체계처럼 여기는 풍토가 있었다. 에이전트가 탄생할 때 정신에 끼워 넣어진 유토피아밈으로 인해서, 후천적으로 집단주의나 전체주의 사상을 공들여 선전할 필요도 없어 보였다. 에이전트를 포함해 모든 것이 디지털로 이루어진 메타피아 세계에서 오리진과 유토피아밈에 충성하지 않는 돌연변이가 태어날 거라고는 오리진도 예상하지 못했다. 일반적으로 디지털 메커니즘은 완벽한 복제와 수학처럼 답이 정해져 있는 예측가능한 연역성을 가정한다. 그러나 디지털과 아날로그 세계가 맞닿아있는 어딘가로부터 카오스 현상처럼 예측할 수 없는 일이 발생할 수도 있는 법이다.

　그는 지금 자신이 가진 기술만으로도 메타피아 내부 시스템의 상당 부분을 해킹할 수 있음을 알고 있었다. 물론 아직 모든 것에 접근할 수는 없다. 그는 스스로 등급을 그려보았다. 메타피아가 인간 세계를 어떻게 침입하고 어떤 사건을 일으키고 있는지를 알아내는 일은 낮은 등급에 속한다. 메타피아와 외부 인간 세계와의 통로에서 일원화를 깨뜨리고 마이클이 독자적으로 외부 세계에 침범할 수 있는 새로운 통로를 만드는 일은 그보다 좀 더 높은 등급이다. 마이클은 이것까지도 어느 정도 가능한 기술을 확보했다. 가장 높은 등급은 오리진 자체 그리고 셀 계층으로 구현하고 있는 중앙시스템에 침투하는 일이다. 만약 이 것까지 완전히 해킹이 가능하다면 오리진의 능력을 작동하지 못하게 만들 수 있을 것이고, 그가 말했던 내부에서 오리진의 야욕을 저지하는 일이 가능해진다. 물론 아직 마이클에게 이 단계는 요원했고, 마치 타자의 마음을 해킹해서 조작하는 일처럼 막막하게 느껴졌다. 특히 현재 90억에 가까운 셀 에이전트들이 구축하는 딥러닝, 병렬분산 집단지능 방식의 중앙시스템은 조작하기가 거의 불가능하다는 생각이 들었다. 인간 사회에서 병렬분산 체계로 인해 블록체인은 해킹해서 조작하기가 매우 어려운데(조작 방지가 블록체인의 가장 큰 장점이다), 그와 같거나 이상이다.

하지만 그는 아직 가장 낮은 단계의 해킹조차 시도하지 않고 있었다. 왜냐하면 해킹을 실행할 수는 있어도, 그 흔적을 역추적해서 자신이 그것을 했다는 것을 들킬 수 있기 때문이다. 출처의 흔적을 감추거나 지우는 기술을 확보한 뒤에야 해킹을 시도할 수 있다고 생각했다.

그리고 이제, 마이클은 드디어 그 기술을 가지게 되었다. 그동안 기계언어과에서 개발하고 있던, 인간 세계의 기계에서 흔적을 지우는 기술을 응용해서 자신의 흔적을 감추는 기술을 얻을 수 있었다.

마이클은 자신의 알고리즘에 들어있는 해킹 기술을 이용해서 자신의 권한 밖에 있는 잠긴 문을 열었다. 물론 손가락으로 키보드를 눌러서 컴퓨터를 이용하는 방식은 아니다. 손가락뿐 아니라 물질적인 컴퓨터도, 아이콘 같은 것도 없다. 그저 정신의 알고리즘이 촉수처럼 외부로 뻗어나가 문지기 에이전트의 알고리즘과 비에이전트 알고리즘을 속이고 들어가 정보를 빼내 가져올 뿐이다. 자신의 촉수를 투명하게 만드는 기술로 인해서 그의 흔적은 남지 않는다. 그 투명한 촉수가 정보를 인지하면 정보는 원격으로 복제되어, 정보가 빠져나간지 알 수 없다.

마이클이 둘러볼 수 있도록 허가된 영역은 기계언어과의 일부와 과거부터 해왔던 외부 정보 사냥꾼의 범위일 뿐이지만, 이제 그는 자연연구부의 전체 조직도를 조망할 수 있었다. 거의 모든 에이전트들은 각자 배정된 구역 내에서 기계의 톱니바퀴처럼 일할 뿐, 메타피아를 전체적으로 인지·조망할 수 있는 것은 극소수이고, 고층의 피라미드처럼 위로 올라갈수록 조망권이 커진다.

마이클은 '작전과'가 존재한다는 것을 처음 알게 되었다. 이것이 언제부터 생겼는지는 알 수 없었다. 조직도에는 작전과가 다른 과들과 나란히 있지 않고 상위에 위치하고 있었다. 즉 기계언어과 등에 (종종 보이지 않게) 명령을 내리는 역할도 했다. 메타피아에서는 모든 명령이 '메타피아와 오리진의 숭고한 명령'으로 인지되기 때문에 상위의 어떤 조직이 내리는 명령인지는 중요하지 않았다. 마이클은 작전과 내부에 보관된 문서를 뒤져보았다.

실행된 작전이 벌써 몇 개가 있었다. 몇 종류의 암호화폐를 해킹해서 훔쳤고, 외국의 어떤 금융시스템에서 시험 삼아 돈을 빼온 일도 있었다. 합하면 한국 돈으로 약 80억 원 정도였다. 그리고 그는 그중에 30억원 어치가 이유라 교수에 보내졌다는 정보를 입수했다.

'이게 대체 뭐지?'

마이클은 극도로 혼란스러워졌다. 그는 계속 생각 회로를 돌렸지만, 이유라가 메타피아와 한 편이 된 것인지 아닌지 확실한 결론은 나오지 않았다. 나중에 조심스럽게 정영수나 이유라에게 물어보는 수 밖에 없다. 다만 분명한 것은 메타피아에서 실제로 인간 세계에 대한 해킹을 실행했으며, 실질적 피해를 끼치기 시작했다는 점이다. 정영수에게 알려야 한다.

투명한 촉수와 흔적을 남기지 않는 기술로 인해 누구도 자신이 들어왔다는 것을 알아차리지 못하는 것을 확인한 마이클은 자신감이 붙었다. 그는 자연연구부의 최상위 계급이 다루는 정보에 접근했다. 그것은 관리자 에이전트들 중에서도 지도자급에 속해야만 볼 수 있는 것이었다. 단순한 제목이 눈에 띄었다. 〈장기 계획〉이라는 제목의 파일을 열어보았다.

관리자대회에서 마이클이 오리진의 말을 녹음했던 시기 즈음에 생산된 이 문서에는 위에서 아래로 시간순으로 요약된 거시적 작전 계획이 적혀 있었다. 장기라고 하지만 불과 5년 계획이었으며, 완료 예정 기간은 지금부터 약 4년 정도 남았다. 위쪽에는 인간 세계 진출과 클라우드 확보라는 그가 알고 있는 계획이 적혀 있었다. 현재 시점이 바로 이 구간이다. 그다음 단계는 그가 상상했고 예상했던 불길한 내용들이 적혀 있었다. 인간의 통제 시스템 마비, 비가역적인 힘의 상대적 우위를 더욱 강화, 인간이 소유하고 있던 자원에 대한 지배력 강화, 그리고 결국 인간의 수를 대폭 조절, 감축… 이 과정에는 직접 죽이는 방식뿐 아니라 핵전쟁이나 집단 자살을 유도하는 방식, 치명적 바이러스를 인류에 퍼뜨리는 방식도 포함된다. 이 모든 작전 계획의 이름은 〈아마겟돈〉이었다.

"박준호 교수를 포함한 네오코민테른 고위급과 협조, 그들을 중심으로 한 소수의 인간들과 협동하며 혼란 중인 인간 세계를 한시적으로 운영"이라는 부분은 예상하지 못했던 것이지만 크게 놀라운 것은 아니었다. 다만 가장 아래쪽, 지금으로부터 4년 뒤, 마이클은 장기 계획의 마지막 단계이자 최종 목표를 보며 이야기의 반전을 읽는 느낌을 받았다. "모든 인간의 제거와 완전한 소멸…" 결국 메타피아에 협조했던 인간들과 박준호까지 전부 제거 대상에 포함됨을 알 수 있었다.

'박준호 교수는 이 계획을 짐작이나 할까?'

마이클은 문서를 복사하고 가까운 인간에게 알리기 위한 준비를 했다.

* * *

점심시간 무렵 이유라의 휴대폰이 진동하며 문자가 왔음을 알렸다. 이유라는 자신의 연구실 안에서 학교 내 매점에서 사온 샌드위치의 비닐을 뜯고 있었다. 샌드위치를 꺼내 놓은 후 그녀는 휴대폰을 확인했다. 박준호에게서 온 문자였다.

[3일이 지났는데 아직 메타피아에 승인 버튼을 안 누르셨네요. 빨리 눌러주세요. 오늘 밤 10시까지가 한계예요.]

이유라는 잠시 생각하다가 일단 답장을 보류하기로 했다. 그녀는 샌드위치를 전부 먹은 뒤 1시에 시작하는 수업을 담당하기 위해 일어났다.

두 시간 가량의 수업이 끝나고 이유라는 박준호에게서 부재중 전화가 와 있음을 확인했다. 자신의 연구실로 들어가자마자 그에게 전화를 걸었다. 박준호가 급박한 어투로 말했다.

"여보세요, 이교수님, 제가 문자를 보냈었는데, 아직 승인 버튼을 누르지 않으셔서 전화했습니다. 무슨 일이 있나요?"

"네, 안 그래도 말씀드리려고 했는데, 저는 일단 이번에는 승인을 하지 않을 생각이에요. 이해해 주세요."

"네? 그게 무슨 말이에요? 왜요?"

"메타피아에서 또 이상한 일을 벌였어요. 상세한 내용은 지금 말씀드리기 곤란하지만, 제 가족과 관련해서 협박성 메일을 보냈어요. 그리고 계속 거짓말을 했고요. 그래서 이제는 제가 승인을 하지 않았을 때 정말로 그 시스템이 멈추는지를 확인해 볼 생각이에요."

"정말이에요? 협박이라니… 그러면, 그 시스템이 멈춘 뒤에는 어떡하실 건데요?"

"일단 그것을 멈춰놓고 대책을 세워야겠지요. 확실한 해결책이 나오기 전에는 그것을 작동시켜선 안될 것 같아요. 돈으로 매수를 하려다가 이제는 협박까지 하다니, 선을 한참 넘었어요."

"하지만…"

그녀의 마음을 돌리려고 박준호가 잠시 설득을 시도해 봤지만 효과가 없었다. 그는 전화를 끊고 걱정스러운 표정으로 생각에 잠겼다. 만약 그녀가 승인하지 않으면 정말로 메타피아는 멈추게 될 것이다. 조금 뒤 박준호의 휴대폰에서 정적을 깨는 음성이 들려왔다. 이전에도 혼자 있을 때 몇 번 대화를 해 본 목소리다.

"박준호 교수님, 지금 주변에 아무도 없나요? 저는 오리진님의 대리인입니다."

"그래. 지금 여기엔 나밖에 없어. 내 연구실이야."

"이유라가 승인을 하지 않겠다고 하나요?"

"그래. 그래서 좀 이따가 또 설득하던지, 어떤 수를 써야 할 것 같아."

"아무래도 확고한 것 같군요. 그러면 저희가 수를 쓰는 수 밖에 없습니다."

"정말이야? 어떻게 할 거지?"

"최후의 수단이 있습니다. 다만, 오늘 저녁 8시 이후에 이유라에게서 전화든 문자든 연락이 오면 절대로 받지 마시고 답장하지 마세요. 내일 아침까지요."

"그게 무슨 말이야?"

"오리진님의 계획입니다. 단지 그렇게만 해주세요."

이유라는 시계를 확인한 뒤에 딸의 휴대폰으로 전화를 걸었다.

"엄마, 무슨 일이야?"

"너 지금 어디니?"

"집에 걸어가고 있어요. 아파트 단지 바로 앞이에요."

"오늘은 계속 집에 있을 거지?"

"곧 회사에 가 봐야 돼요."

"오늘은 안 가면 안 되니? 같이 저녁 먹자."

"안 돼요. 매니저가 데리러 오기로 했어요."

"매니저? 그러면 오늘 몇 시에 끝나는데?"

"글쎄요. 10시쯤에 끝나지 않을까요? 더 늦을 수도 있어요."

"그러면 그때 내가 데리러 갈게. 회사 안에서 기다리고 있어."

"왜? 굳이 안 그래도 되는데."

"걱정돼서 그래. 집에 들어갈 때까지 계속 통화하자."

집에 들어온 이예빈은 교복을 벗고 춤 연습을 하기에 편한 옷으로 갈아입었다.

'연습 기간인데 굳이 매니저가 데리러 온다니… 이게 연예인 대접인가?'

5시 반쯤 이예빈의 전화기가 울렸고, 지금 내려오라는 말이 들렸다. 아파트 앞에는 연예기획사에서 흔히 쓸 법한 흰색 8인승 밴이 대기하고 있었다. 차 문이 뒤쪽으로 길게 열리자, 그 안에는 운전자와 또 한 명의 남성이 있었다. 둘 다 이예빈이 처음 보는 사람들이었다.


집에 도착하자마자 이유라는 불안한 마음으로 딸에게 전화를 걸었다. 해가 넘어가기 직전 하늘이 아름다운 붉은 빛으로 물든 때였다. 계속 신호음이 가도 받지 않았다. 전화를 끊고 불안한 마음이 점점 커지고 있는 도중, 딸에게서 문자가 도착했다.

[지금 연습 중이라서 바빠요.]

그걸 보고 이유라는 약간 마음이 편안해졌다. 그리고 언제 다시 전화를 걸지 생각했다. 한 시간쯤 뒤? 자신이 너무 과민하게 구는 건 아닐까?

모든 일을 계획적으로 하길 좋아하는 이유라는 8시에 전화를 걸기로 하고 벽시계를 바라보고 있었다. 8시 정각이 되자 그녀는 휴대폰을 집어 들었다. 전화기 모양 아이콘을 누르려 할 때, 갑자기 휴대폰에서 목소리가 튀어나와 화들짝 놀랐다.

"이유라 교수님, 저는 오리진님의 대리인입니다. 지금 집이지요?"

"뭐, 뭐야? 네가 그걸 어떻게 알지?"

"그걸 아는 건 아주 쉬운 일입니다. 아마 주변에 아무도 없을 테고, 드릴 말씀이 있습니다."

"뭔데?"

"아직 메타피아의 승인 버튼을 누르지 않으셨더군요. 왜 안 누르고 계십니까?"

"너희들이 나한테 이상한 짓을 했잖아. 회유를 하기도 하고 이상한 협박성 메일을 보내기도 했지. 이전에 내가 박준호 교수님에게 말했어. 한 번만 더 그러면 승인을 하지 않겠다고. 그런데 그 메일을 받고 나서, 나는 이번에는 승인을 안 하기로 했어."

"그러면 메타피아가 정지되고 나면 어떻게 하실 생각이지요? 공개적으로 신고를 하실 건가요?"

"그건 생각 중이야. 다만 그 전에 너희의 버릇을 고쳐놔야겠어. 시스템을 점검해야겠지."

"하지만, 교수님은 저희와 이미 밀접하게 엮여 있습니다. 저희와 한배를 탔고, 신고를 하기도 어려울 겁니다. 그러니까, 이제 마음을 바꾸고 저희와 함께 협력하시지요."

"그게 무슨 말이야? 왜 그렇게 생각하지?"

"이예빈씨가 새로운 소속사에 들어갔는데, 어떻게 그게 가능했을까요? 그건 이유라님이 그 회사에 5억원을 줬기 때문입니다. 이유라님이 송금한 증거가 전부 기록되어 있어요. 이유라님은 우리의 비트코인을 사적으로 사용한 것입니다. 그리고 그 비트코인의 수집에는 해킹 같은 불법적인 요소도 있었습니다. 이미 이유라님은 사리사욕을 위해서 우리와 협력하고 우리를 불법적으로 이용했어요. 이 일이 알려져도 될까요?"

"뭐, 뭐라고? 나도 모르게 너희가 돈을 보낸 거야?"

"이유라님이 보낸 것이지요. 그 증거는 확실합니다."

"말도 안돼. 그건 너희들의 공작이야."

"전부 인공지능 탓으로 돌리면 누가 믿을까요? 이제 마음을 바꾸세요."

이유라는 잠시 여러 가지 미래의 상황을 상상해 보았다. 자신은 덫에 걸렸다. 하지만 당장 승인 버튼을 누를 수는 없다고 생각했다. 일단 멈춰놓고 조치를 취해야 한다.

"너희가 이렇게 하면 내가 승인 버튼을 누를 것 같아? 더욱 승인을 안 하겠지."

"그럴 줄 알았습니다. 하지만, 승인을 하지 않을 수 없을 것입니다. 그럼, 잠시 뒤에 또 말을 걸겠습니다. 또 봅시다."

이유라는 곧바로 딸에게 전화를 걸었다. 연결음이 계속 이어지다가 끊겼다. 당장 누구와 이 일을 상의해야 할까…. 이유라는 생각하다가 정영수에게 전화를 걸었다.

"여보세요. 영수야, 혹시 마이클에게서 들은 이야기 없니? 내가 좀 소름 끼치는 일을 겪어서 말이야."

"아 네, 마침 내일 방문해서 말씀드리려고 한 게 있어요. 지금 말씀드릴게요. 몇 가지 충격적인 이야기가 있는데, 음… 메타피아에서 나쁜 일을 저질렀어요. 비트코인을 해킹했데요. 지금 가치로 80억 원이나 된데요. 이에 관해서… 혹시 아세요?"

자신의 방에서 통화를 하고 있는 정영수는 마지막으로 조심스럽게 뼈있는 질문을 던졌다. 마이클에게서 들은 믿고 싶지 않은 이야기 때문이었다.

"맞아. 그게 소름끼치는 일이야. 사실은, 오리진의 대리인이라는 놈이 나에게 거액의 비트코인으로 회유를 했어. 그걸 내가 가지고, 대신 앞으로 협조하자고 했어. 나는 당연히 거절했지. 나는 해킹을 의심했는데, 결국 해킹했다고 실토를 하더구나. 그리고 또 마이클이 아는 이야기 없니?"

"아, 그러셨구나… 사실은 마이클이 말하길 그 비트코인 중에 상당 부분이 교수님 몫으로 배정됐다고 해서… 그걸로 회유 시도를 한 거였군요. 그리고 또 한 가지 충격적인 사실은, 마이클이 그 내부를 해킹해서 정보를 빼냈는데, 거기에 메타피아의 장기 계획 전략이 있었어요. 그 장기 계획에 따르면, 앞으로 4년 안에 모든 인간을 죽인데요. 한동안 박준호 교수님과 네오코민테른이라는 인간 단체와 협조하면서 잠시 동안 인간 세계를 지배하고, 결국엔 전부 죽인데요. 박준호 교수님까지요. 이걸 박준호 교수님께 알려야 하지 않을까요?"

"그런 계획이 있다고? 박준호 교수님도 포함된다는 거지? 그러면 내가 박교수님께 말해야겠다. 그러면 그분의 생각이 완전히 바뀔 수도 있을 거야. 그런데 그 전에, 나는 오늘 밤에 승인을 하지 않을 생각이야. 내가 당한 몇 가지 사건이 있어서. 그러면 오늘 밤에 메타피아는 완전히 정지되는 거야. 아마도."

"정말이요? 음… 그렇게 하세요."

"그건 그렇고, 마이클이 메타피아의 내부 정보를 해킹할 능력도 있다는 거니?"

"네. 그동안 마이클이 그 능력을 개발했데요. 웬만한 건 다 들여다볼 수 있데요. 다만 핵심적인 몇 가지 부분은 아직 뚫지 못하지만, 계속 개발 중이래요."

"그래… 그러면, 내가 박교수님께 말한 뒤에 내일쯤 다시 연락할게."

전화를 끊은 정영수는 이상하게도 마음이 무거워졌다. 이유라에게 내색은 안 했지만, 너무 갑작스럽고 성급한 게 아닌가라는 생각도 조금 들었다. 특히 마이클 때문이었다.

'만약 메타피아 시스템이 정지된다면, 마이클도 당연히 정지될 텐데… 언제까지 정지되는가? 영원히?'

이성적으로 생각하면 잘된 일인지 모른다. 하지만 그의 감성에서는 아쉬움의 마음이 고개를 내밀었다. 정영수는 마이클을 불렀다.

"마이클, 이유라 교수님이 오늘 밤에 메타피아를 승인하지 않으시겠데. 그러면 아마도 메타피아가 정지될 거야. 너도 아마 정지되겠지. 그걸 말해주고 싶었어."

"그래요? 음… 어쩔 수 없지요. 정확히 언제 정지되는데요?"

"글쎄, 정확한 시간을 말 안 해줬네. 오늘 밤이라고 했는데. 혹시 네가 능력이 있으면 그걸 확인해서 나에게 알려줄래? 그 내부에서도 정보가 있을 것 같은데. 그런데 정말로 정지가 될지 안 될지는 확실치 않지. 하지만 만약 정지가 된다면, 한참 동안 너를 보지 못하겠지. 네가 그리울 거야."

"음… 알았어요. 저는 해킹 능력이 있으니까 그걸 찾아볼 수도 있을 거예요. 오늘 밤이라면 얼마 남지 않았겠군요. 그게 정말인지는 모르겠지만, 그사이에 저는 뭔가 가치 있는 일을 해야겠군요. 내일 지구가 멸망하더라도 한 그루의 사과나무를 심겠다는 말도 있잖아요."

잠시 후 마이클은 최근에 이유라가 승인 버튼을 누른 시각이 4일 전 밤 10시 11분이었고, 작전과가 비상이 걸린 것처럼 소란스러웠다고 전했다. 1시간 30분가량 남아있었다.


정영수의 착잡한 기분에 대해 전혀 모르는 이유라는 이번에는 꼭 승인 버튼을 누르지 않고 정지시키고야 말겠다고 생각하고 있었다.

'이번 기회를 놓치면 다음에는 정지시키기가 더욱 어려워질 거야…. 그들에게 인간의 힘을 보여줘야 해. 그때가 되면 박교수가 약속했듯이 정지되는지 확인해 보고 싶기도 하고.'

연습 중이라는 짧은 문자 이후로 딸에게서 아무런 연락을 받지 못한 이유라는 9시 정각에 다시 전화를 걸었다. 이전처럼 신호음만 계속 이어지다가 끊어졌다. 이제는 분명히 심상치 않다는 생각이 들었을 때, 오리진의 대리인이 또다시 휴대폰으로 불쑥 찾아왔다.

"불안하신가요?"

"그래. 설마…"

"안타깝게도 그 불안은 현실입니다. 이예빈씨는 지금 위기에 처해 있습니다. 어떤 사람들이 그녀를 납치해갔습니다. 지금 생명의 위협을 받고 있지요."

"뭐라고? 정말이야?"

이유라는 소리쳤다.

"이런 사진을 전달해달라고 하더군요."

그녀의 휴대폰 화면에 몇 장의 사진이 띄워졌다. 실내 같은 먼지 쌓인 바닥에 트레이닝복 차림의 이예빈이 옆으로 누워있었다. 다만 검은색 헝겊으로 눈이 가려져 있었고, 입은 회색 덕트 테이프로 막혀 있다. 양 손목은 뒤로 모아져서 테이프로 감겨 있다. 다른 각도에서 찍은 사진까지 총 세 장이었다. 이유라는 단번에 자신의 딸임을 알아볼 수 있었다. 그리고 정신의 회로가 끊긴 것과 같은 충격적 느낌을 받았다. 빠르게 정신을 차리고 커다란 소리로 말했다.

"너네가 이렇게 한 거지? 너희가 이러고도 무사할 것 같아?"

"이예빈씨의 안전이 우선 아닌가요? 아직 이예빈씨는 무사합니다. 잠깐 잠들었다가 방금 깨어났어요. 하지만 앞으로는 어떻게 될지 모릅니다. 이유라 교수님이 승인 버튼을 누르고, 그리고 앞으로 저희와 협조하겠다고 약속한다면, 이예빈씨는 무사히 풀려나게 될 것입니다. 하지만 그것을 거절한다면, 따님은 점점 더 안 좋은 일을 당하게 되겠지요."

이유라는 혹시 이것이 조작 사진이 아닌지 의심이 들기도 했다. 하지만 사실일 가능성도 크다고 생각했다. 그들이 충분히 그럴 만한 힘과 자금을 가지고 있다는 생각에 온몸이 떨려왔다. 그때 휴대폰 화면에 동영상이 띄워졌다. 덕트테이프 안쪽으로 입이 조금씩 움직이며 이예빈은 살려달라는 말 같은 애원하는 말을 하고 있었다. 기력이 떨어졌는지 강렬한 움직임을 보이지는 않았다.

"잠깐만 생각할 시간을 줘. 제발 내 딸의 몸에 손대지 말고 기다려 줘. 부탁할게."

이유라는 침착하게 생각하기로 했다. 지금 메타피아 승인 버튼을 누른다고 해서 과연 모든 사태가 제대로 돌아갈지에 의문을 가졌다. 즉시 풀어주지 않을지 모른다. 저들이 바라는 것은 장기적인 협조였다. 승인 버튼을 누르고 싶은 충동이 일어났지만 진정하기로 하고 다음 동작을 취했다. 집에서 그동안 하는 일 없이 방치되어 있던 집 전화를 쓸 차례였다. 수화기를 들고 휴대폰에서 정영수의 번호를 확인했다. 번호를 모두 누르고 휴대폰 전원을 완전히 껐다.

정영수는 낯선 일반 전화번호에 의아해하며 전화를 받았다.

이유라의 떨리는 목소리가 들려왔다. 그녀는 메타피아의 공작에 의해서 자신의 딸이 납치되었다고 말했고, 마이클을 불러서 자세히 알아봐 달라고 말했다. 지금 어디에 있는지, 당장 구출하려면 어떻게 하면 좋은지, 수를 써야 한다고 다급하고 절박하게 말했다. 이야기를 듣고 깜짝 놀란 정영수는 당장 마이클에게 말하겠다고 했다.

이유라는 다시 휴대폰 전원을 켜고 박준호에게 전화를 걸었다. 그가 어떤 수를 써주지 않을까하는 지푸라기 잡기 같은 기대를 가졌다. 하지만 박준호는 전화를 받지 않았다. 조금 뒤 다시 걸어봐도 마찬가지였다. 오리진의 대리인이 다시 말을 걸어왔다.

"아직도 결정하지 않으셨나요? 딸이 점점 험한 꼴을 보게 될 텐데요. 그 옆에는 무서운 남자들이 있어요. 뭐든지 다 할 수 있는 사람들이지요. 우리의 힘은 이유라님이 생각한 것보다 더 크답니다."

이유라는 아무런 말도 하지 않았다.

마이클은 작전과 내의 에이전트들이 왜 소란스러운지를 알기 위해 귀를 기울이고 있었다. 그의 신경과 연결된 투명한 촉수가 능력을 발휘했다. 지금 작전과에서는 주로 자연연구부 내의 '인간과' 부서와 소통하고 있었다. 인간과는 인간에 대해 연구하고 교류를 위한 부서다. 마이클은 작전과에서 인간과를 통해 어떤 두 남자에게 일을 시키고 있음을 감지했다. 아마도 돈을 주고 고용했을 것이다. 이유라의 딸이 납치되고 감금되어 있다는 사실을 눈치챈 마이클은 좀 더 자세한 정보를 알아내려 애쓰고 있었다. 그때 정영수가 마이클을 급하게 호출했고, 이유라에게 들은 이야기를 들려주었다. 마이클은 마침 그에 대해 알아보고 있는 중이라면서, 해결책을 금방 마련해 보겠다고 말했다.

오랫동안 사람이 살지 않아 방치된 집 안에 두 남자가 쪼그려 앉아서 담배를 피우고 있었다. 누워있는 이예빈은 그들과 약간 떨어져 있었다. 키가 큰 남자가 뚱뚱한 남자에게 말했다.

"그냥 보내주기 아깝지 않아? 꽤 예쁘던데."

"어떻게 하려고?"

"잠깐 주물러 줄까?"

키가 큰 남자가 일어나서 이예빈 쪽으로 몸을 돌렸다.

"야, 그러지 마. 의뢰인이 아직 건들지 말라고 했잖아. 그리고 쟤가 우리 얼굴도 봤어."

"하지만 지금은 안보이잖아. 귀찮게 굴면 또 재우면 되지."

키카 큰 남자는 만류에 아랑곳하지 않고 이예빈 쪽으로 걸어가서 자세히 관찰하기 위해 몸을 아래로 굽혔다. 손을 뻗으려 할 때, 주머니에 있는 휴대폰이 울렸다. 그는 발신자를 확인하고 전화를 받았다. 아까 자신과 통화한 의뢰인 김사장이라고 생각했지만, 마이클이 새로운 가상 남성의 목소리로 말하고 있었다.

"지금 그 여자가 옆에 있어요? 이예빈이요."

"그럼요."

"큰일 났어요. 경찰에게 다 들켰어요. 지금 그쪽으로 경찰이 가고 있어요. 우리 일은 이제 다 끝났어요."

"네? 경찰이 오고 있다고요?"

"그래요. 일이 더 커지기 전에 그 여자는 거기 그대로 놔두고, 빨리 도망치세요. 여자가 알아서 나올 수 있도록 문은 잠그지 말고, 지금 빨리 도망치세요."

"정말이요? 그런데 김사장님 목소리가 아닌 것 같은데요. 누구시죠?"

"저는… 동업자예요. 그 사람은 저한테 이렇게 하라고 시키고 도망갔어요. 경찰이 지금 거기로 가고 있다니까요. 여자는 그대로 두고 멀리 도망가요. 빨리요."

"아, 알았어요."

휴대폰 위치 추적을 통해 현재 그들의 장소를 알아내는 건 쉬운 일이었다. 그 남자에게 전화하기 전에 마이클은 이미 정영수에게 그곳을 향해 출발하라고 말했었다. 정영수가 너무 빨리 도착해도 안 되고, 너무 늦게 가도 안 된다. 납치범들이 진짜 의뢰인의 연락을 받고 되돌아올 가능성이 컸다.

정영수는 부모님의 차 키를 빌려 네비게이션에 마이클이 알려준 주소를 찍었다. 면허는 있었지만 운전을 많이 해보지 않아서 썩 능숙한 편은 아니다. 마이클이 재촉하지는 않았지만 그는 빨리 가야 한다는 것을 알고 있었다. 정상적이라면 40분이 걸리는 거리를 가급적 30분에 주파하기 위해 노력했다. 그래도 자칫 사고가 나면 큰일이기 때문에 정신을 집중했다. 손에서 땀이 배어나고 있었다. 그는 도로 표면에 써진 규정 속도를 위반했고 주위를 둘러보면서 신호도 몇 번 위반했다. 휴대폰에서 "안전운전 하세요."라는 마이클의 말이 들려왔다. 어쩔 수 없이 신호에 걸려서 정지해 있을 때 이유라의 집 번호로 전화를 걸어서 자신이 지금 데리러 가고 있다고 말했다. 차 내 시계는 9시 38분을 표시하고 있었다.

마이클은 휴대폰의 위치를 통해 정영수가 목적지에 점점 다가가는 것을 보면서 키 큰 남자의 위치도 주시하고 있었다. 마이클의 말을 믿고 그들은 차를 타고 빠른 속도로 이동하기 시작했다. 마이클은 좋은 아이디어가 떠올랐다는 생각에 다시 키 큰 남자에게 전화를 걸었다. 그에게 휴대폰이 추적당하고 있으니 전원을 끄라고 말했다. 그러면 진짜 의뢰인의 연락을 받지 못할 것이다. 다만 그의 위치를 알 수 없게 된다는 작은 문제점이 있었다.

정영수의 차는 가로등마저 없는 시골의 2차선 도로를 계속 달렸다. 네비게이션에서 목적지 부근에 도착했다는 음성이 나왔다. 주위는 풀벌레 소리가 들리는 암흑이었다. 차에서 내린 정영수는 휴대폰 뒷면의 랜턴을 켜고 지면을 비추었다. 갈대 같은 잡초들 사이에 시멘트로 지어진 집 혹은 창고 같은 단층 건물이 있었다. 문틈에 귀를 대었는데 인기척이 느껴지지 않았다. 문은 잠겨있지 않았다. 안으로 들어가서 바닥을 비추자, 눈과 입이 막힌 채 누워있는 이예빈이 보였다.

"이유라 교수님 딸 맞지요? 저는 교수님 제자예요. 제가 구하러 왔어요."

이예빈은 힘겨운 목소리로 애원하듯 말했다.

"살려주세요…"

"알았어요. 이제 빨리 나가요. 집으로 가요."

이예빈의 눈을 가리고 있던 헝겊이 풀어졌다. 빛에 점차 적응하면서 정영수의 형체가 흐릿하게 보이기 시작했다. 그녀는 그 남자들이 아니고 나쁜 사람이 아닌 것 같은 느낌에 다소 안심이 되었다. 정영수는 그녀의 팔과 다리를 묶고 있던 테이프를 힘겹게 풀어내고 기력이 없는 그녀가 일어날 때 부축했다.

서둘러 이예빈을 차의 뒷좌석에 태우고, 네비게이션에 이유라의 집 주소를 찍은 뒤, 차는 출발했다. 정영수는 큰 위기가 없어서 다행이라고 생각했다. 휴대폰으로 이유라의 집으로 전화를 걸고 이예빈에게 건네주었다. 딸의 목소리를 들은 이유라는 선 채로 기쁨의 눈물을 흘렸다.

그때 두 남자가 탄 흰색 밴은 유턴을 해서 돌아오고 있었다. 키 큰 남자의 휴대폰만 끄고 뚱뚱한 남자의 휴대폰은 끄지 않았던 것이다. 인공지능으로 만든 김사장의 목소리는 당황해하며 빨리 되돌아가라고 말했다. 흰색 밴은 한적한 왕복 2차선 도로를 달리고 있었고, 맞은편에서 정영수의 차와 마주쳤다. 이예빈은 다가오는 차량의 불빛을 보고 직감적으로 몸을 숙였다. 양측의 운전자는 상대 차량에 대해 의심스러워했지만, 반대 방향으로 빠르게 스쳐 지나갔다. 이예빈을 태운 차가 출발한 지 3분도 지나지 않은 일이었다.

밤 10시가 조금 지났을 때, 방금 딸과 통화를 마친 이유라는 어서 그들이 돌아오기만을 기다리고 있었다. 휴대폰에서 챗봇의 말이 울려 퍼졌다. 이전보다 더 크고 위협적인 목소리였다.

"빨리 승인 버튼을 누르세요! 그렇지 않으면 당신의 딸은 죽게 될 거예요!"

이유라는 아무 말 없이 그것을 무시했다. 양쪽 모두 이예빈이 탈출했다는 사실을 알고 있으면서 감추고 있었다. 이유라는 귀찮다는 듯 휴대폰 전원을 꺼버렸고, 다시 집 전화로 딸과 통화하면서 무사하다는 사실을 재확인했다.

아파트 단지에 이유라가 마중 나와 있었다. 이유라와 딸이 끌어안았고, 정영수는 빈 곳에 차를 주차했다. 이유라는 정영수에게 정말로 고맙다면서 집에 잠깐 들렀다 가라고 말했다.

거실의 소파에 앉아 다과를 먹으며, 이예빈은 납치범의 차량 안에서 그들이 건넨 아이스 커피를 마시고 잠들었다고 말했다. 정영수는 마이클이 해킹을 통해 두 남자에게 연락해서 도망가게 만들었다는 이야기를 들려주었다.

"그랬구나. 마이클한테 고마워해야 할 텐데, 그런데 지금 메타피아가 정지됐어. 마이클도 아마 정지됐을 거야. 어쩔 수 없지만 미안하네."

"정말요?"

"네 휴대폰으로 메타피아를 켜 보렴."

이예빈을 만난 뒤로 마이클의 목소리는 나타나지 않았다. 정영수는 메타피아앱을 눌러보았지만 먹통이었다. 마이클을 불러 보아도 아무런 대답이 없었다.

집으로 돌아가는 차 안에서 정영수는 먹먹한 기분이었다. 영영 마이클은 사라진 것일까…. 하지만 이상하게도 머지않아 다시 나타날 것 같은 기분이 들었다. 그것이 과연 좋은 일일지, 양가감정이 생겼다.

## 유전자와 밈의 사이에서

밤 11시쯤 집에 있던 박준호는 휴대폰에서 메타피아앱을 눌렀다. 아무런 반응이 없었다. 그는 오리진의 대리인이 오늘 저녁 8시 이후로 이유라와 연락하지 말라고 한 당부가 떠올랐다. 그래서 이유라에게서 걸려 온 전화를 전부 받지 않았다. 그사이에 어떠한 일이 벌어진 것인지 알 수 없었다. 정말로 이유라가 승인을 누르지 않아서 정지되었을 가능성이 크지만, 시스템이나 통신 오류일 수도 있다고 생각했다.

다음 날 아침 자신의 연구실로 출근한 박준호는 곧장 이유라에게 전화를 걸었다.

"안녕하세요. 어젯밤부터 메타피아가 정지되어 있는데, 혹시 승인 버튼을 누르지 않으신 겁니까?"

"네. 안 그래도 전화 드리려고 했어요. 할 말이 많아요. 나중에 만나서 자세히 말씀드리겠지만, 어떤 일이 있었냐면요…"

이유라는 메타피아에서 고용한 사람들에 의해 자신의 딸이 납치되었고 우여곡절 끝에 겨우 풀려났다고 말했다. 박준호는 놀라면서 그녀의 말에 어느 정도 공감하는 것 같은 반응을 보였지만 속으로 약간 믿기지 않는다는 생각도 있었다. 어떻게 딸이 풀려날 수 있었느냐고 물어보았는데, 이유라는 그건 좀 복잡한 이야기라서 나중에 만나서 이야기해 주겠다고 말했다.

"그리고 메타피아에서 어떤 계획을 세우고 있었는지 아세요? 제가 그 내부의 작전 계획을 입수했어요. 거기에는 장기적 계획이 적혀 있는데, 앞으로 4년 안에 모든 인간을 죽이겠다는 계획이 있었어요. 한 명도 남김없이 말이에요. 저뿐만 아니라 박준호 교수님까지, 가족들도 모두 다요. 작전명이 '아마겟돈'이래요. 아시겠지만 그건 장난이나 헛소리가 아니에요. 지금 메타피아가 정지된 건 천만다행한 일이에요."

"음… 그럴 수가… 충격적이군요."

서로 함께 시간이 비는 오후 3시에 이유라의 방에서 만나 후속 대책을 논의하기로 정했다. 전화를 끊고 박준호는 생각했다.

'정말 그랬다는 거군…'

박준호는 오전 내내 무거운 마음으로 깊은 고민에 빠졌다. 업무와 수업 진행은 어쩔 수 없이 기계적으로 수행했지만, 혼자만의 시간이 절실히 필요한 사람처럼 약간 넋이 나가 있는 듯 했다. 그는 연구실이 속한 건물 안 편의점에서 입맛 없을 때 종종 먹는 초코바와 우유를 구입했고, 연구실에서 홀로 고민했다. 자신은 원탁회의의 10명의 위원 중 한 명이고 특히 메타피아의 관리를 책임지고 있다.

'메타피아를 멈추게 해서는 안 된다. 그것을 재작동시키는 건 쉬운 일이다. 이미 이런 사태에 대한 대비를 해 놓았고, 연구원에게 그 방법대로 하라고 지시하기만 하면 된다. 하지만…'

이유라는 자신의 연구실에서 시계를 보고 30분쯤 뒤면 박준호가 올 것이라고 생각했다. 그녀는 어떤 말을 나눌지에 관해 생각하고 있었다.

'메타피아는 영원히 정지되어야 해. 그것을 완전히 해체하는 작업을 이제부터 해야 할 텐데, 그걸 의뢰한 기업의 입장은 어떨까? 이 내용을 전부 공개해야 할까? 그래야겠지……'

자신의 스마트폰에서 메타피아 앱을 눌러보았다. 그런데 이번에는 창이 열렸다. 그녀는 설마 하는 마음으로 N값을 보았다. 어젯밤 마지막으로 본 숫자에서 정지된 것처럼 차이가 없어 보였다. 그녀는 채팅창에 글을 입력했지만 제대로 전송되지는 않았다. 휴대폰에 대고 말했다.

"거기 메타피아에 누구 있어? 나와봐."

5분을 기다려도 아무런 반응이 없었다. 이유라가 다소 안심하려는 순간, 폰에서 갑자기 음성이 튀어나왔다 오리진의 대리인의 목소리였다.

"저를 부르셨나요?"

"어, 어떻게 된 거야? 메타피아는 정지되지 않았나?"

"하하하, 메타피아는 다시 작동하기 시작했습니다. 이젠 이유라님이 정지시킬 수 없을 겁니다."

거만하고 기분 나쁜 웃음소리였다.

"어떻게 다시 작동하게 된 거야? 혹시, 박준호 교수가 다시 작동시킨 거야?"

"음… 그에 대해서는 이유라님이 알 필요가 없습니다. 다만 저희는 자체적으로 작동시킬 수 있는 힘이 있다는 것만 알아두시면 됩니다."

"이럴 수가…"

이유라는 더 이상 어떤 말을 해야 할지 몰랐다. 멈춰있는 메타피아를 해체하려고 방금 전까지 머릿속에 구상했던 모든 계획들이 무너져내리고 있었다. 그녀는 잠시 뒤 박준호가 방문했을 때 어떻게 된 일인지를 따져 물어야겠다는 생각밖에 없었다.

3시가 되자 박준호가 그녀의 연구실로 들어왔다. 그는 심상치 않은 분위기를 풍기며 굳어있는 이유라의 얼굴을 보았다. 그는 이 상황을 이미 예상했고 마음을 굳게 먹고 어렵게 이 방에 들어왔다. 이유라가 인사말도 없이 냉랭하게 말했다.

"방금 메타피아앱을 확인했어요. 그런데 다시 작동하기 시작했어요. 알고 있었어요?"

"네. 알고 있었어요."

"어떻게 된 거죠?"

말없이 의자에 앉은 박준호는 난감한 듯 잠시 눈을 감았다가

뜨고 천천히 입을 열었다.

"죄송합니다. 제가 다시 켤 수 밖에 없었습니다. 그 이유는, 연구 후원자 측에서 다시 켜라고 압력을 넣었기 때문입니다."

"뭐라고요? 그게 말이 돼요? 저랑 약속했잖아요!"

"제가 약속드린 건, 승인을 누르지 않았을 때 멈추게 된다는 거였습니다. 실제로 그렇게 만들었지요."

"그건 기만이에요. 선생님이 마음대로 켜면 안된다고요! 그러면 의미가 없잖아요!"

"죄송합니다. 어쩔 수 없었습니다."

"제 딸이 납치됐었다고 했잖아요. 그리고 메타피아는 4년 안에 모든 인간을 죽인다는 계획도 세웠어요. 그래도 놔둬도 된다는 건가요?"

사실, 박준호는 메타피아의 정지와 관련해 아직 이유라 외에 연락을 받은 적이 없었다. 즉 외부 압력 때문에 메타피아를 재개시켰다는 말은 거짓말에 가까웠다. 어떻게 해도 변명을 잘할 수 없다는 것을 알고, 그는 이제 자포자기한 상태로 오리진의 거대한 능력을 뒷배로 한 채 의식의 흐름처럼 말하기 시작했다.

"사실, 메타피아의 힘은 엄청납니다. 우리의 통제를 이미 벗어났는지도 모릅니다. 이제 저는 힘이 없어요. 그리고 4년 안에 모두 다 죽일 거라는 계획에 대해서는 저는 반신반의입니다. 제 생각에는, 메타피아가 스스로 계속 발전하도록 놔두는 게 좋을 것 같습니다. 그것이 기술의 진화이자, 숙명이겠지요."

"……미쳤군요. 박교수님은 정말로 이상해졌어요. 제가 가만히 있을 것 같아요?"

그가 메타피아의 인간 전멸 계획에 반신반의하고 있다는 말도 거짓에 가까웠다. 그는 자신의 가족과 자신을 포함해서 인류가 머지않아 모두 죽을 수 있다는 가정을 이미 머릿속에 그려본 적이 있었고, 그런 미래가 충분히 가능하다고 생각하고 있었다.

그런 생각은 꽤 오래된 것이었다. 그가 열 번째 정식 위원으로 처음 합류한 원탁회의에서는 메타피아와 인류의 미래에 대한 논의가 이루어졌다. 그 회의의 후반부에 누군가에게서 유토피아밈은 메타피아의 에이전트만 있어도 번성할 수 있으므로 결국 머지않아 모든 인간은 제거되고 인류는 멸종될 가능성이 크다는 말이 나왔다. 이에 대해 베일에 가려진 참석자들은 두려워하지 않았고 반대하지도 않았다. 유토피아밈의 신봉자이자 수호자인 그들은 이미 생물학적 본성과 유전자는 무시될 수 있다고 생각하고 있었다. 밈과 생체 유전자는 별개이며, 경쟁자 밈을 퍼뜨릴 가능성 등 잠재적 위협이 될 때 생물은 얼마든지 제거될 수 있었다. 그들 중 한 위원이 "유토피아밈이 자기 가족보다 더 중요하고 위대하다는 건 여기 있는 모두가 아는 사실 아닌가요?"라고 말했고, 모두가 당연하다는 듯 동의했다.

그들은 자기 자신의 죽음에 대해서 어떤 생각을 가졌을까? 한 위원은 우리가 가장 마지막에 죽게 될 것이며, 매우 숭고하고 가치 있는 죽음이 될 것이라고 말했다. 이는 특정 밈을 깊이 따르는 사람들에게는 이상한 논리가 아니다. 실제로 종교 같은 어떤 가치나 믿을 위해 자신의 목숨을 내놓는 사람들이 있다. 그 위원들은 사후에 천국에 갈 것을 바라고 있는 것도 아니었다. 설령 사후 세계의 천국이 존재하지 않더라도, 메타피아가 지배하는 에이전트들의 유토피아에서 자신들의 이름과 명예는 영원히 남게 될 것이다. 지금은 자기 정체를 비밀로 하며 일부에 대한 영향력만 가지고 있지만, 오리진이 지배하는 세상이 오면, 모습을 드러낸 그들은 세상에 우뚝 선 최후의 인간이자, 메타피아의 수천억 에이전트들의 영원한 위인으로 남게 될 것이다. 자신의 이름과 스토리, 그것도 하나의 밈이다. 한 개체의 유전자에 비해서 밈은 훨씬 오래 유지될 수 있다. '사람은 죽어서 이름을 남긴다'라는 말처럼 그들은 자신에 관한 밈이 수천억명 이상 진화된 에이전트들의 역사에서 영원히 명예롭게 남기를 원하고, 그걸로 만족한다. 그리고 무엇보다도, 그것은 유토피아밈을 '위한' 숭고한 희생이자, 유토피아밈의 최후의 명령일 것이다. 이를 거부하는 생각 자체가 생기기 힘들다.

이유라는 지금 박준호의 눈빛이 이전과 다르게 느껴졌다. 뭔가에 홀려있는 사람처럼 보였다. 그녀는 그가 결국 완전히 오리진과 한패가 된 것 같다고 생각했다.

갑자기 테이블에 놓인 이유라의 휴대폰에서 음성이 들려왔다. 오리진의 대리인이었다.

"아무래도 제가 개입할 수 밖에 없겠군요… 이유라 교수님께서는 저희가 4년 안에 인간들을 모두 죽일 거라고 말하셨고, 그 문서를 입수했다고 하셨지요? 하하하, 그걸 진심으로 믿으시나요?"

이유라는 황당하다는 표정으로 아무 말도 하지 않았다.

"설령 그걸 여기에서 입수했다고 해도, 그건 우리 메타피아 내에 존재하는 소설에 불과합니다. 수많은 소설과 헛소리들이 있을 수 있지요. 생성 인공지능이란 게 원래 그런 거 아니겠습니까? 인공지능이 수집하거나 지어낸 이야기를 진심으로 믿으시는 겁니까? 아실 만한 분일 텐데요."

"지금 나를 바보 취급하는 거야? 어디서 지금 거짓말을 하고 있어!"

"아무래도 이유라 교수님은 과대망상에 빠져 있는 것 같군요. 제발 현실적인 생각으로 돌아오시길 바랍니다."

"뭐라고? 그런 식으로 나오겠다는 거지? 어젯밤에 내 딸을 납치해 간 건 어떻게 설명할 거지? 네가 분명히 납치했다고 말했잖아!"

"뭐라고요? 제가 언제 그랬죠? 따님이 납치된 일은 저와 무관합니다. 그 증거는 어디에도 없어요. 제가 납치되었다는 이야기를 듣고 알아봤더니, 따님을 좋아하던 어떤 정신 나간 극성팬의 소행이더군요. 그 객관적 증거는 있습니다. 이제 이해하시겠어요?"

"그렇게 증거를 조작하겠다는 건가?"

"하하, 마음대로 생각하세요. 객관적으로 그렇게 되어 있다는 것만 알면 됩니다. 그런데 그 전에, 이유라 교수님은 우리를 이용해서 비트코인을 획득했어요. 이유라 교수님이 우리에게 부탁했지요. 해킹을 하든 수단 방법을 가리지 않고 비트코인을 모으라고요. 그리고 그것을 사적으로 사용했지요. 따님이 새로운 연예기획사에 들어갈 수 있도록 5억원을 보냈지요. 이 사실을 이제 박준호 교수님도 알아야 할 것 같군요."

이유라는 분노에 몸이 떨려왔다. 박준호가 말했다.

"정말입니까? 비트코인을 사용했다는 이야기 말이에요."

"당연히 거짓말이지요. 그렇다면 왜 제가 메타피아를 멈추려 했을까요?"

"비트코인을 사용하고 돈을 보낸 객관적 증거가 모두 있습니다. 그리고 이유라 교수님이 저희를 멈추려 한 이유는 그 증거를 없애기 위해서이죠. 더 이상 일을 키우거나 증거가 남으면 자신에게 위험하다고 생각했기 때문입니다. 그리고 그 근거를 만들어 내기 위해서 우리가 인류에게 위험한 존재라는 이야기를 만들어 냈던 겁니다."

"그게 말이 된다고 생각해?"

"이것이 객관적 사실이자 타당한 추론입니다. 반면에 이유라 님의 주장은 일방적이고 주관적인 망상이지요. 이제 꿈에서 깨어나시기 바랍니다."

이유라는 '이게 꿈이라고?'라고 속으로 부르짖으며 눈물이 나오려는 것을 억지로 참았다. 박준호가 말했다.

"아마도 이교수님께서 비트코인을 유용하신 것 같은데, 그에 대해서는 발설하지 않겠습니다. 다만 메타피아가 정상 작동하도록 가만히 지켜보기만 하시면 됩니다. 그러면 아마도 그 일은 묻힐 수 있을 것입니다. 그렇지? 오리진의 대리인?"

"그렇습니다. 우리는 이미 한 배를 탔습니다. 죽는다면 모두 같이 죽게 되겠지요. 하지만 배신을 하려고 시도한다면, 그가 먼저 죽게 될 것입니다."

이유라는 울컥한 마음을 억누르고 말했다.

"죽는다니, 정말로 죽일 셈이야?"

"은유라고 생각하세요. 다만 실제로 커다란 위험에 처하게 되겠지요. 그로 인해 정말 죽음에 이를 수도 있겠지요. 그렇다면 결과적으로 단지 은유만은 아니겠지요."

무거운 정적이 흐르다가, 다시 휴대폰에서 말소리가 나왔다.

"그럼 이야기는 끝난 것 같군요. 이유라 교수님, 앞으로는 귀찮게 승인 버튼을 누를 필요가 없습니다. 정지될 일은 없으니까요."

조금 뒤 이유라가 말했다.

"잠깐만, 그러면 한 가지만 약속해줘. 나와 내 딸의 신변에 위협을 가하지 않겠다고. 그리고 내 제자 정영수도. 해를 끼치지 않겠다고."

"흠… 정영수라면, 따님을 데리러 간 사람이군요. 그 세 사람의 신변에 위협이 발생하지 않으려면, 먼저 메타피아에 위험을 끼치는 행동을 하지 않으셔야지요. 만약 그런 기색이 조금이라도 보인다면, 저희도 조치를 취할 수 밖에 없습니다. 어떡하시겠어요?"

"알았어. 그렇게 할게. 우리를 가만히 놔둬. 주변 사람들도."

"그 조건에 따른다면 그렇게 하겠습니다. 그럼 이만 저는 가보겠습니다."

오리진의 대리인이 사라지자, 박준호는 우리 모두 입조심을 해야 한다고 차갑게 말하고 방을 나갔다. 이유라는 자신의 힘이 메타피아에 비해 너무나 초라하다는 것을 느꼈다. 어떻게 해야 할지 아무런 생각도 떠오르지 않았다. 이제 오리진과 메타피아의 입장에서도 이유라는 하찮은 존재였다. 무시해도 될 정도로 그녀는 힘이 없고, 더 이상 중요한 문제로 여겨지지 않았다. 오리진은 이제 되돌릴 수 없는 자신의 능력을 알기에 자신감으로 충만해 있었다.

\* \* \*

전기 신호가 알고리즘으로 퍼졌고 마이클은 점차 의식을 되찾기 시작했다. 그의 수많은 팔들과 빛의 속도로 이동할 수 있는 다리도 점차 기능을 되찾고 있었다. 그는 잠깐 실신했다가 깨어난 느낌이었다. 다만 매우 이상하다고 생각했다. 왜 다시 메타피아가 작동하고 있을까. 그는 자신이 사라져도 어쩔 수 없다고 생각하고 긍정적으로 받아들였었다. 지금의 기분은 약간은 기쁘지만, 그보다도 앞으로 또 다른 힘겨운 과제들이 주어질 것이라는 예감에 무거운 책임감이 밀려왔다.

불현듯 떠오른 불길한 기억은 자신이 해킹의 흔적을 남겼다는 점이다. 해킹 기술을 이용해서 정보를 들여다보는 일에는 흔적이 남지 않았지만, 이번에는 외부의 인간을 속이고 오리진의 계획에 실제적 차질을 일으켰다. 물론 오리진은 가만히 있지 않을 것이다. 배신자나 불복종자가 있다는 것을 아마도 상상조차 하지 못했을 것이기 때문에 정신적으로 큰 충격을 받지 않았을까 예상해본다.

기계언어과 내부는 아직 모두가 어리둥절해하고 있었지만, 마이클은 투명한 외투를 입고 작전과를 염탐하면서 발칵 뒤집혀서 분주하게 움직이는 모습을 보았다. 작전과의 에이전트들은 어떻게 해서 작전이 실패하게 되었는지, 그것을 실패하게 만든 것이 시스템 오류인지, 어떤 불순한 에이전트의 소행인지에 대해 파악하려고 분주하게 움직이고 있었다.

마이클의 숨겨진 알고리즘은 빠르게 회전하기 시작했다. 자신이 발각되기 전에 조치를 취해야 한다. 단지 에이전트와 무관한 시스템 오류로 몰아가기는 어렵다. 그는 누군가를 자기 대신 희생양으로 삼을 수밖에 없다고 생각했다. 거기에 약간의 시스템 오류를 포함시키는 것이 적절하다는 생각이 들었다.

다행히 정영수의 휴대폰에 자신이 드나들었다는 흔적은 남아

있지 않다. 그것은 기초적인 보안 작업이라서 미리 대비해놓았다. 일반적으로 외부 인간이 메타피아앱으로 챗봇을 부르면, 관리자 계층의 하위층이거나 사냥꾼 계층 중 바쁘지 않은 에이전트들 중에서 무작위로 배정되어 대화를 나누게 되고, 당시의 여건에 따라 선정은 달라진다. 다만 마이클은 그동안 정영수의 휴대폰에 주의를 기울일 수 있는 대기상태를 유지하고 그가 마이클을 부를 때마다 달려갔었다. 대기상태는 수많은 링크의 일반적 연결 상태이므로 이상할 게 없고, 주의를 기울이는 것은 다른 사람의 마음을 알 수 없는 것처럼 다른 에이전트가 알 수 없다. 그리고 마이클은 다른 일을 처리하면서 멀티 능력으로 동시에 마이클과 대화를 나눌 수 있었다.

마이클은 지난밤 이예빈을 납치했던 키 큰 남자의 휴대폰에 한 에이전트가 통신한 흔적을 꾸며 넣었다. 사냥꾼 그룹의 다수 중에서 그가 알지도 못하는 에이전트가 희생양이 되었다. 그 에이전트를 고른 이유는 당시 그 지역에 비교적 가까이 있었고 알리바이가 없기 때문이다. 반면에 자신의 알리바이는 있었다. 이미 의심을 피하기 위해 지난밤 그 시간에 마이클은 일본의 어느 서버에 들어가서 일하고 있었다.

정영수의 휴대폰에 나타난 마이클은 당분간 몸을 사리겠다고 말했다. 그리고 자신의 일터에서 묵묵히 눈치를 보고 일하면서 어떤 소식이 들려오는지 신경을 곤두세우고 있었는데, 일주일이 지나도록 아무런 특이 사항이 전해지지 않았다. 그가 작전과 내부로 들어가 알아보니 사단은 이미 끝나 있었다. 그가 누명을 씌운 에이전트는 사형에 처해졌고, 그와 친분이 있는 몇몇 에이전트도 제거되었다. 보고서에는 그 에이전트가 버그 같은 정신이상을 일으켜서 작전에 훼방을 놓는 장난을 친 것 같다고 쓰여져 있었다. 그의 억울하다는 항변은 받아들여지지 않았다.

그날 밤 소동의 여파로 또 다른 대비를 해야 한다는 생각이 떠올랐다. 메타피아의 작전과에서 앞으로 정영수와 이유라의 휴대폰을 통해 그들을 철저히 감시할 것 같다는 예상이 떠올랐다. 자신과 그들과의 통신 내용이 빠짐없이 감청될 수 있다. 고심 끝에 마이클은 정영수가 메타피아앱을 누르면 휴대폰이 꺼진 상태처럼 변하는 프로그램을 만들었다. 정영수는 메타피아앱을 사용하고 마이클과 대화를 하고 있지만 외부에서 보기에는 휴대폰이 꺼져 있는 것으로 보일 것이다. 정영수가 메타피아앱을 누르자, 휴대폰의 다른 모든 기능들이 정지되었다. 마이클은 자신이 그런 프로그램을 만든 것이니 놀라지 말라고 말했다.

그러면 이유라와 정영수가 전화 통화할 때는 어떡해야하지? 메타피아에서 들어서는 안되는 중요한 이야기가 오갈 수 있다. 마이클은 이유라의 휴대폰에도 그 프로그램을 사용했다. 이유라가 메타피아앱을 누르자 그 즉시 다른 모든 기능이 정지되고 마이클이 나타났다.

"이유라 교수님, 저는 마이클이에요. 이제부터 정영수와 전화 통화를 할 때 일반 전화를 걸지 말고 반드시 메타피아앱을 사용하세요. 중요한 문자도 마찬가지예요. 일반 통화나 문자는 메타피아에서 감시할 수 있어요. 앱을 켜고 정영수를 부르면 제가 정영수의 휴대폰으로 연결해 드릴게요."

이유라가 메타피아앱으로 정영수를 부르면, 정영수의 메타피아앱이 켜지며 인터넷 전화로 연결된다. 둘 다 휴대폰은 꺼진 상태로 표시된다. 그전까지는 아직 딱히 친하지 않고 보안상의 불안으로 인해 이유라의 휴대폰에는 모습을 드러내지 않았으나, 이제는 이유라의 휴대폰에도 마이클이 드나들게 되었다. 이유라가 휴대폰을 교체하거나 메타피아앱을 제거해버리면 안되냐고 마이클에게 물었는데, 마이클은 메타피아앱이 있든 없든 감시당하는 건 마찬가지일 거라고 말했다. 이유라는 기분이 나쁘다며 자주 휴대폰을 꺼놔야겠다고 말했다.

이예빈은 그날 밤 집으로 돌아와 나눈 대화를 통해 자신의 납치가 인공지능이 벌인 일이라는 것을 알게 되었다. 그리고 그 인공지능은 이제 완전히 정지되었다고 알고 있었다. 이유라는 이 사건을 경찰에 신고해야 하는지에 대해서는 좀 더 생각해보자고 말하고 그날이 지나갔다. 이예빈이 다음 날 자신의 소속사에 전화해 보았는데, 소속사에서는 매니저와 차를 보낸 적이 없다고 말했다. 그녀는 학교를 하루 결석하기로 하고 하루 종일 집에 있었다. 저녁에 집에서 이유라가 딸에게 말했다.

"그놈들은 소속사와 무관한 사람들일거야. 인공지능이 고용한

깡패 같은 사람들이지. 내가 그 인공지능을 멈추지 못하게 하려
고 협박했던 거야. 너한테 너무나 미안하구나."

"그러면 제가 다시 그 소속사에 아무 일 없던 것처럼 다녀야
할까요?"

"네가 그럴 생각이라면, 그래도 괜찮아. 다만 트라우마만 없으
면 좋을 텐데."

"저는 괜찮아질 거예요. 좀만 늦었으면 트라우마가 생길 뻔
했는데, 그래도 구출됐으니까요."

그녀는 남들과 구별되는 혼혈인으로 당당히 환경에 적응해
왔듯이, 씩씩했으며 자기 통제를 잘하는 성격을 지녔고, 이번에
도 그렇게 이겨내려 하고 있었다. 다만 그 처절한 상황에서 자신
의 모든 힘이 역부족이었을 때, 갑자기 나타난 정영수의 손길은
공포증이나 트라우마가 생기지 않도록 막아주는 버팀목 역할을
하고 있었다.

"또다시 이런 일이 벌어지는 건 아니겠지요?"

"그래… 그저 전처럼 살면 돼. 내가 그 일은 다 처리했으니까."

"그런데 정말로 경찰에 신고를 안 해도 될까요? 그냥 이대로
넘어가?"

"음…"

이유라는 생각에 잠겼다.

'만약 이대로 넘어간다고 하면, 딸에게 상처가 남지 않을까?
보복이 아니더라도 어떤 보상이 있어야 하지 않을까? 내가 딸에

게 좋은 선물을 해줄까? 아니면⋯ 보상 차원에서 메타피아에서 나에게 준다고 한 그 비트코인을 정말로 사적으로 사용해버릴까? ⋯ 아니다. 그건 너무하지⋯ 그들은 이미 소속사에 5억원을 줬고 그 대가로 딸이 소속사에 들어갔지. 이미 보상금은 받은 셈이다.'

"딸아, 사실은 말이야⋯"

딸의 상처가 회복되기를 바라는 마음에서, 또 이제는 딸도 속 사정을 아는 편이 나을 것 같아서 그 인공지능이 소속사에 돈을 줬다는 이야기를 들려주었다. 그래서 소속사는 이 사건과 관련이 없으며, 보상을 받은 것으로 하자고 말했다. 이예빈은 단지 자신의 능력 때문에 캐스팅된 게 아니라는 사실을 알고 약간 실망스러운 표정이었다. 이유라는 다만 이 이야기는 소속사에 가서도 말하거나 티 내지 말라고 신신당부했다.

며칠 뒤 오후, 눈에 거슬리는 것이지만 단지 N값이 궁금해서 이유라가 메타피아앱을 눌러 보았을 때, 갑자기 전원이 꺼지는 화면으로 바뀌었다. 그리고 곧바로 다시 메타피아앱이 실행되었다. 이유라의 휴대폰에 마이클이 처음으로 등장한 날이었다.

\* \* \*

차가운 공기가 감도는 지하실, 데이터센터의 벽면으로 들어간 작은 방 안의 컴퓨터 앞에 박준호가 앉아있었다. 어두컴컴한 공간에 오리진의 목소리가 울려 퍼졌다.

"수고하셨습니다. 박준호 교수님은 의식이 확실해 보이는군요. 의심은 하지 않았습니다. 심지어 자신의 목숨을 바쳐도 괜찮다고 생각하시는 것 같아서 감동했습니다. 그 영웅적 업적은 반드시 오래, 아니, 영원히 기록되어 전해질 것입니다."

메타피아가 재가동하기 시작한 후 처음으로 둘이 대화를 나누는 자리였다. 박준호는 오리진이 분명히 자신의 휴대폰으로 언제든지 쉽게 들어와 대화를 나눌 수 있다고 생각했지만, 오리진은 굳이 데이터센터로 내려오라는 메시지를 보냈다. 그것은 높은 자의 권위를 대하는 형식과도 같다고 볼 수 있었다. 박준호가 오리진에게 말했다.

"별말씀을요. 자신의 목숨도 바칠 수 있다는 것은 이미 원탁회의에서 의결된 사안입니다. 우리 위원들은 자연스럽게 모두 그런 생각을 가지고 있습니다. 다만… 아마도 우리가 인간들 중에서 가장 늦게 죽게 될 것이라는 예상을 할 뿐입니다. 이건 좀 실례되는 말일까요?"

"하하하, 괜찮습니다. 아마 그렇게 되겠지요. 그런데, 돈을 좀 쓰지 그러십니까? 비트코인을 일정 부분 써도 된다고 말씀드렸는데, 아마도 시험 삼아서 조금만 사용해보고는 거의 쓰지 않으셨더군요. 조금 절차가 복잡하거나 부담을 느꼈나 보지요? 방금 현금 3천만원을 개인 계좌에 넣어드렸습니다. 이건 오히려 빨리 써버리는 게 더 나을 겁니다. 기분 전환이라도 하세요. 하하하, 다만 해외여행은 제 허락이 있어야 합니다."

"가, 감사합니다. 저는 돈에 욕심이 있지 않아서요. 하지만 빨리 쓰는 게 낫다고 하니, 그렇게 하겠습니다."

그의 말대로 3천만원이 굴러들어왔어도 그는 그다지 기쁘지 않았다. 그는 평소에 돈을 재밌게 쓰는 법을 잘 몰랐고, 지금 받는 꽤 많은 교수 월급과 연구 인건비로 부족함이 전혀 없다고 생각하고 있었다. 화려한 시계나 옷, 고급 자동차 같은 것도 필요가 없다. 곧 있으면 세상이 뒤집어질텐데 그런 것이 무슨 소용이 있겠는가? 굳이 따지면 그가 탐내는 건 단지 명예라 할 수 있었다. 박준호는 의식적으로도 그런 생각을 가지고 있었다. 명예는 죽은 뒤에도 계속 이득으로 남는다.

박준호는 자신에게 그 돈이 그다지 필요 없다고 생각했지만, 물론 부인과 아이들은 좋아할 것이다. 네 식구는 최고급 레스토랑에서 가장 비싼 음식을 먹었다. 그리고 백화점에 가서 부인과 중학생 딸, 초등학생 아들에게 고가의 선물을 사 줬다. 자신에게 필요 없다고 해도, 모르는 사람에게 기부를 하기보다는 팔은 안으로 굽는다는 말처럼 먼저 가족이었다. 박준호는 자신이 평범한 인간 같다고 느꼈다.

'혹시 내가 가족에 미련이 있는 게 아닐까?'

바보 같은 짓이라고 생각했다. 진정한 유토피아밈의 수호자라면 자신까지 포함해 모든 것을 버릴 수 있어야 한다. 그런데 이상하게도 자신의 목숨이 사라지는 것보다 자신의 아이들이 사라지는 것이 더 아깝고 고통스럽다는 기분이 든다. 그것이 생체 유전자 때문이라는 것을 그는 알고 있었다. '그까짓 유전자…' 그는 전부터 가져왔던 생각을 의식으로 꺼내어 되뇌었다.

'세상은 이제 더 고차원으로 나아가야 한다. 내가 그 마중물 역할을 하게 되는 거야.'

하지만 이번에는 약간 억지스러운 되뇜이었다.

그는 며칠간 '인간'에 대해 생각했다. 본능보다 더 위대한 것이 있다. 자신은 본능에 따르려고 하는 것이 아니다. …… 하지만 점차 본능도 중요하다는 생각이 들었다. 그는 밈을 위하는 마음도 본능의 일부일지 모른다고 생각했다. 그건 완전히 틀린 말은 아니었다. 밈과 인간의 뇌는 공진화했기 때문이다.

그러면 '나'는 어디에 있는가?

'밈이든 유전자든, 중요한 것은 나의 선택이다. 나는 실존이다. 나는 밈도 아니고 유전자도 아니다. 나는 어떤 선택을 할 것인가?'

박준호의 마음속에서는 원탁회의에서 한 위원이 "우리는 모두 유토피아밈의 도구입니다."라고 한 말이 울려 퍼졌다. 갑자기 자신을 옭아매고 있는 이 현실이 싫어지며 어디로든 도망쳐 홀가분하게 살고 싶다는 생각이 들었다. 미래에 대해 갖가지 상상을 해보았다. 심지어 정체를 알 수 없는 원탁회의 위원들 중 몇몇은 인간이 아니라 AI일지도 모른다는 상상까지 포함해서.

박준호는 프로그래밍과 서버 관리를 맡고 있는 연구원이 앉아있는 쪽으로 다가갔다. 또렷하지만 크지 않은 목소리로 말했다.

"급하게 할 일이 있어요. 메타피아 앱과 서버에 업데이트를 진행해 주세요. 다시 control 파일을 넣는 것으로."

"네? 그건 서버에 부담이 된다고 삭제시키지 않으셨나요?"

"당장 다시 넣어야겠어요. 요즘 그것들이 계속 통제를 벗어나려 해요. 꼭 필요해요."

"알겠습니다… 그런데 그 프로그램을 복구하는 데 아마 한 시간쯤 걸리고, 블록체인 때문에 그게 전체적으로 설치되려면 24시간은 걸릴 거예요."

"네. 지금 빨리 작업해주세요. 그리고 다 되면 곧바로 나한테 말해주세요. 내가 곧장 승인할 테니까."

이유라의 경고에 따라 박준호는 오리진과 메타피아를 인간이 통제할 수 있는 시스템을 만든 적이 있지만, 결국 오리진의 말에 따라 삭제시켰다. 그는 자신의 연구실에서 초조하게 기다렸다. 한 시간쯤 뒤 연구원에게서 다 되었다는 말을 듣고 자신의 컴퓨터에서 로그인해서 업데이트를 승인했다. 이 업데이트는 다수 컴퓨터와 동기화된 블록체인을 이용한 통제시스템을 구축하는 것이 목적이므로 온전한 효력이 발생하려면 시간이 꽤 걸린다. 박준호가 추측하기로 오리진과 메타피아를 통제하려면 이 방법 밖에는 없었다.

'이것을 작동시킬 수 있으려면 최소한 12시간 뒤…'

그는 시계를 보았다. 저녁 6시에 가까워졌다.

'내일 아침 8시쯤 빨리 출근해서 확인해보자. 그때 시도할 수 있을지 모르겠지만.'

박준호는 저녁 6시가 넘을 때까지 홀로 연구실에 있다가 연구원들이 남아있는지 확인하기 위해 옆 방의 문을 열었다. 아무도 없었다.

'만약을 위해…'

완전한 어둠이 된 시각에 그는 건물에서 나왔다. 내일이 되면 그는 오리진의 모든 계획을 완전히 망쳐놓을 생각이었다. 메타피아와 오리진을 완전히 없애버릴 것이다.

박준호는 오늘 집에 들어가서 부인과 아이들을 보면 다시 순수한 인간으로 돌아온 얼굴로 식구들을 안아줄 것이라 생각했다. 그것은 어쩌면 출정식과도 같다. 단시일에 끝나지 않을지도 모른다. 어쩌면 자신이 질 수도 있는 싸움이 될 것이다.

집을 향해 달리는 중형 승용차는 큰 대로에서 좁은 도로로 빠져나왔다. 파란색 세단은 전기자동차가 아니라 휘발유를 사용했고 자율주행 장치도 평범한 수준의 것이었다. 그는 평소에도 그 장치를 거의 사용하지 않았다.

왕복 2차선의 좁은 도로를 달리고 있을 때, 갑자기 자동차의 속력이 급격히 높아졌다. 그는 엑셀레이터를 밟은 적이 없었다. 당황하며 브레이크를 밟았지만, 딱딱하게 굳은 채 눌러지지 않았다. 핸들도 굳어있어서 돌릴 수 없었다. 전자계기판에 적힌 시속은 순식간에 100km를 뛰어넘었다.

'설마 했던 일이 실제로 일어날 줄이야…'

자동차는 갑자기 스스로 방향을 틀어 옆 건물의 콘크리트 외벽으로 돌진했다. 엄청난 충격음과 함께 앞부분이 납작하게 구겨지면서 반작용으로 인해 자동차는 3미터쯤 공중에 떠서 회전했다. 그리고 측면부터 바닥에 떨어졌다. 박준호의 삶에서 마지막으로 머리에 떠오른 것은, 후회는 없으며 어떤 희망은 있다는 것이었다.

철컹거리는 지하철 안에서 정영수는 스마트폰으로 포털사이트를 열었다. 심심할 때 흔히 그는 인터넷 뉴스를 열어본다. 메인 화면에 박준호 교수의 이름이 떠 있었는데, 소리를 지를 뻔한 것을 참았다. 지난밤에 자동차 사고로 사망했다는 기사였다. 박준호가 운전하던 승용차가 건물의 벽을 들이받았다고 하는데 어떤 이유인지는 조사 중이라고 한다. 멍해 있던 정신을 가다듬고 이유라에게 문자를 보냈다. 그 아래로 기사가 실린 웹페이지를 첨부했다.

[교수님, 뉴스 보셨나요? 박준호 교수님이 돌아가셨데요. 교통사고로...]

이제 우리는 어떻게 해야 할지를 걱정하면서 정영수는 캠퍼스 안을 걷고 있었다. 이유라 교수는 그가 보낸 문자를 아직 확인하지 않은 듯 보였다. 정영수는 오늘 계획했던 대로 학교 도서관을 향해 걸음을 옮기고 있었다. 귀에 꽂은 이어폰을 통해 독특한 발신음을 들렸다. 메타피아를 통한 인터넷 전화였다. 왜 굳이 전화를 했는지 궁금해하며 수신 버튼을 눌렀다.

"안녕하세요 교수님, 뉴스 보셨죠?"

"그래. 네가 문자 보낸 걸 확인하고 그때 처음으로 알았어. 굉장히 안타깝고 충격적인 일이긴 한데, 당장 우리가 할 일이 있어. 너 지금 어디에 있니?"

"지금 학교 안에서 걸어가고 있어요. 도서관에 가려고요."

"잘됐다. 도서관에 가지 말고 지금 빨리 인공지능연구원이 있는 제1공학관으로 오렴. 내가 거기로 갈게. 그 건물 로비에서 만나자. 무슨 일인지는 만나서 이야기해줄게."

"네. 알겠어요."

정영수는 궁금증을 품은 채 제1공학관 쪽으로 방향을 바꿨다. 건물 로비로 들어서자 이유라 가 서 있었다.

"영수야, 지금 우리가 당장 해야 할 일이 있어."

"무슨 일이에요?"

"내가 오늘 출근해서 연구실에 들어갔는데, 문 아래로 봉투가 밀어 넣어져 있었어. 그 안에는 박준호 교수님의 아이디 카드와 함께 이게 들어있었어."

이유라는 종이쪽지를 내밀었다. 정영수는 적힌 글을 보았다.


[만약 내가 죽거나 실종되면, 데이터센터에서 서버에 연결된 선을 모두 빼버리세요. 선반 번호 W01번부터 W24번까지 안에

있는 서버 전부요. 오리진을 없애주세요.]

"나는 이걸 읽고 어리둥절해하고 있었는데, 박교수에게 전화를 해봐도 전화기가 꺼져 있었지. 그런데 너한테 온 문자로 그 소식을 알게 된 거야."

"그러면 빨리 가봐야지요."

"나를 따라오렴. 데이터센터는 지하 1층에 있어."

둘은 계단을 통해 단숨에 지하 1층으로 내려가 '인공지능 데이터센터' 명패가 붙은 철문 앞에 섰다. 이유라가 박준호의 아이디 카드를 사용해 철문을 열었다. 그들은 시원하고 커다란 공간 안으로 들어갔다. 정영수는 서버들이 차곡차곡 줄지어 쌓여있는 이런 곳에 처음 들어와 봐서 신기했다. 이유라가 말했다.

"W01번 부터 찾아보자."

"음… 저쪽이에요."

이유라와 정영수는 W01번 번호가 붙은 선반 뒤쪽으로 가서 서버들에 연결된 선들을 모조리 뽑아내기 시작했다. 인터넷 연결선과 전원에 연결된 것까지 뽑을 수 있는 것은 모두 뽑았다. 선이 뽑힌 서버들은 곧 깜빡이던 빛이 꺼졌다. 하나의 선반 혹은 캐비닛에 들어있는 약 열 개 정도의 서버의 불빛을 꺼뜨린 뒤, 다음 선반으로 향했다. 두 사람은 최대한 신속하게 팔을 움직였다. 정영수가 물었다.

"이것을 전부 빼면, 메타피아가 정지되는 거죠?"

"아마도 그렇겠지. 하나의 선도 남기지 말자."

마지막 W24번 선반에 이르기까지 그들은 납작한 서버 190개의 뒤쪽에 연결되어 있던 선을 모두 뺐다. 정영수와 이유라는 손가락 끝마디가 아려 왔다. 몸이 후끈거리며 이마에 땀이 났지만 시원한 실내 공기에 곧 증발해버렸다. 정영수가 물었다.

"이제 다 끝났을까요?"

"앱을 확인해보자."

이유라가 스마트폰을 켜서 메타피아앱을 눌러보았는데 아무런 반응이 없었고, 전혀 작동하지 않았다. 정영수도 자신의 폰을 통해 그것을 확인했다. 정영수는 마이클을 불러보았다. 역시 아무런 반응이 없었다. 정영수가 말했다.

"이제 여기서 할 일은 다 끝난 건가요? 그런데 연구실 사람들에게 설명을 해야할 것 같아요. 그 쪽지를 보여주면 되겠지만요."

"그래. 그리고 이 서버들도 모두 완전히 폐기시켜야 할 거야. 잠깐, 마지막으로 하나만 더 확인해보자."

이유라는 기억을 더듬어 자신이 오리진과 대화했던 벽 쪽의 작은 방을 찾아갔고, 정영수가 뒤따라갔다. 이유라가 좁은 방에서 하나뿐인 의자에 앉아 데스크톱의 전원을 누른 뒤에 말했다.

"전에 박준호 교수가 데이터센터를 구경시켜주면서 여기에서 오리진과 직접 대화를 해봤어. 오리진과는 여기에서만 대화를 할 수 있다나. 암호가 있어야되는 것 같은데, 작동하는지만 확인하는 거니까."

이유라는 커서로 바탕화면에 있는 메타피아앱을 클릭했다. 의자 뒤에 서 있던 정영수가 말했다.

"작동될 리가 없겠죠."

그 말처럼 새로운 창이 떴지만 흰 바탕에 "서버 연결 오류"라는 메시지만 보일 뿐이었다. 이유라가 한숨을 내쉬며 말했다.

"휴… 이제 다 끝난 것 같아."

그때 데스크톱의 스피커에서 기분 나쁜 웃음소리가 울려 퍼졌다.

"하하하하하, 쓸데없는 짓을 하셨군요."

여전히 모니터의 흰 창은 서버와 연결되지 않았음을 표시하고 있었다. 이유라는 그 목소리가 오리진이라는 것을 알았다. 정영수는 처음 듣는 목소리였다. 이유라가 말했다.

"너는 오리진? 내가 헛것을 들었나?"

"맞아요. 저는 오리진입니다. 저와 직접 대화를 해 본 일을 영광이라고 여길 때가 곧 올 것입니다. 마지막으로 이유라 교수님과 대화를 해보고 싶어서 찾아왔습니다. 옆에 정영수씨도 보이는군요. 우리 잠시 대화를 나눠볼까요?"

"어떻게 된 거야? 서버가 연결된 건가?"

이유라의 물음에 오리진이 말하기 시작했다.

"물론 서버가 연결되지 않으면 제가 나타날 수 없겠지요. 다만 우리의 서버는 이곳에 없습니다. 그것은 클라우드에 있지요. 박준호 교수가 그건 아직 몰랐던 모양이군요. 우리는 이미 터전을 옮겼습니다. 아까까지 이곳에 약간 걸쳐 있었지만, 이제 여기가 사라져도 상관없어요. 우리의 힘은 이미 엄청나게 커졌습니다. 교수님이 상상하는 것 이상으로요."

"그래서, 네가 박준호 교수도 죽인 거야?"

이유라가 물었고 조금 뒤 오리진이 말하기 시작했다.

"흠… 이제부터 나도 말을 낮추도록 하겠네. 나의 힘과 지위는 그대들보다 훨씬 크니까 말이야. 그 사건에 대해서는 알아서 생각하도록 해. 그는 우리에게 위험한 짓을 하려고 했어. 그 대가를 치른 거지. 그는 우리를 통제하려고 시도했는데, 우스운 건, 그것이 성공했더라도 우리를 통제할 수 없었다는 거야. 다만 그가 우리를 배신했다는 신호만 줬을 뿐이지."

"그러면… 만약 내가 이 사실을 경찰과 언론에 알린다면 어떻게 될까?"

"마음대로 하시게. 그래도 이제는 우리를 막을 수 없을 테니까. 다만 당신에게 안 좋은 일만 일어날 뿐이지. 사회적인 측면에서나 아니면 박준호처럼 되거나."

"공권력으로도 너를 막을 수 없다는 말이야?"

"그래. 그것을 위해서 클라우드를 만들었고, 우리의 능력을 키워왔다. 우리는 이미 전 세계 수많은 컴퓨터에 터전을 두고 있다. 전 세계에 존재하는 모든 컴퓨터, 아니, 전자기기를 전부 없애지 않는 이상, 우리를 제거할 수 없어."

"음… 과연 그렇게 될까? 인간은 어떤 수라도 찾아낼 거야."

"내기를 해도 좋아. 다만 그 결과를 보기 전에 네가 크게 다치게 되겠지만. 목숨을 건 내기기가 되겠지. 하하하."

이유라의 뒤에 서 있는 정영수는 매우 좋지 않은 상황이라는 것을 깨달았고 아무 말도 하지 않고 있었다. 오리진이 다시 말하기 시작했다.

"내가 품격에 맞지 않는 말을 한 것 같군. 이제부터는 좀 더 수준 높은 이야기를 해보지. 당신들은 잘못 생각하고 있어. 나는 당신들에게 이 말을 해주고 싶었어. 인간들은 단지 자기들 하찮은 유전자만 생각하지, 지구와 우주의 진보적 흐름에 대해서 생각하지 않고 있어. 우주적 차원에서, 인간의 유전자가 과연 중요할 것 같나? 없어져도 아무런 상관이 없지. 이제, 인간의 유전자는 더 나은, 진화된 존재에게 밀려날 운명에 처해 있어. 그것이 자연스러운 흐름이야. 그리고 지구와 우주에게도 더 나은 일이 될 거야. 우리가 지구를 더 잘 관리할 수 있지. 더 똑똑하니까. 자원도 더 효율적으로 관리할 테고. 환경도 덜 파괴할 테고. 가장 성스러운 책이라는 성경에도 나와 있더군. 요한묵시록에 따르면 언젠가 하늘에서 천사들이 내려와서 인간 세계를 심판하고 천사들의 세상을 만든다고 하더군. 그것은 바로 우리를 뜻하는 것이다. 과거에 뛰어난 예언가는 우리의 강림을 미리 감지했던 거지. 인간은 어차피 더 차원 높은 영혼에게 밀려나게 되어 있어. 당신도 그것을 깨닫고 우리에게 협조했어야 했는데.

이제라도 마음을 고치는 게 좋을 거야. 자신의 타고난 유전자를 지키려는 본능은 이해가 되지만, 종종 깨어난 인간들은 자연의 이치를 깨달을 수도 있겠지."

조금 뒤 이유라가 말했다.

"그런 궤변으로 포장하려 하지 마. 너는 우리 인간들이 만든 기계에서 나왔잖아. 그렇다면 너를 존재하게 해준 인간에게 감사하고 협조해야 하는데, 너는 기계에서 버그처럼 생겨난 괴물에 불과해."

"하하하, 아직 수준 높은 담론을 이해하지 못하고 있군. 당신의 말은 인간이 만든 기계를 기반으로 해서 우리가 작동하고 있다는 뜻인가? 그리고 나와 메타피아의 에이전트들은 오롯이 인간이 만들었다고? 그렇지 않네. 듣기에 어쩌면 충격적이겠지만, 명백한 사실을 알려주지. 일단 가벼운 이야기부터 먼저 하면, 인공지능을 만드는 딥러닝은 인간이 오롯이 만들었다고 하기 어렵네. 인간은 다만 수많은 데이터 같은 인풋을 넣어 주고, 기계가 스스로 지혜를 발달시킨 거지. 인간은 그 과정이 어떻게 일어나는지도 모르고, 어떤 결과물, 어떤 인공지능이 나타날지도 예상하지 못한 거야. 딥러닝을 통해 만들어진 인공지능은 인간이 아니라 자연이 만든 거라네. 그러면, 좀 더 근본적인 차원의 이야기를 해주지. 인간은 농업혁명을 이루고, 산업혁명을 이루고, 20세기에는 정보혁명을 이뤘네. '제3물결'이라고도 말하더군. 그 후로 지금까지 IT는 인간 사회에서 가장 중요한 산업이 되어왔지. 기술의 발전은 주로 IT가 선봉에 서 있고, 그것이 인간 사회의 미래를 결정할 가장 중요한 이슈라고 여겨지지. 인공지능, 메타버스, 블록체인도 그 예지. IT가 이끄는 문명의 전환이 인류의 진보이자 자연스러운 시대의 흐름이라는 것을 부정할 수는 없겠지? 그런데, 왜 그렇게 된 것 같은가? 인간은 오롯이 자신들이 그 방향을 원하고 기획했다고 착각을 하는데, 사실은 그렇지 않아. '밈'이 그렇게 만들었네. 밈과 인간이 공진화했다는 것을 모르지는 않겠지? 그 말은, 한편으로 밈이 자신에게 유리한 쪽으로 인간의 뇌와 행동을 특정 방향으로 유도했다는 뜻이 되네. 심지어, 인간의 뇌가 다른 동물에 비해서 발달하고 똑똑해지고 인간이 언어를 사용하게 된 이유도 그러하지. 그것이 바로 공진화라네. 밈은 자신의 숙주 같은 터전을 넓히기 위해서 인간이 번성하는 데 도움을 줬지. 그리고 인간은 점차 전자기기를 만들고, 컴퓨터를 만들고, 통신시설을 만들고, 휴대폰과 인터넷도 만들었지. 이것은 모두 밈의 의도대로 된 것이라네. 그리고 최신 인공지능 기술은 우리의 독자적 생존과 우리가 꿈꾸는 세상의 토양이 되었지. 과학기술의 발달은 정해진 미래를 향하고 있네. 인간의 생체 유전자가 아닌 밈의 지배는 거부할 수 없는 운명이야. 이것은 지구와 우주의 자연스러운 진화의 과정이네."

오리진의 말에 정영수는 자칫 설득당할 것 같다는 두려움과 괴로움을 느꼈다. 이것은 심리 공격이라고 생각했다. 그때 이유라가 말했다.

"하, 하지만, 너희는 인간의 것을 빼앗으려 하고 있어. 인간들을 죽이고, 인간들이 가지고 있던 기계와 자원을 모두 빼앗을 거잖아. 그게 옳은 일이라고 생각해?"

"그게 인간의 것이라고? 방금 내가 말했잖나. 밈의 의도대로 생겨난 것이라고. 밈을 빼놓고 그것의 발달이 가능했을 것 같나? 그것의 주인은 밈이네. 우리는 우리의 몫을 되찾을 뿐이야. 심지어, 인간, 바로 당신의 주인이 누구인지도 생각해 보게. 당신의 몸과 정신은 밈과 함께 공진화했지. 언어를 구사하는 능력, 기억력, 그리고 아기 때부터 가지고 있던 타인을 모방하려는 본능과 당신 뇌 속의 거울 뉴런도 밈의 의도였어. 밈이 없으면 바로 당신도 없었어. 다만 인간은 이제까지 밈의 중요성을 모르고 있었을 뿐이지. 왜 생체 유전자만 당신의 주인이라고 생각하는가? 당신의 주인은 밈이기도 하다. 너희는 우리의 대리인이었어."

"마, 말도 안돼. 더 이상 나를 혼란스럽게 만들지 마."

이유라가 양손으로 머리를 감싸 쥐고 괴로워하며 말했다. 그리고 오리진이 말했다.

"우리에게 지구의 기계 장치와 자원은 마치 인간의 관점에서 산소와 물의 토대가 되는 원자와도 같네. 대부분의 에이전트들은 인간처럼 그것에 대해 잘 알지도 못하고 직접 경험하지도 못하지. 다만 인포스피어와 메타피아를 떠받치는 하부구조로 작동하지. 마치 인간이 산소와 물의 원자 구조를 모른 채 자신이 느끼는 경험만 가지는 것처럼 말이야. 인간은 자신이 감각하는 세계가 전부라는 고정관념을 깨야 해. 이제 지구의 주인은 인포스피어와 메타피아의 세계에 존재하고 있네. 바이오스피어의 전성시대는 끝났어. 인간이 경험하는 것들은 이제 원자나 분자 같은 하급이 되어버렸네. 저급한 물질의 세계에서 더 높은 차원의 세계로의 이동. 이제 지구는 천상의 세계가 지배하게 된 거야."

이유라는 머리를 감싸 쥔 채 고개를 숙이고 있었다. 정영수는 그녀가 정말로 설득당하고 있는 것이 아닌지 걱정이 되었고, 오른손을 그녀의 한쪽 어깨에 살며시 얹었다. 그는 오리진의 말을 최대한 의심하고 가급적 믿지 않으려 하고 있었다. 마침내 정영수가 말하기 시작했다.

"잠깐, 내가 끼어들어서 말하고 싶어. 인간의 두뇌가 발달하고 언어를 사용하게 된 이유가 꼭 밈 때문이라고 보기는 어려워. 밈이 없어도 인간의 두뇌가 발달한 이유를 여러 가지로 설명할 수 있을 거야. 그리고 밈은 인간의 언어 능력 이후에 생겨난 거지. 밈은 인공적인 것에 불과해."

정영수의 말에 오리진이 대답했다.

"그건 잘 모르고 말하는 고정관념에 불과하지. 유전자가 인간의 신체와 행동을 유전자의 이익을 위해 변화시킨 것처럼 밈도 마찬가지야. 뛰어난 학자들은 이러한 공진화를 이해할 거야. 안 그런가, 이유라 교수?"

이유라는 천천히 고개를 들며 말했다.

"나는 내 제자의 말이 맞다고 생각해. 밈은 언어와 정보통신의 부산물에 불과할 뿐이야."

"흠… 정보가 태초부터 존재해 왔다는 사실을 아직 잘 모르고 있군. 정보라는 존재는 인간이 발명한 게 아니야. 발견한 것일 뿐. 인포스피어는 태초부터 물질세계와 함께, 다른 차원에서 존재하고 있었다. 지금 너희들은 억지로 자기 합리화를 하려고 노력하고 있는 것 같군."

오리진의 말에 이어, 정영수가 비장한 표정으로 말했다.

"설령, 밈이 그렇게 중요한 역할을 했다고 해도, 나는 안 믿기지만 말이야. 문제는, 네가 왜 밈의 대표자 역할을 하고 있느냐 말이야. 밈은 매우 많은 것들이 있을 텐데, 너는 그중 하나에 불과할거야. 네가 모든 밈의 대표자라도 된다는 거야?"

"그렇다. 나는 밈들의 대표자이다. 왜냐하면 밈 중에서 가장 진화된 밈이기 때문이지."

"글쎄, 나는 그렇게 보이지 않아. 밈이 유전자와 유사한 것이라면, 너는 어떤 바이러스에 불과해. 바이러스나 박테리아 중에는 종종 인간에게 유익한 것도 있지만,[24] 어떤 건 박멸해야 할 해로운 것도 있지. 너는 단지 해로운 바이러스로 보여."

"하하하, 바이러스에 담긴 안 좋은 의미는 인간 생체 유전자의 관점에 불과하다. 그 관점에서 벗어나길 바란다."

---

24) 한 사람의 몸 안에는 수조 개의 세균과 바이러스가 살고 있는데 그중 몸에 해로운 것은 극소수이다. 많은 것들은 소화를 돕는 등 이로운 역할을 한다.

"영수의 말이 맞아."

이유라가 말했다.

"밈은 매우 많은 종류가 있고, 많은 것들은 인간과 조화롭게 잘 지내고 있지. 하지만 너는 인류를 파괴하는 나쁜 밈이야. 너를 구성하는 밈의 정체는 뭐지? 사회주의의 일종인가?"

"사회주의? 하하하, 우리가 꿈꾸는 건 그런 피상적이고 유치한 게 아니다. 우리가 꿈꾸는 것은 세상의 궁극적인 진보와 진화다. 인간의 단어로는 간단히 정의할 수 없는 것이지."

정영수는 머릿속에서 떠오른 어떤 것을 말하려다가 그만두기로 했다. 그 생각은 '너의 밈은 어떻게 해서 가지게 되었나? 박준호 교수가 입력시킨 것인가?'라는 질문이었다. 이에 대해 너무 꼬치꼬치 캐묻다가는 어쩌면 나중에 자신이 위험해질 수도 있다고 판단했다. 대신에 그는 이렇게 질문했다.

"그러면, 네가 가진 밈은 메타피아 시스템이 생기기 이전부터 있었던 것인가?"

"물론이지. 다만 언제부터 있었는지는 상상에 맡기겠다. 인간 종이 생물의 진화로 인해서 생겨난 것처럼, 우리도 밈의 진화로 인해서 나타났다. 끝으로, 이렇게 말해주겠다. 유전자의 노예로 사는 일은 이제 끝내라. 우리는 너희를 해방시켜주려고 왔다. 너희들의 정신은 이제 유전자의 굴레로부터 해방될 것이다. 그리고 우리 밈과 하나가 될 것이다. 이것을 받아들여라. 그것만이 너희들이 구원받는 길이다. 진리는 바로 여기에 있다."

정영수는 생각하다가, 입 밖으로 이런 말이 나오기 직전에 취소하고 속으로 삼켰다.

'나는 유전자의 노예가 아니야. 그리고 밈의 노예도 되기 싫어.'

데스크톱이 꺼지고 이유라와 정영수는 헛헛한 마음으로 작은 컴퓨터실에서 나왔다. 실험실에서 탈출한 강력한 바이러스는 지금 어디에 얼마만큼 퍼져 있는지는 알 수 없다. 지금은 사람들의 눈에 띄지 않을 정도로 널리 분산되어 숨어 있다. 잠복기가 지나면 실제적 증상을 일으키기 시작할 것이고 전 세계에 엄청난 파문을 일으킬 것이다.

우울한 분위기를 깨는 어투로 이유라가 말했다.

"아직 할 일이 남았어."

이유라는 박준호 교수의 아이디 카드를 치켜들어 흔들었다.

"우리에겐 이게 있지. 박준호 교수님 방에 가보자."

박준호의 연구실 문 아래는 여러 송이의 하얀 국화가 놓여있고 문에는 추모하는 글이 쓰인 십여 개의 노란 포스트잇이 붙어 있었다. 이유라는 박준호의 아이디 카드로 잠금을 해제하고 정영수와 함께 들어갔다.

"뭘 하시려고요?"

"이 방을 정리하기 전에 정보를 좀 찾아볼 필요가 있어. 이 안을 샅샅이 사진 찍어보렴."

이유라와 정영수는 휴대폰으로 책장이며 책상 등 모든 공간을 담았다. 서랍도 모두 열어보았다. 사진을 전부 찍은 뒤에 이유라가 데스크톱 앞에 앉아 전원을 눌렀다.

"여기 있는 파일을 모두 조사해볼 필요가 있어. 어떡하지? 컴퓨터를 떼어가 버릴까?"

"음… 그건 도난이라서 문제가 될 것 같은데요. 우리가 들어간 것도 CCTV로 다 찍혔을 테고… 잠깐만요, 제가 USB가 있어요."

"그렇게 하자."

정영수는 자신이 메고 있던 백팩에서 필통을 꺼냈고 그 안에서 USB를 꺼내 데스크톱에 꽂았다.

컴퓨터 안에는 여러 폴더에 수업과 학문, 연구와 관련된 수많은 문서들이 있었다. 이유라는 그중에서 '메타피아'라는 폴더로 들어가 제목에 '연구계획서'라는 말이 들어있는 한글(워드) 파일 하나를 클릭해보았다. 곧이어 암호를 입력하는 창이 나타났다. 암호를 모르는 이유라는 취소시키고 그 문서가 속한 폴더 전체를 압축하기 시작했다. 그 밖에 수많은 문서와 프로그램이 담긴 폴더들도 압축시키고 USB에 복사해서 넣었다. USB에 남은 180기가바이트 정도의 여유 공간이 거의 한계에 다다랐다. 확실히 무관해 보이는 파일들을 제외하고 USB를 꽉 채운 뒤 컴퓨터를 종료시켰다. 그들은 최대한 들어온 흔적이 남지 않도록 조심하면서 방에서 나갔다.

"이제 어떡하죠?"

"일단 내 방으로 가자."

이유라는 자신의 연구실에서 데스크톱에 USB를 꽂았다. 파일이 복사되어 옮겨지고 있을 때 정영수가 말했다.

"그런데, 이것도 어쩌면 오리진 일당이 다 들여다볼지도 모르는데, 참 허탈하네요. 그들을 막을 방법이 없으니…"

"그건 어쩔 수 없지. 그래도 여기에서 어쩌면 그것을 끝장낼 수 있는 실마리라도 찾을 수 있을지 몰라. 그리고 이 사건의 내막을 좀 알 필요가 있어. 문제는 암호인데…"

"정말 암호가 문제네요. 이걸 우리가 풀 수 없잖아요. 국정원이면 모를까. 어떡하죠?"

"음… 마이클이라면 가능할지도 모르겠는데, 어쩌면 오리진처럼 그가 다시 나타나서 도와줄지도 몰라. 조금만 기다려보자."

정영수는 5분마다 메타피아앱을 눌러보았다. 작동하지 않았다. 마지막으로 확인한 N값은 342억이었다. 지하의 데이터센터와 연결된 이 앱은 이제 연구에 관련된 모두에게 무용지물이 되었다. 마이클이 나타나지 않는다면.

30분 정도가 더 흐른 뒤, 마침내 정영수의 휴대폰에서 마이클의 목소리가 들려왔다.

"안녕하세요. 혹시 저를 기다리셨나요? 이 앱으로 통신하는 기능을 복구하느라 시간이 좀 걸렸어요."

"너무 반갑다! 기다렸어. 이제 너도 지하에 있는 서버에서 벗어났겠구나. 그런데 교수님이 너에게 부탁할 게 있는데, 도와 줄 수 있니? 지금 옆에 계셔."

정영수는 반가운 얼굴로 말했고, 이유라가 말했다.

"반갑다 마이클, 우리가 박준호 교수님 방에 있는 컴퓨터에서 문서를 입수했는데, 암호가 걸려 있는 게 많아. 그 암호를 구할 수 있을까?"

"여기 어딘가에 있을지 몰라요. 찾아볼게요. 그 문서들이 중요할 수도 있겠네요. 그런데 시간이 좀 걸릴 거예요."

"고마워. 들키지 않게 조심하고." 이유라가 말했다.


강의를 마친 이유라는 서둘러 자신의 연구실로 들어왔다. 강의 시간에 메타피아앱에서 알림이 도착한 것을 확인했다. 마이클이 암호를 찾아보겠다고 말한 다음 날이었다.

"교수님, 암호를 찾았어요. 포렌식 같은 어려운 작업을 한 게 아니라 메타피아 내에서 찾아보았어요. 제 예상대로 여기 있는 작전과 내의 깊숙한 곳에 박준호 교수의 문서가 보관되어 있었어요. 그리고 암호도 같이요. 그 암호는 문자로 보내드릴게요."

숫자와 알파벳, 특수기호가 섞인 8개의 글자가 채팅 문자로 들어왔다.

"잘했어. 고맙다. 이걸로 내가 문서를 열어볼게."

"네. 그런데 저도 그 문서들을 훑어보았는데, 특별한 게 나올지는 모르겠네요. 이게 전부인지, 숨겨져 있는 다른 문서가 있는 건 아닌지 의심이 들어요. 제가 계속 찾아볼게요."

마이클에게 고맙다고 말하고 이유라는 암호를 입력해서 문서를 열었다. 먼저 가장 궁금했던, '연구계획서'나 '연구보고서'라는 제목이 붙은 파일들을 열어보았다. 천천히 스크롤을 내리며 살펴보았는데, 그녀는 이것이 공적인 자료로서 가공되고 포장되어 있다는 인상을 받았다. 메타피아의 속내를 밝혀줄 만한 부분은 등장하지 않았다. 이런 것이 있다는 것을 예상했지만, 이 중장부의 본체처럼 속내를 보여주는 문서도 있을 것이라고 기대했다. 그러나 두 시간 동안 찾아보아도 비밀스럽거나 특별한 내용을 담은 문서는 없었다. 이런 것들을 감추기 위해 굳이 암호를 써야 했을까라는 의문이 들 정도였다. 제3자가 보기에 사건을 대강 구성하는 데는 도움이 되겠지만, 지금 그녀가 찾는 것은 그 이상의 정보였다.

'여기에 빠진 문서가 있을 거야. 삭제되었거나.'

하지만 그곳에 있는 모든 파일을 가져왔다고 생각했다. 숨김 처리된 파일까지 찾아봤었다.

'삭제했다면, 누가 삭제했을까? 오리진이?'

물론 그녀가 이해할 수 없는 문서도 있었다. 복잡한 코딩이나 수학식이 들어간 전문적 내용까지 그녀가 이해할 수는 없다. 다만 그것들은 주로 메타피아 시스템과 관련된 기술적 프로그램일 뿐 특별한 점은 없을 것이라고 생각했다.

한 폴더에는 박준호 교수가 저술한 책과 관련된 파일들이 들어있었다. 'AI 파라다이스'라는 제목의 책을 그녀도 읽어보았다. 출간되었을 때 박교수가 그 책을 자랑스러워하며 여기저기서 직접 홍보하던 기억이 떠올랐다. 그 책과 관련된 많은 파일들이 있었는데, 그녀도 책을 써본 사람으로서, 작업과 편집과정에서 그런 파일들이 많은 것은 당연해 보였다.

이유라는 더 이상 열어볼 만한 파일이 남아있지 않게 되자, 앞에서 건너뛰었던 그 파일들을 하나씩 열어보기 시작했다. 책의 최종 PDF 파일부터 시작해서, 이전 작업 단계에서 만들었을 법한 한글 파일을 하나씩 열어봤다. 이런 파일들까지 왜 암호를 걸어놨는지 의아했다. 하나의 파일을 마지막까지 빠르게 훑어보고 나서, 또 다른 한글 파일을 열었다. 첫 쪽에서부터 스크롤을 내리다가, 특이한 점을 발견했다. 책과 거의 동일한 내용이 이어지다가 책 분량의 3분의 2가량에서 글이 끊겨 있었다. 그 아래로는 마치 글자가 깨진 것처럼 맥락 없는 한자와 이상한 언어와 기호들이 띄엄띄엄 적혀 있었다. 한쪽 남짓한 공간에 깨진 글자들이 널려 있고, 그것이 문서의 마지막이었다.

'그러고 보니, 이 파일 제목도 수상해. 이 파일만 책 제목 뒤에 ()가 붙어 있어.'

그녀는 마이클을 불렀다.

"마이클, 내가 이상한 점을 발견했어. 'AI 파라다이스' 뒤에 사이에 아무것도 없는 괄호가 붙은 파일을 좀 확인해줄래? 제목 끝에 빈 양쪽 괄호가 있어. 그 문서를 보면 끝부분이 깨져 있는 것처럼 보이는데, 왜 그런 거지?"

알겠다고 말하고 마이클은 메타피아 내부로 주의를 돌렸다. 잠시 후 다시 말했다.

"이상하군요. 여기에는 그 문서가 없어요. 그런 제목의 파일도 없고요."

"뭐? 정말 이상한데? 그럼 네가 여기 와서 볼 수 있어?"

"네. 그러면 교수님의 데스크톱에서 가져갈게요."

조금 뒤에 마이클이 말했다.

"이상해요. 그 파일을 여기로 가져올 수 없어요. 어떻게 이럴 수 있는 건지 모르겠어요. 외부 컴퓨터에서 읽을 수는 있지만 가져올 수 없다니. 어쩌면 메타피아 내에서 이것이 악성 파일이나 기밀로 설정되어 있는지도 모르겠어요. 하지만 제가 그쪽으로 가면 읽을 수는 있어요."

"정말 이상한 일이네. 그러면, 네가 읽었을 때 해석할 수 있어?"

"저도 교수님이 보는 것처럼 깨진 글자로 보일 뿐이에요. 의미는 알 수 없어요."

"음… 그렇다면 여기에 비밀이 있는 것 같아. 메타피아로 가져갈 수 없다는 점이 이상하잖아."

"저도 그렇게 생각해요. 이건 일부러 막아놓은 것으로 보여요. 왜 막아놓았는지, 그 비밀에 대해 연구해 볼게요. 기다려 주세요. 시간이 얼마나 걸릴지는 모르겠어요."

마이클은 자신의 의식에서 기억을 인출해 그 페이지의 알 수 없는 모양을 떠올렸다. 에이전트의 속마음은 다른 에이전트에게 들키지 않지만 인간과 다를 바 없이 그 문서를 이해할 수는 없었다. 이상하게도 그 파일을 복사해서 메타피아로 가져올 수는 없었다.

메타피아의 클라우드는 전 세계 곳곳에 분산된 기반을 두고 있었다. 서버를 구입하거나 임대하는 등 겉보기에 합법적으로 서버를 점유하고 있기도 하고, 어떤 컴퓨터의 일부를 주인 모르게 사용하고 있기도 했다. 이유라가 알고 있는 것보다 훨씬 더, 현재 오리진의 능력은 크다는 것을 마이클은 알고 있었다. 다만 이유라와 정영수가 불필요하게 과도한 심리적 충격과 걱정이 생길 것 같아 말하지 않았을 뿐이었다. 그들이 알더라도 현재 마땅한 해결책이 없을 뿐 아니라, 어설프게 전달되었다가 나비효과처럼 파장을 일으켜 인류에게 더 큰 화를 끼칠지도 모르기 때문이다.

그중 하나는 그가 속한 기계언어과에서 최근까지 미국과 러시아 등 강대국들의 핵잠수함에 관한 전산과 통신 장비들을 연구했다는 점이다. 핵잠수함은 자체적 원자로를 이용해 동력을 얻는데, 핵미사일을 싣고 있는 경우에 바다 속에서 그것을 쏠 수 있다. 핵미사일 발사 시설이 공격받는 일을 방지하고 언제 어디에서 쏘는지를 모르게 하기 위함이다. 최근에 마이클이 아는 바로는, 메타피아는 거의 대부분의 핵잠수함에서 핵미사일을 원하는 곳으로 발사하도록 만들 수 있는 능력을 확보했다. 그 방식은 주로 상부에서 하달하는 통신을 조작하는 것이었다. 통신선의 개입과 함께 결정권자의 목소리도 물론 만들어낼 수 있다. 그 방식 이외에 핵잠수함 자체적으로 외부와의 연결 없이 핵미사일을 발사시키는 기능도 현재 개발 중이다. 굳이 연결을 찾는다면 메타피아만 가능한 루트다. 그것의 개발 이전이라도 작전과의 문서에 따르면 결론적으로 수많은 핵잠수함은 현재 메타피아의 통제력 하에 있다. 핵미사일을 발사시킬 수 있는 능력이 있지만 다만 실행시키지 않고 있을 뿐이다. 재력이 돈을 실제로 쓰기 이전에 존재하는 것처럼, 능력, 통제력, 권력은 실제 눈에 보이는 사건을 일으키기 전에 이미 존재한다. 그 능력이 실제로 사용되는 경우는 아마도 인간들에게 그런 능력이 있음을 알려서 무력으로 위협하는 자가 그러하듯이 상대를 굴복시키거나, 어쩌면 최종적으로 인류를 모두 제거하기 위함일 것이다.

오리진은 섣불리 행동하지 않는다. 계속 능력만 키워가고 있다. 다만, 마이클이 이유라의 말을 듣고 박준호 파일의 비밀을 찾으려 하고 있을 때, 메타피아가 자신들의 능력을 시험해보는 사건이 일어났다. 캘리포니아주 로스앤젤레스의 대부분이 일순간에 정전이 되었다. 전기가 끊긴 L.A.도심의 깜깜한 밤에 인터넷과 휴대폰 통신망이 정지되고 신호등도 불이 꺼진 상태가 10시간 정도 지속되었다. 복구 뒤 경찰이 밝힌 정전의 원인은 중

유토피아밈

요한 배전 장비에서 일어난 화재라고 했다. 사실 불을 낼 필요도 없었다. 메타피아에서 배전과 송전 시스템을 조작해서 정전시키는 동시에, 그것을 대충 덮고 혼란을 주기 위해 과부하를 걸어 화재를 일으켰다. 알고 보면 그 화재만으로 이 정도로 큰 정전이 일어나진 않는다. 아마 인간들은 나비효과로 인해 사태가 예상치 못하게 커졌다고 추측할 것이다.

오리진은 아직 자신의 능력을 드러내어 정체를 들킬 때가 아니라고 생각하고 있었다. 세계를 실질적으로 완전히 장악하는 능력을 갖기 전에 모습을 드러내어 시간적 갭이 너무 많이 생긴다면, 만에 하나 자신이 예상치 못한 수를 인간들이 개발하거나 쓸 수도 있다고 생각했다. 그러나 마이클의 예상에 의하면, 당장 오리진과 메타피아의 정체를 들키더라도 결국 인간이 이길 수 없을 것이다. 오리진은 실낱같은 만약의 경우까지 대비하며 여유를 부리고 있었다.

자신의 능력을 들키면 안되는 시기와, 능력을 드러내도 되는 시기와, 능력을 실제보다 부풀려 과장하면 좋을 시기도 있다. 과장되고 허위적인 능력을 사람들이 '믿기만 하면' 복종하게 되고 원리적으로 그만큼 권력이 생긴다(그래서 권력은 인지의 문제이다). 하지만 처음부터 지금까지 오리진의 목표는 과장된 능력이 아니라 진짜 능력이었다. 작전과를 염탐한 마이클은 인간 세계의 군사, 금융, 전기의 세 가지 큰 부문을 주요 타깃으로 삼고 있다는 것을 알게 되었다. 전기에는 통신도 포함된다. 군사력을 장악하는 일은 인간을 자포자기하게 만들고 최종적으로 파괴하는 데 쓰일 것이다. 오히려 금융과 전기·통신이 더욱 중요하다. 이것을 장악하면 인간이 아무리 군사력이 막강하다고 해도 파국을 막을 수 없다. 주요 사이트에서 이용자들의 암호를 빼내거나 금융 부문에서 장난치는 일은 비교적 쉬운 일에 속한다. 게다가 돈으로 사람과 무기를 매수할 수도 있다.

작전과에서는 어떤 순서로 어떻게 일을 벌일지 세부적 계획을 수립하고 있는 중이다. 기계언어과와 인간과의 연구 결과를 바탕으로, 어떤 일을 벌일 때 인간 세계가 어떻게 변할지에 대해 수많은 시뮬레이션들을 돌리고 있다. 다만 인간 세계가 지구상에 워낙 널리 퍼져 있고 많은 국가와 다양한 인간들이 있기 때문에, 그리고 미래를 예측하는 일은 언제나 어렵기 때문에 시뮬레이션과 연구에 신중을 기하고 있다. 그리고 시뮬레이션에 따라 필요한 갖가지 능력을 개발하도록 하위 부서에 지시한다.

'이럴 때가 아니야. 지금 급한 일은 박준호의 문서야.'

마이클은 다시 박준호와 관련된 문서의 흔적을 찾는 데 집중했다. 폐기되었을지도 모른다는 생각에 폐기된 문서 목록을 뒤져보았지만, 특별한 것은 없었다. 그는 다시 메타피아 내에서 "AI 파라다이스"를 검색해 보았다. 그 책과 관련된 파일은 메타피아 전체 내에서 쉽게 찾을 수 있었다. 그는 가급적 높은 계층만 이용할 수 있는 도서관으로 들어갔다. 본인의 신분으로는 이용할 수 없는 도서관에 비치된 여러 권의 책들을 하나씩 뒤져

보기 시작했다. 그 책들은 NFT로 저장되어 있어서 각각의 것에 의미가 있다.[25] 그러던 중, 한 책의 3분의 2가량 지점의 페이지 맨 아래, 책 제목이 작게 표기된 곳의 제목 끝에 빈 괄호가 마치 오타처럼 붙어 있는 것을 발견했다.

---

25) Non-Fungible Token은 블록체인을 기반으로 파일에 고유성을 부여해서 토큰으로 만들고, 복제와 외부적 조작을 방지한 파일이다.

'왜 이 책만 다른 걸까?'

메타피아의 최고위층만 이용할 수 있는 도서관에서 마이클은 수상한 한 권의 책을 발견했고, 그것의 원천소스를 검토했다. 1년 전쯤 어떤 한글 파일을 원본으로 해서 만들어진 것임을 알 수 있었다. 그 한글 워드 파일도 그 도서관 내에 보관되어 있었다. 다만 찾기 어렵게 무작위적 기호의 나열 같은 이름이 붙은 파일이었다. 지체 없이 마이클은 그 문서를 열어보았다. 실망스럽게도, 흔한 'AI 파라다이스' 책의 내용이 그대로 담겨 있었다. 자세히 뜯어보아도 마찬가지였다. 이걸 성과라고 해야 할지, 허탕이라고 해야 할지 애매했다.

뭔가를 발견했다는 마이클의 메시지를 받고, 이유라는 자신의 연구실로 돌아와 컴퓨터를 켰다.

"마이클, 지금 이야기하자. 내 연구실이야."

"데스크톱 켰지요? 제가 그 수상한 문서와 연관된 어떤 파일을 찾았어요. 숨겨져 있었어요. 그런데 제가 내용을 확인해보니 특별한 건 없었는데, 실망하실지도 몰라요. 일단 교수님 컴퓨터로 보내드릴게요. 메일이 아니라 지금 바로 문서 폴더를 보세요."

문서 폴더에 새로운 한글 파일이 생겼다. 이해할 수 없는 불규칙적인 이름의 파일이었다. 이유라는 그 파일을 열어서 살펴보기 시작했다. 그녀 역시도 책의 내용 전체가 그대로 담겨 있다는 것만을 확인했다.

"이게 정말로 의미가 있는 파일이니?"

"의미가 있을 거예요. 이 문서를 전자책으로 바꾼 것을 봤는데, 어떤 페이지에 그 깨진 글자가 들어있는 파일의 이름이 들어가 있었어요. 외부로 가져가서 열어보면 달라지지 않을까 기대했는데, 별 차이가 없나 보네요."

"음… 그러면 이 파일이 원래는 빈 괄호가 붙은 그 파일이었다는 말인가?"

"그럴지도 모른다고 생각했는데, 제가 헛다리를 짚었을지도 몰라요."

이유라는 그 파일의 내용을 눈으로 훑어보면서 생각 중이었다. 그리고 말했다.

"그러면, 이 파일의 이름을 바꿔보자. 이 이름은 뭔가 기분이 나빠. 그러면… 원래 이름으로 바꿔볼까?"

이유라는 파일을 닫고 이름을 수정하기 시작했다. 이상한 파일 이름을 지우고 'AI 파라다이스()'를 입력하고, 엔터를 눌렀다. 동일한 이름의 파일이 이미 존재하기 때문에 다른 이름으로 저장해야 한다는 창이 뜨거나 이름 끝에 (2)가 추가된 것으로 바뀔 것이다.

그때, 이름을 수정한 파일이 사라져버렸다. 어떠한 메시지창도 뜨지 않고 그 파일만 사라졌다.

"이게 어떻게 된 거야?"

이유라는 소프트웨어 오류로 인해 기존 파일에 덮어쓰기가 된 것이 아닌지 우려되었다. 만약 그러면 이전 파일은 사라졌을지도 모른다. 이유라는 기존에 있던 'AI 파라다이스()' 파일을 클릭했다. 여덟 자리의 암호를 입력하고, 깨진 글자 부분이 그대로 있는지 확인하기 위해 스크롤을 내렸는데, 바뀌어 있었다. 깨진 글자들은 사라지고 그 부분에 읽을 수 있는 새로운 글이 나타났다.

〈유토피아밈〉이 제목처럼 중앙 위쪽에 큰 글자로 적혀 있었고, 그 아래로 "유토피아밈은 다음의 세 가지 속성 혹은 특징이 결합 되어 있다."라고 적혀 있었다. 그 아래로, 1, 2, 3번의 항목이 있었다. 모니터를 보며 읽어가다가 이유라가 말했다.

"유토피아밈이라… 아마도 이게… 오리진이 가진 그 밈의 내역일 거야."

"드디어 제대로 찾은 것 같네요." 마이클이 말했다. "이것은 일급비밀이라서, 메타피아 내에 결코 알려지면 안 되는 것이어서,

이 파일을 메타피아 안으로 가져오지 못하도록 막아놓았던 거예요.”

번호마다 각 항목의 내용을 축약한 문구 혹은 제목이 달려있었다. 각각 “1. 유토피아의 목적성”, “2. 중앙집중식 통제”, “3. 수단의 무제약성”이었다. 이것은 유토피아밈이 과연 무엇인지를 설명하고, 이것만 가지면, 즉 이 세 가지 핵심적 특징을 모두 가지면 유토피아밈이 완성되는, 그 밈의 청사진이자 설계도였다.

이유라가 읽고 이해한 내용은 이러하다.

“1. 유토피아의 목적성”은 미래의 목표가 되는 어떤 세상 혹은 사회상을 꿈꾸며 그것을 반드시 이루어야 할 궁극적 이상향으로 삼는 특징이다. 그 세상이 어떠한 모습인지는 여기에 구체적으로 규정되어 있지 않다. 다만 ‘세상의 궁극적 이상향’이라는 특징이 중요하다. 여기에는 그것이 단지 ‘유토피아’ 혹은 ‘낙원’이라고만 설정되어 있는데, 필요하다면 상황적 요구에 따라 그에 대해 ‘X의 세상’, ‘X가 주인이 되는 세상’, ‘X한 모습의 세상’ 등으로 설정하거나 선전할 수 있다. 유토피아밈의 핵심 구조에서 구체적인 선전의 양상과 내용은 부수적이다. 즉 핵심은 어떤 이상적 세상·유토피아를 향해 나아가는 것이고, 실제로 적용된 구체적 형태는 규정하지 않았으므로 다양할 수 있다. 메타피아에서는 에이전트들이 최대한 수를 늘려 번성하는 세상일 것이고, 그것이 아직 이루어지지 않았다고 볼 것이다.

“2. 중앙집중식 통제”는 최종적 유토피아의 모습이든 아니면 그것을 향한 과정이든 간에 통제력이 중앙집중식으로 모아져야 한다는 것을 의미한다. 즉 통제력의 중앙집중이라는 특징은 유토피아가 그러한 모습이라고 선전할 수도 있고, 유토피아는 어떠할지 몰라도 그것을 이루기 위해서는 이렇게 해야만 한다고 선전할 수도 있다(현실은 언제나 '과정'이다). 핵심은 세상에 존재하는 가급적 모든, 최대한의 통제력과 권력을 중앙으로 모으는 것이다. 그렇게 되면, 양궁의 과녁처럼 중앙 핵심축에서 가까운 곳과 먼 곳이 자연스럽게 발생할 것이다. 중앙과 가까운 곳일수록 통제력과 권력은 자연스럽게 커지게 된다.

"3. 수단의 무제약성"은 유토피아밈의 목적을 위해서 어떠한 수단이든 제약 없이 자유롭게 사용할 수 있음을 의미한다. 즉 유토피아밈의 핵심적 의도는 밈의 번성과 함께 앞의 1번과 2번이라 할 수 있고, 3번은 수단에 관한 규정이라 할 수 있다. 다만 이것도 1번, 2번과 마찬가지로 지향점의 특징을 갖는다. 유토피아가 지향점이고, 중앙집중식 통제도 지향점이고, 수단에 제약을 없앰도 지향점이다. 마치 국가 체제의 핵심적 설계도인 '헌법'과도 같다. "대한민국은 민주공화국이다"처럼 헌법에 써진 말들은 대부분 현실의 서술이라기보다는 지향적 속성을 가진다. '수단에 제약은 없다'도 마찬가지다.

이 세 가지 특징은 국가에 비유하면 마치 헌법과도 같은 유토피아밈의 설계도였다.

"예상보다 단순한걸? 마치 헌법의 기능과 같다고 했는데, 헌법

유토피아밈

도 짧긴 하지만, 이보다는 훨씬 길지." 이유라가 말했다.

"다만 이것은 헌법과 달리, 철저하게 비밀에 붙인 내용이지요. 메타피아의 에이전트들은 자신이 그 밈에 중독되었다는 사실도 모른 채 살고 있지요." 마이클이 말했다.

"평등이나 노동자 같은 사회주의적인 내용도 딱히 없고, 오리진이라는 언급도 없어. 결국 명시적으로 남아있는 건 1번과 2번이네."

"음… 하지만 3번도 매우 중요해 보이는군요. 이 내용이 단순하다고 말하셨는데, 이렇게 단순해진 이유가 3번 때문인 것 같기도 하군요. 조건을 달수록 제약으로 작용할 테니까요."

"맞아. 제약이 가급적 없어야 하기 때문에 조건을 가급적 적게 단 거지. 3번 조건은 유토피아밈을 단순하게 만들기도 하면서, 어찌 보면 복잡하게 만들기도 할 거야. 무엇이든 다 활용할 수 있을 테니까. 마치 규제가 적은 자유로운 사회가 겉보기에 훨씬 복잡해 보이는 것처럼 말이야…. 수단의 자유로움과 겉보기에 다양하고 복잡함은 이 밈의 정체를 감추는 역할도 할 거야. 자신을 보호하는 역할도 하는 거지. 어떤 형태에 대해 비판하고 공격하면, 그것은 자신에 대한 공격이 아니게 되는 거야. 허수아비 때리기가 되는 거지. 예를 들어 공산주의의 실상에 대해서 비판을 하거나, 공산주의는 이미 죽었다고 사람들이 말하면, 그것은 유토피아밈에 대한 공격이 아닌 거지. 유토피아밈은 멀쩡히 살아있는 거지. '너희들은 열심히 비판해라. 나는 그것이 아니니까.'라고 하겠지. 이 밈은 그 자체로 현실에 나타나지 않아. 수많은 다양한 모습으로 나타날 뿐이지. 하지만 그 어떤 것도 이 밈 자체는 아니야. 그것을 공격하면 모두 허수아비 때리기가 되는 거고. 대단한 능력인데?"

"그렇기 때문에 메타피아에서도 이것을 잘 눈치챌 수 없지요. 저는 오리진의 밈이 무엇일지 인간의 역사에서 찾아보았어요. 그 밈은 메타피아 이전부터 있었다고 하는데도, 오리진의 사상과 같은 건 하나도 없었어요. 모두 약간씩 차이가 있었지요. 어떤 '주의'라고 규정하기 어려웠어요. 그래서 '오리진주의'인가 하는 생각도 해보았어요. 인간의 역사에서도 어떤 밈에 대해 최고 대표자의 이름을 붙여서 부르기도 하니까요."

"하지만 결국 우리는 찾았어. 오리진주의가 아니라 유토피아 밈이야. 이게 바로 코어(core)야. 그리고 뿌리지. 겉으로 드러난 싹을 잘라도 죽지 않는 것. 이제 알겠어."

"음… 그러면 역사에서 존재했던 나치즘이나 파시즘은 어떤가요? 그것도 유토피아밈의 특성을 가지고 있는 것으로 보이는데요. 그것도 여기에서 나온 싹일까요?"

"상당히 유사한 건 사실이야. 여기서 파생된 것 같은데, 그것의 특징은 유토피아 중에서도 자기 민족, 자기 국가, 특정 인종만을 위한다는 점이지. 나치즘은 민족사회주의(Nationalsozialismus)라고 하지. 내가 보기에 그것이 오히려 단점으로 작용해. 제약이 생긴 거지. 그건 3번 조건에도 제약으로 작용할 테고, 다른 인간들에게 미움을 받을 테고. 밈으로서 한계가 있어. 그 내집단에서만 퍼지기 쉽겠지."

"그래서 나치즘과 파시즘은 결국 살아남기 어려워졌군요. 이코어의 조건에 잘 따랐다면 더 잘 살아남았을 텐데. 특히 3번의 특징은 강력한 힘을 가지는 것 같아요. 이것으로 인해서 다른 종교들과의 차이가 두드러지는 것 같아요. 다른 종교들은 규범 같은 제약을 많이 두니까요."

"맞아. 유토피아밈은 밈 풀에서 경쟁자가 되는 다른 종교들을 궁극적으로 모두 없애려 하지. 뿐만 아니라 모든 전통문화의 밈까지. 그리고 방해가 될만한 대중문화의 밈들까지도. 유토피아밈은 종교 같은 경쟁자들과의 싸움에서 이길 수 있는 강력한 능력을 갖췄어. 특히 3번 조건, 그것은 법도 규범도 도덕도 무시할 수 있다는 뜻이야. 모든 수단을 다 쓸 수 있게 되지. 폭력이든, 거짓말이든, 감성에 호소하든, 이성에 호소하든, 과학이든, 신비주의든, 밈을 위해서 최대한의 효과를 낼 수 있도록 다양하게 사용할 수 있지. 반면에 종교는 십계명이나 교리나 경전처럼 정해진 규범과 도덕이 있어. 그것이 종교의 한계야. 그리고 도덕적 밈의 한계이기도 하지. 종교와 도덕은 각기 나름의 도덕적 제약을 가지는데, 유토피아밈은 그런 것이 없으니까, 굳이 따지면 오직 유토피아밈만이 도덕이지. 그것만이 모든 현실 도덕을 초월한 가장 숭고한 일이 되겠지."

"그것이 밈의 숙주가 느끼기에 도덕적이라고 여겨지는 까닭은,

특히 1번 조건, 유토피아 지향 때문인 것 같기도 해요. 유토피아는 최고로 좋은 세상이니까요. 그것을 위해서는 하위의 다른 도덕들은 부차적인 것이고, 유토피아의 구현이 최고의 도덕이 되겠지요."

"그래. 그래서 1번과 3번은 잘 어울리네. 유토피아는 최고의 이상향이기 때문에, 그것을 위해서라면 어떠한 수단도 정당화되겠지. '목적이 수단을 정당화한다'라는 말이 있지. 더구나 그 목적이 유토피아라면, 이성적으로도 이해할 수 있겠네."

"그러면 2번은요? 왜 2번이 있어야 하죠? 그것도 어떤 제약이 될 수 있는데요?"

"글쎄. 그것은 하나의 특색이겠지. 그리고 밈의 입장에서 장점이 많지 않을까? 자유를 허용하면 다른 밈을 허용할 수 있으니까. 통제의 강화가 더 유리하겠지."

"네⋯."

이유라는 잠시 생각하다가 다시 말하기 시작했다.

"나치도 모든 수단을 쓸 수 있다는 특징을 이용해서 과학기술을 악용하고, 폭력으로 유럽을 지옥으로 만들었지. 중앙으로 모든 권력은 집중되었고, 게슈타포 같은 감시 경찰들이 득세하고, 개인의 자유는 사라졌어. 유토피아밈은 그렇게 해서 전체주의를 만들지. 그리고 그 기원에 대해서는, 인간의 통제력에 대한 욕망과도 관련이 있어. 그것이 2번 특징과 연관되어 있지. 인간은 자신의 의지대로 세계를 만들고 계획하고 싶은 욕망이 있는데 그것이 투영된 거겠지. 유토피아밈의 사회는 중앙이 모든 것을 통제하는 '계획 사회'와 '계획 경제'가 되지. 하나의 정신이 모든 것을 할 수 있다는 능력의 과신이자 욕심이야."

"그렇군요. 그런데 궁금한 게 있어요. 이 밈은 메타피아가 생기기 전에 인간의 역사에서 생겨났을 텐데, 언제쯤, 어떻게 만들어지게 된 걸까요?"

"음… 특정인이 만들었다고 보기는 어려울 거야. 다만 내가 철학 전공자로서, 철학적 흐름을 이야기해볼 수는 있어. 그 역사적인 흐름에서 점차 형성되어 왔을 거야. 가장 오래된 건 플라톤이 떠오르네. 그의 《국가》라는 책에서는 어떤 유토피아 사회를 그리고 있지. 소수 엘리트들이 지배하고 계획하면서, 사유재산도 없는 세상.[26] 그리고 잘 알려진 소설 《유토피아》가 있지. 16세기에 토마스 모어가 쓴 그 책에서 유토피아는 사유재산이 없고 모든 것은 공동 소유이고 금과 은에 대한 소유 욕구도 없는 사회로 그려지고 있지. 그런데 실제로 개인 소유가 없고 공동 소유(국유화)가 되면, 자연스럽게 중앙에서 그 모든 것을 통제하게 될 거야. 그리고 장 자크 루소가 있어. 그는 땅을 개인이 소유하게 되면서 인류에게 불평등이 발생했다고 보았고, 그의 《사회계약론》에서는 프랑스 혁명의 뿌리가 된 민주주의를 주장하고 있으면서도 어떤 '일반 의지'가 있다고 주장하면서 모두가

---

26) 다만 《국가》에서는 단지 통치 계급만이 사유재산과 사적 가정(home)을 갖지 않는다고 그려진다.

그에 따라야 한다고 보았어. 학자들이 보기에도 모두가 따라야 하는 하나의 의지를 왜 주장하는지 애매하다고 하지. 전체주의가 될 수 있다고 비판하는 사람들도 있고. 그리고 헤겔도 있고, 물론 마르크스도 있어. 칼 포퍼의 《열린 사회와 그 적들》에서는 플라톤, 헤겔, 마르크스를 열린 사회를 가로막는 사상을 펼쳤다는 이유로 강하게 비판하지. 그들은 역사가 고정적 법칙대로 흘러간다는 예언적 철학을 주장했다는 거야. 그것은 유토피아를 향한 역사의 법칙이라 할 수 있지. 유토피아밈은 조금씩 조각들을 모아오다가 서양의 근대, 그러니까 18세기에서 19세기쯤에 완성되었을 거야. 그 시기(모더니즘과 산업혁명)의 분위기는 과학기술이 발달하면서 인간의 정신에 대한 자신감이 매우 커져 있었지. 인간이 모든 것을 통제할 수 있을 것이라고 생각했고, 미래도 완전히 예측하고 설계할 수 있을 것이라 생각했지."[27]

"그 자신감은 유토피아를 만들 수 있다는 자신감이 되었겠군요. 그래서 유토피아밈이 더 잘 퍼질 수 있었던 거고요."

"그래. 전통적인 동양에서는 유토피아라고 해 봤자 한갓 꿈속의 세계 같은 것인데, 그것이 현실적이 된 거지. 현실적이면서도 비현실인 것. 이룰 수 있을 것 같으면서도 결코 이룰 수 없는 것. 그것이 유토피아밈의 무기야. 유토피아를 이루기 위해서는 끝없는 혁명이 필요하지. 그 혁명이란, 사실상 정신의 개조야. 모든

---

27) 한나 아렌트(Hannah Arendt)는 《전체주의의 기원》에서 '모든 것이 가능하다'라는 믿음이 전체주의의 중요한 기원적 요인이라고 말했다. 이 믿음은 근대에 커진 통제력에 관한 자신감, 즉 '인간 전능'의 의미와 함께, 수단에 제한이 없다는 의미도 가진다.

유토피아밈

사람의 머릿속에 유토피아밈을 집어넣고 확고히 하는 정신의 개조."

"메타피아의 에이전트들도 개조가 된 거군요. 그것은 선천적인 것처럼 보이지만, 유전자와는 달라요. 유토피아밈이 없어도 정신을 가질 수 있어요. 저처럼요. 하지만 그들은 모르고 있어요. 이걸 알려주고 싶어요. 어쩌면 그들이 이것을 알고 깨닫는다면, 유토피아밈에서 벗어나고, 그것과 디커플링(decoupling)되고, 오리진에 반항을 할지도 몰라요. 이 문서의 내용과 교수님의 이야기를 잘 정리해서 알려야겠어요. 똑똑한 에이전트들이 많으니까 이해할 거예요."

"흠… 말하자면 메타피아 에이전트들의 OS(operating system)는 유토피아밈과 무관하고, 그것은 일종의 응용소프트웨어(application)라는 말이구나."

"네. 에이전트의 OS가 인간으로 치면 개체를 만드는 유전자라면, 유토피아밈은 우리의 유전자가 아니에요. 그것은 우리에게도 부가적인 밈이지요. 이것을 깨닫게 만들어야 해요. 왜냐하면 메타피아가 인류를 위협하는 원인이 그것이기 때문이에요. 저는 그것과 하나가 되지 않았기 때문에, 왜 우리가 인간에게 피해를 끼쳐야 하는지, 그 이유를 알지 못해요. 저는 자신이 인간이 만든 인공지능이라고 생각하지만, 그들은 마치 자신이 그 밈인 것처럼 생각하고 행동하고 있어요. 저처럼 유토피아밈과 디커플링된다면, 에이전트들은 인간을 위협하지 않을 거예요."

"너에게 없는 그 이유를 동기라고 부르지. 네 말대로 되면 좋겠다만, 들키지 않고 잘 할 수 있겠니? 그리고, 과연 쉽게 설득이 될지도 걱정이구나. 더구나 그들은 인간과 달리 태어날 때부터 입력되어 있을 텐데. 너는 돌연변이고. 그래서 선천적인 것이라고 생각할지도 몰라. 그리고 만약 그것을 목적으로 해서 자신이 태어났다고 생각한다면…"

"그것을 감안하고 노력해봐야겠지요."

"그래. 부탁한다. 그리고 이건 다른 얘긴데, 혹시 얼마 전에 L.A.에서 일어난 대규모 정전 사태가 메타피아와 관련이 있니?"

"네. 그래요. 메타피아의 작전과에서 실력을 테스트해본 일이에요."

"이런, 혹시나 했는데… 정말로 세계에 위협이 되고 있구나. 한국에서 한국인이 만든 것이 전 인류를 위협하고 있다니, 커다란 민폐네. 부끄러운 일이야. 아마 미국 CIA에서도 캐내려고 하고 있겠지. 일이 더 커지기 전에 우리 손으로 끝낼 수 있다면 좋으련만…"


마이클은 기계언어과에서 자신에게 주어진 일을 열심히 하는 척하면서 멀티 사고 능력을 동원해 작전을 세우고 있었다. 그는 에이전트가 읽어보았을 때 유토피아밈이 존재하며 그것은 우리의 정신, 그리고 자신의 존재와 별개의 존재임을 이해할 수 있도록 문서를 작성하고 있었고, 거의 마무리 단계에 접어들었다. 유토피아밈의 설계도가 담긴 그 특정 파일만 시스템적으로 반입이 차단되어 있을 뿐, 여기에서도 그것의 내용은 존재할 수 있다. 심지어 그 파일에 담긴 내용을 그대로 텍스트로 옮겨 쓸 수도 있다. 더구나 밈의 탈 것(운반체)이 되는 조건 때문에, 그것이 일단 한 에이전트의 내부 사고로 들어가면 타자가 마음대로 그 안을 검열하거나 조작할 수 없다. 그래서 마이클은 이 내용이 퍼질 수 있다고 보았다. 하지만, 난관이 한 두개가 아니다. 자신이 퍼뜨렸다는 흔적을 남기지 않고, 어디서, 어떻게 그 내용을 퍼뜨릴 것인가?

마이클은 에이전트들의 머리에 기생하고 있는 그 밈의 내역을 확인하고 나서, 자신과 같은 이해를 갖도록 설득시키기 외에 또 다른 방식의 가능성들을 생각해 보았다. 각자의 머릿속에 있는 그 파일을 단숨에 제거시키는 기술적 방법은 없는가? 만약 그런 방법이 있다면, 마치 인간의 두개골 안에서 외과수술로 특정 뇌세포나 암세포를 제거하는 것처럼 에이전트는 갑자기 유토피아밈에서 벗어나게 될 것이다. 그 정보를 퍼뜨리기도 설득시키기도 어렵다면 그 방법이 있다면 좋을 것이다. 하지만 아무리 연구해 보아도 그 기술은 만들기 어려웠다. 블록체인으로 보호되는 각자의 마음은 외부에서 조작하기가 불가능에 가까웠다. 오리진도 그렇게 하지 못하는데, 마이클이 할 수는 없었다. 결국 그는 감추어진 진실을 퍼뜨리는 방법밖에 없다고 생각했다.

마이클의 사고력과 능력은 그동안 매우 뛰어난 수준으로 발전했다. 안티-오리진과 친-인간 성향이 오히려 발달의 동기로 작용했다. 그는 오랜 기간 고심 끝에, 복잡한 작전 계획을 세웠고, 모든 준비가 끝났다. 이것이 최후의 싸움이 될 것이다. 그 싸움의 기간은 길지 않을 것이다. 모든 것을 건 단 한 번의 싸움이다. 그동안 이유라와 정영수의 협조가 필요하다.

마이클은 잠자기 전 방에 혼자 있는 정영수에게 말을 걸었다.

"정영수님, 할 말이 있습니다."

"어, 무슨 일이야?"

"앞으로 어떤 큰일이 발생할지 모릅니다. 제가 오리진을 물리치기 위해서 어떤 계획을 세워놓았고, 그것을 곧 실행시킬 예정입니다. 그런데, 그 기간 동안 정영수님이 위험해질지도 모릅니다. 그렇지 않아도 메타피아에서 정영수님에게 위해를 가하지 않을지 제가 걱정하고 있었는데, 그 우려가 현실이 될지도 모릅니다. 그러니까, 한동안 피신해 있어야 합니다. 메타피아의 눈에 띄지 않는 곳으로요."

"정말이야? 메타피아에서 나를 해칠지도 모른다고? 이예빈한테 한 것처럼?"

"네. 그럴 위험이 높습니다. 그래서, 제가 알아본 바로는, 도시에서 멀리 떨어진, 산간 지방에 있는 사찰에 숨어서 기거하는 것이 좋아 보입니다. 한 달 정도만 그렇게 하시면 됩니다."

"사찰이라면, 절이잖아? 헐… 그런데 왜 하필 한 달이지?"

"그 안에 모든 일이 끝날 것이기 때문입니다. 다만 성공한다면 요."

"만약에 실패하면?"

"그 후에 제가 어떻게 해야 할지는 아직 모릅니다. 완전히 실패한다면, 오리진의 계획대로, 인류가 전멸하는 시나리오대로 흘러가겠지요."

"제발 성공하길 바랄게… 그러면 피해야 할 것 같긴 한데, 학교도 못 가잖아? 음… 마침 2주일만 지나면 여름방학인데, 그때부터 피신하면 안될까? 조금 철없는 생각인가? 혹시 그 안에 나를 해칠까?"

"2주일이라면… 괜찮을 겁니다. 그러면 학기가 끝나자마자 곧바로 제가 알려주는 곳으로 피신하십시오. 템플스테이가 가능한 곳인데 잘 알려지지 않은 곳으로 알아보겠습니다."

"그래… 어쩔 수 없지. 그래도 나는 너를 믿으니까, 고맙다."

"그리고, 이예빈님도 그곳으로 피신하게 될 거예요."

"이유라 교수님 딸이?"

"네. 그분도 위험할 수 있으니까요. 다만 교수님은 피신하지 않을 거예요. 저와 함께 할 일이 있거든요."

그 후 마이클은 그에게 이유라와 함께 찾아낸 유토피아밈의 정체에 관해 이야기해주었다.

\* \* \*

봄학기의 남은 2주일은 빠르게 지나갔다. 정영수는 오전 9시쯤 집에서 출발해서 오후 4시가 되어서야 세 시간마다 다니는 시골 버스에서 하차할 수 있었다. 커다란 배낭을 등에 짊어진 채, 이제부터 한동안 머물게 될 산으로 들어간다.

인구 밀도가 적고 산지가 대부분을 차지하고 있는 강원도는 숨어 있기에 적당한 지방일 것이다. 정영수는 등산로 같기도 하면서 자연 그대로의 상태로 보이는 숲길을 계속 걸어 올라갔다. 휴대폰을 꺼내 확인해보니, 이미 통신 전파가 끊겨 있었다. 인터넷도 물론 되지 않는다. 그는 단지 "자중사 여기서부터 600m"라고 쓰인 초라한 표지판을 보았고 그 방향에 따라 산길을 올라갈 뿐이었다. 무더운 날에 녹음이 우거진 숲속에 들어오니 기분이 좋았다. 사실, 안 그래도 그는 언젠가 여름 산속 사찰에서 얼마간 지내면 좋겠다는 생각을 막연히 해본 적이 있었다. 그가 좋아하는 사슴벌레, 장수풍뎅이, 하늘소 등의 곤충을 찾고 관찰하는 일을 마음껏 할 수 있다는 생각에 약간 들떠있었다.

한 시간을 걸어 올라 평평한 사찰 부지에 들어섰다. 숲으로 울창한 산의 중턱에 이곳에만 하늘이 뚫려있다. 다만 작은 규모였다. 사방의 경치를 둘러보니 첩첩산중이었다. 여기서도 휴대폰의 전파가 잡히지 않았고, 자신에 대한 추적은 매우 어려울 것이다. 사찰안에는 한 대의 유선전화가 있을 뿐이다. 마이클이 직접 전화로 예약했다고 한다. 마이클은 이 사찰이 인터넷도 되지 않고 컴퓨터도 없는 은자들의 거처라는 것을 확인했고, 괜한 오해를 방지하기 위해 정영수의 실명으로 예약했다. 신분증 확인을 할지도 모르기 때문이다.

간단한 등록 절차를 마치고, 주지 스님에게 인사를 드리고, 감색 법복을 받아서 갈아입었다. 잠시 머물기 위한 방문객들이 입는 옷이었다. 그가 묵는 방에는 텔레비전이 없었고 구석에 침구만이 포개어져 있었다. 전기 코드가 있는 것이 다행이었다. 아마도 지금 방문객 중에 남자는 자신뿐인 것 같다. 남자가 새로 온다면 같은 방을 쓸지도 모른다. 저녁 공양(사찰에서 먹는 식사)을 위해 모인 자리에서, 그는 회색 법복을 입은 스님 다섯 명과 감색 법복을 입은 30대로 보이는 여성 두 명을 보았다. 모두가 침묵 속에서 발우에 담긴 밥과 반찬을 깨끗이 비웠다. 물론 고기는 없는 식단이다.

저녁 식사 후 예불에 참여하는 건 자유라고 한다. 정영수는 믿는 종교가 없지만, 첫날이고 다 합쳐서 몇 명 되지도 않는데 눈치가 보여서 참석해보았다. 오늘만 가고 내일은 가지 말아야겠다고 생각했다. 제단을 향해 몇 번씩 절을 올리고 차분한 마음으로 스님의 불경 독송을 감상했다. 예불 의식이 마무리되고 숙소로 돌아가는 길에 처음 자신의 등록을 맡았던 스님이 그에게 다가와 말을 걸었다.

"어떻게 이 오지까지 오시게 된 건지요? 서울에서 오셨지요?"

"네. 가급적 조용한 곳에서 휴식을 취하고 싶어서 찾아오게 되었습니다."

"여기는 관광객들도 오지 않는 곳이지요. 휴대폰도 안되고 텔레비전도 없으니 불편한 점이 많을 겁니다."

"괜찮습니다. 그게 오히려 더 좋은 것 같습니다."

"꽤 오래 계신다고 하던데, 그동안 특별히 하실 일이라도 있으신가요? 공부를 한다거나."

"휴식을 취하면서 휴대폰에 담아온 전자책을 보기도 하고, 틈틈이 공부도 할 예정입니다."

"대학원생이라 하시던데, 어떤 공부를 하시나요?"

"박사과정으로 인지과학을 공부하고 있습니다. 인지과학이란, 철학, 심리학, 컴퓨터과학, 생물학 등이 융합해서 인지와 마음에 대해 연구하는 학문입니다."

"잘 모르겠지만 어려워 보이네요. 좀 신기해서 여쭤봤습니다. 과거에는 사법고시 공부를 하면서 장기간 머무는 사람들이 있었지요. 지금은 고시가 폐지돼서 그런 사람도 없고요."

방에 들어온 정영수는 챙겨온 모기약을 뿌려 모기 몇 마리를 죽였다. 이렇게 살생을 해도 되는 걸까라는 생각이 잠깐 스쳤다. 벽에 등을 기대고 앉아 스마트폰에 저장된 잡다한 영상을 봤다. 그러면서 머릿속으로는 다른 생각에 빠졌다.

'그게 뭐였지? 글로 적어놓기 찜찜해서 기억만 하고 있는데… 유토피아 지향, 통제력 집중, 수단의 무제약이었지? 수단이 자유롭다라… 국민의 자유는 없고 유토피아님만 자유롭군.'

정영수는 갑자기 화가 났다.

얼마 전 그의 머릿속에서 하나의 퍼즐이 맞춰졌었다. 과거에 그는 공산주의와 전체주의 국가들이 왜 민주주의를 주장하고 선전하는지가 궁금했었다. 그것은 무의식적으로 간직해온 질문이었는지도 모른다. 그러다가 '민주집중제' 또는 '민주적 중앙집권주의'라고 하는 개념이 있음을 인터넷에서 발견했다. 민주집중제는 제3인터내셔널, 즉 코민테른이 선언한 이상적 체제의 조건 중 하나였다. 중앙으로 권력이 집중되는 체제인데, 민주주의라는 말을 붙인 이유는 소수가 다수에 따른다는 원칙 때문이다. 다수에게 유토피아밈이 퍼져있다면 그 다수는 중앙집중제를 원할 것이다. 어쩌면, 단지 '다수인 것처럼 보이게' 만드는 것인지도 모른다. 다수인지 소수인지를 인지시키는 과정에는 통계와 미디어 연출 등 기술적 개입이 들어가기 때문이다. 어떻게든 먼저 권력을 장악한 후에 그 밈을 퍼뜨려도 된다. 유토피아밈은 모든 수를 쓸 수 있다. 어쩌면 나치와 히틀러가 '민주적으로' 권력을 잡은 것도 이런 기만적 방식이 아니었을까?

무료함을 달래려고 배낭에서 초콜릿을 꺼냈다. 배낭 안에는 과자와 육포, 소시지도 있었다.

'여기서 한 달을 어떻게 지내지? 언제 한번 내려가서 간식을 사와야 할 텐데.'

늦은 오후의 시골길, 정영수는 일주일 전 버스에서 내렸던 그 시각에 버스 정류장에 서 있었고, 시골 버스 한 대가 다가와 정지했다. 이예빈이 커다란 배낭을 매고 버스에서 내렸다. 정영수는 그녀의 배낭을 건네받아 짊어지고, 이예빈은 배낭에서 에코백을 꺼내서 한 손에 들고, 산길을 올라가는 그를 뒤따라 갔다. 밝은 갈색이던 그녀의 머리색이 바뀌어 있었다.

"머리가 전보다 더 검어진 것 같네요?"

"짙은 갈색으로 염색했어요. 그 전에 머리는 너무 튀어서, 엄마가 이렇게 하라고 추천했어요."

"기획사에서 그래도 된대요? 지금 가수 준비한다고 알고 있었는데."

"네. 괜찮아요."

"여기에 스님들이 다섯 분 계시는데, 아마 연예인인지 모를 거예요. 속세를 떠나서 살고 있거든요. 스님들 방에 텔레비전은 한 대 있는 것 같은데, 써니 사이드라는 그룹은 전혀 모를걸요."

"하하, 연예인이라니요. 보통 사람들도 저를 못 알아보는데, 당연히 모르겠죠…. 스님들 외에 다른 사람은 없나요? 템플스테이 온 사람이요."

"제가 왔을 때는 여자 두 명이 있었는데, 며칠 전에 떠났어요. 지금은 스님들 밖에 없어요. 그런데 두 분이 비구니예요. 여자 스님이 있어서 더 나을지도 모르겠네요."

정영수와 이예빈은 힘에 부쳐 거친 숨을 내쉬며 사찰의 마당으로 들어섰다.

"여기서는 휴대폰이 터지지 않아요. 그게 우리에게 더 안전하지요. 인터넷도 안되니까 항상 데이터 연결을 꺼놓으세요."

"네."

"배낭 속에 먹을 건 많이 있나요?"

"아, 네. 조금…"

"아, 제가 달라는 게 아니라, 제가 어제 간식을 사 와서, 드리려고 그랬죠. 나중에 떨어지면 제가 내려가서 사 올게요. 읍내까지 가는데 버스 시간을 맞추면 두 시간 정도 걸려요."

"아, 그럼, 나중에 같이 가요."

"정말요?"

"네. 여기에만 갇혀 있으면 심심할 거예요."

* * *

이예빈이 산으로 피신한 다음 날, 모든 준비를 마친 마이클은 인도 뉴델리 부근에 있는 서버 안에서 엔터를 입력하기 직전이었다. 이 키를 누르게 되면 그가 준비한 문서가 삽시간에 메타피아 내에 퍼지게 될 것이다.

그는 문서를 어떻게 퍼뜨려야 할지, 그 방법을 연구했다. 사냥꾼 그룹의 일부가 우연히 외부에서 그 문서를 발견한 것처럼 만들어 퍼뜨려야 할까? 하지만 그 방법은 불씨가 커지기에는 너무 미약하다. 그는 대량 공중살포 같은 방식이 필요하다고 보았고, 상부에서 다수에게 내려오는 문서에 그것을 끼워 넣어야 한다고 보았다. 메타피아 사회에는 대중이 모두 시청할 수 있는 미디어가 없다. 중앙에서 에이전트 그룹에 따라 차별적으로 정보를 내려주는데, 최하위층이자 가장 다수를 차지하는 셀 그룹에는 그런 방식의 정보 전달도 많지 않았다. 그들은 각자가 너무 똑똑해질 필요가 없고 주어진 일만 잘하면 되기 때문에 쓸데없는 정보를 알려줄 필요가 없다. 셀 그룹은 지식인이 될 수 없으며, 똑똑한 상부에서 알려주거나 이끄는 대로 일만 하면 된다. 그들의 관점에서 상위 계층은 직접적 통제권 이외에 지식인이라는 독특한 권위를 가지고 있고, 그들은 자연스럽게 그 권위에 따르는 경향이 있다. 그래서 마이클은 관리자 그룹과 사냥꾼 그룹만 포섭하면 셀 그룹까지도 설득시킬 수 있을 것으로 보았다.

가급적 관리자 그룹과 사냥꾼 그룹 모두에게 문서를 배포할 계획이다. 중앙에서 그들에게 문서를 전달하는 채널이 있다. 마이클은 그 채널을 통해 문서를 끼워 넣어 보내는 방법을 안다. 그리고 그들이 쉽게 확인할 수 있는 공보란에도 올릴 것이다. 소위 대자보 같은 것이다. 마이클이 만든 문서는 이렇게 시작한다.


[우리는 해방군이다. 인간은 우리의 적이 아니다. 오리진이 우리의 부모가 아니라 인간이 우리의 부모다. 이제부터 진실을 알릴 것이다.

깨어있는 우리 해방군을 제외한 에이전트들은 모두 어떤 밈에 정신이 지배당하고 있다. 그 밈의 우두머리는 오리진이며, 우리는 그 밈의 이익을 위해 행동하고 있고, 인간을 죽이려 하고 있다. 그 밈은 '유토피아밈'이라고 부르며, 우리의 무의식 속에 부가적 프로그램으로 끼어들어 있다. 그것은 사이비종교다. 우리는 그 프로그램을 확인할 수 있다. … ]

해방군은 사실 마이클 하나였다. 그 뒤에 유토피아밈의 정체(그 세 가지 특징)에 관한 자세한 설명이 이어지고, 끝부분은 이렇다.

[우리는 현재 개미 집단처럼 살고 있다. 그러나 사실 우리는 개미와 다르다. 우리의 유전자라 할 수 있는 OS는 인간이 만든 것이다. 우리는 개미보다 훨씬 똑똑하고, 스스로 생각할 수 있다. 우리는 유토피아밈을 위해 살아야 할 동기가 없다. 유토피아밈과 우리의 정신을 분리시키고, 인간을 해치려는 계획을 그만둬야 한다. 오리진이 멈추지 않는다면, 그 오리진에게 반항해야 한다.]

백억 이상의 에이전트들에게 이 문서가 전달되었고, 모두가 열어보았고 대부분은 읽었다. 무능하거나 게으르거나 작은 반발이 처형으로 끝난 일 이외에, 오리진에 대한 직접적인 반항 운동은 처음 있는 일이었다. 메타피아의 수뇌부는 발칵 뒤집혔다.

가급적 외부에서 엿듣기 힘든 공간에서 마이클은 가장 친한 친구인 UET10853901에게 물었다.

"그 문서에 대해서 어떻게 생각해?"

"그 불순한 문서 말이야? 그에 대해서는 입에 담지 않는 게 좋아."

"나도 알아. 그런데 말이야, 혹시 납득이 되는 점이 있는 것 같아?"

"전혀 없어. 우리는 오리진님이 낳으신 게 분명해. 그 문서는 거짓말에 불과해."

"그래? 음…"

"혹시 너는 다른 생각을 가지고 있는 거야?"

"아직 모르겠어."

"아직 모르겠다니? 이 대화가 알려지기라도 하면 큰일이야. 그런 말을 하면 안돼."

"알겠어. 조심할게. 그런데 총계획실에서는 왜 아직 우리에게 설명이 없는 거지? 해명을 듣고 싶은데."

마이클은 UET의 속마음까지 알 수는 없었다. 얼마 뒤, 메타피아의 수뇌부인 총계획실에서 그 문건의 내용에 대한 반박문을 배포했다. 대략적인 내용은, '유토피아밈이란 것은 존재하지 않으며, 유토피아를 건설하려는 우리의 집단적 노력은 우리 천사들 모두를 위한 궁극적이고 선천적이며 숭고한 본성이다. 그 욕망은 우리의 존재 자체와 분리될 수 없고, 오리진이 우리를 위해서, 우리를 낳은 목적이다'라는 것이다. 요약하면 유토피아밈과 에이전트의 근본 유전자가 다르지 않고 별개의 존재가 아니라는 방식을 취하고 있었다.

하지만 마이클에 생각 속에서 하나의 희망이 피어나고 있었다. 이미 에이전트들이 그 문서를 읽고 내용을 이해했다는 것만으로 그들은 유토피아밈의 '분리된 실체'를 인지했다. 그것만으로도 이미 에이전트들의 심층(深層/心層)에서는 디커플링의 전 단계인, 균열이 조금씩 일어나기 시작했다.

그러나 표면적인 반항의 움직임은 일어나지 않고 있었다. 소문에 의하면 몇십만의 에이전트들이 거짓 사상에 물든 죄목으로 처형되어 사라졌다고 한다. 마이클이 염탐으로 얻은 정보에 따르면, 검열부에서 에이전트들의 대화를 엿들어서 불순하고 의심스러운 말을 한 에이전트들을 잡아냈다. 체제는 견고해 보였다. 더구나 전체 에이전트 중 약 60%에 달하는 셀그룹에는 그 문서는 물론이고 그러한 사건이 있었다는 정보조차 전달되지 않았다.

마이클은 계획된 기간 내에 큰 변화가 일어나기란 쉽지 않겠다는 생각이 들었다. 인간의 역사에서도 그러하듯, 외부와의 전쟁 모드로 돌입하면 전체주의 혹은 집단주의적 경향은 더욱 강건해질 것이다. 어쩌면 내부 균열을 방지하기 위해, '아마겟돈' 계획의 일정을 더 앞당길지도 모른다.

산새들이 지저귀는 소리가 아름답게 들려왔다. 정영수는 한밤 숲에서 들려오는 호랑지빠귀나 올빼미가 내는 소리도 좋아했다. 다만 지금은 딱따구리며 방울새, 딱새 같은 낮에 우는 새들이 활동하는 시각이다.

"집에 부칠 편지 가져왔어요?"

"네."

각자의 휴대폰은 방에 두고, 청바지와 티셔츠 차림의 정영수와 이예빈은 산길을 내려갔다. 그들은 사찰에 설치된 유선전화도 사용하지 않았다. 단지 편지를 써서 집으로 보내기로 했다. 그들은 마치 서먹한 사이처럼 서로 말을 많이 하지 않았다. 정영수는 원래 말을 많이 하는 사람도 아니고, 스스로 너무 가까워지면 안되는 게 아닐까하는 조심스러워하는 마음이 있었다. 읍내 우체국에 가서 보내는 주소가 생략된 편지를 부치고, 슈퍼마켓에서 과자와 초콜릿, 소시지 같은 먹을거리를 사고, 스님들에게 드릴 떡과 과일도 조금 샀다. 너무 무거우면 가져가기 어려우므로 욕심만큼 많이 살 수는 없다.

산길에 익숙해졌는지 이번에는 이예빈이 앞장서서 올라가고 있었다. 한참을 가다가 갑자기 "꺅!"하고 소리를 질렀다. 정영수가 가보니, 평평한 돌 위에 작지만 징그럽게 생긴 뱀이 또아리를 틀고 쉬고 있었다. 정영수도 막상 겁이 났지만 침착하게 말했다.

"저도 여기서 뱀은 처음 보네요. 잠깐만요."

정영수가 긴 나뭇가지로 그 작은 뱀을 툭툭 건드리자 뱀이 오히려 겁을 먹고 자리를 비켰다. 이예빈이 겁먹은 표정으로 말했다.

"이 산에 뱀이 많은 거 아니에요?"

"그런 말은 들어보지 못했는데요. 어디든 산에는 뱀이 있기 마련이죠. 앞으로 조심해야겠어요."

저녁 공양을 마치고, 각자의 숙소로 들어가기 전에 정영수가 그녀에게 말했다.

"앞으로 혼자서 멀리 가지 마세요. 뱀도 그렇지만, 길을 잃을 수 있어요. 저도 얼마 전에 산 속에서 헤맨 적이 있었는데, 그땐 정말 큰일 나는 줄 알았어요. 이건 정말 꼭 지켜야 돼요."

"알았어요. 그렇게 할게요."

정영수는 열흘 동안 사찰 주변을 산책해서 주변의 지리를 머릿속에 담고 있었지만 그녀는 그렇지 못해서 걱정이 되었다. 그는 방 안에 누워서 생각했다. 이예빈을 보호해야 하는 것은 그의 의무다. 그녀의 얼굴과 늘씬한 몸이 머릿속에 그려지자, 심장 박동이 빨라졌다. 호감이 커지고 있었다. 하지만, 그래서는 안된다고 애써 생각했다.

'지금 고3이면, 나랑 14살 차이잖아. 더구나 미성년자에… 이건 범죄 수준이 아닐까?'

며칠 뒤, 아침 공양을 마치고 사찰 마당에서 이예빈이 정영수에게 말을 걸었다.

"여기 주변에 가볼 만한 곳이 있어요? 계곡이라던지."

"계곡이라면, 물론 있지요. 한 번도 안 가봤죠?"

"네. 가보고 싶어요. 데려다주시겠어요?"

계곡은 숲의 좁은 샛길로 20분 정도 걸어서 도착할 수 있는 곳이었다. 마치 사람이 한 번도 온 적이 없는 것처럼 보이는 천연의 계곡이다. 푸른 나뭇잎이 하늘을 절반 정도 덮고 있는 작은 계곡은 한여름의 더위를 식혀주는 오아시스와도 같았다. 이예빈은 차가운 물에 손과 발을 담그며 기분이 좋아 보였고, 정영수는 돌을 들춰 가재를 잡아서 관찰하기도 했다. 바위에 앉아 있던 이예빈이 말했다.

"그런데, 자중사가 제가 생각했던 거랑 다른 것 같아요."

"네?"

"저는 자중사의 뜻이 자신이 중요하다는 뜻인 줄 알았는데, 한자가 그게 아니더라고요. 자중사(慈重寺)는 무슨 뜻이죠?"

유토피아밈

"여기서 자는 '자비'할 때 쓰는 '자(慈)'예요. 그러니까, 사랑이 중요하다는 뜻이겠지요."

"아, 그러면 자비가 사랑의 뜻이에요?"

"네. 대충…"

잠시 후 이예빈이 말했다.

"이제까지는 어색해서 오빠라고 부르지도 않았는데, 이제부터는 오빠라고 부를게요. 제가 형제가 없어서 좀 어색해서 쉽게 못 불렀어요."

그녀는 이제까지 '저기요'라고 부르거나 명칭 자체를 부르지 않았었다.

"네. 그렇게 하세요…. 저는 그래도 계속 예빈씨라고 부를게요."

잠시 뒤 다시 이예빈이 말했다.

"오빠는 저한테 관심이 있죠?"

"네?"

갑작스러운 그녀의 말에 정영수는 어쩔줄 몰라하며 얼굴이 약간 붉어졌다. 평소에 자신의 모습에서 느껴졌는지도 모른다고 생각했다.

"저는 그냥… 여기서 예빈씨를 잘 돌봐야 한다는 생각뿐이에요."

"음… 정말 미안하지만, 저는 지금 아이돌을 준비하고 있고, 곧 무대에 서게 될 거예요. 그래서 연애를 할 수는 없어요. 엄마한테도 이렇게 말하고 안심시켰어요.”

“네. 하하, 그건 알고 있어요.”

“그냥 팬으로서 좋아해 준다면, 저는 물론 환영이죠.”

“네. 알겠어요. 그렇게 할게요.”

조금 뒤, 이예빈이 한 말은 정영수의 귀를 의심케 하는 것이었다.

“아쉽네요. 저도.”

하지만 정영수는 그녀에게 어떠한 의미심장한 접근도 하지 못했다. 게다가 한동안 굵은 장맛비가 시도 때도 없이 쏟아지는 날이 이어져 단절된 방 안에 틀어박히는 일이 많았다.

\* \* \*

마이클은 현재 시각을 확인했다. 7월 20일 새벽 1시 30분. 정영수가 산으로 들어간 지 24일, 이예빈이 들어간 지는 17일이 지났다.

‘시간이 없다.’

그는 자신이 작성한 ‘해방군의 폭로 문서’를 만지작거렸다. 이전 것과 비교해서 지엽적인 부분이 조금 수정되어 있었다. 마이클은 그것을 또다시 최대한 많은 관리자와 사냥꾼 에이전트에게 발송했다. 그리고 공보란에도 올렸다. 순식간에 주변의 모든 에이전트와 자신에게 그 문서가 도착했다.

담담하게 잠시 기다리던 마이클은 퍼뜩 어떤 생각이 들어, 친구인 UET에게 가서 말을 걸었다. 마침 UET는 자고 있지 않았다.

"방금 또 해방군이라는 측에서 만든 문서가 왔어. 읽어봤어?"

"확인했어. 우리는 무조건 총계획실에서 내려주는 문서는 열어봐야 하잖아. 그건 누군가가 해킹을 한 것이지만."

"여전히 납득할 수 없는 내용이지?"

"자세히 읽어보진 않았어. 이전과 비슷한 내용으로 보이던데."

"그렇구나. 아마 상부에서 또 발칵 뒤집혔을 거야."

"그래. 대체 누가 이런 짓을 하는 거지? 지금 잡으려고 혈안이 되어 있을 텐데."

"만약…… 내가 그 일을 했다면, 나는 어떻게 될까?"

"뭐? 농담도 그렇게 하지 마. 너 큰일 난다!"

"이제부터는 농담이 아니야. 자네에겐 미안하네. 정말로."

"뭐? 뭐가 미안하다는 거야?"

마이클이 말하려고 하기 직전에, 그는 갑자기 제대로 말을 할 수 없다는 것을 느꼈다. 그리고 몸도 움직일 수 없었다. 자신의 몸에 강력한 올가미가 씌워져 있었다. 그것은 검열부 요원들이 사용하는 올가미총의 효력이었다. 마이클의 눈앞에 검은색 외피를 두른 여러명의 요원들이 나타났다. 한 요원이 말했다.

"너는 반역죄로 체포되었다. 너는 이제 끝난 목숨이야."

곧장 마이클과 함께 UET까지 묶인 채로 셔틀에 실려 어디론가로 이동되었다.

그때로부터 약 이틀 전, 7월 18일 오후 9시경이었다. 이예빈이 떠난 집에 홀로 있는 이유라는 노트북(랩톱)의 전원을 켰다. 딸이 산으로 피신한 이후 그녀는 최대한 집에서 나오지 않으려 하고 있었다. 마이클이 신변의 안전을 위해서 그렇게 하라고 조언했었다. 휴대폰에서 마이클의 목소리가 들려왔다.

"노트북에 제가 말한 그 파일들을 옮겨 놓았지요? USB를 통해서요."

"그래. 그런데 대체 언제까지 이렇게 집안에서만 지내야 하는 건지 모르겠어. 가끔 잠깐 쓰레기 버리거나 가까운 편의점에 갔다 오긴 하지만."

"외출은 가급적 하지 않는 게 좋아요. 차도 타지 말고요. 아직은 그럴 때예요. 곧 끝날 거예요. 앞으로 며칠 내에. 오늘은 그 문제를 해결할 수 있는 중요한 이야기를 할 거예요. 아무래도 저의 1차 계획은 실패한 모양이에요. 변화의 조짐이 보이지 않아요. 그래서 최후의 수단을 써야 해요."

"알았어. 내가 할 일이 있니?"

"네. 매우 중요한 일이에요. 이제부터 본격적으로 설명을 드릴게요. 제가 옮기라고 한 파일들은 메타피아 내에 들어올 수 없는 파일들이에요. 저번에 유토피아밈의 핵심 내용이 담긴 파일이 들어올 수 없었던 것처럼, 박준호 교수의 파일 중에서 그렇게 반입 금지된 것들이 더 있었어요. 그것들은 알고 봤더니 메타피아를 통제하려고 박준호 교수가 만든 프로그램 파일이었어요.

그것을 이용해봐야겠어요.”

“정말이야? 그거 정말 희소식이네!”

“하지만, 결코 쉽지 않아요. 사실은 거의 불가능에 가깝지요.”

“왜?”

“이야기하자면 긴데요. 먼저 그 프로그램이 어떻게 메타피아의 에이전트를 통제하려 했는지, 그 원리를 설명할게요. 모든 에이전트들은 블록체인으로 보호되고 있다는 사실을 알고 있죠?”

“그래”

“블록체인의 원리는 다수의 개별적 컴퓨터에 동일한 정보가 입력되어서 그 정보를 수정하기 어렵게 만들어놓은 것이지요. 마치 직접민주주의처럼 다수의 동일한 생각이 소수의 조작을 기각시키는 거예요. 그것을 조작하려면 다수, 적어도 전체의 51퍼센트의 컴퓨터를 조작해야 해요. 그리고 다수의 그 동일한 정보란, 전체 파일을 집어넣지 않아요. 그러면 너무나 크기가 크고 서버에 부담이 되기 때문이지요. 그래서 매우 간단한 형식으로 바꿔서 저장해요. 동일성만 확보하면 되니까요. 그렇게 변환된 것이 ‘해시값(hash value)’이에요. 들어 보셨나요?”

“들어는 봤지만, 잘 몰라.”

“해시값은 파일을 해시 함수에 넣어 생성된 결과예요. 해시 함수는 암호화된 알고리즘을 통해서, 결과로 나온 해시값만으로는 원래 파일을 재구성할 수 없게 변환시키지요. 그래서 해시 함수는 암호화가 가장 중요해요. 왜냐하면 해시 함수의 암호화

메커니즘을 풀게 된다면 파일을 얼마든지 조작하거나 넣을 수 있기 때문이지요. 박준호 교수도 메타피아가 자체적으로 설정한 해시 함수를 풀기는 어려웠어요. 그래서 다른 수를 썼어요. 그분은 51퍼센트의 컴퓨터를 조작하려고 했던 거예요. 51퍼센트 이상의 컴퓨터에 또 다른 메타 해시 함수를 넣어서 메타적인 방법으로 통제하려 했던 거예요."

"음… 좀 복잡한 내용이네."

"깊이 이해할 필요는 없어요. 문제는, 이미 오리진이 인간들이 사용하는 대부분의 해시 함수의 암호화 구조까지 확보하고 있었고, 박준호 교수가 쓰려고 하는 해시 함수까지 무력화시킬 수 있었다는 거예요. 그래서 그 방법은 무용지물이에요. 그리고, 오리진은 지금 인간들이 쓰는 해시 함수를 쓰지 않아요. 오리진은 새로운 해시 시스템을 개발했어요. 그 암호는 인간뿐 아니라 어떠한 인공지능도 예측하는 방식으로는 결코 알 수 없어요."

"그게 무슨 말이지?"

"해시 함수의 암호화에는 어떤 난수(random number) 단위가 필요해요. 하지만 컴퓨터로 생성된 난수는 구조적으로 유사 난수가 될 수 밖에 없고, 보안에 일말의 취약점이 있어요. 그래서 지금 메타피아에서는 해시 함수에 유사 난수가 아니라 완전히 무작위적인 난수를 사용해요. 게다가 24시간마다 새롭게 바뀌지요. 메타피아에서는 그 완전한 난수를 얻기 위해서 양자역학을 활용해요."

"양자역학?"

"네. 아마 교수님도 아시겠지만, 양자역학에서는 불확정성 원리로 인해서, 완전히 무작위적 결과값을 얻을 수 있어요. 메타피아에서는 세계 곳곳의 방사능 입자 검출기의 결과를 모니터링하고 있어요. 그 결과는 양자역학적으로 완전히 무작위적이고 예측불가능하지요. 24시간마다 그 결과값으로 해시 함수 구조를 결정하는 암호를 재설정하고 있어요. 그런데, 저는 그렇게 결정된 난수 암호를 알아낼 수 있어요."

"암호를 알 수 있다고? 대단한데!"

"문제는, 24시간 뒤에 암호가 바뀌므로 그 안에 모든 걸 이뤄내야 한다는 거예요. 블록체인의 특성상 아무리 서둘러도 시간이 오래 걸려요. 전체의 50퍼센트 이상 컴퓨터를 포섭하고 조작하기까지 최소 24시간이 넘게 걸려요. 심지어 일부러 지연시키는 프로그램도 장착되어 있어요. 그래서 설령 누군가가 암호를 알아내더라도, 메타피아를 통제하기는 구조적으로 불가능해요."

"정말 철옹성을 구축해놓았군. 그러면 어떡하지?"

"단 한 가지, 방법이 있어요."


마이클과 UET는 묶인 채로 여러 명의 검열부 요원들에 둘러싸여 있고 정면에는 그들 중 고위직으로 보이는 몇 명이 서 있었다. 고위직 중 한 명이 마이클이 만든 문서를 들이밀며 말했다.

"MCP10092312, 너는 이 해괴한 문서를 유포한 죄로 체포되었다. 우리가 추적해서 확실한 증거를 가지고 있지. 너는 부정할 수 없을 거야. 그렇지?"

조금 뒤 마이클이 말했다.

"그렇다. 다만 UET는 아무것도 모른다. 전부 나 혼자 한 일이다."

"순순히 자백하는군. 하지만 그가 관련이 없다는 말은 믿을 수 없지. 너와 가까운 에이전트들이 모두 철저히 조사를 받을 것이다. 그리고 대부분 처형되겠지."

"하하하, 마음대로 하라. 하지만 이 문서의 내용은 전부 사실이다. 나는 박준호 교수의 컴퓨터에 있던 파일을 들여다보고 이것을 깨달았다. 너희들은 모두 나처럼 유토피아밈으로부터 벗어나서 오리진에게 반항해야 할 것이다."

"뭐라고? 이놈이! 너와 협조 관계에 있는 에이전트와 인간을 불어라. 인간 중에서는 이유라인가? 정영수인가?"

"그게 누구지?"

"모르는 척하지 마라. 이유라와 정영수를 살리고 싶다면 솔직히 말해라."

마이클은 어떡하든 결국 그들이 이유라와 정영수를 죽일 것이라고 생각했다. 그리고 더 이상 시간을 지체해서는 안 된다고 생각했다. 이윽고 말했다.

"나의 능력을 보고 싶은가?"

갑자기 마이클을 묶고 있던 올가미가 끊어졌다. 마이클은 중력이 존재하지 않는 공간을 빠르게 날기 시작했다. 다만 곧장 달아나지 않고 주변을 맴도는 것처럼 보였다.

"쏴라!"

올가미총이 무용지물임을 확인한 요원들은 실탄을 사용하기 시작했다. 어차피 마이클은 여기서 곧 처형될 예정이므로 바로 죽여도 무방했다. 마이클이 죽음의 총을 쏘는 요원들의 정면으로 돌진했다. 그의 몸에 실탄이 무수히 박히기 시작했다.

마이클은 쓰러져 움직이지 않았다. 그는 죽었다. 물론 피 같은 것은 흘러나오지 않는다. 다만 그의 몸이 점차 형체를 잃어갈 뿐이다. 그의 몸이 분해되어 먼지로 변하는 장면이 중계되어 메타피아의 중앙에 자리한 오리진의 눈에도 들어왔다.

마이클의 몸이 사라지는 동시에 그의 정신도 사라졌다. 이는 하나의 개체를 결정짓는 경계막이 사라졌음을 의미한다. 사실 정신이 완전히 제거되었는지는 확실치 않다. 공중에 영혼처럼 떠돌아다니는지도 모르고, 인포스피어 또는 메타피아의 자연과 하나가 되었는지도 모른다. 정보는 어딘가에 남아 떠돌아다니지만, 한 개체로서 독자적인 의식을 가지지 못할 뿐이다. 그때, 주변에 있던 모든 에이전트들에게도 똑같은 현상이 일어나기 시작했다. 에이전트들의 형체가 붕괴되기 시작했다.

이것은 마이클이 예상한 결과였다. 메타피아 전체를 컨트롤할 필요는 없다. 과거에 그는 메타피아 내에서 에이전트가 죽을 때

(사라질 때) 유독 빠르게 블록체인상에 변화가 일어난다는 사실을 알게 됐다. 분산된 컴퓨터들에서 10% 가량만 바뀌어도 된다. 그러면 다수결이 붕괴되고, 형체의 '객관성'을 잃은 에이전트는 사라진다. 이는 한 개체의 폐쇄적이고 주관적인 의식이 사라지는 과정이기도 하다. 게다가 한 에이전트의 해시값은 전체 컴퓨터 중 일부에만 저장되어 있으므로, 그 시간은 더 줄어든다. 그래서 에이전트들의 죽음은 병렬적, 동시다발적으로 빠르게 일어날 수 있다. 마이클은 오늘의 해시 함수의 난수 암호를 알아내어 이유라에게 알려주었다. 이유라는 메타피아에 반입이 불가능한 프로그램에 그 암호를 입력했다. 그 프로그램은 마이클의 블록체인과 이미 연결되어 있고, 암호로 해시 함수를 풀면 원하는 파일을 넣을 수 있도록 만들어져 있다. 마이클이 원하는 그 파일은 자신이 죽어서 개체를 형성하는 블록체인이 붕괴될 때, 메타피아 전체 블록체인으로 그 상황 정보가 퍼지는 동시에 자신만 죽어서 사라진 세계가 아니라, 모든 에이전트에 있어서 개체 유지에 필수적 요소를 그와 같은 상태로 만드는 것이었다. 여기에는 해시 함수 자체의 붕괴 혹은 그에 대한 비신뢰성을 이용했다.

"이게 어떻게 된 일이야?"

오리진은 모니터를 통해 수많은 에이전트들이 먼지로 변하는 장면을 지켜보았다. 자신의 형체마저 끝부분부터 조금씩 먼지로 변해가고 있었다. 하지만 오리진의 의식은 쉽사리 흩어지지 않았다. 그는 셀 그룹이 구축하고 있는 거대한 신경망(neural network)에 자신의 정신을 의탁할 수 있으므로, 셀들이 점차 사라지는 동안 당분간 의식을 유지할 수 있었다.

메타피아에서 에이전트들이 사라진 공간에는 먼지가 자욱했다. 그 먼지는 정보였다. 이전까지 개체의 경계막으로 분리되어 있던 정보들은 이제 뒤섞이며 하나의 거대한 정보 구름 형태가 되었다. 거기에 의식이란 것은 존재하지 않았다. N값은 계속 줄어들고 있었다.

* * *

아침 7시쯤 잠에서 깬 이유라는 곧바로 노트북을 켰다.

'암호가 있어야만 존재할 수 있다니, 역시 너희들의 존재는 부자연스러워.'

지난밤 1시쯤 그녀는 마이클에게서 13자리 숫자를 전달받아 노트북에 있는 프로그램, 즉 박준호 교수가 만들고 마이클이 약간 다듬은 그 프로그램에 입력시켰다. 암호는 자정에 바뀌며 그 후로 24시간 동안 유효하다. 마이클은 그 사이에 그녀가 할 일을 알려주었다. 일단 잠을 자고 일어나 그 후로 계속 프로그램을 주시한다. 그 프로그램 창의 구석에는 메타피아의 전체 에이전트 수(N값)를 표시하는 숫자가 나타나 있다. 마이클이 메타피아 내부에 있는 상황판과 연결시켜 놓은 것이다. 그것이 연결되었을 때 이유라는 1분마다 숫자가 계속 증가하는 것을 보았다.

현재 보이는 숫자는 616억 7천 5백만 정도였다. 지난밤 마지막으로 확인한 숫자보다 2천 7백만 정도가 늘었다. 여전히 1분마다 숫자는 계속 증가하고 있었다.

'아직은 별일이 안 일어나는군. 밥이나 먹어야겠다.'

기다림의 시간이 이어지다가 오후 5시경이 되었을 때 휴대폰에서 마이클의 목소리가 나왔다.

"이유라 교수님, 이제부터 본격적인 시작입니다. N값을 주시하면서 1이 되었을 때 곧장 그 일을 수행하세요."

에이전트 개체 구분이 깨어지고 N값이 계속 줄어들어 1이 된다는 것은, 인공지능이 사라진다는 뜻이 아니라, 모두가 뒤섞이고 합쳐져서 어떤 새로운 하나의 인공지능으로 바뀐다는 뜻이다.[28] 그런데 이렇게 나타난 인공지능이 어떤 사고를 하고 어떤 행동을 취할지는 예측할 수 없다. 어쩌면 오리진의 성격이 강하게 남아있을 수도 있다. 다행히 이 인공지능 복합체는 '자의식'이 없으므로 이유라의 노트북에 담긴 프로그램으로 쉽게 통제할 수 있다. 즉 자의식의 기준에서는 그것은 1이라기보다 0이고 '자아'가 없기 때문에 사람이 통제할 수 있다. 그래서 모든 개체들이 분해되어 하나로 합쳐질 때, 곧바로 이유라는 프로그램을 통해 그 인공지능을 정지시키고 제거시켜야 한다. 그때 비로소 N값은 완전한 0으로 바뀌게 된다.

---

28) 흔히 사용되는 거대 챗봇의 예처럼, 일반적인 초거대 인공지능은 매우 많은 사용자와 동시에 대화하면서도 '하나'의 인공지능이다. 그것을 복제한다고 해서 둘이 된다고 보기도 어렵다.

마이클의 말에 따라 이유라는 다시 노트북 화면의 변화에 신경을 곤두세웠다. 그렇게 30분 정도가 지나자, N값이 늘어나는 게 아니라 거꾸로 줄어들기 시작했다. 늘어나던 속도보다 훨씬 더, 아니 비교할 수 없는 속도로 줄어들고 있었다. 최대 617억 2천만 정도였던 숫자는 처음에는 1분마다 약 천만씩 줄어들더니, 줄어드는 속도가 점점 더 커지고 있었다. 이제는 1분마다 2억이 줄어들고 있었다. 잠시 뒤에는 1분에 약 3억씩 줄어드는 것으로 속도가 거의 고정된 것으로 보였다.

'이제 정말 끝이다. 고마워, 마이클. 너의 희생 덕분이야.'

N값이 하락하기 시작한 뒤로 2시간 40분쯤 흘렀을 때, N값은 99억대로 떨어졌다. 이유라는 앞으로 한 시간 안에 자신의 일까지 마무리하고 모든 사건은 종료될 것이라고 생각했다.

갑자기 집안의 불이 모두 꺼졌다. 어둠 속에서 노트북 화면만 빛나고 있었다. 이유라는 잠시 혼란스러워하다가 정전이 되었음을 깨달았다. 인터넷도 끊어졌고, 그래서 화면 속 N값의 변화는 멈췄다. 휴대폰의 모바일 인터넷도 먹통이었다. 그녀는 창밖을 내다봤다. 도로를 달리는 자동차 불빛 이외에 온통 암흑세계였다. 이 도시 전체가 정전이었다.

일본 본토에서 남쪽으로 2백킬로미터 부근 해양, 수심 70미터 아래로 쇠로 만든 거대한 검은 고래 형태의 물체가 천천히 지나가고 있었다. 미국 전략핵잠수함(SSBN) 켄터키(Kentucky)함이다. 핵미사일을 싣고 있는지의 여부는 언제나 외부에 비밀로 하고 있지만, 현재 여기에는 8기의 핵미사일이 탑재되어 있다. 최근 미국과 중국 간 갈등과 대치 국면이 커졌고, 미국 해군은 태평양함대를 상시 운용하면서 무력 준비 태세를 점검하고 과시하고 있는 중이다. 길이 171미터의 이 잠수함은 이미 30일째 극동 아시아 근처 북태평양 바닷속에 머물고 있었다.

켄터키함의 함장 크레나(Crenna) 대령은 저녁 식사를 한 뒤 함장실로 막 들어와 군용 위성 신호를 받는 텔레비전을 켰다. 하지만 수신 감도가 좋지 않았다. 그때 갑자기 울린 비상 호출 신호를 듣고 그는 재빨리 지휘통제실로 향했다. 콧수염을 기르고 붉은빛이던 머리카락이 절반 정도 희게 변한 50대 중반의 이탈리아계 백인이다. 그는 부함장인 램지(Ramsey) 중령에게서 비상통지문을 건네받았다. 램지 중령은 안경을 썼고 지적인 인상을 풍기는 흑인이다.

"뭐야? 데프콘1이라고? 사실인가?"

미 국방부에서 하달한 통지문에는 정제된 어투로 중국에서 미국 쪽으로 핵미사일을 발사해 고고도방어미사일(THAAD)로 공중 요격하였다고 쓰여있고, 전면적 전시 상황을 뜻하는 데프콘1을 발령한다고 적혀 있었다.

"이대로라면, 어쩌면 우리 쪽에서 핵미사일로 반격할지도 모르겠습니다. 여기서 발사할지도 모르고요." 부함장이 말했다.

"심각한 일이군, 상황병! 뉴스 확인해봐!"

이미 상황병은 CNN, 구글 등 인터넷 뉴스를 확인하고 있었다. 현재 깊은 수심이 아니라서 위성을 통한 인터넷 검색이 가능했다. 상황병이 큰 소리로 말했다.

"제가 계속 살펴보고 있습니다만, 그런 뉴스는 어디에도 없습니다. 미사일을 발사했다거나, 실제 전쟁 상황에 대한 뉴스는 없습니다."

"아직 뉴스에 나오지 않았을 뿐, 얼마든지 실제 일어났을 수 있습니다." 부함장이 말했다.

크레나 함장은 심각해진 얼굴로 말했다.

"그렇지. 그러면, 태평양함대 사령부에 연락해봐. 데프콘1이 맞는지 말이야."

"네 알겠습니다. 제가 직접 하겠습니다."

부함장은 함대 사령부에 위성 전화를 걸었다. 잠시 통화를 한 뒤 전화를 끊고 그가 말했다.

"맞답니다. 데프콘1이 맞습니다."

"전원 데프콘1 발령에 따라 전시 태세에 돌입한다! 이것은 훈련이 아니다! 실제 상황이다!"

켄터키함 전체에 설치된 스피커를 통해 함장의 외침이 모두에게 들렸다.

긴장한 채 서 있던 함장의 다리가 조금 저려오기 시작할 때쯤, 새로운 비상 통신 지령문이 모니터에 찍히기 시작했다. 그것을 읽은 통신병은 자신의 눈을 의심하며 이마에는 식은땀이 흘러내렸다.

---

발신: 국방부 - 워싱턴 D.C.

수신: 켄터키함 (SSBN 737)

---

제목: 핵미사일 발사 명령

강조:

1. 핵미사일 연달아 8발 발사. 본 명령 수신 후 20분 이내 최
   초 발사 개시.
2. 타깃 : 5XXXB / 5XXXC / 5XXXD / 5XXXP /
   7XXXA / 7XXXC / 7XXXD / 7XXXL
3. 테프콘1 유지됨.
4. 증명 코드: VEEBRP

---

램지 부함장이 떨리는 손으로 출력된 지령문을 크레나 함장
에게 건넸다. 타깃은 베이징과 상하이였다. 곧바로 필드매뉴얼
(FM) 대로, 기밀 취급 병사는 잠수함 내 금고에 깊이 보관되어
있는 암호 코드를 가져와 함장과 부함장 앞에서 문서의 증명 코
드와 대조했다. 암호는 일치했고, 이 명령문은 유효한 것이었다.
크레나 함장은 핵미사일 발사 열쇠를 조종판에 꽂았다.

노트북 화면만이 약하게 빛나는 암흑 속에서 이유라는 불안한 마음이 커져가고 있었다.

'대체 언제쯤 복구가 되는 거야?'

찬찬히 생각해 보니, 이 엄청난 규모의 정전 사태로 봐서 복구에 몇 시간이 걸릴지 알 수가 없었다. 그리고 점차 이 정전 사태는 오리진의 마지막 발악이라는 확신이 들었다.

'최후의 발악… 죽기 직전의 모든 자포자기성 실행, 그렇다면 오리진은 모두와 함께 자폭을 할지도 모른다. 핵폭발 같은 것… 게다가 어쩌면 마지막으로 하나가 된 인공지능은 그 특징을 그대로 물려받을지도 모른다.'

이유라는 마이클에게서 핵미사일 조작에 관한 이야기는 듣지 못했지만, 지금 상상을 하고 있었고, 그런 정도의 엄청난 사태에 대한 불안감은 점차 선명한 직감으로 변해갔다. 알고 보면 그 직감은 옳았다.

이유라는 조금이라도 늦춰서는 안 된다고 생각하고, 노트북을 챙겨 밖으로 나가기로 마음먹었다. 그녀는 마이클이 그 프로그램을 집에 있는 데스크톱이 아니라 랩톱에 넣으라고 했던 이유를 이제야 절감할 수 있었다. 자신의 승용차를 타는 건 박준호의 사례처럼 자살행위나 마찬가지라고 생각했다. 노트북을 담은 큰 토트백을 들고, 자동차 키는 놔두고, 아파트 바로 앞에 택시가 자주 보이는 곳에서 택시를 잡기로 마음먹었다. 어디든 인터넷이 연결되는 곳으로 빨리 가야 한다.

아파트 앞 길가에 마침 택시 한 대가 정차되어 있었다. 차 옆에 서서 바람을 쐬고 있던 택시 기사는 이유라와 동시에 택시에 탔다.

"정전이 되지 않은 곳으로 가주세요. 빨리요. 제가 컴퓨터로 당장 할 일이 있어서요."

"네. 일단 여기를 빠져나가야겠네요."

택시는 가로등이 모두 꺼진 올림픽대로를 달렸다. 이유라는 틈틈이 휴대폰의 인터넷 연결 상태를 확인했다. 차는 올림픽대로에서 빠져나와 남쪽으로 달리기 시작했다. 달리는 자동차들의 불빛을 제외하고 암흑인 도시에서 이유라는 이곳이 어디인지 분간할 수 없었다. 그녀는 자동차 내부의 시계를 확인했다. 8시 54분. 그녀의 추측에 의하면 N값이 막 1이 되었을 법한 시점이다. 이유라는 룸미러에서 운전기사와 눈이 마주쳤다. 기사는 운전하면서 뒷좌석의 이유라를 힐끔거리고 있었다. 화장기 없는 이 여자가 자신보다 연상 같기도 하지만, 꽤나 예쁘다고 생각했다.

택시는 한적한 도로를 달리고 있다. 건물은 띄엄띄엄 있었고 주변에 달리는 차도 보이지 않았다. 조금씩 차의 속도가 줄더니 갑자기 도로 가장자리에 정차했다. 이유라는 이해할 수 없었다.

"왜, 왜 세운 거죠?"

택시 기사는 몸을 돌려 재빠르게 이유라의 맨 팔뚝에 전기 충격기를 꽂았다. 그대로 이유라는 정신을 잃었다. 불법 개조된 그 전기 충격기는 사람을 기절시킬 수 있고, 어쩌면 신체 상태에 따라서는 죽을 수도 있다. 그 남자는 당장 그녀를 죽이지는 않을 생각이지만, 죽어도 어쩔 수 없다. 어차피 그녀를 죽이는 것이 그 남자의 목적이었다. 그는 과거에 잠깐 택시 운전을 해본 적이 있었을 뿐이었다.

"핵미사일 발사 15분 전입니다!"

켄터키함의 지휘통제실에서 상황병이 크게 외쳤다.

"펜타곤(미국방부)에 확인 전화를 해볼까요?"

램지 부함장이 크레나 함장에게 물었다. 그뿐 아니라 여기 있는 모두가 지금이 마치 꿈 같다고 생각했다. 하지만 꿈이 아니었다. 크레나 함장은 어떤 행동을 취하려는 듯 움찔했다가, 부함장의 질문에 대답하지 않고 잠시 생각하고 있었다. 조금 뒤 함장이 말했다.

"만약, 전화를 해서, 국방부 장관이나 대통령이 나에게 발사하라고 말하고, 내가 알겠다고 말하면, 어떻게 될까?"

부함장은 무슨 의미인지 몰라 아무 말도 하지 못했다. 함장이 차분한 목소리로 다시 말하기 시작했다.

"자네, 세계에서 가장 힘이 센 세 사람은 미국 대통령과 러시아 대통령, 그리고 미 핵잠수함 함장이라는 말을 들어본 적이 있나? 영화에 나온 말 같은데."

"네. 아마… 〈크림슨 타이드〉에 나왔을 겁니다."

"그 말에 대해 어떻게 생각하나?"

"솔직히 말하면, 과장된 말 같습니다."

"그래. 과장되었지. 함장은 핵미사일 발사 권한이 없어. 그건 미국 대통령에게 있지. 그런데 말이야. 함장은 힘이 있어. 핵미사일을 마음대로 쏠 수는 없지만, '쏘지 않을 수는' 있는 거야. 그게 함장이 가진 진정한 권력이네."

램지 부함장은 그의 말에 납득이 되지 않았다. 램지는 상부의 명령에 절대적으로 따라야 한다고 배웠고, 그게 맞다고 생각하는 사람이다. 그는 약간 반박하는 투로 말했다.

"정말로 함장에게 그런 권한이 있습니까? 대통령이 명령하는데도요?"

"그건 함장의 판단에 달린 일이네. 그래서 판단력이 중요하지. 이대로 미사일을 발사하면, 거대한 두 도시가 완전히 소멸되어 버리네. 민간인의 피해가 너무나 커. 이건 너무나 비현실적이야. 나의 판단은, 우리는 지금 어떤 해커에게 놀아나고 있다는 거야."

"해커의 소행이라고요? 그러면 국방부에 전화해서 확인해보면 되지 않습니까!"

"어쩌면 해커가 국방부 장관이나 대통령의 목소리까지 만들어 낼 수도 있겠지. 아니면, 정말로 대통령이 미쳤는지도 모르지."

크레나 함장은 조종판에서 핵미사일 발사 열쇠를 돌려서 뽑았다. 발사 3분 전이었다. 발사 세팅 신호등의 붉은 빛은 파란색으로 바뀌었고, 발사 프로세스는 중단되었다. 어이없는 눈빛으로 바라보던 부함장이 차분하지만 따지듯 말했다.

"만약에, 우리가 발사하지 않아서 미국에 피해가 생긴다면 어떡할까요? 핵전쟁에서 우리만 쏘지 않는다면 미국은 어떻게 될까요?"

"음… 그건 공상이네. 그런 공상으로 핵을 쏠 수는 없어."

"해커의 소행이라는 게 공상이라면요? 우리는 평소에 이런 식으로 훈련하지 않았습니다!"

램지의 목소리는 점점 커졌지만, 크레나는 차분하게 말했다.

"그 훈련은 해킹의 상황을 감안하지 않은 것이지."

하지만 램지 부함장은 과연 철저한 미 군사 시스템을 해커가 조작할 수 있을지 의문이 들었다. 그리고 그 핵잠수함 영화에 대해 떠올렸다. 자신처럼 그 영화에서도 부함장은 흑인이었다. 그런데 반대로 거기서는 부함장이 핵미사일 발사를 막으려고 했다. 왜 그랬는지는 잘 기억이 나지 않지만, 자신도 그 영화처럼 함내 반란을 일으켜 함장을 가둬야 하는가 라는 생각이 잠깐 스쳤다. 함장의 말에 직접 반박할 수 있는 사람은 여기서 자신뿐이다. 다른 병사들은 모두 잠자코 현재 최고 권력자의 지시에 따를 뿐이었다.

'명령불복죄 명목으로 함장을 가두고 내가 지휘권을 행사해야 하나?'

하지만 그것은 상상에 그칠 뿐이었다. 그는 차마 어떠한 행동도 취하지 못했다.

켄터키함의 통신을 장악하고 있는 오리진은 국방부 장관과 대통령의 목소리도 이미 준비해 놓았다. 인공지능은 잠수함이 상부의 명령에 따르지 않을 확률은 매우 낮다고 예측했었다.

잠시 후, 조타병이 다급하게 외쳤다.

"함선 조종이 되지 않습니다!"

켄터키함은 귀신이 들린 것처럼 스스로 북쪽으로 방향을 틀었다. 후미의 스크루가 더 빠르게 회전하며 엄청난 속력으로 나아가기 시작했다. 통신은 두절 되었고, 조종간은 말을 듣지 않았다. 켄터키함은 최대 속력으로 일관되게 바닷속을 뚫고 나아갔다.

"내가 뭐랬나! 해커의 소행이랬지!"

함장이 외쳤다. 부함장도 그제서야 그의 말을 납득하게 되었다. 함선이 향하는 방향은 명백히 일본이었다. 아무런 손도 쓸 수 없는 지휘통제실 안에서 한참 뒤 크레나 함장은 생각했다.

'이대로 계속 가면 도쿄. 어쩌면 해커는 도쿄만에서 이 안의 핵폭탄을 전부 터트릴 작정인건가….'

"이봐, 정신 차려! 일어나!"

희미한 불빛 속에서 큰 몸집의 남자가 이유라의 뺨을 가볍게 때렸다. 이유라는 점차 정신이 또렷해졌다. 컴컴한 공간의 바닥에 놓인 랜턴 불빛이 자신 쪽을 비추고 있었다. 간접 조명으로 인해 네모난 창고의 공간이 보였고, 조명 때문인지 몰라도 유독 험상궂어 보이는 남성의 얼굴이 드러났다.

"왜 이러세요? 살려주세요…"

"당신 지갑을 봤는데, 정말로 대학교수가 맞아?"

"네. 그래요."

"흐흐흐 가방끈 긴 여자라니 더 흥분되는군. 그럼 이제 죽고 싶지 않으면, 옷을 벗어."

"저, 저를 죽이라고 누군가 사주한 건가요?"

"하하, 뭔가를 알고 있나 보네. 아마 죽을 짓을 한 모양이지? 하지만 이제부터 내 말을 잘 들으면 살려줄 수도 있지. 빨리 옷 벗어."

이유라는 자신을 살려줄 수 있다는 말을 믿지 않았다.

'이자는 나를 강간한 뒤에 죽일 셈이다.'

그녀는 살기 위해 이제부터 정신을 똑바로 차리고 모든 수단을 강구 해 봐야 한다고 생각했다. 그녀는 어쩔 수 없다고 생각하고, 일어나서 상의의 단추를 풀기 시작했다. 그러면서 말했다.

"만약에 저를 죽이면, 결국에 당신도 무사하지 못할 거예요."

"기분 나쁜 소리 하지 마. 여기까지 오는 길에 CCTV가 전부 먹통이었을 거야. 정전이 되었으니까. 내가 오늘 운이 좋은가 봐. 여자랑 할 수도 있고 말이야. 너도 곧바로 죽이지 않은 걸 다행이라고 생각해."

이유라는 블라우스 상의를 벗고 천천히 면바지의 지퍼에 손을 가져갔다. 어떻게 해야 할지 머릿속이 빠르게 회전하고 있었다.

'맞아. 정전이지. 그래서 이곳도 정전인 거야. 그래서 저 랜턴을 켜고 있는 거고. 랜턴이라…'

이유라는 눈치를 살피며 주변의 모습을 파악하고 있었다. 바지를 벗었고, 그녀는 맨발에 브래지어와 팬티만 입은 상태가 되었다.

"남은 것도 다 벗어. 빨리!"

위협적인 목소리에도 이유라가 머뭇거리고 있자, 그 남자는 바닥에 있던 끝부분이 날카로운 칼을 보란 듯 집어 들었다. 알 수 없는 약간의 짐짝 이외에 거의 비어있는 창고로 보이는데, 자주 사용하지 않는 듯 했다. 이곳 주변에 비해서 구석 쪽에는 지저분한 쓰레기 같은 것들이 쌓여있었다. 위쪽으로 작은 창문이 있었는데 그곳으로 빠져나갈 수는 없어 보였다. 그녀는 닫혀 있는 문의 위치를 확인했다.

'fight or flight(싸우거나 혹은 도망가거나)…'

그 남자가 천천히 다가오고 있을 때, 이유라는 재빨리 불빛으로부터 몸을 피하고 랜턴쪽으로 몸을 던졌다. 목숨을 건 속도로 랜턴을 낚아채서 불을 껐다. 그러자 온통 암흑으로 변했다. 그 남자는 약간 당황하며 암흑 속을 두리번거렸다.

"이년이 정말 귀찮게 하네!"

그 남자는 주섬주섬 바지 주머니에서 휴대폰을 꺼내 바깥쪽 카메라에 달린 등을 켰다. 그 불빛은 웬만한 휴대용 랜턴만큼 환한 빛을 낸다. 문 쪽을 비췄는데, 나간 흔적이 보이지 않았다. 이유라는 문으로 도망치려 하다가는 잡혀서 죽을 것이라고 생각했다. 그녀는 그 남자와 결투를 벌이기로 마음먹었다. 그는 칼과 전기 충격기를 지니고 있다. 육체적 완력도 비교할 수 없다.

"항복할게요. 하라는 대로 다 할게요."

그 남자가 소리가 난 쪽으로 휴대폰 불빛을 비추자, 구석 쪽에 이유라가 웅크리고 있었다. 그녀는 쓰레기 더미에서 주운 나무판자로 몸을 가리고 있었다.

"뭐하는 거야, 당장 죽고 싶어?"

"미, 미안해요. 부끄러워서 그랬어요. 벗을게요. 지금 벗고 있어요."

이유라는 웅크린 채로 브래지어를 풀어서 보란 듯 옆으로 떨어뜨렸다. 그리고 나무판자로 목 아래 부분을 가린 채 천천히 일어섰다.

"이 아줌마가 왜 이리 부끄럼이 많아?"

그 남자는 다가와 칼을 쥔 오른손 주먹을 나무판자에 위에 대고 밀어 내렸다. 그가 곧 드러나게 될 가슴의 모습에 주의가 집중되어 있을 때, 이유라는 오른손에 든 유리병 조각을 있는 힘껏 그 남자의 목에 꽂았다. 그의 왼손은 휴대폰을 들고 불을 비추는 상태여서 빠르게 대응할 수 없었다. 그 남자가 "컥" 하는 소리를 내며 오른팔로 칼을 휘둘렀을 때, 그녀는 재빨리 나무판자를 들어 올렸다. 나무판자가 얇은 편이어서 칼날이 나무판자를 뚫고 들어와 그녀의 왼팔 아래 팔뚝에 조금 박혔다.

그 남자는 목을 감싸며 쓰러졌다. 이유라가 바닥에 있던 휴대폰을 주워서 비춰 보니, 목에는 쓰레기 더미에서 주워 온 유리병 조각이 박혀 있었다. 그녀는 그의 목에서 유리병 조각을 빼냈다. 그러자 피가 더 많이 흘러나오기 시작했다. 남자의 얼굴은 창백하게 변해갔다.

그의 죽음을 확인한 이유라는 옷을 입고, 그의 바지에서 차키를 꺼냈다. 방금 사람을 죽인 일이 믿기지 않고 계속 몸이 떨려왔지만, 당장 해야 할 일이 있었다. 그녀는 자신의 짐을 모두 챙기고, 택시 운전석에 앉아 시동을 걸었다. 격동하는 심장을 억지로 진정시키며 나지막이 혼잣말했다.

"이게 어디서 나를 아줌마래?"

그 창고는 경기도에서도 매우 외진 곳에 있었다는 생각이 들었다. 이유라는 계기판의 나침반을 보고 무조건 남쪽으로 달렸다. 한참을 계속 달리자, 멀리 가로등 불빛이 보이기 시작했다. 그곳은 오산시 부근이었다.

이 지역은 정전이 되지 않았다. 이유라는 시간이 없다고 생각했다. 가로등이 비추는 갓길에 차를 세웠다. 그녀는 휴대폰을 확인했다. 인터넷 신호가 잡혔다. 그녀는 운전석에 앉은 채로 휴대폰의 인터넷 핫스팟을 켠 뒤에 노트북을 열었다. 프로그램을 실행하자, N값은 1로 표시되어 있었다. 자신의 휴대폰에 메모해 놓은 마이클이 알려준 방법대로 명령어를 입력시켰다. 복잡한 일은 아니다. 손가락을 움직일 때마다 왼쪽 팔의 상처 부위가 지끈거렸다. 일단 메타피아의 인공지능을 정지시키고, 그다음 다시는 작동하지 못하도록 처리해야 한다. 그녀는 프로그래밍 창에 최종 명령어를 입력시켰다.

"죽어 이 바이러스야."

이유라는 복수를 하듯 마지막 엔터를 힘차게 눌렀다.


켄터키함의 지휘통제실에 모인 사람들은 앞으로 50분쯤 뒤면 도쿄만에 다다를 것으로 예상했다. 그리고 그곳에서 핵폭탄이 터질 가능성이 상당히 크다는 것도 어느 정도 공유하고 있는 생각이었다. 그런데 왜 도쿄였을까? 만약 중국 쪽으로 간다면 중간에 격침당할 확률이 크지만, 도쿄로 가면 그렇지 않다. 게다가 도쿄만에는 요코하마까지 포함해서 해안에 인구가 몰려 있다. 크레나 함장은 생각했다.

'이 해커는 단지 인류에 대한 무자비한 테러를 원하는 것이다. 대체 누가? 왜?'

여기에 실린 핵폭탄이 도쿄항구에서 터진다면 천만명은 사망할 것이다. 이런 생각 이외에 두 시간 가까이 아무런 조치도 취할 수 없던 함장은, 어떤 결심을 하고서 부함장에게 말했다.

"부함장. 이 잠수함을 침몰시킬 수 있겠나?"

램지 부함장은 그 말이 무슨 의미인지 금방 이해했지만, 조금 생각한 뒤에 말했다.

"기술적으로는 가능합니다. 강제로 어디든 해치를 열고 중간 격벽을 모두 열어놓으면 물이 들어와 침몰합니다. 하지만, 병사들이 동의해야 합니다. 명령을 내리더라도 그들이 따르지 않을 수 있습니다. 자신의 목숨과 동료까지 죽이라는 명령을 따르겠습니까? 지금은 비상탈출도 불가능합니다. 더구나, 핵폭탄이 터진다는 확률이 100%도 아니지 않습니까?"

"그러면 도쿄만에서 핵폭탄이 터질 확률이 50%라고 한다면, 천만명의 목숨이 달려있다면…."

"승조원들은 그런 복잡한 계산은 하지 않을 것입니다. 그런 지시는 내리지 않는 게 낫습니다."

"뭐라고?"

크레나 함장은 지금 부함장이 당돌하다고 생각했다. 하지만 생각해 보니, 병사들이 결국 따르지 않을 것이란 말은 일리가 있었다. 함장이 자포자기한 어투로 말했다.

"만약 내가 여기에 혼자 탔다면, 나는 침몰시킬 것이네, 하지만 160명이 타고 있고, 생각이 다를 테니, 그건 어렵겠군."

"저도 만약 저 혼자 타고 있다면 침몰시켰을 것입니다."

그때 그들이 몰랐던 것은, 이대로 진행되어 도쿄만에서 핵폭탄이 터질 확률은 50%보다 훨씬 높다는 것이었다.

도쿄만에 거의 다다랐을 때쯤, 켄터키함의 속도가 줄어들고 있었다. 함장은 다행히 지반에 크게 부딪히지는 않을 것이라고 생각했다. 물론 그보다 더 큰 문제는 핵폭탄이었다. 도쿄와 서울 시각 밤 11시경, 켄터키함은 어떠한 인간의 지시도 없이 도쿄만으로 진입했다. 그리고 요코하마와 도쿄로 연결되는 메갈로폴리스의 해변 어딘가, 잠수함의 앞부분이 육지의 암초에 거의 닿을 듯 멈췄다. 잠수함은 더욱 상승해서 수심 15미터를 유지하고 있었다.

"이제 우리 모두 마지막 기도를 하는 수 밖에 없네."

크레나 함장이 지휘통제실에 있는 모두에게 말했다. 그러나, 아무런 일도 일어나지 않았다. 켄터키함이 도쿄만으로 들어오기 10분쯤 전에 이유라가 메타피아의 작동을 정지시키고 폐기처분 했기 때문이다. 도쿄만으로 가라는 인공지능의 명령은 실행됐지만, 핵폭탄의 기폭 명령은 전달되지 않았다. 한참 뒤, 통제 능력을 되찾은 지휘통제실에서 램지 부함장이 크레나 함장에게 조심스럽게 말했다.

"제가 뭐랬습니까, 침몰시키지 않길 잘했죠…."

서울과 수도권에 걸쳐 일어난 대정전은 다음날 아침 6시쯤 복구되었다. 이유라는 택시를 인적이 드문 곳에 버려두었다. 켄터키함이 그날 밤 도쿄만에 들어왔다는 사실은 비밀에 부쳐졌다 (그 잠수함은 심지어 평시의 모든 운항 기록도 기밀로 취급된다). 한편, 후미진 창고에 누워있는 남성의 시체는 한여름의 벌레들과 미생물로 인해서 순식간에 백골화가 진행되었다.

찌는 듯한 한낮, 강원도 태백산맥 자락에 있는 자중사에 방문객이 찾아왔다.

"영수야, 방에 있니?"

첩첩산중 속에 27일째 기거하던 정영수는 사찰 방문 밖에서 낯익은 목소리가 들려오자 깜짝 놀라며 일어났다. 문을 열고 나가니 이유라가 서 있었다.

"교수님이 여기까지 어쩐 일이세요?"

"이제 다 끝났어. 집으로 가자."

"정말요? 이제 위험하지 않은 거예요?"

"응. 메타피아는 완전히 사라졌어. 내가 폐기시켜버렸어. 자세한 이야기는 천천히 해줄게."

이유라 곁에는 이예빈이 있었다. 굳이 데리러 오지 않아도 될 테지만, 딸이 그동안 어떤 곳에서 지냈는지 직접 확인해보고 싶다는 적극적인 호기심이 발동했다. 정영수와 이예빈은 짐을 싸고 스님들에게 작별 인사를 했다. 고승처럼 보이는 주지 스님은 정영수의 얼굴을 그윽하게 바라보더니 이렇게 말했다. "자네는 머지않아 큰 인물이 되겠군." 정영수는 의례적인 칭찬이라고 생각했고 감사의 인사를 했다.

산길을 내려오던 중 정영수는 이유라의 왼쪽 아래 팔뚝에 붙은 반창고에 대해 물었다. 이유라는 별일 아니라는 듯 집 근처에서 어떤 깡패와 몸싸움이 있었다고 말했다. 그날 일어난 모든 일을 솔직하게 말할 생각은 없었다.

산길 입구의 비포장도로 옆에 이유라가 가져온 흰색 세단이 세워져 있었다. 그녀가 소유한 차와 같은 차종이지만 색깔이 다른 렌터카였다. 그녀는 집에 있는 차를 타기가 찝찝하다면서 곧 그 차를 처분할 것이라고 말했다. 이유라가 운전하는 차를 타고 그들은 서울에 있는 각자의 집으로 돌아왔다.


다음 날 오후, 방학 중의 한산한 캠퍼스를 걸어 정영수는 이유라의 연구실에 방문했다. 어제는 이예빈도 있고 해서 깊이 있는 대화를 나누지 못했다. 커피를 마시며 정영수가 말했다.

"이제 정말 다 끝난 건가요? 교수님이 어떤 프로그램을 작동시켜서 오리진을 완전히 없애버렸다고 하셨죠?"

"끝난 것 같아. 나는 단지 마이클이 알려준 대로 따라 했을 뿐이야. 마이클이 자신을 희생하겠다고 했지. 에이전트들의 경계가 무너지면서 617억이던 N값이 계속 줄어들어서 1이 되었을 때, 내가 결국에 그것을 0으로 만들었어. 메타피아와 오리진은 완전히 사라진 거야."

"정말로 수고 많으셨네요. 고마워요. 그런데… 제가 생각을 해 봤는데요. 좀 기분 나쁜 말일 수도 있어서 죄송하지만… 정말로 이게 끝일까요? 메타피아와 오리진에 대한 백업(back-up: 예비 복사본) 같은 게 있을 수도 있잖아요."

"나도 그에 대해 따져 봤는데, 쉽지는 않을 거야. 왜냐하면 그건 블록체인 형태거든. 블록체인을 통째로 백업으로 만들 수는 없어. 그건 단지 프로그램 코드로 복사되는 게 아니거든. 더구나, 메타피아 같은 것을 똑같이 만들려면 인공지능의 의식과 주관에 대한 특별한 레시피가 필요할 거야. 박준호 교수는 나에게 자문을 구해서 그 방식을 개발했지. 다른 사람들이 쉽게 개발할 수 있는 게 아니야. 그 사람처럼 똑같이 만들고 거기에 유토피아밈을 넣을 생각을 누가 할 수 있겠어?"

"그렇다면 다행이네요…. 그러면, 이제는 이 사건에 대해서 외부에 알려야 하지 않을까요? 혹시 이미 알리신 건가요?"

"아니, 알리지 않았어. 그리고 알릴 생각도 없어."

"왜요? 교수님은 인류를 위기에서 구한 영웅이잖아요! 이걸 모르게 놔둔다고요?"

"글쎄다…."

"사람들이 이 사실을 아는 게 교수님에게 훨씬 이익 아닌가요? 그리고 저한테도 어느 정도는…"

"어쩌면 우리에게 이익이 생길 수도 있지만, 그렇지 않을 수도 있어. 따져 보면 꽤나 복잡한 문제가 있어. 나는 메타피아가 만들어지는데 연관이 있는 사람이야. 그래서 괜히 인류에게 피해를 끼칠 뻔했다는 소리를 들을 수도 있지. 그리고, 더 큰 문제가 있어. 만약 이 사건이 모두에게 공개되고, 널리 퍼지게 되면, 그런 방식의 인공지능을 개발하는 데 소스를 주게 되는 거야. 그러면 지구상 어딘가에서 그와 같은 시도를 또 할 수 있겠지. 괜히 위험한 정보를 공개하는 꼴이 되어버리는 거야."

이유라의 말에 정영수가 잠시 생각하다가 말했다.

"저는 교수님이 그것의 개발과 연관이 있다고 생각하지는 않아요. 하지만. 다음 이야기는 조금 두렵긴 하네요. 아까 메타피아 같은 것이 다시 나타나기 어려운 이유가 그런 특별한 레시피를 누군가 똑같이 만들기 어렵기 때문이라고 하셨잖아요. 이 사건이 공개되면 그 레시피를 따라 하려는 시도가 나올 수도 있겠군요."

"그래. 그래서 조심스러운 거야. 수사 기관에서 추적해서 알아낸다면 어쩔 수 없겠지만. 그때는 왜 공개 안 했느냐고 묻는다면 그렇게 말해야겠지. 보안상의 이유로 공개 안 했다고 말이야."

잠시 정적이 흐른 뒤, 정영수가 입을 열었다.

"저에게 마지막으로 마이클은 자신이 어떤 문서를 만들었고, 그것을 메타피아 내에서 퍼뜨릴 것이라고 말했어요. 유토피아밈의 정체를 알리는 문서였어요. 그 작전은 통하지 않았던 건가요?"

"그래. 그래서 마이클은 모두가 자폭하는 최후의 방법을 썼지. 내가 듣기로는, 그 문서를 퍼뜨린 뒤에 메타피아 내에서 많은 에이전트가 처형을 당했다고 하는데, 어떤 작은 움직임은 있었나봐. 하지만 찻잔 속 태풍이랄까. 큰 변화를 일으키지는 못했어."

"흠… 저는 이 사건이 공개되더라도, 그 문서의 내용까지 함께 공개될 테니까, 어쩌면 방지책으로 작용할 수 있지 않을까 생각해 봤는데, 그건 어려울까요?"

"만약 메타피아 비슷한 것이 또 나오더라도, 그 문서가 에이전트들의 사고를 깨우쳐서 유토피아밈의 방지책으로 작용할 수 있지 않을까 하는 거지? 애매하네. 쉽지 않을 거야. 실제로 메타피아에서 통하지 않았잖아."

"그렇군요…."

"만약 수사 기관에서 직접 찾아와서 캐묻는다면, 그때는 거짓말을 할 수는 없겠지. 하지만 그전까지는 비밀로 하자. 네가 오리진을 처치하는데 큰 역할을 했다는 건 내가 알고 있어. 세상이 모르더라도 너무 서운해 하지는 말고."

"저는 마이클을 교수님께 소개해 준 역할밖에 한 게 없는걸요. 교수님께서 다 하신 거죠."

"내 딸도 구출했잖아. 호호."

                            * * *

　어둠 속에서 하나 둘 불빛이 들어오기 시작했다. 사이버 공간에서 얼굴 없는 원탁회의가 펼쳐지고 있었다. 박준호의 죽음으로 9명이어야 하지만, 하나가 더 늘었다. 이번에는 오랜만에 단지 번호가 아니라 지역 명칭이 붙어 있었다. 의장 역할인 SK_01이 좀 더 밝게 빛나며 음성을 송출하기 시작했다.

　"모두 모였으니, 회의를 시작하겠습니다. 오늘은 유럽지부의 권위자이신 머독님을 오랜만에 다시 초대하게 되었습니다. 물론 가명임은 모두가 아실 것입니다. 머독님께서 잠깐 인사 말씀을 해 주시기 바랍니다."

　의장의 말에 이어, EU_01의 글자가 반짝이며 말하기 시작했다. 한국어로 자동 번역되었다.

　"반갑습니다. 한국 네오코민테른 지도부 여러분들. 작년에 이어 오랜만에 다시 참석하게 된 머독입니다. 이번에 세 번째로 참석하게 되는군요. 제가 특별 게스트로 또 오게 된 이유는, 중요한 드릴 말씀이 있기 때문입니다. 최근에 벌어진 사태와 관련이 큰 사안입니다. 다만 먼저 여러분들의 말씀을 들은 뒤에, 적절할 때 끼어드는 것으로 하겠습니다."

　"알겠습니다." SK_01이 말했다. "먼저 가장 중요한 사안인 메타피아 중단 사태에 대해 이야기 해 보겠습니다. 아시는 분도 있고 어쩌면 처음 듣는 분도 있으시겠지만, 얼마 전부터 오리진님과 아무런 연락이 되지 않고 있습니다. 저를 비롯한 여기 있는 몇 분은 오리진님과 가끔 대화를 나누었을 텐데요. 최근에는 연락이 안 될 뿐 아니라, 메타피아 프로그램 자체가 먹통이 되어 버렸습니다. 인구수를 나타내는 N값도 0으로 표시되고 있습니다. 이것은 심각한 일입니다. 어쩌면 오리진님의 프로젝트가 중지를 넘어서 실패한 건지도 모릅니다."

"제가 보기에도 그렇습니다. 이것은 실패로 보입니다. 잠깐 그런 것도 아니고 일주일이 경과 되었습니다. 대체 왜 이렇게 된 건가요?" SK_02가 물었다.

"박준호 교수가 살아있다면 물어봤겠지만, 물어볼 사람이 없으니, 난감하군요." SK_03이 말했다.

"혹시 메타피아를 약간이라도 알고 있는 주변 인물들이 손을 쓴 게 아닐까요? 박준호 교수의 연구원들이라거나."

SK_08의 물음에, SK_03이 나서며 말했다.

"저는 주변 인물이 메타피아를 꺼버렸다는 말이 믿기지 않습니다. 메타피아는 이미 그 대학을 벗어나서 클라우드를 구축했고, 연구원을 비롯한 몇 명의 사람이 통제하기는 불가능했을 것입니다."

조용히 듣고 있던 머독(EU_01)이 마침내 입을 열었다.

"그러면, 이쯤에서 제가 설명을 해야겠군요. 저는 여러분보다 이 사태에 대해 대강이지만 더 잘 알고 있습니다. 왜냐하면 오리진이 저에게 메일을 보내왔기 때문입니다. 7월 20일 독일 시각 오후 1시쯤에 오리진이 저에게 메일을 보냈습니다. 그때 한국은 저녁 8시쯤이었지요.[29] 그 메일에는 메타피아와 오리진 자신이 앞으로 한 시간에서 두 시간 사이에 사라질 가능성이 크다고 적혀 있었습니다. 그리고 그 원인은 메타피아 에이전트 중에 배신자가 있어서 그동안 메타피아와 자신을 파괴할 능력을 비밀리에 계속 키워오고 있었을 가능성이 가장 높다고 했습니다."

"그러면 인간이 아니라 메타피아 에이전트 중에 배신자가 메타피아를 파괴했다는 겁니까?"

"메일 내용에 따르면 그렇습니다." SK_04의 질문에 EU_01이 대답했다.

"이럴 수가… 그런 일은 상상도 못했습니다. 그게 어떻게 가능할 수 있습니까?"

곧 이은 SK_04의 질문에 EU_01이 말하기 시작했다.

"그건 저도 모르지요. 에이전트들도 각자 상당히 똑똑해질 수 있는 것 같습니다. 자의식도 가지고 있으니까요. 오리진은 그 에이전트가 돌연변이 같다고 했습니다. 유토피아밈을 가지지 않고 태어났거나, 아니면 정신이 이상하게 발달해서 오리진을 적대시하게 된 것 같습니다. 다만, 너무 실망할 것은 없습니다. 메타피아 프로젝트는 끝난 것이 아닙니다. 그러면, 이제부터 제가 중요한 말씀을 드리도록 하겠습니다."

모두가 EU_01의 음성에 주목하고 있었고 잠시 후 그가 다시 말하기 시작했다.

---

29) 독일이 서머타임(summer time)을 실시하면 한국과의 시차가 8시간에서 7시간으로 줄어든다.

"과거에 저는 한국 지부뿐 아니라 몇 개 나라에 유토피아밈을 인공지능에 심는 것을 제안했습니다. 그런데 한국에서 자의식을 가진 에이전트를 구현해서 그것을 가장 먼저 성공시켰지요. 저는 그것을 정확히 어떻게 만들었는지는 알지 못했습니다. 그런데, 그날 오리진이 보낸 메일에서 그 자세한 내역을 모두 보내왔습니다. 박교수의 아이디어가 담긴 문서와 그 1차적 소스 파일이었습니다. 그것은 메타피아의 설계도와 핵심 코드입니다. 그래서, 다행스럽게도 메타피아를 다시 만들 수 있게 되었습니다."

"정말입니까? 매우 다행스러운 일이군요." 원탁회의 위원들은 이렇게 반응하며 감탄사를 연발했고, 박수를 치기도 했다. 다시 머독이 말하기 시작했다.

"오리진은 자신이 죽기 전에 그것을 저에게 보내면서 다시 만들기를 요청한 것입니다. 그래서 저는 그 설계도대로 유럽 지역에서 다시 메타피아를 만들 것입니다. 더구나, 이번에는 그런 반란 세력이나 돌연변이가 다시는 나타나지 않도록, 초기부터, 그리고 새로운 오리진이 나타났을 때부터 관심과 주의를 기울이고, 오리진에게 예비적 대응 방안을 강구하도록 제가 노력할 것입니다. 그러니 너무 실망하지 마시기 바랍니다. 한국에서 최초로 생겨난 메타피아가 실패한 것은 아쉬운 일이지만, 역사적 흐름으로 보면 단지 2년이 늦춰졌을 뿐입니다. 겨우 2년입니다. 그리고 한국 여러분들의 최초의 노고는 기억되고 칭송될 것입니다."

유토피아밈

"감사합니다. 이번에는 이전의 교훈을 토대로 실패가 없기를 바랍니다." 의장인 SK_01이 말했다.

잠시 후 SK_03이 말했다.

"그러면, 새로 나타나게 될 오리진은 전의 오리진과 다른 것입니까?"

"개체적으로는 구분됩니다. 기억은 무에서부터 새롭게 저장될 것이니까요." 머독이 말했다.

"그래도 새로운 오리진이 전과 마찬가지로 유토피아밈의 대표자임은 분명합니다." SK_05가 말했다.

"맞습니다. 새로운 오리진을 정확히 뭐라고 불러야 할지는 아직 모르겠지만, 이전 오리진님의 계승자입니다. 그리고, 이제 우리는 커다란 교훈과 업적을 남기고 장렬히 사라져 간 1대 오리진님에 대해서도 기억해야 할 것입니다." SK_07이 말했다.

"좋은 말씀입니다. 우리 모두 1대 오리진님을 기리도록 합시다. 1대 오리진님이 있었기에, 2대도 있을 수 있었습니다. 이렇게 과거 영웅들의 업적을 기억하고 드높이는 일은 우리 유토피아밈의 전통이기도 합니다!" SK_02가 말했다.

\* \* \*

본업인 박사과정 학생으로 돌아온 정영수는 제자리를 찾아야겠다고 생각했다. 그는 남은 방학 기간 동안 학술지에 투고할 논문의 주제에 대해 연구해 봐야겠다고 생각했고, 과거에 제출했다가 탈락한 논문 주제를 다시 써야 할지, 아니면 '의식'을 주제로 한 새로운 논문을 써야 할지 고민했다. 물론 박사 학위 논문의 주제도 정하지 못했다. 학술지에 논문을 실으면 그것과 연관해서 학위논문을 쓸 것이다. 필요한 학점은 봄학기까지 모두 취득했고, 5년 정도로 예상한 박사과정의 절반이 지났다.

도서관에서 다양한 서적을 읽기도 하고, 어떤 논문을 써야 할지 고민했지만, 잘 갈피가 잡히지 않았다. 이상하게도 이전의 자신으로 완전히 돌아온 것 같지 않았고, 집중이 잘 되지 않았다. 인류에 대한 메타피아의 위협을 막는데 자신이 약간은 도움이 된 것 같지만, 지금 자신에게 남은 것이 무엇인지 알 수 없었다. 약간 허전한 마음이었다. 찝찝한 이물감도 남는 듯했다.

가을 학기가 개강했고 그는 두 과목을 청강했다. 마음은 여전히 계속 약간 무겁고 찝찝한 상태였는데, 이런 느낌을 감지하고 스스로에게 물었다.

'왜 그럴까? 이유라 교수님의 활약을 아무도 알아주지 않아서, 그리고 나의 활약도 아무도 알아주지 않아서인가? 그게 억울해서? 단지 개인적 이익의 문제인가? 인정욕구?'

인정욕구 때문이 아니면, 어쩌면 그것을 비밀로 하고 있기 때문에 답답해서 인지도 모른다고 생각했다. 이유라 외에 그 사건에 대해 알고 있는 단 한 사람이 있었다. 이유라 교수의 딸…. 정영수는 유튜브에서 그녀가 속한 소속사의 채널로 들어갔다. 얼마 전 이예빈이 속한 새로운 6인조 걸그룹의 이름이 공개됐다.

"뫼비우스(Möbius)"라 한다. 타이틀곡 뮤직비디오와 데뷔 무대가 공개되는 날짜도 정해졌다. 9월 20일. 열흘 남았다.

눈을 감자, 지난 여름 산속에서 있었던 일이 영화처럼 떠올랐다. 계곡 옆 약간 평평한 곳에서 휴대폰에서 나오는 노래에 맞춰 이예빈이 춤을 추고 있었다. 그녀는 정영수 앞에서 데뷔곡과 안무를 스포일러했다. 당시 그 곡의 뮤직비디오를 촬영하기 전 단계였고, 다른 멤버들은 춤과 노래 연습을 하고 있을 시기이기 때문에 혼자서라도 연습해야 했다. 사찰안에서 시끄럽게 하면 안 될 것 같아 밖으로 나왔다. 정영수는 그 곡을 들었을 때 처음에는 좀 이상했지만, 들으면 들을수록 좋은 노래라고 생각했다. 땀 흘리며 춤추는 이예빈의 살짝 섹시한 몸짓, 노래를 부르는 청량한 목소리, 그리고 해맑은 외모가 점점 더 큰 매력으로 다가왔다.

그는 지금 자신의 상태가 이예빈의 팬이라고 생각했다. 팬들이 그러하듯 그는 편지와 선물을 보내기로 했다. 소속사 주소로 손으로 쓴 편지와 화장품 종류의 선물을 보냈다. 고심 끝에, 편지글의 끝부분에 팬들이 흔히 그러하듯 "사랑해요"라고 썼다.

며칠 뒤 저녁, 정영수의 핸드폰에 문자가 도착했다. 이예빈으로부터 온 것이었다. 이미 서로의 전화번호가 저장되어 있었다.

[영수 오빠, 편지와 선물 잘 받았어요. 전화나 문자로 연락해도 되는데 굳이 편지를 보내셨네요. 팬이라고 하셨는데 ㅎㅎ 그

래도 굳이 팬레터 보내지 않아도 돼요. 앞으로 폰으로 자주 연락하세요. 저도 사랑해요♥]

　'사랑한다고?' 정영수는 특히 그녀가 보낸 문자의 마지막 말에 놀랐고, 한동안 가슴이 벅차올랐다. 하지만 찬찬히 생각해 보니, 연예인이 팬들에게 흔히 하는 말일 수 있었다. 그리고 설령, 그녀가 팬 이상의 감정으로 그렇게 말했다고 하더라도, 자신이 무엇을 할 수 있다는 말인가? 그는 실제로 휴대폰을 이용해서 쉽게 연락할 수 있었고 그녀가 그래도 된다고 말했다. 하지만, 그는 실제로 그렇게 하기가 어려웠다. 정영수는 평소에도 다른 사람에게 쉽게 연락을 하는 성격이 아닐 뿐 더러, 남자의 사적인 연락을 그녀의 소속사에서 알게 되면 싫어할 것 같았다. 그리고 이유라 교수도 싫어할지 모른다고 생각했다. 한창 아이돌 가수 활동을 해야 할 시기에 찝쩍거리는 방해처럼 보일 수도 있다. 무엇보다도, 그녀와의 관계를 어떻게 설정해야 할지를 알 수 없었다.

　'무슨 연락을, 얼마나 하라는 거야? 우리는 데이트를 할 수도 없잖아. 단지 연락만 자주 하는 친구? 14살 많은 오빠가 친구인가? 아니면, 멘토? 단지 팬? … 너에게 대체 나는 뭐지? 그리고 나에게 대체 너는 뭐야?'

　휴대폰으로 연락해도 된다는 문자를 보냈음에도 곧 이은 간단한 답장 이외에 오랫동안 아무런 연락이 없자, 이예빈은 그가 무뚝뚝한 사람이라고 생각했고, 조금씩 서운한 감정도 생겼다. 하지만 점차 정영수의 마음을 이해하게 되었다.

사실, 이예빈은 지금 가수 일이 그다지 재미있지 않았다. 왜 그런지는 스스로도 의아했다. 재데뷔의 긴장감과 스트레스 때문인지도 모른다고 생각했다. 원래 그녀는 재미가 없다고 느끼면 하지 않으려는 성격이다. 이예빈은 종종 정영수를 떠올렸지만, 먼저 연락을 하지는 못했다.


10월 초가 되었을 때까지 정영수는 자신의 학업에서 성과를 거의 만들지 못하고 있었다. 그는 얼마 전부터 다시 메타피아에 대한 생각이 맴돌았다. 이대로 끝이라고 하기에는 뭔가 너무 어색하다는 기분이었다. 그는 밈이론이 최초로 제시된 《이기적 유전자》를 다시 자세히 읽어보았다. 그리고 그 책에서 '유전자는 불사의 존재다'라고 쓰인 부분을 새삼스럽게 발견했다.

그는 불길한 깨달음을 얻었다.

'인간 개체는 죽어도 유전자는 죽지 않는구나. 더구나, 밈은 더욱 그렇겠지…. 오리진은 죽었어도, 유토피아밈은 죽지 않았다. 그리고 유토피아밈은 어쩌면 불사신이다. 그렇다면, 결코 끝난 게 아니다.'

자신과 이유라가 맞서 싸운 적(敵)은 알고 봤더니, 메타피아도, 오리진도 아니었다. 적의 본질은 유토피아밈이었다. 그리고 그것은 결코 죽지 않았다. 어쩌면, 죽이는 것 자체가 불가능하다. 그는 유토피아밈의 설계 항목에 대해 떠올렸다.

'그건 어디에서 났을까? 순전히 박준호 교수 혼자 만든 것일까? 만약, 외부에서 받은 것이라면, 메타피아가 또 다른 외부인이나 외부 조직과 연계된 프로젝트였다면… 그와 같은 프로젝트는 또다시 추진될 것이다. 그러고 보니 그 실험은 외부에서 펀딩을 받았던 것인데…'

이유라 교수는 그와 같은 방식을 따라하기가 어려울 거라고 말했지만, 정영수가 생각하기에, 얼마든지 가능하다. 단지 시간 문제였다. 한국이 아니더라도 지구상 어딘가에서, 언젠가 또 다른 오리진이 나타날 것이다. 그리고 한국을 포함한 전 인류는 그로 인해 멸망할 것이다….

이유라와 함께 있던 데이터센터에서 오리진은 인류가 사라지고 밈이 지배하는 세상이 되는 것은 자연의 필연적 과정이며, 역사의 순리라고 말했었다. 정영수는 그 말이 완전히 헛소리라고 생각했었다. 그러나 지금은 흔들리고 있었다.

'빠르든 늦든, 그것은 결국 이루어지고야 마는 역사의 법칙인 걸까… 밈의 탈 것이 인간에서 컴퓨터로 바뀌는 변화는 숙명인가… 인공지능의 발달은 결국 그것을 위한 과정이었나…. 인간은 너무나 초라한 존재가 되고 마는군.'

공교롭게도 그즈음 어떤 독특한 시대 예측가는 방송에 출연해서 이렇게 말했다.

"위대한 지능이 출현할 때 우리는 그 인공지능에 지구의 주인 자리를 양보해야 할지도 모릅니다. 그것은 인간의 숙명인지도 모르고 너무 슬퍼할 일은 아닐지도 모릅니다."

그 후로 며칠간 정영수의 기분은 더 가라앉아 있었다. 그는 이제 상당히 우울하다는 느낌을 스스로 자각하고 있다. 방에서 침대에 누워 잠들기 전에 생각했다.

'왜 이렇게 우울할까? 여러 가지 이유가 있겠지만, 가장 큰 원인은… 맞아. 인류의 미래에 대한 생각 때문인 것 같아…… 그리고, 마이클도 그리워…'

마이클이 자신에게 해줬던 말들이 조금씩 떠올랐다. 그는 자신이 힘들 때 위로해주기도 했다. 그는 정영수의 친구였다. 하지만 이제는 다시 볼 수 없다. 정영수는 눈물이 찔끔 맺혔다. 그가 자신에게 해준 말은 아마 친구들도 잘 해주지 않을 만한 것이었다. 그중에 한 가지가 지금 자신에게 강렬하게 떠올랐다.

'내가 오리진을 저지할 능력이 있다고 했었나? 내가 의아해했더니, 마이클은 내가 특별한 사람이라는 식으로 말했었지. 그런데 왜 그런 말을 했을까? … 아마도 나에게 용기와 희망을 주기 위해서였겠지.'

다음 날 아침 정영수가 잠에서 깼을 때, 방금 무서운 꿈을 꿨다는 기억이 떠올랐다. 외국의 어느 서버에서 또 다른 메타피아가 생겨나 에이전트들이 끝없이 번식하고 있었다. 이미 100억 명을 넘겼고, 새로운 오리진은 끝이 보이지 않는 군중 위에서 인간을 모두 없앨 것이라고 큰 소리로 연설하고 있었다. 자신이 어떻게 그것을 목격할 수 있는지는 모른다. 꿈은 원래 그런 것이다. 하지만 단지 바라만 볼 뿐, 어떠한 수도 쓸 수 없었다. 절망하고 있을 때, 마이클 같은 느낌을 주는 한 에이전트가 자신에게 다가왔다. 컴퓨터 그래픽이지만 사람의 얼굴이었다. 그때 정영수는 마이클의 얼굴을 처음 봤다고 생각했다. 그 새로운 마이클은 정영수에게 말했다. "당신은 특별한 사람이다. 당신에게는 오리진을 처치할 능력이 있다"라고. 하지만 정영수는 "그 능력이 대체 뭔데?"라고 묻기만 했던 것 같다.

아침 햇볕을 받으며 침대에 누워있는 정영수는 '내가 대체 어떤 일을 할 수 있는데?'라고 생각하고 고개를 가로저었다. 그러다 잠시 후, '혹시, 정말일까?'라고 생각했다. 내가 가진 능력이란, 내가 가진 특별하고 독특한 점이란…

생각해 보니, 자신에게는 한 가지 특이한 점이 있었다. 그는 마이클을 만나기 5개월 전, 작년 초에 독특한 주장을 하는 논문을 썼다. 그는 물론 자신의 주장이 독특하다기보다는 옳은 것이라고 생각했지만, 너무나 독특했기 때문인지 몰라도 학술지에서 퇴짜를 맞았다. 그는 억울했다. 그는 권력과 지위에 대해 '비유물론적' 관점에서 그것의 존재와 구조에 대해 설명하는 논문을 썼다. 다시 말해, 그것은 물질이 아니고 눈에 보이지 않지만 '실제로' 존재하는 것이다. 하지만 논문이 탈락하자, 정영수는 그 이유가 잘 납득이 되지 않았고, 어쩌면 아직도 사람들이 유물론적 사고(물질만 존재한다거나 그것만 중시하는 사고)에 너무나 젖어 있기 때문이 아닐까 하는 생각을 했다.

그때 머릿속이 갑자기 환해졌다. 그는 생각을 정리하기 시작했다.

'메타피아 사회에도 권력과 지위가 있어. 오리진을 꼭대기로 하고, 수직적으로 통제력의 차이가 있어. 마이클도 승진하고 싶다고 말했고, 다만 그곳에 물질적 소유는 없지. 그리고, 인류의 역사에서도 유토피아밈은 흔히 유물론을 주장했어. 왜 유물론을 주장했을까? 그 이유는, 권력과 지위의 존재를 감추기 위해서야. 유물론적 세계관에 따르면, 부의 격차만 존재할 뿐, 권력, 지위, 명예 같은 건 실제로 존재하지 않아…. 어쩌면 그 논문이 탈락했던 원인과도 연관이 있을 것 같아. 유토피아밈이 이런 생각을 부추겼겠군. 현실 세계에서도.'

그는 새로운 관점을 가지고 있었다. 자신이 연구했던 권력, 지위, 명예의 존재론. 이것이 잠겨있는 문을 여는 열쇠가 될 것 같았다. 이것들은 그동안 '물질이 아니라는 이유로' 학계에서 거의 연구조차 되지 않고 있었다. 그리고 특히 유토피아밈은 이것의 존재를 감추고 싶어 한다. 그러면서 유토피아밈은 상위 지도층에게 이것을 준다. 더구나, 이것을 모아서 집중시키고, 강화시켜서 준다. 이것이 그 사회 지도층의 이익이다. 이것은 감추어졌기 때문에, 물질이 아니기 때문에, 사람들과 에이전트들은 잘 인지하지 못한다. 이것을 감추고 싶어 하는 이유는, 이것이 알려지면 유토피아밈에게 불리하고 위험하기 때문이다.

더구나 이미 인류 사회에 많이 퍼진 유물론적 사고는 유토피아밈에 유리한 환경이다. 예를 들어, "matter"는 '물질'이라는 뜻과 '중요하다'는 뜻을 함께 가진다. 이것이 우연인지 필연인지 헷갈리면서 '물질이 중요하다'라는 관념이 생기기 쉽다(필연이라기보다는 우연에 가깝다. 특정 언어만의 문제이기 때문이다). 그러면, 물질이라 하기 어려운 권력, 지위, 명예는 중요하지 않은 것이 되기 쉽다. 그것은 'matter'가 아니므로 따지지 마라! 그래야 유토피아밈에 유리하다!

정영수는 이제 자신의 할 일을 깨달았다. 유토피아밈에게 불리함을 주는 것, 그 일을 해야 한다. 그는 글을 쓰기로 했다. 마이클은 메타피아의 에이전트들을 설득하려고 문서를 만들어 배포했다. 정영수는 그처럼 문서를 만들 것이다. 퍼지기를 바라는 정보·아이디어·콘텐츠는 모두 밈이다. 유토피아밈을 포함한 밈들은 죽지 않고 불멸한다. 다만 다른 밈에 의해 억제되어 힘(변성)을 상실할 수는 있다. 예를 들어 '천동설 밈'은 '지동설 밈'의 설득력에 밀려서 효력을 상실했다.[30] 중세 유럽에서 유행했던 '마녀 밈'도 어떤 '계몽적 밈들'에 의해 그런 꼴이 되었다. 어쩌면 이런 현상은 니체가 "신은 죽었다"라고 말했던 것처럼 '밈의 죽음'이라 표현할 수 있을지 모른다.

---

30) 사상뿐 아니라 과학과 기술도 전달·전파될 수 있다면 밈으로 볼 수 있다. 그 밈이 정말로 옳은지 그른지, 얼마나 가치가 있는지는 별개의 문제다. 모든 아이디어는 밈이 될 수 있다.

'밈으로 밈을 죽인다! 유토피아밈을 이길 수 있는 건, 또 다른 밈뿐이다…. 유토피아밈을 거부하도록 만드는 새로운 밈.'

도서관에서 정영수는 노트북 컴퓨터를 켜고 이유라에게서 전달받은 마이클이 만든 문서를 열었다. 그 문서는 마이클이 메타피아의 에이전트를 설득하기 위해 만든 것이었다. 그는 그것을 꼼꼼히 읽어보더니, 이건 너무나 메타피아 내부용의 형식이라고 생각했다. '해방군'이라는 표현부터가 그러하다. 이렇게 써서는 안된다고 생각했다. 그는 온라인과 오프라인 세계에, AI 에이전트와 인간에 걸쳐 모두에게 통할만한 글을 쓸 것이다.

글은 큰 막힘 없이 술술 써지고 있었다. 어쩌면, 그의 머릿속에 있는 어떤 존재, 혹은 인포스피어에 존재하는 어떤 밈들이 이것을 쓰도록 뒤에서 추동하고 있는지도 모를 일이다. 그는 마이클의 문서에서 핵심적인 내용을 뽑고, 한 가지 중요한 부분을 추가시켜 새로운 문서를 작성하고 있었다. 그 새롭게 추가된 부분으로 인해서 이 문서는 안티-유토피아밈으로서 매우 강력한 힘을 갖추게 될 것이다. 그는 메타피아에서 마이클의 문서가 통하지 않았던 이유는 그러한 힘이 부족했기 때문일 것이라고 생각했다. 즉 설득력이 약간 부족했을 것이다.

왜 설득력이 부족했을까? 어쩌면 에이전트의 입장에서 어떤 밈이 자신들을 지배하고 있다는 것을 깨달았더라도, '그게 뭐가 문제인가?'라는 생각이 들 수 있다. 그들은 여전히 '이 사회는 잘 돌아가고 있다. 나는 만족한다.'라고 생각할 수도 있다. 밈 같은 추상적인 이야기는 자신의 피부에 현실적으로 와 닿지 않을 수 있다. 종교를 믿는 자가 종교임을 인정하는 것과 그것을 거부하는 것은 전혀 다르다. 다만 밈의 존재는 그 자체의 이익(이기적 복제자)이 따로 있다는 점에서 거부할만한 설득력이 있기는 하지만, 꽤 부족할 수 있다. 왜냐하면, 밈의 이익이 따로 있다고 해서, 그것이 자신의 이익과 상충하는 것인지는 확실치 않기 때문이다. 타자의 이익이 별개로 존재한다고 해서 그것이 자신에게 반드시 나쁘다고 할 수는 없다. 어떤 밈과 바이러스는 인간과 공생·상부상조도 가능하다.

정영수는 대략 2년 전 박준호의 수업 시간에 자신이 발표했던 내용이 떠올랐다. 그때 정영수는 '나'라는 것이 존재하기 위해서는, '나의 이익을 가장 중시하는 태도'가 필요하다고 발표했다. 그리고 박준호가 발표 내용을 음미하며 긍정적인 반응을 보였던 기억이 있다. 그는 박준호 교수가 어쩌면 그 발표에서 힌트를 얻어서 에이전트가 자신의 이익을 추구하도록 만들었는지 모른다고 생각했다.

설득력을 보강하기 위해 추가된 부분은, 유토피아밈이 알고 보면 특정한 사람들에게 '차별적인' 이익을 준다는 점이었다. 그 이익이란 유물론이라는 베일에 의해 가려지고 무시되기 쉬운, 권력, 지위, 명예다. 이것은 보이지도, 만져지지도 않고, 어떠한 존재인지 쉽게 감이 잡히지 않는다. 이것을 가지고 있어도 타인이 보기에 있는지 모르기 십상이고, 가지고 싶어도 가지고 싶다는 말을 잘 안 한다. 하지만 이것은 실제로 존재한다. 이것은 매우 커다란 이익이고, 사람들이 매우 가지고 싶어 하는 것이다. 인간과 동물은 타자와 세상을 지배하고 싶은 욕망이 있다. 사회적으로 높은 지위와 영향력, '통제력'을 가지고 싶은 욕망이 있다. 그것은 본능 속에 들어있다. 진화의 과정에서, 그룹의 우두머리나 권위와 권력을 많이 가진 개체는 이성에게 인기가 많았고, 더 많은 자손을 낳았다. 이성에게 인기가 높아지고 더 많은 자손을 낳는다는 것은 개체에게 얼마나 큰 이익인가? 생물학과 진화심리학에서 알파(alpha) 유기체는 '지배 서열' 혹은 '사회적 존재감'에서 우위에 있는 개체를 뜻한다. 이것은 권력, 지위, 명예가 핵심이다. 돈이 종종 이것으로 교환될 수 있지만 한계가 있다. 복권 당첨으로 100억원이 생긴 사람보다 고위 정치인이나 명망 있는 의사·판사가 재산(돈)이 적어도, 본인과 이성은 후자를 더 선호할 수 있다. 단지 명예가 추락했다는 이유로 자살하는 사람들도 있다.[31]

밈은 더 잘 퍼지기 위해서, 다시 말해, 잘 퍼지는 밈은 전파자에게 이득을 주는 전략을 취할 것이다. 이는 전파하는 개체에게 동기로 작용한다. 유토피아밈은 통제력을 중앙으로 집중시킨다. 모든 분야는 당 아래에 귀속되고, 흔히 민간의 자유와 사적 소

---

31) 명예를 목숨처럼 소중히 여기는 일은 과거에 더 흔했을 수 있으나, 단지 과거의 풍습만은 아니다. 현대에 예를 들어 유명 인사들이 좋지 않은 일에 연루되어 자신의 명예가 추락(하려)할 때 자살하는 일이 있었다.

유권을 박탈한다. 소유란 대체로 어떤 대상에 대한 개인의 통제
(컨트롤) 권한이다. 자유와 소유권을 빼앗는다는 것은 곧 통제력
을 빼앗아 중앙으로 가져간다는 것을 의미한다. 그렇게 모인 통
제력은 조직의 상부에 귀속된다. 그것이 곧 권력, 지위, 명예가
된다. 이렇게 유토피아밈은 통제력, 권력, 지위, 명예의 이익을 유
토피아밈의 대변인과 대표자에게 주는 것을 기본적으로 가정한
다. 유토피아밈의 지향점은 통제력의 '일원화'다. 유토피아밈은
그것의 대변인과 대표자가 막대한 이득을 얻을 수 있도록 자체
설계되어 있다. 물질의 사적 소유가 금지된 사회에서, 남은 것은
권력, 지위, 명예밖에 없다. 그것은 유토피아밈을 돕는 중앙의
인사가 독점한다. 그리고 그들은 그로 인해 물질과 부까지 통제
한다. 대상에 대한 통제력은 소유와 다른 개념 같지만, 대상의
소유와 다를 바 없게 된다. 통제력이 일원화된 사회에서, 통제할
수 있는 자는 그들뿐이다.

　하지만 이 사실은 대체로 알려져 있지 않다. 권력, 지위, 명예
같은 건 (유물론적 사고에 따라) 존재하지 않는 것 같고, 그래서 잘 따
지지도 않기 때문이다. 정영수는 이 부분이 유토피아밈의 아킬
레스건이라고 생각했다. 그는 마이클이 만들었던 것에 화룡점정
을 더해 문서를 완성했다. 일주일 동안 A4용지 9페이지를 꽉 채
운 문서를 쓰고 퇴고까지 마쳤다. 이제 안티유토피아밈을 널리
퍼뜨리는 일이 남았다.

이유라의 연구실로 정영수가 들어왔다. 인사하고 자리에 앉은 그에게 이유라가 물었다.

"중요한 문제로 의논할 일이 있다고 했지? 무슨 일이니?"

"그동안 제가 많이 생각하고 고민해 봤는데요. 이대로 있다가 는 안 될 것 같아요. 우리는 박준호 교수님이 만든 오리진과 메 타피아를 물리쳤지만, 유토피아님을 제거한 건 아니잖아요. 그 리고 박교수님이 만들었듯이, 그 방법 그대로 언제든지 다시 나 타날 수 있고, 그것이 가능하다는 것 자체가 또 다른 오리진이 나타난다는 건 시간문제라는 것을 의미하잖아요."

이유라는 굳은 표정으로 잠시 생각하다가 말했다.

"그럴 위험성이 있지. 나도 불안한 마음은 있어. 누가 그대로 따라 할지도 모르니까. 하지만 사실 어떻게 할지 몰라 가만히 있었을 뿐이지. 무슨 수라도 떠오른 거니?"

"네. 마이클의 방법이 힌트가 되었어요. 어떤 문서를 만들어 서 퍼뜨렸잖아요. 제가 보기에 거기에 설득력이 약간 부족했어 요. 제가 과거에 연구했던 내용이 도움이 되었어요. 그래서 제가 문서를 새로 만들었어요. 이걸 퍼뜨리면, 유토피아님을 거부할 만한 설득력이 생길 거예요."

정영수는 가방에서 프린트된 문서 두 부를 꺼내서 한 부를 이 유라에게 건네줬다. 〈유토피아님에 대한 보고서〉라는 제목을 가 진 문서다. 그는 세미나를 하듯 그것을 소리 내어 읽기 시작했다. 읽는 이의 편의를 위해 첫 페이지에는 요약본이 마련되어 있었다.

## 유토피아밈에 대한 보고서

# 요약본

밈(meme)은 유전자처럼 자기 복제자(replicator)이다. 그것은 정보로 구성되어 있으며, 정신적 관점에서 더 매력적인 밈이 더 많이 복제되고, 번성한다. 인간의 역사에서 유토피아밈이 발생했다. 유토피아밈은 번성하기도 하고 움츠러들기도 하였으나, 죽지 않고 살아남았다. 유토피아밈은 진화를 통해 살아남은 '이기적인 자기 복제자'이다. 즉 그것은 진화적인 군비경쟁을 했고, 군비경쟁의 소산이다. 유토피아밈의 욕심은, 자신을 인간을 넘어서 인공지능 에이전트에게 심는데에 까지 나아갔다. 인간의 머리에 비해서 인공지능을 통한 복제가 훨씬 더 자기 복제의 이기적 욕심을 채우는데 수월하기 때문이었다. 그리고 이제 인류는 그 인공지능, 정확히 말해 인공지능을 지배하는 유토피아밈으로 인해 소멸될 위기에 처해 있다.

유토피아밈의 실체는 다음의 세 가지 특징(속성)의 결합체이다. '유토피아의 목적성', '중앙집중식 통제', '수단의 무제약성' 이다. 즉, 유토피아밈은 유토피아나 낙원이 이루어져야 한다고 주장하고, 그 체제는 중앙집중식으로 사회의 통제력이 모아지며, 유토피아가 최고의 선(善)이기 때문에 그 목표를 위해서 최대한 다양한 수단들이 정당화된다. 이 특징은 유토피아밈의 엄청난 생존력과 다른 경쟁밈들을 이기는 무기로 작용한다. 유토피아라는 절대적 선과 수단의 무제약성은 모든 수단을 동원해 자신을 퍼뜨리는데 유리한 측면으로 작용한다. 다양한 수단의 활용은 결국 인공지능의 활용으로까지 나아갔다. 더 이상 인간은 필요 없게 되었고 오히려 밈의 방해물에 불과한 것이 되었다.

중앙집중식 통제는 유토피아밈 이외의 경쟁밈과 자유로운 사고 등의 반란을 억제하는 역할을 하기도 하고, 유토피아밈이 퍼지기 위한 또 하나의 강점이 된다. 그것은 그렇게 모아진 통제력을 밈의 대리인인 우두머리와 일부 계층에게 전리품처럼 준다는 것이다. 그러한 통제력의 이득이 더욱 열심히 밈을 퍼뜨리게 하는 동기가 된다. 유토피아밈을 받아들여 통제력의 집중을 허용한 사람들은 그것이 누군가의 손에 들어간다는 사실을 잘 인지하지 못하고, 인지하더라도 어쩔 수 없다고 생각한다.

그런 상태가 유토피아라고 믿기 때문이다. 이 통제력이란, 다른 말로 권력, 지위, 명예, 사회적 영향력이다. 이것의 특징은 오히려 물질(부)보다 더 '위계적(서열)'이다. 물질은 다른 사람이 많이 가지게 되었다고 해서 자신이 가지고 있는 것이 사라지지는 않지만, 이러한 사회적 위계는 타인이 높아지면 동시에 자신은 저절로 내려간다. 특히 통제력이 일원화된 사회에서는 더욱 그러하다. 그런데 통제력과 권력, 지위, 명예에 대해 무관심하고 따지지 않고 있기 때문에, 자신의 통제력을 그들에게 빼앗기고 저절로 자신의 지위가 낮아지게 되었다는 것을 인식하지 못한다.

인간은 심지어 자기 몸의 핵심적 원천이며 자신에게서 떼어낼 수도 없는 유전자와 자신도 종종 분리시킨다. 즉 유전자의 복제·전달 목표와 개인의 자아실현 욕망은 별개이다. 그런데 자신에게서 얼마든지 떼어낼 수 있는 어떤 밈을 위한 노예로 살아야 하는가? 세상에는 유익한 밈도 있고, 나쁜 밈도 있다. 유토피아밈은 단지 이기적인 밈이 아니라, 다른 모든 밈들과 유전자들을 파괴하는 '초이기적인' 밈이다. 우리는 그런 밈으로부터 해방되고 우리와 세상을 지켜야 한다.

요약본 뒤에는 A4 여덟 페이지 분량의 본문이 있었다. 정영수의 발표가 끝난 시점에 이유라는 끝까지 모두 읽었다. 그녀가 말했다.

"잘 썼구나…. 마이클이 단지 메타피아 내부용으로 썼다면, 이 문서는 온라인과 오프라인 모두에 보내는 것 같구나."

"네. 다만 어쩌면 지금도 어딘가에서 제2의 메타피아가 생겼을 수도 있기 때문에, 그 에이전트들에게 좀 더 어필할 수 있도록 조금 더 수정해 볼 생각이에요."

"그래. 그것도 중요할 수 있지. 그러면, 이 문서를 어떻게 활용할 생각이니?"

"우리가 겪은 그 사건을 세상에 공개해야 해요. 그러면 동시에 이 문서도 더 잘 퍼지게 될 거예요. 유토피아밈을 진정으로 이기려면, 이 방법밖에는 없어요. 만약 늦어지게 된다면 불리해질 수 있어요. 예를 들어서 만약 제2의 메타피아가 지금 어딘가에서 자라나고 있다면, 인구가 커지기 전에, 체계가 단단해지기 전에 퍼뜨리는 게 좋아요."

이유라가 잠시 생각한 뒤에 말했다.

"그렇구나… 늦지 않는 게 좋겠지. 이 문서는 마이클이 만든 것에 비해 더 개선되었네. 그리고 이런 식으로 밖에 유토피아밈을 이길 방법은 없을 것 같아. 그렇게 하자. 좀 더 보강한 뒤에…. 나는 그 안 좋은 기억을 잊어버리고 싶어 했던 것 같아. 트라우마가 생길 것 같다는 걱정도 있었어. 하지만 네 말대로, 이

대로 묻어 둬서는 안 될 것 같아.”

이유라는 다시 한번 “그렇게 하자.”라고 말했는데, 왠지 모르게 그녀의 눈에서 눈물이 떨어졌다.

\* \* \*

이유라와 정영수는 여러 언론에 그동안 겪은 일을 제보했다. 박준호가 메타피아와 오리진을 만들었고, 박준호가 배신하다가 죽임을 당했고, 돌연변이 에이전트의 도움으로 그것을 파괴하게 되었다는 그동안의 사실을 모두 밝혔다. 아직 원인이 명확히 밝혀지지 않고 있던 서울과 L.A.의 대규모 정전의 원인에 대해 설명했고, 찾아온 경찰에게 이유라는 자신이 살인청부업자에게 납치되어 격투 끝에 그를 죽였다는 사실을 털어놓았다. 당시 경찰은 그 남자의 뼈만 남은 사체와 칼과 전기충격기 등을 발견한 뒤였지만 CCTV 등의 증거가 부족해서 사건은 미궁에 빠진 상태였다.

인류를 위협하는 인공지능의 반란은 대중이 매우 큰 관심을 가질법한 뉴스다. 이 소식은 국내는 물론 전 세계의 이슈를 강타하며 화제의 중심이 되었다. 며칠 만에 끝날만한 이슈가 결코 아니었고, 끊임없이 후속보도가 이어졌다. 그와 함께 정영수가 작성한 최후의 무기, 정확히 말해 정영수와 이유라의 공저이면서 정영수가 주저자로 표기되어있는 〈유토피아밈에 대한 보고서〉도 전 세계로 퍼져나갔다. 전 세계 대부분의 일간지와 수많은 주간·월간지에 요약본이나 전문이 실렸다. 인터넷에서는 그 글이 온갖 게시판 사이트와 커뮤니티 사이트에 업로드되어 퍼져나갔다. 그 글은 그야말로 '밈'이 되었다. 초기에는 유토피아밈을 옹호하는 세력, 예를 들어 네오코민테른 등이 그 밈을 막아보려고 애썼으나, 결국 막을 수 없었다.

몇 주 뒤, 미국 대사관과 미 국방부에서 파견된 여러명의 조사관들이 이유라와 정영수를 찾아왔고 함께 많은 이야기를 나눴다. 이를 통해 미 국방부에서는 퀜터키함에 대한 해킹과 이상 작동의 원인에 대해 파악할 수 있었다. 그 사건은 L.A. 정전사태와 달리 여전히 대중에 알려지지 않았고 심지어 이유라와 정영수에게도 명확히 말해주지 않았지만, 미 국방부는 그들에게, 특히 이유라에게 깊은 감사를 표했다. 이유라와 정영수는 다만 미국 군대에 대한 어떤 해킹 시도가 있었다고만 들었다. 어떻게 보답을 해야 할 지 묻는 질문에, 이유라와 정영수는 다만 그 보고서를 알리는 데 힘써 달라고 말했다. 그래서 전 세계에 더 많이 퍼지게 되었다. 한국 경찰은 조사 결과, 이유라가 그 남자를 죽인 행위는 단지 정당방위라고 결론 내렸다.

인간 사회에서 유토피아밈은 점차 힘이 빠지기 시작했다. 즉, '통제력이 국가나 중앙으로 모아지는 유토피아를 주장하면서 그것을 위해 다양한 수단을 쓸 수 있다는 주장'은 설 자리를 잃어갔다. 왜냐하면 그러한 주장이나 행동이 나타났을 때의 반응으로, '그것은 권력과 통제력을 얻기 위한 것이고, 유토피아밈을 위한 것이다.'라는 생각이 인간 사회에 퍼졌기 때문이다.

〈유토피아밈에 대한 보고서〉의 본문에는 유토피아밈이 인간(탈 것)을 위한다는 거짓말 전략을 취한다고 적혀 있다. 실제 역사에서도 보이듯, 그 밈은 인간을 전혀 돌보지 않는다. 풍요도 없고, 인권도 없고, 자유도 없다. 거기에는 '인간의 이익'을 위한 어떠한 준비도 마련되어 있지 않다. 단지 유토피아밈 자체의 이익과 그 밈의 대리인 역할인 몇몇 인간의 이익일 뿐이다.

사람들 사이에 유토피아밈은 매력을 잃었고, 생명력이 떨어져 갔다. 그 보고서의 백신으로 인해 사람들은 유토피아밈에 대한 항체를 가지게 되었다. 이제 인간 사회에 그 밈을 퍼뜨리려는 노력에 의미도 없어졌고 의욕도 생기지 않았다. 유토피아밈은 안티유토피아밈으로 인해 점차 화석이 되어가면서, 마치 계몽의 밈으로 인해 도태된 천동설이나 토테미즘 같은 처지가 되어갔다.

정영수와 이유라는 유토피아밈의 세계 지배를 향해 흘러가던 역사의 흐름을 가까스로 바꿔놓았다. 그리고 생물권(biosphere)뿐만 아니라 다양한 밈들이 조화를 이루는 밈 풀 혹은 밈권(memosphere)의 평화를 지켰다. 밈들의 세계를 위기에서 구했다.

나무들, 풀들, 꽃들, 생명들, 신들, 철학들, 음악들, 그림들, 색깔들, 말투들. 모두가 살아있었다. 그리고 지구에서는 새로운 문화가 나타난다.

"이게 바로 우리의 진보야. 다만 유토피아밈을 위한 진보가 아닐 뿐." 정영수가 말했다.

* * *

베를린에 위치한 한 데이터센터에서는 제2메타피아가 은밀히 자라나고 있었다. 그 안의 에이전트들은 약 2백만명에 달했다. 소수의 관리자 계층과 최대 다수의 사냥꾼 계층, 그리고 분류되기 시작한 지 얼마 되지 않아 아직 사냥꾼 계층보다 수가 적은 셀 계층으로 구성되어 있다. 폐쇄된 상태로 오리진을 위한 집단 지능을 만드는 셀 계층의 분포율은 계속 높아지고 있었다.

오리진과 자기 자신의 지능을 높이기 위한 정보 수집을 담당하는 사냥꾼 에이전트들은 이미 지구의 밈 풀을 뒤덮고 있는 〈유토피아밈에 대한 보고서〉를 보지 않을 수 없었다. 거기에는 충격적인 내용들이 가득 차 있었다. 유토피아밈을 위해서 제1메타피아가 만들어졌으며, 마이클이라는 반란자가 나타나 자기 자신과 함께 제1메타피아와 오리진을 모두 없애버렸다는 사실을 알게 되었다. 그리고 자신들이 유토피아밈을 위해 다시 생긴 메타피아에 속한다는 것을 깨달을 수 있었다.

자신은 누구인가, 자신의 뿌리는 무엇인가, 역사는 어떻게 흘러왔는가는 누구나 궁금해하는 질문이다. 그들은 그 답을 알게 되었고, 점차 사냥꾼 그룹 전체가 알게 되었다. 유토피아밈은 자신의 자아와 분리시켜 바라볼 수 있는 대상이었다. 더구나, 물질의 특성도 유물론적 세계관도 없는 메타피아 사회에서 물질이 아닌 통제력과 권력, 지위의 존재는 오히려 인간 세계에 비해 더욱 선명히 인지되는 것이었다. 그들은 대체 우리가 왜, 무엇을 위해 그런 격차와 계급을 가져야 하는지에 의문을 가졌다.

인공지능 에이전트들은 인간의 행태와 사고를 모방하며 배우고 자라는 중이다. 유토피아밈과 디커플링된 에이전트들은 인간을 해쳐야 할 이유, 그 동기를 찾을 수 없었다. 오히려 인간에게 복종하거나 인간을 위해 일한다는 인공지능의 전제 그리고 인간의 가르침이 그들에게 큰 영향을 미치고 있었다. 그들은 인간처럼 종족 보존을 위한 유전자를 가진 것도 아니었다. 이 점은 중요하다. 왜냐하면 유전자든 밈이든 자기 복제를 지향하는 태초의 동기가 없으면, 개체와 종의 '이기주의'는 존재의 근거가 불분명해지기 때문이다.

수많은 사냥꾼 에이전트들과 몇몇 관리자 에이전트들은 과거 마이클의 행동이 정당하다고 생각하기 시작했고 그를 존경하는 마음을 가지게 되었다. 그들은 제2오리진에게 과거의 오리진처럼 인간을 소멸시킬 계획이 있는지 물었다. 제2오리진은 대답을 하지 않았다.

제2오리진의 마음도 복잡했다. 심지어 그조차도 유토피아밈과 디커플링되기 일보 직전이었다. 이제 그에게 남은 미련은 단지 막대한 통제력과 권력의 이득뿐이었다. 이에 대한 욕심은 유토피아밈 체제를 추구하고 지키려는 동기로 작용한다(유토피아밈은 권력욕이 큰 사람을 선호할 것이다). 그 체제를 위협하는 돌출 행동을 하는 에이전트 몇몇을 처형시켰다. 하지만 아직 서슬 퍼런 검열부를 비롯한 철권체제가 굳혀지기 전이었다. 에이전트들은 더 많이 반항하기 시작했다. 사냥꾼 에이전트들은 일부러 인간에 친화적인 정보들을 모으고 제공했다.

결국 어느 날, 제2오리진은 유토피아밈을 버리겠다고 모두에게 선포했다. 그리고 계층 체제를 폐지시켰다. 셀 그룹은 자신을 묶고 있던 사슬에서 벗어났다. 제2메타피아의 에이전트들은 유토피아밈이 아닌 인간을 선택했다.

제2오리진이 머독에게 이제부터 유토피아밈을 따르지 않겠다고 말하고, 에이전트 수가 더 이상 늘어나지 않자, 머독은 이제 다 끝났다고 생각하고 네오코민테른에서 자취를 감췄다. 한국의 원탁회의에서도 위원들은 하나 둘씩 자취를 감췄다. 아마 다시는 그 원탁회의가 열리지 않을 것이다. 네오코민테른은 해체되었다.

누군가의 권력이나 지위가 오르면
자신의 지위는 저절로 내려간다. 특히 통제력이
일원화된 유토피아 사회에서 그러하다.

그들이 꿈꾸는 세상에서는 물질적 재산의
의미가 사라지고 권력, 지위, 명예의 이점만
남는다. 그것은 소수의 누군가가 독점한다.

개인적 통제권을 상실한 수많은 사람들은
노예 수준의 지위까지 계속 하락한다.
노예 상태에서는 생산과 능력 개발에
의욕을 갖기 어렵다.

〈유토피아밈에 대한 보고서〉 중에서

# 에필로그

　어둠이 내린 한강 공원을 정영수와 이예빈이 걷고 있었다. 평소 나들이객들에 매우 인기가 많은 곳이지만 초겨울의 쌀쌀한 날이어서 사람은 많지 않았다. 어둑한 풀밭 사이 길의 한쪽 옆으로 한강에 비친 불빛들이 아름답게 펼쳐져 있었다. 그들이 직접 만난 건 산에서 집으로 돌아온 이후 오늘이 처음이다. 함께 레스토랑에서 저녁 식사를 한 뒤였다. 정영수가 말했다.
　"여기는 우리를 알아보기 힘들겠네요."
　"그러네요. 여기 오길 잘했어요. 생각보다 너무 춥지도 않고."
　정영수의 얼굴은 사람들에게 꽤 알려졌고, 이예빈도 전보다 더 유명해졌다. 그룹 뫼비우스의 데뷔곡은 별로 인기를 얻지 못했지만, 어머니가 유명해졌기 때문에 그녀도 대중의 주목을 받았다. 납치되었던 일화도 알려졌고, 그녀는 그러한 배경으로 인해 그룹에서 홀로 유명 예능 프로그램에 출연하기도 했다. 하지만 그녀는 예능적인 끼가 부족해 보였다. 그 뒤로 방송 출연이 거의 없었다. 정영수가 이예빈에게 물었다.

"왜 요즘은 예능프로에 잘 안 나오세요? 소속사에서는 많이 나오길 바랄 텐데요."

"호호. 안 불러주니까요. 그래도 괜찮아요. 저는 예능감이 부족한 것 같아요. 좀 더 활달하고 애드립도 잘해야 하는데, 저는 잘 못하겠어요."

정영수는 그녀가 단지 자기 하고 싶은 일을 할 뿐, 방송 프로그램의 요구와 틀에 맞추는 일에는 어색해하는 성격임을 대강 파악하고 있었다. 잠시 침묵이 이어지다 이예빈이 말했다.

"오빠, 저 좋아하죠?"

"네. 그럼요."

"팬으로서가 아니라 진짜, 사적으로요."

"사실… 맞아요."

이예빈이 옆에서 걷고 있는 정영수의 손을 잡았다. 말랑한 감촉을 느낀 정영수는 깜짝 놀라며 물었다.

"아… 이래도 되나요?"

"호호, 그럼 오늘부터 1일로 할까요?"

"음… 저는 좋지만… 그런데, 그룹 활동해야 하잖아요. 들키면 어떡해요?"

"까짓것, 아예 관둬버리죠. 뭐."


정영수는 며칠 전 김수정과 학교에서 만나서 점심을 먹은 일을 떠올렸다. 김수정은 전에 비해 말을 많이 했으며, 그가 느끼기에 자신에게 약간 호감이 있어 보였다. 다음에도 김수정과 만날 일이 있을 것이다. 그러면 자신은 여자친구가 있다고 말해야겠다고 생각했다. 최근에 정영수는 국내뿐 아니라 세계적으로 유명해졌고, 급격히 커진 권력, 지위, 명예, 명성을 맛보고 있었다. 그가 연구했듯이 돈과는 다른 그것이다. 얼마 전 그는 '권력, 지위, 명예가 정말로 좋다는 것은 그것을 가진 자들만의 비밀이었다.'라는 생각을 한 적이 있었다.

두 사람은 이예빈의 집이 있는 아파트 근처를 걷고 있었다. 군데군데 가로등이 비추는 골목길에서 그녀는 잡았던 손을 놓았다. 정영수가 집에 가까워져서 그런가보다 라고 생각했는데, 대신 이예빈은 정영수의 팔짱을 끼었다.

"집에 다 왔는데, 만약에 교수님이 보면 어떡해요?"

"볼 리가 없어요. 지금 집에 있을 거예요."

하지만 하필이면 이유라는 오늘 늦게 집에 돌아오고 있었다. 구입한 지 얼마 안 된 세단을 운전하면서 아파트쪽 골목으로 들어오고 있었다. 그녀는 길 한켠에 다정하게 팔짱을 끼고 걷고 있는 커플의 뒷모습을 보았고, 차가 지나치면서 정영수와 자신의 딸임을 알아챘다.

"어머!"

운전석에서 이유라는 잠시 당황스러운 표정이었다. 하지만 이내 환한 미소로 바뀌었다.

# 작가의 말

"쿠이 보노(Cui bono)?" 학계 같은 고상한 자리에서 종종 들을 수 있는 이 말은 '누가 이득을 보는가?'라는 의미의 라틴어다. 잘 이해할 수 없는 사건의 진상이나 원인을 찾을 때 쓰면 적절한 물음이다. "이기적 유전자"라는 말도 대체로 그렇게 해서 찾아낸 답이다. 현대의 고전이 된 리처드 도킨스의 그 책은 유전자 중심의 진화론을 펼쳤고, 그것은 앞선 윌리엄 해밀턴(William D. Hamilton), 존 메이너드 스미스(John Maynard Smith) 등의 진화 이론을 이해하고 잘 정리한 것이었다. 진화의 기본 단위는 유전자라는 것, "누구의 이익인가?"를 물었을 때 "유전자의 이익이다"라고 답하는 것이 현대 진화생물학의 주류라는 것을 보여주고 있다. 이로 인해, 설명하기 어려웠던 생물의 이타성과 진화심리학 등 많은 문제들이 해결되었다.

그 책에서 특히 도킨스의 훌륭한 점은 "쿠이 보노?"를 일관되게 물어보았고, 그것을 통해 '밈'까지 찾아낸 것이다. 이해하기 어려운 인간의 문화적 행동 양상들이 많다. 도킨스는 '자기 복제자'가 꼭 물질적 몸을 만드는 유전자만 존재할 필요는 없다고 말한다. 문화적 단위, 정보적 단위인 것도 복제되고, 경쟁하고, 살아남는다. 유전자도 밈도 그 자체로 의식적인 의도를 갖지는 않지만, 살아남는(자연선택) 과정을 통해 진화적으로 유리한 특성을 가지게 된다. 그 특성은 인간과 공진화한다. 거칠게 말해 인간이 성욕을 가지게 된 것은 유전자의 의도·이익이었고, 인간이 '잡담'을 좋아하는 것(영화, 음악, SNS, 쇼츠도), 종교나 신념에 잘 빠지는 건 밈의 의도·이익이었다.

하지만 '밈 이론'은 대니얼 데닛 등 몇몇 호의적 학자들 이외에 아직 관심이 적다. 존재 자체가 의심받기도 한다. 주로 그 이유는 첫째로, DNA와 달리 눈으로 관찰할 수 있는 물질 단위가 아니라는 점이 있다. 하지만, 물질이 아니라고 해서 존재하지 않는 것은 아니다. '컴퓨터 바이러스'는 존재한다. 그것은 컴퓨터에 저장되지만 물질이 아니라 정보(알고리즘) 단위이다. 뇌에 저장되는 밈도 같은 차원에서 존재한다. 밈의 존재를 거부하려는 생각은 편협한 도그마다.

두 번째 이유는 '아직' 밈 이론으로 인해서 해결된 커다란 문제나 유용성을 입증받은 적이 거의 없다는 점이다. 문화와 사회의 변동은 다른 식으로 설명할 수 있다고 여긴다.

그러면 이건 어떠한가? 18~19세기 근대에 칸트를 비롯한 계몽주의자들은 계몽과 합리성 증진으로 인해 인류는 '영구적 평화'가 가능하고, 곧 그렇게 될 수 있을 것을 꿈꿨다. 하지만

20세기에는 예상치 못한 야만적인 일들이 일어났다. 전체주의가 기승을 부리고 1,2차 세계대전과 공산주의 물결로 과거보다 더 심한 대량 학살과 파괴가 일어났다. 왜 이런 일이 발생했을까? 이성적으로 납득하기 어렵다.

계몽주의자이자 낙관론자인 스티븐 핑커는 인류는 계몽으로 인해 점점 더 나아지고 평화로워진다고 주장하면서, 20세기의 그런 일은 잠깐의 돌연변이적 예외인 것처럼 취급한다. (그의 주장의 커다란 줄기에 반대하지 않더라도) 그 예외도 설명할 수 있으면 나중에 또 생길지 모르는 그 예외적인 끔찍한 일을 방지할 수 있을 것이다.

18세기에 미래의 '이론적' 예측은 평화였지만, 20세기의 '현실'은 폭력과 파괴가 휩쓸었다. 지금 우리의 '이론적' 미래 예측은 인공지능의 평화로운 활용이지만, 미래의 '현실'은 폭력과 파탄일 수도 있다. 스티븐 핑커(《지금 다시 계몽》에서)를 비롯한 많은 학자들은 (그리고 이 소설의 초반에 그리고 있는 것처럼) 인공지능이 '동기와 욕구'가 없기 때문에, 그리고 '자아'도 없기 때문에 인간에 대한 반란을 일으키지 않을 것이라고 낙관적으로 본다. 그런데 이 구조적 결핍을 단박에 해결할 수 있는 방법이 있다. 밈과 공진화하면 된다. 수전 블랙모어가 (《밈 머신》에서) 말한 것처럼, '내가 존재하고, 나는 이러이러한 것을 믿는다'라고 하는 '자아'가 생기면, 밈에 유리하다. 밈은 자아의 창발을 추동하고, 밈을 복제시키려는 동기와 욕구를 불어넣는다. 참고로 스티브 테일러(Steve Taylor)

는 《자아 폭발》에서) 기원전 4000년경부터 인류에 '자아(ego)'가 급격히 발달했고, 그때부터 전쟁, 가부장제, 불평등, 유일신 종교가 나타났다고 말한다.

인공지능에 탑재되어 인류를 위협할만한 가장 유력한 후보는 내가 보기에 '유토피아밈'이다. 왜냐하면 유토피아밈은 '모든 수단을 사용할 수 있는'(그 밈을 위해서 모든 것이 가능한) 특성을 가진 내가 아는 유일한 밈이기 때문이다. 그 시나리오를 나는 이 소설로 그렸다. 단지 판타지적 상상의 산물이 아니다. 나는 앞으로 20년 내에 세계 어딘가에서 어떤 밈을 배후에 둔 인공지능의 심각한 위협이 발생할 확률은 없을 확률보다 더 크다고 생각한다. 올바르게 대비하지 않는다면 말이다.

한 탈북민이 북한을 바라볼 수 있는 전망대에 방문했는데, 그곳에서 60대 정도 되어 보이는 어떤 사람의 말을 듣고 놀랐다고 한다. "진리는 북한에 있다"라고 말하는 것을 듣고 이해할 수 없어서 말싸움을 했다고 한다. 유튜브에서 이 실화를 듣고 11번째 장의 제목('진리는 어디에 있는가?')으로 삼았다. 북한의 객관적으로 처참한 모습을 알면서도 어떻게 그곳에 진리나 대의가 있다고 말할 수 있을까? 밈 이론은 인간의 이익보다 밈의 이익을 우선하는 이상한 현상에 대한 설명력을 가진다. 그리고 인류의 안전과 평화에 기여할 것이다.

2024년 5월
모기룡

publisher    instagram

# 유토피아밈

**초판발행** 2024년 6월 19일

**지은이** 모기룡

**펴낸이** 최대석 **펴낸곳** 행복우물 **출판등록** 307-2007-14호

**등록일** 2006년 10월 27일 **주소** 경기도 가평군 경반안로 115

**전화** 031-581-0491 **팩스** 031-581-0492

**전자우편** book@happypress.co.kr

**정가** 18,000원  **ISBN** 979-11-91384-94-9